All I want for Christmas is Love

W0312857

Bibliografische Information der Deutschen Nationalbibliothek
Die Deutsche Nationalbibliothek verzeichnet diese Publikation in der Deutschen Nationalbibliografie; detaillierte bibliografische Daten sind im Internet über http://dnb.d-nb.de abrufbar.

© 2025 arsEdition GmbH, Friedrichstraße 9, D-80801 München
arsedition.de/service
Alle Rechte vorbehalten
© Texte:
1. & 2. Dezember: Tina Köpke
3.& 4. Dezember: Mareike Allnoch
5. & 6. Dezember: Mela Nagel
7. & 8. Dezember: Ada Bailey
9. & 10. Dezember: Meggy Maahs
11. & 12. Dezember: Laura Labas
13. & 14. Dezember: Bianka Behrend
15. & 16. Dezember: Yvonne Westphal
17. & 18. Dezember: Valentina Fast
19. & 20. Dezember: Lea Kaib
21. & 22. Dezember: Nadine Wilmschen
23. & 24. Dezember: Josi Wismar
Lektorat: Ulrike Gerstner
Satz: Uhl + Massopust, Aalen
Covergestaltung und Farbschnitt: Grafisches Atelier arsEdition unter Verwendung von Illustrationen von Darko 1981/shutterstock.com
Illustrationen Innenseiten: Darko 1981/shutterstock.com

ISBN 978-3-8458-6204-0

Wir behalten uns die Nutzung unserer Inhalte für Text und Data Mining im Sinne von § 44b UrhG ausdrücklich vor.

www.arsedition.de

MIX
Papier | Fördert gute Waldnutzung
FSC® C014496
PRODUZIERT MIT VERANTWORTUNG

All I want for Christmas is LOVE

arsEdition

1

Wishes on Ice

Teil 1

Tina Köpke

Tina Köpkes Schreiben unterstreicht ihre teils stark unterschiedlichen Interessen und ihre Fähigkeit, in verschiedene Welten einzutauchen – von sexy Liebesromanen bis hin zu schrägen Romantasy-Abenteuern. Zusammen mit ihrem Mann und ihrem Vierbeiner lebt sie aktuell in Berlin, wo sie ihre Leser:innen auf Instagram @tinakoepke mitnimmt. Wenn sie nicht gerade an ihrem Schreibtisch zu finden ist, geht sie gern mit ihrer kleinen Familie in der Natur spazieren, schaut TV-Serien oder liest bei einer Tasse Kräutertee ein Buch.

Ava, wenn du ihn weiter so aus der Ferne anstarrst, brennst du ihm noch ein Loch in seinen Helm. Was echt schade wäre, weil dann nicht nur sein Team verliert, sondern auch ich.«

Ich wende den Blick von Max ab und schaue Coby, meine beste Freundin Schrägstrich Mitbewohnerin Schrägstrich Kommilitonin mit hochgezogenen Augenbrauen an. »Hast du etwa schon wieder gewettet?«

Sie streicht sich das glatte, braune Haar über die Schulter und lächelt diabolisch. »Klar. Das ist leicht verdientes Geld. Die Polarfüchse haben in dieser Saison noch kein Spiel verloren.«

Das stimmt. Ich studiere jetzt seit etwas mehr als einem Jahr am Sterling College, und ihre Eishockeymannschaft, die Sterling Arctic Foxes, haben aufgrund ihrer Erfolgssträhne inzwischen im gesamten Bundesstaat von Massachusetts einen gewissen Bekanntheitsgrad erlangt. Ein Großteil der Zuschauenden, die an diesem Samstag durch den ersten Dezemberschnee zur Eishalle gelaufen sind, kommen nur, um das Spektakel eines weiteren Sieges nicht zu verpassen.

Für mich ist das eigentlich nichts. Ich habe von Eishockey keinen blassen Schimmer, egal wie oft ich mir nun schon in der Eishalle den Hintern abfrieren durfte und Coby mir die Regeln erklärt hat. Unter normalen Umständen würde ich nie zu einem Spiel gehen, wäre nicht Max Sloane – Trikotnummer dreizehn – Teil der Mannschaft.

Max kennt mich nicht wirklich. Vermutlich weiß er nicht einmal, dass wir gerade dieselbe Luft atmen. Und das liegt nicht daran, dass er vollkommen auf den Puck konzentriert ist, der schwarz und rund über die Eisfläche schießt, genau auf das Tor zu. Es könnte der entscheidende Punkt sein, und Max dabei zu beobachten, wie er nach vorne prescht, um das blöde Teil endlich zu versenken, ist schon irgendwie faszinierend.

Um uns herum springen die ersten Zuschauenden von ihren Plätzen auf. Sie können es vor lauter Spannung kaum noch aushalten, und sogar Coby, die mit vier älteren Brüdern quasi in den Sport hineingeboren wurde, zerquetscht mir langsam, aber sicher die Hand. Hin und wieder brüllt jemand von den Rängen etwas runter zu den Jungs, die gerade um den Sieg kämpfen, als hinge ihr Leben davon ab. Vielleicht stimmt das sogar. Es wird gemunkelt, dass manche von ihnen nach ihrem Collegeabschluss bereits auf Verträge in der NHL hoffen dürfen. Jedes verlorene Spiel könnte ihre Chancen darauf schmälern.

Der Puck saust in das Tor hinein, noch ehe der Torhüter überhaupt reagieren kann. Für ein paar Sekunden halten Spielende wie Zuschauende die Luft an, ehe es aus uns allen herausbricht.

»Gewonnen!«, kreischt Coby und redet dabei vermutlich mehr von ihrer Wette als von den Polarfüchsen. Dennoch reißen wir gleichzeitig die Arme in die Luft und umarmen uns. Um uns herum wird gejubelt und gepfiffen, Menschen springen ineinander, und hier und da sehe ich sogar vereinzelte Tränen – es ist der absolute Wahnsinn. Mit einem Seitenblick bemerke ich, wie sich unten auf dem Eis die Spieler die Helme von den Köpfen ziehen und sich gegenseitig, aber auch von der Menge feiern lassen.

Ich komme her, weil ich den Vibe nach einem Sieg mag – und natürlich wegen Max. Wenn er mit seinen Mannschaftskollegen vor Erleichterung und Stolz über das ganze Gesicht strahlt, dann ist es eine der ehrlichsten Reaktionen, die ich je bei einem Menschen gesehen habe.

Man möchte meinen, dass jemand wie Max so ein klischeehafter Sporthengst ist. Mit seinen über ein Meter neunzig, dem chaotisch-dunklen Haar und den breiten Schultern könnte er das perfekte optische Vorbild dafür sein. Doch so, wie es sich am Campus erzählt wird, ist er ein durchweg guter Kerl. Seine Freunde schätzen seine Loyalität, und wenn er mit einem Mädchen was am Laufen hatte, verliert diese selbst nach der Trennung kein schlechtes Wort über ihn. Abgesehen davon, dass sie es natürlich nie mögen, dass er überhaupt mit ihnen Schluss gemacht hat. Er tut es aber wohl so feinfühlig, dass sie oft noch mit ihm befreundet bleiben.

Ich meine, wie oft gibt es so was? Vermutlich sollte man ihm vielmehr nachsagen, dass er ein Einhorn ist.

Allerdings habe ich wenig Vergleichsmöglichkeiten. Der eine Junge, mit dem ich im Abschlussjahr der Highschool ausgegangen bin, kann mir nach wie vor gestohlen bleiben, nachdem er per Handynachricht mit mir Schluss gemacht hat. Das war einfach furchtbar und hatte mit Feinfühligkeit in etwa so viel gemeinsam wie ein Elefant mit einem Papagei.

Mir ist schon klar, dass ich etwas unheimlich klinge, wenn ich von Max so schwärme, aber es ist eher so, dass sich unsere Wege seit meinem ersten Tag am College immer wieder rein zufällig kreuzen. Bis auf das eine Mal bin ich mir sehr sicher, dass er dabei nie von mir Notiz genommen hat.

Manchmal stehe ich in der Cafeteria hinter ihm an oder wir teilen uns auf einer Party die Tanzfläche. Er hat Vorlesungen genau neben meinem Hörsaal, und ab und zu laufen wir aneinander vorbei. Aber egal wie nah wir uns bei all den Begegnungen kommen – wir wechseln nie ein Wort miteinander.

Was ich von ihm weiß, habe ich nur über den typischen Collegebuschfunk gehört. Wenn eine so breite Masse an Menschen fast nur Gutes über einen Typen zu berichten hat, dann kann doch nichts Falsches an ihm sein, oder?

Coby und ich warten, bis die Unruhe sich langsam legt und die Zuschauenden die Eishalle verlassen. Die Mannschaft ist längst in den Umkleiden verschwunden, und wenn es nach mir und meinem Temperaturempfinden ginge, wäre ich ebenfalls schon raus, aber Coby wollte unbedingt noch einen Moment sitzen bleiben. Jetzt gerade wühlt sie in ihrer Handtasche herum, während ich auf

Instagram scrolle. Ich folge sowohl den Polarfüchsen als auch Max selbst. Nahezu das gesamte College, inklusive des Lehrpersonals, hat die Spieler auf seinem Schirm. Sie sind hier der ganze Stolz.

»Du solltest ihn endlich um ein Date bitten«, höre ich Coby neben mir sagen.

Ich brumme nur leise und betrachte ein frisch hochgeladenes Bild von Max und zweien seiner Mannschaftskollegen, wie sie sich in der Umkleide in den Armen liegen. Sie haben ihre Trikots ausgezogen und zeigen dem ganzen Internet, wie sportlich sie unter den Klamotten gebaut sind. Doch alles, woran ich denken kann, ist sein zufriedenes Lächeln. Es war das Erste, was ich an ihm mochte.

»Man bittet jemanden wie ihn nicht einfach so um ein Date.« Ich schließe die App und verstaue das Handy in meiner Jackentasche. »Dafür müsste ich mich in einer verdammt langen Schlange bildhübscher Mädchen anstellen, und er ist in einem halben Jahr sowieso weg.«

Als ich aufschaue, präsentiert mir Coby einen Schokomuffin, in dem eine einzelne, brennende Kerze steckt.

»Happy Birthday!«, ruft sie euphorisch und ignoriert damit unsere Unterhaltung über mein nicht existentes Datingleben.

Ein Ablenkungsmanöver. Natürlich. Das hätte ich mir denken können. Wir hatten das Thema, wieso ich mit Max nicht ausgehe, schließlich schon so oft, und das Ergebnis war für keine von uns beiden sonderlich befriedigend.

»Das wäre doch nicht nötig gewesen.« Ich lächle und nehme ihr den Schokomuffin ab. Es ist die Sorte, bei der obendrauf weiße und dunkle Schokostücke und im Kern eine cremige Füllung eingebacken sind. Mein absoluter Favorit aus der Cafeteria, und Coby muss sich früh dort angestellt haben, um noch einen zu ergattern. Mir wird ganz warm ums fast erfrorene Herz.

»Es ist dein Geburtstag«, entgegnet sie und umarmt mich dabei behutsam, denn in ihren Haaren ist genug Haarspray drin, um bei Kontakt mit der Flamme lichterloh zu brennen. »Eigentlich sollte ich dir eine ganze Schokotorte mit den zwanzig Kerzen schenken, aber leider passt die nicht in meine Handtasche.«

Ich lache und schüttle den Kopf. Dunkelblonde, kinnlange Strähnen piksen mich am Hals. »Mir reicht der hier völlig aus. Vielen lieben Dank. Ich hoffe, du musstest dafür niemanden ermorden.«

Coby grinst und deutet mit dem Zeigefinger, den ein weihnachtsrot lackierter Nagel ziert, auf die Kerze. »Meine Ellenbogen haben für dich gekämpft und gewonnen! Dafür musst du dir jetzt aber etwas wünschen. Etwas richtig Gutes, nur für dich.«

»Und was?« Ich verziehe in gespielter Qual das Gesicht. »Ich bin doch mit dir an meiner Seite wunschlos glücklich.«

»Natürlich bist du das. Wie solltest du das auch nicht sein? Ich bin wunderbar.« Wir lachen, denn obwohl Cobys Selbstbewusstsein von hier bis zum Mond reicht, wissen wir beide, dass sie niemals ernsthaft so von sich reden würde. »Dennoch müssen wir etwas dagegen tun, dass du dauernd aussiehst wie ein geprügelter Hundewelpe, sobald wir mal an Nummer dreizehn vorbeilaufen und du ihn wieder nicht angesprochen hast.«

»Autsch.« Ich greife mir mit der freien Hand theatralisch an die Brust – genau dorthin, wo mein Herz sitzt. »Das tat weh.«

»Ist doch so. Ich kann vieles ersetzen, aber einen heißen Kerl mit dem Charme eines Golden Retrievers? Da halte ich nicht mit.«

Sie hat ja nicht ganz unrecht. Ich könnte die Initiative ergreifen und endlich Nägel mit Köpfen machen, die Wahrheit ist allerdings, dass ich ein feiges Huhn bin. Ich fürchte mich zu sehr davor, dass er mir eine Absage erteilt. Ein gebrochenes Herz auszuhalten, nachdem man mit Max zusammen war, ist eine Sache. Das Risiko wäre ich bereit einzugehen. Aber ein gebrochenes Herz zu haben, *bevor* überhaupt irgendetwas passieren konnte … das ist echt unangenehm. Das schmerzt schon, wenn ich nur darüber nachdenke.

Max aus der Ferne anzuhimmeln und mir vorzustellen, wie es wäre, mit ihm zusammen zu sein, ist eine sichere Geschichte.

Keine besonders schöne, zugegeben, doch ich lebe seit einer Weile ganz gut damit.

»Los, puste die Kerze endlich aus«, animiert Coby mich und holt mich aus meinen Gedanken raus.

»Okay.« Ich richte mich etwas auf, strecke die Schultern durch und halte den Muffin mit beiden Händen vor mein Gesicht. Die Geburtstagskerze ist fast runtergebrannt, ich sollte mich also ranhalten.

Aber was soll ich mir nun wünschen?

Das Studium läuft gut. Meinen Eltern geht es super. Abgesehen vom Weltfrieden und der Bekämpfung der Klimakrise gibt es wenig, was mich stört, und für die letzten beiden Punkte bräuchte man wirklich mindestens die zwanzig Kerzen, von denen Coby vorhin gesprochen hat.

Was kann also eine einzige Flamme, ein einziger, kleiner Wunsch bewirken?

Realistisch betrachtet – nichts. Es ist purer Aberglaube. Aber es schadet auch nicht, den Spaß trotzdem mitzumachen, also schließe ich die Augen und hole tief Luft. Ich denke an das Spiel, denke – *mal wieder* – an Max und an das nervöse Flattern, das sich in meinem Bauch bemerkbar macht, wenn sein Blick mich rein zufällig streift.

Eigentlich gibt es nur eine Sache, die ich mir wirklich von Herzen wünsche. Es ist egoistisch, aber verdammt – manchmal darf man das doch sein, nicht wahr? Und Coby wollte, dass ich an mich denke, also sollte ich das auch tun.

Heute ist mein zwanzigster Geburtstag, und als ich die Kerze auspuste, wünsche ich mir nur eine ganz simple Kleinigkeit.

Ich wünsche mir, dass Max, die Nummer dreizehn der Polarfüchse, mich endlich bemerkt.

Ich bin nicht gerade stolz auf meine erste Begegnung mit ihm, aber ich besitze leider den Orientierungssinn eines Kreisels. Besonders wenn ich irgendwo noch nie war, und mein Einzugstag am College bot dafür den perfekten Nährboden. Anstatt in Cobys und meinem Zimmer zu landen, schleppte ich die ersten Kartons direkt in das falsche Wohnheim. Ich erinnere mich noch gut daran, wie ich mich darüber wunderte, dass die Anzahl der Typen exponentiell höher war als von mir vermutet. Als ich meine vermeintliche Tür fand, kurz anklopfte und eine männliche Stimme mich dazu aufforderte, einzutreten, wurde mir langsam bewusst, dass irgendetwas schiefgelaufen sein musste.

Nun, von offizieller Seite war nichts *schiefgelaufen.* Aber mein Orientierungssinn führte mich direkt in das Zimmer von Max Sloane.

Bis heute bezeichnet Coby es als Schicksal, dass Max und ich in unterschiedlichen Gebäuden dieselbe Zimmernummer haben. Ich betrachte es eher als einen gemeinen kosmischen Witz, denn wäre ich an diesem ersten Tag nicht ausgerechnet ihm begegnet, hätte ich mich nicht Hals über Kopf in ihn verliebt.

»Hey! Kann ich dir helfen?«, fragte er mich damals, als ich mit zu vielen Kisten im Arm im Türrahmen stehen blieb und erstarrte. Er musste kurz vorher aufgestanden sein, was morgens um halb neun durchaus im Rahmen des Möglichen ist. Seine Haare waren verwuschelt, er trug nur Boxershorts, und auf seiner linken Wange zeichneten sich noch leichte Spuren von einem Kopfkissen ab. Trotzdem ich so in sein Zimmer, in sein Leben, geplatzt war, lächelte er mich freundlich an.

Ich riss meinen Blick von ihm los, pustete mir eine Strähne aus dem Gesicht und sah mich flüchtig in dem kleinen Raum um. Die eine Hälfte des Zimmers war das spiegelverkehrte Abbild der anderen. Jede Seite besaß ein Bett, einen kleinen Kleiderschrank, eine Kommode, einen Schreibtisch mit Stuhl und ein schmales Regal für Bücher oder Ähnliches.

»Ist das hier nicht Zimmer neunundzwanzig A?«

»Doch, aber ich schätze, du hast dich im Gebäude geirrt.«

»Im Gebäude geirrt?«

»Das hier ist Wohnheim B.«

Im Nachhinein hätte ich mir vielleicht wünschen sollen, dass ich weniger verwirrt und begriffsstutzig rübergekommen wäre.

Er nahm sich ein weißes Shirt, das über dem Stuhl am Schreibtisch hing, und zog es sich an. Ich konnte nicht anders, als das Muskelspiel an seinem Bauch zu betrachten, das entstand, sobald er dafür die Arme hob. »Es gibt eines für Männer und eines für Frauen.«

»Das erklärt den Testosteronüberschuss auf dem Korridor«, murmelte ich, aber es war laut genug, dass er mich hörte und über meine Bemerkung lachte.

»Was dachtest du denn?«

Ich zuckte die Schultern und verlagerte dabei das Gewicht der Kisten ein bisschen mehr nach rechts. Dad würde sich später darüber totlachen, wie ich direkt ins falsche Wohnheim spaziert bin. »Keine Ahnung. Ich habe angenommen, dass … dass sie teils … Geschwister oder so sind?« Ich zog eine Grimasse, weil ich aus der Sache nicht mehr herauskam, ohne mich noch mehr zu blamieren. »Okay, ehrlich gesagt, ich habe mir gar nichts dabei gedacht. Tut mir leid, dass ich hier so reingeplatzt bin.«

Max winkte ab. »Schon gut. Mein erster Tag war auch ein bisschen chaotisch. Wenn du mir zwei Minuten gibst, um mir noch eine Hose zu suchen, helfe ich dir, deine Kisten rüberzubringen.«

Hitze stieg mir in die Wangen, doch anstatt die Gelegenheit zu ergreifen, wollte ich bloß weg von hier. »Das ist nett von dir, aber jetzt weiß ich ja, wo ich hinmuss.« Ich rang mir ein Lächeln ab und wusste schon in dem Moment, dass mein Zukunfts-Ich mich dafür verfluchen würde, dass ich seine Hilfe ausgeschlagen habe. Nur hatte ich gerade Mr. Ich-mache-per-Nachricht-mit-dir-Schluss überstanden, und so nett Max damals auch auf mich wirkte – ich kannte ihn nicht. Und er sah wie jemand aus, der mit Leichtigkeit Herzen brach. Dafür hatte ich einfach keine Nerven. Nicht direkt zu Beginn meines Studiums.

Ich war *so* unwissend.

Seitdem haben wir nie wieder miteinander gesprochen, und ja, ich verfluche die Vergangenheits-Ava tatsächlich dafür. Ich verstehe sie, aber ich verfluche sie auch, und das nicht zu wenig.

Zurück in der Gegenwart sind nach meinem Geburtstag ein paar Tage vergangen, als ich mit Coby von unseren späten Vorlesungen komme. Alles, wonach ich mich noch sehne, sind eine Tasse Kräutertee und mein Bett. Stattdessen bekomme ich einen eisblauen Umschlag, den jemand unter unserer Zimmertür hindurchgeschoben hat.

Coby bemerkt ihn zuerst und hebt ihn auf. Wie eine Detektivin betrachtet sie ihn von vorne und hinten, ehe sie ihn mir hinhält. »Ist für dich.«

Stirnrunzelnd pelle ich meine Finger aus den warmen Handschuhen und nehme ihn ihr ab. Das Papier ist fest und wirkt nicht billig. Mein Name steht auf der Rückseite und die Handschrift sieht aus, als hätte jemand sich Mühe gegeben, besonders lesbar zu schreiben.

»Weißt du, von wem der ist?«

»Nein.« Ich öffne den Umschlag und finde darin eine Karte in Form eines Pinguins auf Schlittschuhen vor.

»Wie süß.« Coby schmilzt noch vor mir förmlich dahin. »Los, schau nach, von wem sie ist!«

Coby ist so ungeduldig wie die Nacht dunkel, aber ausnahmsweise kann ich sie verstehen. Ich reiche ihr den Umschlag und öffne dann die Karte. Mir kommt ein Ticket für die Eislaufbahn im Stadtzentrum entgegen, das ich gerade so noch auffange, bevor es runterfällt. Mein Blick sucht jedoch den Text, der im Inneren des Pinguins geschrieben steht:

Liebe Ava,

keine Ahnung, ob du dich an mich erinnerst. Falls nicht – kein Problem. Aber ich erinnere mich sehr gut an dich und ich würde mir in den Hintern beißen, wenn ich den College-abschluss mache, bevor ich dich zu einem Date eingeladen habe.

Wenn du also Zeit und Lust hast, triff mich am Samstag gegen 17 Uhr bei der Eislaufbahn am großen Weihnachts-baum. Ich besteche dich auch mit einer heißen Schokolade, falls das eine Option für dich ist.

– M

»Oh. Mein. Gott.«

Als ich von der Karte auf- und direkt in Cobys Gesicht schaue, glühen nicht nur meine Wangen, sondern auch ihre.

»Ja, oh mein Gott«, wiederhole ich verblüfft.

»Nummer dreizehn will mit dir ausgehen!«

Ich nicke, zu sprachlos, um selbst etwas zu sagen. Coby drückt es aber schon ganz gut aus.

»Es geschehen noch Zeichen und Wunder. Und du dachtest immer, das würde nie passieren!«

Ich denke an meinen Wunsch. Das kann doch eigentlich nicht sein. Es widerspricht jedweder Logik, dass Max' Einladung aus dieser Richtung herrührt.

»Oh nein«, stoße ich aus und vergrabe mein Gesicht in der offenen Karte. Sie riecht nach Papier und ganz leicht nach einem Männeraftershave.

Sie riecht nach *ihm*. Wie gemein und wundervoll zugleich.

»Was? Was, um Himmels willen, ist jetzt, Ava?« Coby klingt so verzweifelt, wie ich mich fühle.

»Er will eislaufen gehen. Mit mir. Ich habe in zwanzig Jahren noch nicht einmal auf Kufen oder Eis gestanden, und er ist ein verdammter Gott im Eislaufen.«

»Ein *Gott?*«, prustet Coby und wirft sich lachend auf ihr Bett. »Bitte sag mir nicht, dass du ihn in Gedanken einen *Gott* auf dem Eis nennst.«

»Nein, natürlich nicht.« *So was von.* Viel zu oft. Aber wenn man ihn einmal auf dem Eis erlebt hat, kann man das gar nicht anders beschreiben. Mutlos lasse ich mich auf meine Bettkante fallen. »Ich werde mich bis auf die Knochen blamieren. Warum können wir nicht einfach ins Kino gehen?«

»Jetzt hör auf.« Sie sieht mich streng an, kann die Fassade aber nicht lange aufrechterhalten. »Romantischer wird's doch kaum noch als das. Der wunderschöne, riesengroße Baum, ein paar tanzende Schneeflocken und dazu Max, der viel Körperkontakt zu dir haben muss, damit du nicht hinfällst. Ganz ehrlich, ich überlege gerade, dich irgendwo einzusperren und als Ersatz einzuspringen, nur um das selbst mal zu erleben.«

»Vergiss es«, durchkreuze ich ihren Plan und kaue dabei auf der Unterlippe herum. »Lieber blamiere ich mich vor ihm, als erneut auf so eine Gelegenheit zu verzichten. Ich ärgere mich wegen damals immer noch.«

»Ich weiß, also freu dich gefälligst!«

Nun kann ich doch nicht anders und muss grinsen. »Ich habe ein Date mit Max.«

»Du hast ein Date mit Max. Und wir werden vorher mit dir eislaufen üben, damit wirklich absolut gar nichts schiefgehen kann!«

2

Wishes on Ice

Teil 2

Tina Köpke

Ich kann ihn nirgends sehen«, hauche ich ins Telefon, aus Sorge, Max könnte jederzeit neben mir auftauchen und das geballte Sorgenbündel, in das ich mich verwandelt habe, mitbekommen.

»Noch hat er etwas Zeit. Ich sagte doch, du solltest lieber fünf Minuten zu spät da sein als dreißig Minuten zu früh.«

Ich knabbere auf meiner Unterlippe herum, die vor Kälte bebt. Ausgerechnet heute haben wir fast minus zehn Grad – und dabei ist es erst Anfang Dezember. Massachusetts ist jetzt nicht unbedingt die Antarktis. Es wird oft kühl, aber das hier? Das ist klimatische Schikane und vielleicht die Rache dafür, dass mein Geburtstagswunsch rein egoistischer Natur war.

»Es ist besser, mir den Hintern abzufrieren, als das Risiko einzugehen, Max zu verpassen.«

»Ja, versteh ich.« Sie kaut irgendetwas und seufzt dann genüsslich. »Die Plätzchen deiner Mum sind himmlisch.«

»Ich weiß, daher lass mir gerne für nachher noch welche übrig.«

»Du hast Max. Der ist doch auch zum Anbeißen.«

Wir lachen, ehe ich unruhig ausatme und den Blick über die volle Eisbahn schweifen lasse. Sie zieht sich kreisrund um den größten Weihnachtsbaum, den ich je gesehen habe. Und weil es bereits langsam dunkel wird, schimmern die Lichter warm und spiegeln sich in den roten, silbernen und goldenen Kugeln. Die Besuchenden sind ein bunter Querschnitt der Kleinstadtgesellschaft: Jung und Alt, Pärchen, Singles, Freunde. Alle lachen und haben Spaß. Sie trinken am Rand der Eisbahn Glühwein, essen frisch gebackene Waffeln auf den Zuschauerbänken oder drehen nur ihre Runden.

Es ist wirklich schön hier. Wenn ich vorher noch nicht in Weihnachtsstimmung war, dann sollte ich es spätestens nach dieser

Verabredung sein. Und das nicht nur, weil sie die guten, alten Feiertagslieder über die Anlage spielen und sogar ein Santa Claus hier herumläuft, um die Kinder zu begeistern.

Es ist dieses Gesamtpaket aus purer Gemütlichkeit und Glück, das allen ins Gesicht geschrieben steht.

Mein Blick fällt auf eine rote Bommelmütze, und zwei Sekunden später erkenne ich Max als ihren Besitzer. Er trägt eine dicke, warme Jacke und bewegt sich gewohnt sicher auf dem Eis. Doch dann taucht eine dunkelhaarige junge Frau neben ihm auf und hakt sich von hinten schwungvoll bei ihm unter.

Mir rutscht das Herz in die Hose.

»Oh nein«, stoße ich aus und ignoriere die weißen Wölkchen vor meinem Mund.

»Was ist?« Ich hatte ganz vergessen, dass ich noch das Handy am Ohr habe. »Ava, was ist los? Hat sich ein Kind von zu vielen Süßigkeiten auf der Eisfläche übergeben?«

»Schlimmer.«

»Ich glaube, nichts ist schlimmer als –«

»Max ist da. Und er hat eine Begleitung.«

Stille. Ich kann mir richtig vorstellen, wie Coby die Gesichtszüge entgleisen. Würde mir auch so gehen, würde ich nicht gerade versuchen, möglichst unbekümmert auszusehen. Was übrigens echt verdammt schwer ist, wenn man spürt, wie das eigene Herz Risse bekommt. Der Anblick von Max, der über irgendetwas lacht, was seine Begleiterin von sich gegeben hat, wirkt wie der finale Steinschlag.

»Okay, das ist möglicherweise wirklich schlimmer. Kennst du sie?«, fragt Coby nach einer gefühlten Ewigkeit.

»Nein. Hab sie noch nie gesehen.«

»Komisch. Warum ist sie bei ihm? Er hat doch explizit *dich* eingeladen.«

»Schon, aber vielleicht meinte er eine andere Ava?«

Coby schnaubt durchs Telefon. »Quatsch mit Soße. Dafür war

der Text viel zu sehr auf dich und eure erste Begegnung zugeschnitten.«

Sie hat recht. Das passt wirklich nicht. Aber was ist …

Mich beschleicht ein finsterer Gedanke. Einer, der mich von den Bänken vor der Eisbahn aufspringen lässt.

»Was ist, wenn er mich nur verarschen wollte?«

»Das glaubst du doch wohl selbst nicht. Max' Ruf ist tadellos.«

Meine Wangen werden glühend rot, und zum ersten Mal wird mir hier draußen richtig heiß – nur nicht auf die angenehme Weise. »Wer weiß. Vielleicht besitzt er ja eine andere Seite, die niemand kennt. So ein *Dr.-Jekyll-und-Mr.-Hyde*-Ding.«

»Du solltest echt weniger Thriller lesen. Versuch es doch mal mit einer romantischen Komödie, dann wärst du etwas optimistischer.«

Ich übergehe ihren Einwand. »Was, wenn Max denkt, dass ich ihm andauernd auflauere? Vielleicht glaubt er, mich so loszuwerden.«

»Eure Begegnungen sind doch rein zufällig.«

»Ja, aber sie sind so zufällig, dass er meinen könnte, dass sie es nicht sind. Und jetzt will er, dass ich ihn mit einer Freundin sehe, um ihn in Ruhe zu lassen. Dabei mache ich gar nichts! Ich gehe nur zu seinen Spielen …«

Panik schießt in mir hoch. Bisher nahm ich immer an, dass er unsere gekreuzten Wege nie wahrgenommen hätte. Was aber ist, wenn er sie sehr wohl bemerkt und völlig falsch interpretiert hat? Das wäre eine mittelschwere Katastrophe.

Ich schließe die Augen und will mich am liebsten irgendwo selbst begraben gehen.

»Jetzt beruhig dich mal«, redet Coby auf mich ein, aber gerade, als ich dabei bin, mich umzudrehen und möglichst unauffällig zu verschwinden, höre ich ihn hinter mir meinen Namen rufen.

Wie erstarrt bleibe ich stehen.

»Ava?« Coby klingt ziemlich besorgt. »Ava, war das Max?«

Ich brumme zustimmend.

»Hey, Ava«, ruft er erneut nach mir. »Hier drüben!«

Bitte, lieber Gott, tu mir das nicht an. Bitte erspare mir diese Blamage.

»Ich muss jetzt auflegen«, sage ich zu Coby und drücke, bevor sie etwas erwidern kann, auf den roten Hörer. Gleichzeitig drehe ich mich zurück zur Eisbahn und entdecke dort – *danke, danke, danke!* – Max. *Nur* Max. Niemand sonst. Keine Ahnung, wohin seine Begleiterin verschwunden ist, aber ich bin froh, dass sie nicht gleich miterlebt, wie Max alle meine Hoffnungen wie eine Seifenblase zerplatzen lässt.

»Max«, erwidere ich die Begrüßung und stopfe meine Hand, die sich um das Telefon herum verkrampft, in meine Manteltasche. Ich hielt es für schlau, etwas zu tragen, das auffällt, daher ist mein Mantel in einem hellen Violettton gehalten – meine Lieblingsfarbe. Hätte ich mich für etwas Dezenteres entschieden, wäre es leichter gewesen, mich davonzustehlen. *Notiz an mich: Zu Dates nur noch aussehen wie eine unauffällige Juwelendiebin.*

»Du bist da«, stellt er mit einem breiten Lächeln fest, als ich an der Trennwand zwischen Eisbahn und Zuschauerbereich ankomme.

»Jaaa«, stimme ich gedehnt und peinlich berührt zu. Ich schaue mich nach seiner Begleiterin um, aber sie scheint wirklich nirgends zu sein. »Hör mal, ich hab's verstanden, okay? Können wir uns das alles hier« – ich wirble mit dem Zeigefinger in der Luft herum – »ersparen und so tun, als wäre nie etwas gewesen?«

Max lacht, aber es klingt nicht heiter, sondern eher verwirrt. »Wovon redest du?«

»Ach, komm schon.« Ich seufze. Will er wirklich, dass ich es ausspreche? »Du hast mich doch nur eingeladen, damit ich dich und dein Date sehe. Ich hab's verstanden, auch wenn es nicht so ist, wie du denkst. Ich stalke dich nicht.«

»Warte mal. Du denkst, Maggie ist mein Date?« Nun lacht er

wieder, dieses Mal jedoch aufrichtig und offenbar ernsthaft amüsiert. »Ava, sie ist meine Schwester. Wir sind uns eben zufällig über den Weg gelaufen. Sie ist mit Freunden hier verabredet, und ich habe ihr geholfen, die Wartezeit zu überbrücken.«

Seine Schwester. Maggie Sloane. Seine *verdammte* Schwester. Niemand kann so dämlich sein wie ich. Wirklich absolut niemand.

Aus einem Reflex heraus vergrabe ich mein Gesicht hinter meinen Fingern und stöhne. »Es tut mir unfassbar leid«, nuschle ich und spüre gleich darauf ein paar kräftige Hände, die sich sanft um meine Gelenke legen.

»Schon gut. Nicht wild.«

»Für dich vielleicht nicht, aber für mich …«

Ich erlaube ihm, mein Gesicht zu befreien, und lasse mich von seinem gut gelaunten Ausdruck anstecken. Meine Wangen müssen in etwa so rot sein wie eine Tomate. Heiß genug fühlen sie sich dafür an.

Seine braunen Augen fangen mich in all dem emotionalen Chaos, das in mir wütet, wie ein weiches Kissen auf. »Und was war das mit dem Stalking? Muss ich mir Sorgen machen?«

Ich ziehe eine Schnute und schüttle den Kopf. »Nein, ich dachte nur … ich dachte, du denkst, ich verfolge dich, weil wir uns dauernd irgendwie auf dem Campus begegnen. Klingt das albern?«

»Ironischerweise habe ich schon geglaubt, dass du dasselbe von mir denkst.«

»Echt?« Ich blinzle mehrmals. »Muss *ich* mir denn Sorgen machen?«

»Nein, versprochen. Ich stalke hübsche Mädchen nur an Tagen, die auf H enden.«

»Habe ich ein Glück, dass heute nicht Mittwoch, sondern Samstag ist.«

Wir lachen beide, und die Zwingschraube, in der mein Herz sich bis eben noch befunden hat, löst sich allmählich. Endlich kann ich wieder frei atmen und lächeln.

»Hast du Lust, eine Runde mit mir zu drehen?«, fragt Max und deutet mit dem Daumen über seine Schulter zur Eisfläche, ehe er mir seine Hand einladend entgegenstreckt.

Das wäre vermutlich der passende Moment, um ihn vorzuwarnen, dass mein Plan, mit Coby das Eislaufen zu üben, aufgrund von zahlreichen Last-Minute-Hausarbeiten ins Wasser gefallen ist. Doch stattdessen ergreife ich seine Hand, die genauso in dicken Handschuhen steckt wie meine, und lasse mich von ihm zum Schuhverleih führen.

Wird schon irgendwie schiefgehen.

Würde man Medaillen für maximale Instabilität verleihen, ich wäre die ungeschlagene Meisterin in dieser Disziplin. So, wie ich auf den Kufen herumwackle, sehne ich mich fast danach, mir eine dieser Lernhilfen in Form eines kindshohen Pinguins zu schnappen. Aber dann bräuchte ich Max nicht mehr, und ganz ehrlich: Coby hatte recht. Meine Unfähigkeit sorgt dafür, dass ich ihn die meiste Zeit über dicht bei mir habe. Das ist die Peinlichkeit zehnmal wert.

Max ist wirklich sehr fürsorglich. Er hat den Arm um meine Taille gelegt und gleitet mit mir im Schneckentempo über die Bahn. Meine Beine zittern vor Anstrengung und ich werde dieses Date vermutlich noch die nächsten drei Wochen in meinen Muskeln spüren, aber irgendwie macht es trotz allem auch echt viel Spaß.

»Du machst das gut.«

»Ach, das sagst du doch zu allen deinen Dates«, erwidere ich grinsend.

»Klar, ich gehe schließlich nur im Dezember aus, wenn die Eisbahn geöffnet hat.«

»Damit du mit deinen Fähigkeiten angeben kannst?«

»Auch das.«

Ich schüttle grinsend den Kopf. Es ist alles ein Scherz, aber selbst wenn nicht: Mir ist es ziemlich egal, dass ich nicht Max' erste Verabredung bin. Hier und jetzt ist er mein Date und ich seines, und wir amüsieren uns. Mehr kann ich mir gerade kaum wünschen.

»Wie bist du zum Eislaufen gekommen?«, frage ich ihn, nachdem er mir die versprochene heiße Schokolade spendiert hat und wir noch einmal aufs Eis wollen.

»Mein Dad war Hockeyspieler«, erzählt er mir und führt mich zurück auf die Mitte der Bahn. Seine Wangen und Nase sind von der Kälte gerötet, aber sollte ihm das etwas ausmachen, merkt man es ihm nicht an. »Maggie und ich sind quasi auf dem zugefrorenen See hinter unserem Elternhaus geboren worden.«

»Wie schön. Sie sind bestimmt sehr stolz auf dich.«

»Sind sie. Mein Dad ist leider vor einem Jahr ziemlich unerwartet verstorben, aber Mum hört nicht auf zu beteuern, dass er von oben immer noch bei jedem meiner Spiele dabei ist.«

Ich bleibe abrupt stehen und betrachte sein Gesicht, das mir so vertraut ist, obwohl wir uns nie so richtig miteinander unterhalten konnten. »Max, das tut mir leid.«

Es scheint ihm ein wenig unangenehm zu sein und er weicht meinem Blick aus. »Na ja, irgendwann sind wir halt alle mal dran.«

Ihn so zu sehen bricht mir das Herz, dieses Mal jedoch aus völlig anderen Gründen. »Wie alt war er?«

»Gerade einmal siebenundvierzig.«

»Das ist unfair.«

»Ist es. Aber er hat Maggie und mir beigebracht, dass es an allem Schlimmen auch etwas Gutes gibt.«

»Es fällt mir schwer, bei so einer Sache das Positive zu erkennen.«

Er zwingt sich zu einem traurigen Lächeln. »Hat auch eine Weile gedauert.«

Ich nicke verständnisvoll. »Und was hast du erkannt?«

Da wir den ganzen Verkehr aufhalten und ein Hindernis für die anderen Besucher darstellen, deutet Max mir an, weiterzufahren. Wie schon zuvor hält er mich sicher auf den Beinen, sodass ich zunehmend die Angst vor der Glätte unter mir verliere.

»Weil er so jung gestorben ist, wurde mir erst bewusst, wie wichtig es ist, nicht alles im Leben immer aufzuschieben, bis der richtige Zeitpunkt gekommen ist.«

»Das ist ziemlich weise.«

»Deswegen sind wir heute hier.«

Ich drehe den Kopf, um ihn erneut anzusehen, was sich als schrecklicher Fehler herausstellt. Kaum wandert meine Konzentration von meinen Beinen hinüber zu Max, verliere ich das Gleichgewicht und gerate ins Schlingern. Er packt mich fest an der Seite, während ich nach seiner Jacke greife.

Es ist zu spät. *Natürlich* ist es zu spät.

Das alles hier hätte auch nicht einfach so darin enden können, dass ich mich nicht – erneut – blamiere. Irgendwo gibt es ein ungeschriebenes Gesetz, das verlangt, dass ich mich in einem der wichtigsten Momente meiner bisherigen Collegezeit anstelle wie ein absoluter Trottel.

Der Aufprall auf dem Eis tut Max vermutlich mehr weh als mir, denn irgendwie schafft er es, uns im Sturz so zu drehen, dass nicht ich auf dem Rücken lande, sondern er. Ich halte die Luft an und kneife die Augen zusammen. Als ich sie wieder öffne, sehe ich nur einen leicht gequält dreinblickenden Max – unter mir.

Ich will mich entschuldigen, aber alles, was aus mir herauskommt, ist ein Lachen. Ein ungläubiges, übersprudelndes Lachen. Wie eine Cola-Flasche, in die man ein Mentos geworfen hat, und wenn Max mich bisher nicht für verrückt hielt, dann kann ich es ihm nicht verübeln, sollte er es spätestens jetzt tun.

Immerhin sieht er nicht wütend aus, das ist doch schon mal ein gutes Zeichen, nicht wahr?

»Was ist so komisch?«, fragt er und hebt die Hand, um mir eine Strähne aus dem Gesicht zu streichen. Erst da bemerke ich, dass er den Arm der anderen Hand um mich geschlungen hält.

»Das alles. Das ganze Date. Ich schwöre, ich bin normalerweise nicht so … so ungeschickt und tollpatschig.«

»Und der Orientierungssinn, den ich damals miterleben durfte?«

Ich lächle atemlos vom Lachen. »Der ist *immer* eine absolute Vollkatastrophe.«

Für einen langen Augenblick sehen wir uns einfach nur an. Wir vergessen, dass wir mitten auf der Eisbahn liegen, ein nerviges Hindernis für alle Besuchenden. Mein Herz schlägt so laut, dass er es sogar durch meinen Mantel spüren muss. Aber möglicherweise … möglicherweise geht es ihm genauso.

»Du wolltest mir erklären, wieso wir heute hier sind und was das mit deiner neuen Erkenntnis über das Leben zu tun hat.«

Er zieht grinsend die Brauen hoch. »Ach, wollte ich das?«

Ich nicke brummend und kämpfe gegen das Grinsen an, das sich ebenfalls auf mein Gesicht stehlen will. Ich hatte ganz vergessen, wie es ist, wenn man sich verliebt. Wie man dauernd nur lächelt und strahlt vor Glück. Es passiert völlig automatisch, und es kostet echt viel Kraft, es zu unterdrücken.

Es gelingt mir nicht. Meine Mundwinkel zucken und verraten meine Lüge.

»Es ist so«, beginnt Max, die Arme nun beide um mich gelegt. Jemand fährt schimpfend an uns vorbei, aber wir ignorieren ihn, solange uns niemand von hier wegscheucht. »Damals, als du in mein Zimmer geplatzt bist und meine Hilfe abgelehnt hast, fand ich das echt schade. Ich hatte den Eindruck, wir könnten uns gut verstehen.«

»Aus dem kurzen Gespräch?«

Wem mache ich etwas vor? Mir ging es genauso, aber ich necke ihn lieber noch ein bisschen.

Er zuckt umständlich die Schultern. »Wenn man es weiß, dann weiß man es. Doch anstatt dich noch mal zu fragen, ob wir mal ausgehen wollen, kam immer etwas dazwischen. Hauptsächlich das Training, aber ehrlich gesagt … ich war mir nicht sicher, ob du überhaupt interessiert gewesen wärst.«

Ich stöhne und vergrabe mein Gesicht an seinen Schultern. Wenn er nur wüsste. »Mir ging es genauso. Dauernd habe ich dich irgendwo gesehen, das ganze Jahr schon, aber ich habe mich nicht getraut.«

Max hebt mit seinem Daumen und Zeigefinger sanft meinen Kopf hoch, und meine Lippen schweben nur wenige Zentimeter über seinen. Ich spüre seinen Blick auf ihnen, und ein nervöses Kribbeln macht sich in meiner Brust breit.

»Ich wollte nicht meinen Abschluss machen, ohne das endlich mal gemacht zu haben«, gesteht er so leise, dass nur ich ihn verstehen kann. Hoffe ich zumindest, denn das hier, das gehört nur uns beiden.

»Was?«

»Dich zu küssen.« Er hält inne. »Falls ich darf.«

»Ja!«, bricht es, eindeutig zu energisch, aus mir heraus.

Er lächelt und schiebt seine behandschuhten Finger in meinen Nacken, genau zwischen Schal und Mütze, und zieht meinen Kopf näher an seinen. Unsere Lippen treffen sich, und ich spüre, wie mein ganzer Körper sich entspannt.

Max gibt ein zufriedenes Seufzen von sich, und ich verliere mich in unserem ersten Kuss, der warm und weich ist und nach Kakao schmeckt. Mit keiner Fantasie der Welt hätte ich es mir so perfekt vorgestellt, aber als ich mich irgendwann von seinem Mund löse, bemerke ich die Schneeflocken, die leise auf uns herabfallen.

Wir schauen beide nach oben.

Es schneit tatsächlich. Große, dicke Flocken. Und auf einmal sind auf dem Eis alle zu fasziniert von dem perfekten Timing, als dass sich noch jemand an uns stört. Ein Mädchen schießt sogar ein Foto von Max und mir, und ich hoffe, ich finde es später irgendwo auf einem der örtlichen Social-Media-Kanäle, um es abzuspeichern.

»Damit kannst du also den Kuss von deiner Bucketlist streichen«, sage ich an Max gewandt, der nun wieder meine volle Aufmerksamkeit genießt. »Was steht da noch so drauf?«

»Das wüsstest du gerne, hm?«

»Schon, ja. Ich habe nämlich ebenfalls eine, und vielleicht haben wir ja ein paar gemeinsame Punkte, die wir zusammen erledigen können?«

Sein Lachen vibriert bis in meine Brust hinein. »Das klingt wie der schlimmste Anmachspruch aller Zeiten. Benutzt du den immer bei Dates?«

Ich strecke ihm die Zunge raus. »Nein, der gehört ganz exklusiv dir.«

»Sehr gut.« Er hebt den Kopf und raubt mir einen weiteren Kuss. »So viel kann ich dir schon mal verraten: Von denen hier« – ein nächster, kurzer Kuss folgt – »stehen ganz viele auf meiner Liste.«

Ich kann gar nicht glauben, dass das hier alles wirklich passiert. Dass jede Runde, die wir zusammen hier gedreht haben, jedes Lachen und Lächeln, jeder Kuss, jedes Wort, das wir nach all den Monaten endlich miteinander gewechselt haben, tatsächlich echt ist.

»Dann lass uns jeden Einzelnen davon abhaken«, schlage ich vor und beuge mich ihm entgegen, um ihn in viele weitere, wundervolle Küsse zu verwickeln.

3

Under the Northern Sky

Teil 1

Mareike Allnoch

Mareike Allnoch, geboren 1996 in Bad Pyrmont, lebt mit ihrem Freund und endlos vielen Büchern im idyllischen Mittenwald. Insgeheim hat sie schon immer davon geträumt, mit Bergblick und bei einer Tasse Kaffee Geschichten zu schreiben. In ihren romantischen New Adult Romanen entführt sie ihre Leser:innen an malerische Settings, die Sehnsucht wecken. Wenn sie nicht gerade schreibt, liest oder einer neuen Romanidee hinterherjagt, plant sie ihre nächsten Reiseziele. Auf Instagram (@mareikeallnoch) gibt die Autorin Einblicke in ihren Schreiballtag und ihre Buchprojekte. Weitere Informationen unter:
www.mareikeallnoch.de

Yuna

»Herzlich willkommen in unserem Eishotel *Arctic Palace* im Weihnachtsmanndorf Rovaniemi«, begrüßte ich mit einem breiten Lächeln das Pärchen, das soeben aus Deutschland an den Polarkreis angereist war.

Nahezu ehrfürchtig ließen die beiden ihre Blicke an den spiegelnden Wänden, Decken und Säulen entlanggleiten. Wenn man ganz genau hinsah, dann erzählten die Wände sogar eine Geschichte, denn es waren Figuren in das Eis geschnitzt worden. Im Foyer wurden die Gäste von einem riesigen Eisbären begrüßt, der vor allem bei unseren jungen Besuchern das Highlight schlechthin war – von der Eisrutsche einmal abgesehen.

»Wahnsinn«, hauchte die Frau. »Es ist noch viel schöner, als ich es mir vorgestellt habe. Aber es ist auch verdammt kalt.« Sie pustete sich warmen Atem in ihre Hände.

Ich lachte. »Ja, am Anfang muss man sich dran gewöhnen. Die Temperaturen liegen konstant bei minus fünf Grad Celsius. Aber es wird Ihnen hier gefallen, da bin ich mir sicher.«

Der Mann strich beeindruckt über die Eisbärenskulptur. »Ein echtes Meisterwerk.«

»Da ein Teilbereich unseres Eishotels nur von Dezember bis April geöffnet hat, fertigen unsere Eisbildhauer jedes Jahr neue Skulpturen an. In diesem Jahr steht das *Arctic Palace* ganz unter dem Motto der arktischen Tierwelt«, erklärte ich.

Nachdem wir gemeinsam den Check-in vorgenommen hatten, deutete ich auf meinen Kollegen. »Samu wird Sie auf Ihr Eiszimmer bringen und Ihnen alles Weitere zeigen. Bitte scheuen Sie sich nicht, sich bei Fragen an mich zu wenden.«

Als Samu das strahlende Paar mit sich genommen hatte und ich mich wieder den eingehenden Buchungen in unserem Reservierungssystem widmen wollte, kam Paavo Fordell auf mich zu, der Inhaber und Leiter des Eishotels. Er lehnte sich ein Stück über den Eistresen.

»Yuna, haben Sie fünf Minuten? Ich würde gern mit allen Mitarbeitern etwas Wichtiges in der Lounge besprechen.«

»Klar, die große Schar zum Einchecken ist gerade durch. Ich stell nur noch ein Schild auf und komm dann sofort hinterher.«

Die Lounge war ein Raum, der an das Hotel angrenzte und im Gegensatz zu den anderen Zimmern nicht aus Eis bestand, sondern beheizt war. Hier konnten wir auch immer mal wieder herkommen, um uns aufzuwärmen oder einen heißen Kaffee zuzubereiten.

Als ich eintraf, war ich die Letzte, wie ich feststellte.

Paavo Fordell flocht seine Finger ineinander. »Schön, dass es so kurzfristig geklappt hat, es dauert auch nicht lange. Ihr wisst, wie wichtig mir das Eishotel ist. Ich habe hart dafür gearbeitet, dass es jedes Jahr Tausende von Menschen aus aller Welt in seinen Bann zieht. Aber allmählich muss auch ich mir die Frage stellen, wo es künftig mit dem Hotel hingehen soll. Schließlich werde ich nicht jünger.«

Ein paar protestierende Rufe folgten, woraufhin Herr Fordell geschmeichelt abwinkte.

Ein unwohles Gefühl breitete sich in meinem Bauch aus angesichts der Entwicklung, die die Ansprache nahm.

»Ihr müsst mir glauben, die Entscheidung ist mir nicht leichtgefallen. Das *Arctic Palace* und dieses Team liegen mir sehr am Herzen. Ohne euch wäre es nicht das, was es heute ist: eine magische Rückzugsoase, in der unseren Gästen jeder Wunsch von den

Lippen abgelesen wird. Aber ich habe mich dazu entschlossen, mich langsam aus dem Geschäft zurückzuziehen.«

Entsetzen machte sich in mir breit. Herr Fordell wollte doch wohl nicht das Eishotel verkaufen? Die Arbeit hier bedeutete mir einfach alles.

»Doch seid unbesorgt, ich gebe das Hotel in die besten Hände ab. Und –«

In dem Moment öffnete sich die Tür zur Lounge und einer der Fahrer, die die Gäste vom Flughafen abholten, steckte seinen Kopf zur Tür herein.

»Entschuldigen Sie bitte die Störung, Herr Fordell, aber er ist soeben eingetroffen.«

Der Hotelinhaber nickte. »Ach, wie schön, dass er schon da ist. Ich hatte angenommen, sein Flug würde später eintreffen. Bitte, holen Sie ihn doch herein, dann kann ich ihn direkt mit allen bekannt machen.«

Ich runzelte die Stirn. Was meinte er damit?

Die Tür öffnete sich ein weiteres Mal, und ich merkte, wie ich angespannt den Atem anhielt.

Herr Fordell breitete die Arme aus. »Darf ich euch meinen Sohn Leevi vorstellen? Einige kennen ihn vermutlich schon. Er ist geradewegs aus den Staaten hierhergeflogen und wird mich von jetzt an unterstützen, bevor er künftig vollständig die Leitung des Eishotels übernimmt.«

Plötzlich kam mir alles nur noch wie in Zeitlupe vor. Als würde die Szenerie von waberndem Nebel erdrückt werden, der die Menschen in einen Zustand der Trägheit versetzte. Die Geräusche, die an mein Ohr drangen, waren kaum lauter als Schnee, der leise zu Boden rieselte.

Ein junger Mann betrat die Lounge, kleine Eiskristalle glitzerten in seinem dunkelbraunen Haar. Er trug einen schwarzen Mantel, auf dem sich ebenfalls Schneeflocken abgesetzt hatten. Ein markantes Kinn und prägnante Wangenknochen schoben sich in mein Sichtfeld. Und im nächsten Moment blickte ich in wahnsinnig blaue Augen, die an tiefklare Gletscher erinnerten.

Ich konnte nicht fassen, dass ich gerade Leevi Fordell gegenüberstand.

Dem Mann, der mir vor drei Jahren das Herz gebrochen hatte.

In mir herrschte das reinste Chaos, und ich hatte das Gefühl, mich erst in einen Eiszapfen zu verwandeln, nur um dann in Flammen aufzugehen.

Drei Jahre lang war Leevi wie vom Erdboden verschwunden gewesen. Drei Jahre lang hatte ich nichts von ihm gehört.

Und jetzt stand er nach all dieser Zeit vor mir und hätte doch nicht weiter entfernt sein können.

Die restliche Ansprache von Paavo Fordell bekam ich nur noch wie in Trance mit. Danach verließ ich nahezu fluchtartig den Raum. Allerdings kam ich nicht weit, denn auf meinem Weg zur Rezeption hielt mich auf einmal jemand am Arm zurück.

»Yuna, warte mal.«

Obwohl ich dagegen ankämpfen wollte, sandte seine Stimme einen angenehmen Schauer über meinen Rücken. Langsam drehte ich mich um und blieb an Leevis eisblauen Augen hängen, die mich aufmerksam musterten. Er hatte sich kaum verändert, und dennoch wirkte er anders. Reifer, männlicher.

Es ärgerte mich, dass er es immer noch schaffte, mein Herz schneller schlagen zu lassen. Meine Gedanken kehrten zu jener heißen Nacht zurück, die Leevi und ich miteinander geteilt hatten, bevor er kurz darauf für immer aus meinem Leben verschwunden war. Ich dachte daran, wie er mich berührt und angesehen hatte. Selbst jetzt war es, als würde glühende Lava durch meine Adern schießen und mich von innen heraus verbrennen. Damals hatte ich wirklich gedacht, aus uns könne ein Paar werden.

Ich nahm mir vor, meine erneut aufkeimenden Gefühle für Leevi unter einer dicken Eisschicht zu begraben. Und wo würde das besser klappen als in einem Eishotel?

Langsam sickerte die Erkenntnis in mein Unterbewusstsein, dass ich keine andere Wahl hatte, als mit ihm auszukommen, denn er würde bald mein Boss sein.

Mir wurde schlecht.

»Es ist schön, dich wiederzusehen, Yuna.« Leevi lächelte dieses schiefe Lächeln, das mir immer Herzklopfen bereitet hatte. Anscheinend immer *noch* tat, denn in meiner Brust klopfte es aufgeregt. Als wären Eisbildhauer am Werk. Mieses, verräterisches Herz!

Ich sah ihn fassungslos an. »Das ist alles, was du zu sagen hast? Nach drei Jahren?«

Leevi stieß ein tiefes Seufzen aus. Eines, das nicht genervt klang, sondern Reue ausdrückte. »Glaubst du, mir fällt das hier leicht?«

Ich zuckte mit den Schultern. »Keine Ahnung. Immerhin ist es dir ja auch ziemlich leichtgefallen, ohne einen Ton nach New York zu verschwinden.« Die Worte waren raus, ehe ich darüber hatte nachdenken können. Doch jetzt gab es kein Zurück mehr. Und ich hasste mich dafür, dass meine Stimme trotz all der Zeit, die inzwischen vergangen war, verletzt klang.

Aber ich würde Leevi Fordell gewiss nicht noch einmal auch nur in die Nähe meines Herzens lassen.

Er sah mich bittend an. »Yuna, können wir vielleicht in Ruhe miteinander reden? Ich möchte wirklich, dass das hier funktioniert.«

»Ich muss zurück an den Empfang«, erwiderte ich unwirsch.

Und damit ließ ich Leevi einfach stehen, während mein Herz unnachgiebig und lodernd in meiner Brust schlug.

Kaum dass meine Kollegin Jessica mich nach Schichtende am Empfang abgelöst hatte, beschloss ich, noch einen abendlichen Spaziergang durch das Weihnachtsmanndorf zu machen, um wieder ein bisschen runterzukommen. Die ganze Zeit über kreisten meine Gedanken nur um Leevi Fordell – und das musste ich schleunigst ändern.

Mein Atem kräuselte sich in der Winterluft und ich genoss die Kälte. Sie half mir dabei, das Chaos in meinem Kopf zu lichten. Kinder liefen lachend an mir vorbei und spielten im Schnee, im Hintergrund drang festliche Musik an meine Ohren. Zudem lag ein süßer Duft in der Luft. Irgendwo klingelten ein paar Glöckchen. Ich vermutete, dass es von den Rentierschlitten stammte, die hier überall Touristen durch unser Winterwunderland fuhren.

Ich mochte die Atmosphäre, die zur Adventszeit herrschte. Mein Blick fiel auf den riesigen, festlich geschmückten Tannenbaum, dessen Lichter eine angenehme Wärme verbreiteten.

Ich schob die Hände tief in die Taschen meiner dicken Winterjacke. So sehr ich es auch vermeiden wollte, wanderten meine Gedanken immer wieder zu Leevi.

Ich musste schlucken. Ich hätte nicht gedacht, dass es so wehtun würde, ihm wieder gegenüberzustehen. Dass da immer noch so viel Unausgesprochenes war, das wie ein Eisberg zwischen uns emporragte. Unweigerlich musste ich an den Spruch »Zeit heilt alle Wunden« denken. In den letzten Jahren hatte sich möglicherweise eine Eisschicht über meine Wunde gelegt, doch sie war kurz davor, wieder frisch aufzureißen.

Ich entschied mich dazu, mir eine heiße Tasse Kakao zu genehmigen, denn meiner Meinung nach gab es nichts Beruhigenderes, als warme Schokolade mit einem Schuss Amaretto zu trinken. Vielleicht würde die Welt dann schon wieder etwas freundlicher aussehen. Wie gern hätte ich mich mit meiner besten Freundin Jonne getroffen, allerdings verbrachte sie mit ihrem Freund zurzeit ein paar Tage in Stockholm.

Kurze Zeit später saß ich mit einer dampfenden Tasse Kakao im *Café of Mrs Claus*, im Café der Weihnachtsfrau. Ich liebte dieses Lokal. Das Holzhaus war nicht nur von außen ansprechend, sondern verströmte von innen auch äußerst viel Wärme mit seinem urig-gemütlichen und rustikalen Einrichtungsstil. Fast alle Holztische waren besetzt. Kein Wunder, hier war momentan Hochsaison.

Magda, eine der Kellnerinnen des Cafés, trat an meinen Tisch. Ich kannte die ältere Dame, seit ich ein kleines Kind war.

»Yuna, alles in Ordnung bei dir? Du wirkst so bedrückt.« Sie bedachte mich mit einem sorgenvollen, fast mütterlichen Blick. »Hat es etwas mit der Rückkehr von Leevi zu tun?«

Überrascht zog ich die Augenbrauen hoch. »Du hast es schon gehört?«

Magda zuckte nur mit den Schultern. »Du weißt doch, solche Nachrichten verbreiten sich in unserem kleinen Weihnachtsmanndorf schneller als ein Lauffeuer.«

Ich seufzte. Manchmal hatte das wirklich seine Nachteile. »Ich hab keinen blassen Schimmer, wie ich mich ihm gegenüber verhalten soll«, gestand ich leise.

Magda strich mir über die Schultern. »Über manche Dinge muss man hin und wieder auch erst mal eine Nacht schlafen. Oder heiße Schokolade trinken und Cookies essen.« Sie schenkte mir ein verschwörerisches Grinsen, verschwand kurz darauf hinterm Tresen und kam mit einem Teller köstlich riechender Kekse zu mir zurück. »Sie sind noch ofenwarm, du musst unbedingt davon kosten. Gehen aufs Haus.«

Dankbar sah ich Magda an. »Du bist ein Schatz.«

Die Frau mit dem wogenden Busen und dem gemütlichen Bäuchlein winkte ab. »Nicht dafür.«

Eine ganze Weile lang saß ich einfach nur so da und schaute nach draußen in die verschneite Landschaft. Nebenbei trank ich meinen Kakao und aß Magdas Kekse, die himmlisch schmeckten.

Ich war so in Gedanken versunken, dass ich gar nicht bemerkte, wie jemand zu mir an den Tisch trat.

»Ist da noch frei?«, vernahm ich eine warme Stimme, die mich an einen knisternden Kamin erinnerte, und sah auf einmal in Leevis Gesicht.

Was machte er hier? Und warum musste Leevi ausgerechnet zu mir kommen? Konnte er sich nicht einfach an einen der anderen Tische setzen?

»Sicher. Ist ja ein öffentliches Café«, antwortete ich etwas patzig. Leevi ließ sich davon nicht beirren und setzte sich auf den Stuhl mir gegenüber. Er bestellte ebenfalls einen heißen Kakao, jedoch mit Eierlikör. Magda warf mir stillschweigend einen Blick zu, ihre buschigen Augenbrauen zusammengezogen.

Ich spielte an dem Henkel meiner Tasse, da ich es nicht schaffte, Leevi in die Augen zu schauen. Glücklicherweise erschien Magda kurze Zeit später wieder an unserem Tisch. Ich bildete mir ein, dass sie Leevis Kakaotasse absichtlich etwas schwungvoller und ruppiger auf dem Holz abstellte, der Kakao schlug kleine Wellen. »Aufpassen, heiß!«

Leevi war offenbar auch nicht entgangen, dass Magda einen recht forschen Ton angeschlagen hatte, denn er zuckte leicht zusammen. »Tja, dann … äh … Prost«, nuschelte er und nahm einen Schluck. Als er seine Tasse wieder absetzte, ertappte ich mich dabei, wie ich ein paar Sekunden zu lang auf seine Lippen starrte. Noch immer hatte ich nicht vergessen, wie warm und weich sie sich anfühlten und dass Leevis Lippen wie Lebkuchen geschmeckt hatten …

»Es kommt mir wie eine halbe Ewigkeit vor, dass wir beide hier gesessen und gemeinsam Magdas Kakao getrunken haben.« Leevi lächelte bei der Erinnerung, doch es wirkte traurig.

»Könnte daran liegen, dass es eine halbe Ewigkeit her *ist*.« Ich konnte mir den spitzen Kommentar nicht verkneifen.

Leevi sah mich einfach nur an. Für einen Wimpernschlag

meinte ich, Schmerz in seinen Augen aufblitzen zu sehen, aber vielleicht bildete ich mir das auch ein.

Ich holte tief Luft. »Leevi, was soll das hier? Versuchst du gerade ernsthaft, Small Talk mit mir zu halten und über alte Zeiten zu reden?«

Er schob sich eine Haarsträhne aus der Stirn. »Gott, ich benehme mich wie ein Vollidiot. Ich hätte bloß nicht erwartet, dass …« Er brach ab, sammelte sich. »Ich hätte nicht gedacht, dass es mich so aus der Bahn werfen würde, dich wiederzusehen.« Seine Stimme war mit jedem Wort immer leiser geworden.

Ich war machtlos dagegen, dass mein Herz einen unkontrollierten Hüpfer machte. Abermals zwang ich mich dazu, dieses Gefühl in eine Ecke zu drängen, und führte mir stattdessen vor Augen, wie sehr er mich damals verletzt hatte.

»Hör auf, Leevi«, bat ich ihn. »Mach es nicht noch schlimmer.«

Er streckte seine Hand über den Tisch und schien nach mir greifen zu wollen, entschied sich im letzten Moment jedoch dagegen und zog sie zurück. »Bitte lass es mich erklären, Yuna.«

»Du hattest drei Jahre lang Zeit dazu. Und jetzt ist es zu spät.«

Flehend schaute er mich an. »Was ich damals getan habe, tut mir unglaublich leid. Und ich weiß, wie kitschig und verlogen sich das anhört, aber wenn ich die Zeit zurückdrehen könnte, dann würde ich es tun. Ich erwarte nicht, dass du mir eines Tages verzeihst. Ich bitte dich bloß, mich wenigstens anzuhören. Gehen wir draußen eine kleine Runde spazieren?«

Ich zögerte. Damals hatte ich so sehr eine Erklärung haben wollen, warum Leevi mich aus seinem Leben ausradiert hatte, als hätte es diese Nacht im Whirlpool unter freiem Sternenhimmel nie gegeben. Vergeblich hatte ich nach Antworten gesucht.

Ich wusste nicht, ob ich die Wahrheit jetzt noch hören wollte. Ob ich sie ertrug. Gleichzeitig merkte ich, wie ich unter Leevis flehendem Blick weich wurde. Wie mein Herz weich wurde. »Du hast zehn Minuten. Keine Sekunde länger.«

Wir bezahlten und verließen das Café. Schweigend und in einigem Abstand zueinander liefen wir durch die Nacht. Es hatte angefangen, leicht zu schneien. Ich spürte regelrecht, dass es nur noch wenige Tage bis Weihnachten waren, da eine festliche Stille über allem lag.

Bis auf unsere knirschenden Schritte im Schnee war fast kein Geräusch zu hören. Als gäbe es hier draußen nur Leevi und mich.

»Ich hab Rovaniemi vermisst«, gab er mit Blick auf das geschmückte Weihnachtsmanndorf zu. »New York ist so anders, viel lauter, hektischer, chaotischer.«

Unweigerlich fragte ich mich, wie sein Leben in New York wohl aussah. Hatte er eine Freundin? Energisch wischte ich den Gedanken beiseite. Ich wartete darauf, dass er weitersprach, und beobachtete ihn dabei, wie er die Hände in den Taschen seines Mantels vergrub.

»Als meine Mutter vor drei Jahren starb, kurz bevor wir …« Leevi sprach den Satz nicht zu Ende, doch ich wusste ganz genau, was er sagen wollte. »Ich war zu dem Zeitpunkt am Ende. Und als Dad mich dann auch noch gebeten hatte, ihn im Eishotel zu unterstützen, wo Mum nicht mehr da war … Ich konnte es einfach nicht. Das alles war zu viel für mich. Es hat mich erdrückt, mir die Luft abgeschnitten.«

Es war damals ein großer Schock für das gesamte Dorf gewesen, als Henrike Fordell ihrem Krebsleiden erlegen war. Sie war eine fantastische Frau gewesen, die das Leben und vor allem das Weihnachtsmanndorf geliebt hatte. Auf irgendeine Art und Weise konnte ich verstehen, dass Leevi all das über den Kopf gewachsen war. Dass er die Flucht angetreten hatte und nicht bereit gewesen war für etwas Ernsthaftes mit mir, weil er kurz zuvor seine Mutter verloren hatte. Und dennoch gab es etwas, das ich bis heute nicht verstand.

»Warum hast du nicht mit mir geredet? Nach dem, …« Ich brach ab. *Nach dem, was zwischen uns war*, hatte ich eigentlich sagen wollen, doch es wollte mir nicht über die Lippen kommen.

Vielleicht auch, weil ich mehr in das zwischen Leevi und mir hineininterpretiert hatte, als er darin gesehen hatte. Wir hatten nie darüber gesprochen, da Leevi zu dem Zeitpunkt Rovaniemi schon verlassen hatte.

Er hatte inzwischen angehalten. Wir standen in einem kleinen Wäldchen, über uns schienen der Mond und unzählige Sterne am Himmel. Die Schneeflocken waren mittlerweile größer geworden.

»Weil ich es nicht konnte, weil ich ein verdammter Feigling war«, sagte Leevi mit großem Bedauern in der Stimme. »Ich hatte Angst.«

Ich verstand nicht so recht. »Angst wovor?«

Leevi holte tief Luft. »Angst vor meinen eigenen Gefühlen. Ich wusste, wenn ich mit dir reden würde, dann würde ich es nicht schaffen, Rovaniemi zu verlassen. Ich hätte es nicht übers Herz gebracht. Und gleichzeitig hatte ich Angst davor, dass, wenn ich hiergeblieben wäre, ich dich tiefer in mein Gefühlschaos hineingezogen hätte. Ich musste erst einmal mit mir selbst zurechtkommen.«

Ich blinzelte verwirrt. Sollte das bedeuten, dass … dass Leevi das damals mit uns doch etwas bedeutet hatte? Ob sich Menschen manchmal wirklich zum falschen Zeitpunkt über den Weg liefen?

»Du hättest wenigstens auf eine meiner Nachfragen, ob es dir gut geht, reagieren können«, wandte ich ein. »Wenigstens eine verdammte Nachricht schicken.«

»Ich wollte dir so oft schreiben«, wisperte Leevi. »Ich hab ständig an dich gedacht, an unsere Nacht. Mit jedem Tag ist es mir schwerer gefallen, mich zu melden, weil ich mich unglaublich für meine Feigheit geschämt habe. Und als ich dir ein paar Wochen später geschrieben, von dir aber keine Antwort mehr bekommen hatte, da wusste ich, dass ich es endgültig vergeigt habe.«

Ich runzelte die Stirn. »Du hast mir geschrieben? Ich hab nie eine Nachricht von dir erhalten.« Kaum hatte ich den Satz ausgesprochen, dämmerte es mir. »Ich habe ein neues Handy. Mein altes ist mir bei der Arbeit im Hotel kaputtgegangen.«

»Oh«, machte Leevi nur, bevor kurz wieder Stille zwischen uns einkehrte. »Hättest du mir nach all der Zeit denn noch geantwortet?«

Das war eine gute Frage. Ich zuckte mit den Schultern. »Keine Ahnung.«

Meine Gedanken überschlugen sich und ich wusste nicht, was ich von alldem hier halten sollte. Und ob das, was Leevi mir soeben anvertraut hatte, irgendetwas ändern würde. Ich hatte keinen blassen Schimmer, wie ich von jetzt an jeden Tag mit ihm zusammenarbeiten und mit seiner Nähe klarkommen sollte. Und ich wollte keineswegs meine Arbeit gefährden.

Ich atmete tief ein und aus. »Hör mal, mir bedeutet die Arbeit im Eishotel wirklich viel. Lass uns versuchen, das Ganze hier möglichst professionell zu betrachten, okay?«

Leevi sah mich irritiert an, in seinen Augen flackerte etwas auf. »Professionell?«, fragte er verständnislos. Wieso bildete ich mir ein, dass er enttäuscht klang?

Während mir das Herz bis zum Hals klopfte, sagte ich: »Ja, professionell. Es ist inzwischen viel Zeit vergangen. Wir können das doch sicher wie Erwachsene regeln, oder? Buchen wir das Ganze von damals einfach unter einem harmlosen Flirt ab.«

Himmel, wie verlogen meine eigenen Worte klangen. Nichts davon entsprach auch nur ansatzweise der Wahrheit.

»Harmloser Flirt?« Leevi wirkte gekränkt. Aber da ich meinem eigenen Urteilsvermögen gerade keinen Millimeter über den Weg traute, schenkte ich dem nicht viel Beachtung.

Stattdessen streckte ich meine Hand aus. »Auf eine professionelle Zusammenarbeit.«

Leevi schien zu zögern, sein Arm schwebte scheinbar in der Luft. Dann ergriff er meine Hand und schüttelte sie. »Auf eine professionelle Zusammenarbeit«, antwortete er gedehnt und mit diesem merkwürdigen Unterton in der Stimme.

Dabei hielten wir einander jedoch etwas länger fest als unbedingt notwendig, das Eisblau seiner Augen traf auf mein Kastanienbraun. Ich musterte unsere ineinander verschlungenen Hände.

Schon wieder regte sich etwas in meiner Brust. Und leider nicht nur dort. Auch zwischen meinen Beinen breitete sich ein verheißungsvolles Ziehen aus. So sehr ich auch zu verdrängen versuchte, was zwischen Leevi und mir gelaufen war – weder mein Herz noch mein Körper hatten es vergessen.

Verdammt, wem wollte ich hier eigentlich was vormachen?

Ich wünschte mir so sehr, dass mir dieser unverschämt attraktive Kerl egal wäre. Dass seine Blicke mich nicht in diesen Rauschzustand versetzen würden.

Doch die Wahrheit war: Leevi Fordell ging mir noch immer unter die Haut.

4

Under the Northern Sky

Teil 2

Mareike Allnoch

Leevi

Auf eine professionelle Zusammenarbeit, hallte Yunas Stimme selbst am nächsten Morgen noch immer höhnisch in meinem Kopf nach. Ich war auf dem Weg zum Empfang unseres Eishotels, wo ich mich mit meinem Vater verabredet hatte.

Ganz sicher wollte ich keine professionelle Zusammenarbeit mit Yuna! Ich hatte gehofft, dass es einfacher sein würde, ihr nach drei Jahren gegenüberzutreten, aber Scheiße – ich hatte die Rechnung ohne meine Gefühle gemacht. Selbst in der Zeit, die ich in New York verbracht hatte, war sie mir nicht aus dem Kopf gegangen.

Yuna Perta gelang es noch immer, mein Blut in Wallung zu bringen. Und damit meinte ich nicht nur meinen Schwanz, der sich ebenfalls bemerkbar gemacht hatte, kaum dass ich ihr gegenübergetreten war.

An der Rezeption warteten bereits mein Vater und Yuna. Sie sah wieder einmal bezaubernd aus. Mit der dunkelblauen Winterjacke, ihren blonden Locken, die sich über ihre Schultern kringelten, und den von der Kälte geröteten Wangen.

Ein verhaltenes und wenig begeistertes »Hallo« kam über ihre Lippen, während mein Vater mir gut gelaunt auf die Schulter klopfte. »Guten Morgen, mein Sohn! Dann können wir ja starten. Ich habe nämlich direkt einen Auftrag für euch beide.«

»Auftrag? Für uns beide?«, wiederholte Yuna nervös, wobei ihre Nasenflügel leicht flatterten. Süß.

Mein Vater nickte. »Ich habe mir überlegt, dass wir das Ausflugsprogramm noch etwas ausweiten könnten, sowohl für Festbucher als auch für die Tagesgäste.«

»Aber sind wir derzeit nicht ausreichend aufgestellt? Mit Schneeschuhwandern, Skilanglauf, Rentier- und Huskyfahrten und den Nordlichtertouren …?«, zählte Yuna auf.

Mein Vater legte den Kopf schief. »Schon, nur fehlt mir das gewisse Etwas für meine Gäste – die Magie. Mein Gedanke war, dass wir den Fokus insbesondere auf die Pärchen legen und dementsprechend unsere Romantik-Aktivitäten ausbauen sollten. Angefangen bei einer romantischen Rentierschlittenfahrt mit Punsch und Glühwein über ein köstliches Drei-Gänge-Menü in der Romantik-Suite bis hin zu eiskalten Cocktails vor dem Kamin. Und ich möchte, dass ihr einmal den vollständigen Ablauf des Programms testet.«

Ich sah, wie Yuna förmlich alles aus dem Gesicht fiel, sich dieses kurz darauf jedoch wieder in eine unlesbare Maske aus Eis verwandelte. »Wie … wie meinen Sie das genau?«

Mein Vater deutete zunächst auf mich und dann auf Yuna. »Dass ihr beide hervorragend in die Zielgruppe passt und das Produkt daher optimal testen könnt. In exakt« – er warf einen Blick auf seine Uhr – »zwei Stunden kommt euer Schlitten.«

»Aber was ist mit meiner Schicht am Empfang?«, startete Yuna einen weiteren Versuch, der von meinem Vater jedoch sofort im Keim erstickt wurde.

»Ach, kein Problem. Ich habe bereits für Ersatz gesorgt, Jessica wird an der Rezeption einspringen.«

»Klasse.« Yuna schnitt eine Grimasse, und ich könnte schwören, dass es im Eishotel noch ein paar Grad kälter geworden war.

»Wieso hast du nichts gesagt?«, fauchte Yuna mich an, als wir draußen auf unsere *romantische Schlittenfahrt* warteten. Sie schaute so grimmig drein wie der Grinch höchstpersönlich und hatte die Arme missmutig vor ihrem Oberkörper verschränkt.

Was sie leider nur noch niedlicher machte. Ich hatte mich damals wie das größte Arschloch überhaupt benommen, und ich konnte es ihr wohl kaum übelnehmen, dass sie nichts mehr von mir wissen wollte. Und trotzdem war da diese leise Stimme in meinem Kopf, die sagte: *Was wäre, wenn …?*

»Das ist absurd, dass dein Vater ausgerechnet uns hierfür ausgesucht hat«, murmelte Yuna.

Ich zuckte mit den Schultern. »Er vertraut dir eben. Und legt viel Wert auf deine Meinung.«

Darauf wusste sie schließlich nichts mehr zu erwidern.

Wenn ich ehrlich war, dann fand ich den Vorschlag meines Vaters auch längst nicht so abstoßend wie sie. Denn vielleicht würde ich dann doch noch die Chance bekommen, Yuna zu beweisen, dass ich meine Fehler wiedergutmachen wollte und dass das Knistern zwischen uns nicht zu ignorieren war …

»Entschuldigung, gehören Sie beide zusammen?«, fragte der Kutscher, der soeben mit seinem roten, weihnachtlich geschmückten Schlitten vorgefahren kam, vor den zwei Rentiere gespannt waren. Der Fahrer stand auf und musterte uns.

Yuna schüttelte sogleich energisch den Kopf. »Nein, also, wir sind kein Paar. Er ist mein zukünftiger Boss und –«, plapperte sie drauflos, woraufhin der Kutscher sie mit einem freundlichen Lächeln unterbrach.

»Eigentlich wollte ich nur wissen, ob Sie beide mitfahren.«

»Oh.« Eine leichte Röte breitete sich auf Yunas Wangen aus, was mir gefiel.

Um keine peinlich berührte Stille aufkommen zu lassen, lächelte ich den Fahrer an. »Ja, danke.«

Ich stieg nach Yuna in den Schlitten, wobei ihr wohlgeformter Pfirsich-Po meine Aufmerksamkeit auf sich zog. Bilder liefen vor meinem inneren Auge wie ein Film ab. Wie wir beide nackt in diesem Whirlpool gesessen hatten und schließlich eins zum anderen geführt hatte … Ich übertrieb nicht, wenn ich behauptete, dass das der geilste Sex in meinem bisherigen Leben gewesen war. Und dass keine Frau mein Herz so hatte erwärmen können, wie es ihr gelungen war. Was in dieser Situation fast ein wenig widersprüchlich war, so frostig, wie Yuna mir begegnete.

»Warum gibt es eigentlich nur *eine* Decke?«, klagte sie prompt und blickte noch ein bisschen missmutiger drein, wenn das denn überhaupt möglich war.

Ich versuchte mich an einem spöttischen Lächeln. »Weil das eine romantische Pärchen-Schlittenfahrt ist, falls du dich an die Pläne meines Vaters erinnern kannst.«

»Wir sind weder ein Pärchen noch hat das hier auch nur ansatzweise etwas mit einem romantischen Ausflug zu tun. Das ist eine beruflich bedingte *Mission*«, stellte sie sofort klar und rutschte unter der großen Decke für uns beide ans andere Ende des Schlittens, um bloß keinen Körperkontakt entstehen zu lassen.

Das hier würde schwieriger werden, als ich es mir vorgestellt hatte. Selbst ein Eisklotz schien mehr Wärme auszustrahlen.

Inzwischen hatte der Kutscher wieder vorne Platz genommen, und der Schlitten fuhr gemächlich an.

»Hatten wir nicht gestern Frieden geschlossen? Warum verhältst du dich dann wie die Eisprinzessin höchstpersönlich?«, konfrontierte ich Yuna.

»Tue ich gar nicht!«

»Ich bin mir sicher, dass selbst der Punsch und der Glühwein in den Thermoskannen gefroren sind«, erwiderte ich und deutete vielsagend auf die warm haltenden Behälter, die im Fußraum der Kutsche in einem Korb standen.

Danach breitete sich wieder Schweigen zwischen uns aus.

Ich ließ meinen Blick über die eingeschneite Landschaft streifen. Erst jetzt fiel mir auf, *wie sehr* ich Rovaniemi und unser Weihnachtsmanndorf vermisst hatte. Ich hatte damals einen großen Fehler begangen, als ich Hals über Kopf nach New York abgehauen war. Doch diesen Fehler würde ich nicht noch einmal begehen. Ich wollte mich endlich der Vergangenheit stellen und nicht mehr flüchten. Und was mir auch klar wurde: Ich wollte Yuna zurückerobern.

Sanft liefen die Rentiere durch den pudrigen Schnee, als würden die Tiere auf Wolken laufen. Kurz schloss ich meine Augen und genoss die beruhigenden Geräusche, die mich umgaben. Genoss den Geruch von Schnee, der in der Luft lag. In New York hatte ich zumeist nur Autolärm in den Ohren und Auspuffgase in der Nase gehabt.

Als ich meine Augen wieder öffnete, bemerkte ich, dass Yuna mich beobachtete. Durch die Kälte glitzerten Eiskristalle auf ihren langen Wimpern. Wie ertappt schaute sie prompt in die andere Richtung und stierte in den Wald, was mir ein zufriedenes Lächeln entlockte.

In diesem Moment ging ein Ruck durch den Schlitten, als wären wir mit einer der Kufen über einen Stein gefahren, und Yuna rutschte gegen mich. Ihre Beine stießen gegen meine, und mir wurde heiß.

Für einen Augenblick waren Yuna und ich wie erstarrt, und wir verharrten regungslos in dieser Position. Sekunden verstrichen, in denen sich keiner von uns rührte. Ich wusste selbst nicht, ob ich von allen guten Geistern verlassen war, als ich meine Hand unter der Decke nach Yuna ausstreckte. Mit meinen Fingern über ihr Bein strich.

Ich wartete darauf, dass sie mir sagte, dass sie das hier nicht wollte, rechnete förmlich damit. Doch noch immer blieb sie ganz still. Ich verfolgte jede ihrer Reaktionen aus dem Augenwinkel. Registrierte, wie ihr Atem stockte, was mich dazu ermutigte, weiterzumachen. Sacht streichelte ich ihren Oberschenkel, und obwohl wir beide dicke Winterkleidung trugen, kam mir der Gedanke, dass das hier gerade nicht aufregender sein könnte. Ich war wie berauscht.

Yuna warf mir einen Blick zu, der direkt in meine Mitte schoss.

Ein Schleier hatte sich über das Kastanienbraun ihrer Augen gelegt, ihre Wangen leuchteten. Hitze breitete sich in mir aus.

Kurz spähte Yuna prüfend zu dem Kutscher. Ihr Atem ging schneller, kaum dass ich meine Hand noch etwas mehr in Richtung ihrer empfindlichsten Stelle wandern ließ. Ich malte kleine Kreise auf die Innenseite ihrer Oberschenkel. Sie biss sich auf ihre Unterlippe, als wollte sie sich selber zügeln, doch ein leiser, beinahe unhörbarer Laut perlte von ihren Lippen.

Allein bei dem Klang ihrer Stimme hätte ich in meine Boxershorts kommen können. Fuck, ich war wirklich ausgehungert. Und auch Yuna wirkte so, als wäre sie schon länger von niemandem mehr berührt worden. Kurz kochte ein Funken der Eifersucht in mir hoch bei der Vorstellung, jemand anders könnte Yuna so berührt haben, wie ich es jetzt tat. Aber meine eigene Erregung übernahm schnell wieder die Führung und verdrängte die trüben Gedanken.

Die Härte in meinen Boxershorts wuchs unnachgiebig und presste sich fast schon schmerzlich gegen den viel zu engen Stoff. Ein leises Keuchen kam aus meinem Mund, das glücklicherweise durch das Geräusch von trabenden Hufen im Schnee und dem Glöckchenklingeln der Rentiere gedämpft wurde. Gott, gerade täte ich nichts lieber, als Yuna und mir Erleichterung zu verschaffen. Sie in diesem Schlitten zu fingern und zum Kommen zu bringen, bis es mich danach selbst davonriss.

Meine Hand glitt noch etwas tiefer. Yuna wand sich neben mir auf dem Fell, das die Sitzfläche im Schlitten auskleidete, und ich stellte mir vor, wie sie zwischen ihren Beinen immer feuchter wurde. Ich verstärkte den Druck meiner Finger und erwischte ihren sensibelsten Punkt, denn Yuna sog scharf die Luft ein.

Ich bekam nichts mehr um uns herum mit, weder von der Schlittenfahrt noch von der Umgebung. Daher waren Yuna und ich auch wie benebelt, als der Schlitten zum Stehen kam und unser Ausflug ein jähes und viel zu frühes Ende nahm.

»Und da wären wir wieder am *Arctic Palace*. Ich hoffe, Sie beide hatten eine angenehme Zeit?« Der Kutschfahrer drehte sich erwartungsvoll zu uns um.

Yuna und ich zuckten unter unserer Decke merklich zusammen. Es fühlte sich an, als wäre ich aus einem süßen Traum plötzlich zurück ins Hier und Jetzt katapultiert worden.

»Sie sind ja ganz außer Puste«, freute sich der Fahrer. »Immer wieder schön zu sehen, wenn es meinen Gästen den Atem verschlägt. Aber haben Sie überhaupt etwas von dem Glühwein getrunken?«

Dankbar, eine Ausrede zu haben, noch nicht aufstehen zu müssen, nahmen Yuna und ich noch ein paar großzügige Schlucke von dem Glühwein.

Leider half der ganz und gar nicht dabei, die Erektion in meiner Hose kleiner werden zu lassen …

Kurz darauf saßen Yuna und ich in besagter Romantik-Suite und warteten auf unser Drei-Gänge-Menü. Die Suiten waren größer und glamouröser als die normalen Zimmer, die Eiskunst an den Wänden raffinierter. Zudem verfügten die Romantik-Suiten über eine eigene Tür, während die Zimmer nur durch einen dicken Stoffvorhang vom Rest des Gebäudes abgetrennt waren. Doch das Highlight war ganz klar der eigene Kamin. Das Holz knisterte leise hinter der Glasscheibe und die Flammen verbreiteten ein angenehm orangerotes Licht.

Die Voraussetzungen für einen romantischen Abend waren eigentlich gegeben, aber die Stimmung zwischen Yuna und mir hätte wohl kaum angespannter sein können.

Trotz unserer ereignisreichen Schlittenfahrt war Yuna inzwischen schon wieder so weit von mir weggerutscht, dass man meinen könnte, sie hätte am liebsten einen Gletscher zwischen uns hochgezogen. Und ich hatte keine Ahnung, wie ich mich verhalten sollte. Auch wenn ich es zu überspielen versuchte: Yuna machte mich nervös. Weil ich das hier kein zweites Mal versemmeln wollte. Es zerriss mich innerlich, dass ich ihr damals das Gefühl vermittelt hatte, unsere Nacht hätte mir nichts bedeutet.

Glücklicherweise kam in dem Moment ein Angestellter des Restaurants und brachte uns unseren ersten Gang: eine Käsecremesuppe mit knusprigen Zwiebeln. Der zweite Gang bestand aus gebratenem Lachs, gerösteten lappländischen Kartoffeln und einer würzigen Dillsoße. Und als Nachtisch gab es eine weiße Mousse au Chocolat mit Waldbeeren. Ein Traum!

Yuna entwich ein genussvolles Stöhnen, und ich verschluckte mich bei dem Geräusch fast an meinem Dessert. Wie konnte ein Stöhnen nur so erotisch klingen? Ich malte mir unweigerlich aus, ich wäre derjenige, der ihr diese Töne entlockt hätte. Dachte daran, wie sich Yuna hatte gehen lassen, als wir damals in diesem Whirlpool miteinander geschlafen hatten.

Jetzt gerade hatte sie genießerisch die Augen geschlossen, doch als sie ihre Lider wieder öffnete und bemerkte, dass ich sie unverwandt beobachtete, schoss ihr die Röte in die Wangen. Als müsste sie sich selbst irgendwie ablenken und beruhigen, strich sie das Kunstfell glatt, auf dem wir saßen und das das Eisbett polsterte. Tische gab es in den Eiszimmern nicht.

Yunas Blick huschte vom Fell über die Thermoschlafsäcke. Ich fragte mich, ob sie ebenfalls daran denken musste, wie wir damals gegenseitig jeden Zentimeter unserer Körper erkundet hatten. Und ich wollte nichts lieber tun als das.

»Das vorhin im Schlitten … das war ein Fehler«, sagte Yuna plötzlich und stand abrupt auf, wobei sie es kaum schaffte, mir dabei in die Augen zu sehen. »Ich bin mir sicher, dass dieses Konzept hervorragend bei Pärchen im Eishotel ankommen wird, aber dein Vater hätte sich andere Testpersonen aussuchen sollen. Ich glaube, die Cocktails streichen wir für heute besser.«

Yuna war schon an der Tür, doch ich sprang hastig auf und schnitt ihr den Weg ab.

»Leevi, was soll das?«, knurrte sie. »Lass mich vorbei. Das Projekt ist gescheitert.«

Ich beugte mich ein Stück weit zu ihr vor und funkelte sie an, während mein Brustkorb bebte. Noch nie hatte ich etwas mehr gewollt als das hier. »Okay. Ich lass dich gehen. Aber sag mir hier und jetzt, dass ich dir nichts mehr bedeute. Dass du nicht das Knistern zwischen uns bemerkst, das nach all der Zeit noch da ist. Und dass du dir nicht ab und an auch die Frage stellst: ›Was wäre, wenn …?‹ Dann lasse ich dich in Ruhe und wir halten es rein professionell. Du hättest nichts mehr von mir zu befürchten.«

Ich hatte Angst davor, wie sie reagieren würde, doch gleichzeitig musste ich wissen, ob es noch einen Funken Hoffnung gab, dass Yuna und ich wieder zueinanderfanden. Dass sie mir eine zweite Chance gab.

Sie schluckte merklich. Einen Wimpernschlag später wurde ihr Blick härter. »Du bist mir egal«, stieß sie hervor, wobei ihre Stimme zum Ende hin leicht kippte. »Ist es das, was du hören wolltest, hm?«

Ich lehnte mich noch weiter zu ihr hin. So nah, dass ich ihren Atem auf meiner Wange spürte. Sie roch nach dem köstlichen Mousse-Dessert, und ich hatte Schwierigkeiten, mich zu konzentrieren. Mein Blick streifte ihre vollen, glänzenden und von der Kälte roten Lippen. Ich stellte mir vor, sie zu küssen, mit meinem Finger darüberzustreichen.

»Das Problem ist bloß, dass ich dir nicht glaube«, raunte ich. Leider klang meine Stimme dabei auch längst nicht so selbstsicher, wie ich es beabsichtigt hatte.

Yuna verengte die Augen zu zwei schmalen Strichen. »Ach ja, und was macht dich da so sicher?«

»Dein Körper hat dich verraten. Du zitterst«, wisperte ich.

Unsicherheit blitzte in Yunas Miene auf.

»Und wenn du meine Meinung wissen willst …« Ich hatte meine Stimme noch etwas weiter gesenkt und meine Zunge streifte ihr rechtes Ohr, woraufhin Yuna deutlich zusammenzuckte. »Du bringst mich um den Verstand. Ich hatte geglaubt, ich könnte dem widerstehen, dagegen ankämpfen. Aber ich will es nicht. Ich bin müde, zu kämpfen. Ich will *dich*. Jetzt, hier, immer. Ich hasse mich dafür, dass ich uns damals aufgegeben habe.«

Mit wild klopfendem Herzen zog ich mich wieder so weit zurück, dass ich sie ansehen konnte. Yunas Augen hatten sich geweitet, und in dem aufgewühlten Braun tobten die verschiedensten Emotionen. Und doch war da noch etwas anderes, etwas, das auch mich antrieb: Sehnsucht.

Ich wusste nicht, wie lange wir uns einfach so ansahen und wann wir einander näher gekommen waren. Auf einmal überbrückte Yuna die restliche Distanz zwischen uns, stellte sich auf die Zehenspitzen und umfasste mein Gesicht mit ihren zarten, kalten Händen. Unsere Lippen prallten stürmisch aufeinander, als würden wir gegenseitig wie von einem Magneten angezogen werden. Als hätten wir nur darauf gewartet, das hier endlich tun zu können.

Unser Kuss wurde immer leidenschaftlicher, immer ungezügelter. So viele aufgestaute Emotionen lagen darin. Sehnsucht, Verlangen, Begierde, aber auch Verzweiflung. Und in diesem Moment wusste ich, dass ich Yuna nie mehr gehen lassen wollte.

Ich hob sie hoch, ohne unseren Kuss zu unterbrechen. Ein leises Quieken verließ ihre Lippen, und sie schlang ihre Beine wie von selbst um meine Hüften. Ich keuchte auf. Meine Erektion pochte an ihrem warmen Schoß und es fühlte sich fantastisch und quälend zugleich an. Weil ich sie ganz spüren wollte, Haut an Haut.

Ich trug Yuna hinüber zum Eisbett und legte sie vorsichtig auf das Fell. Ihr lustverhangener Blick, mit dem sie mich bedachte, während ich über sie gebeugt war und zwischen ihren leicht gespreizten Beinen stand, schoss direkt in meinen Unterleib. Ich stand völlig unter Strom, und mit unverhohlenem Hunger schaute ich zu ihr herunter. Auch Yuna schien nicht länger warten zu wollen, denn sie packte mich an meiner Jacke und zog mich auf sich.

Wenig später lagen wir nebeneinander auf dem Eisbett und zerrten uns ungeduldig die Winterkleidung vom Leib. Es dauerte nicht lange, da verteilten sich unsere Jacken, Hosen und Socken auf dem Fell, bis Yuna und ich nur noch in Boxershorts, Slip und BH gekleidet voreinander lagen. Die Flammen im Kamin warfen Schatten auf ihren wunderschönen Körper.

Mit meinen Fingern strich ich federleicht die Rundung ihrer Brust entlang, was ihr einen leisen, kehligen Laut entlockte, und eine Gänsehaut legte sich über ihre Arme.

»Berühr mich endlich richtig«, hauchte sie, ihre Stimme hatte fast schon etwas Flehendes. Das ließ ich mir gewiss nicht zweimal sagen. Auch wenn mir die Vorstellung gefiel, sie bis zum Äußersten zu reizen und unser Vorspiel auszudehnen, würde ich heute vermutlich nicht lange durchhalten. Mein Ständer drängte fordernd gegen die Boxershorts und verlangte nach mehr. Ich öffnete ihren BH und streifte ihn über ihre Arme. Anschließend griff ich nach dem Saum ihres Slips, den ich mühelos über ihre Schenkel rollte, bevor ich mich meiner eigenen Boxershorts entledigte.

Ich hatte Yuna ganz eng an mich gezogen, aus Sorge, dass sie frieren könnte, doch mit dem Fell in unserem Rücken und den Thermoschlafsäcken, mit denen wir uns notdürftig zudeckten, war es kuschelig warm.

»Wir können immer noch aufhören, wenn …«, *du das hier nicht willst*, hatte ich eigentlich sagen wollen, aber Yuna legte mir ihren Finger auf die Lippen.

»Ich will gerade einfach nur fühlen.«

Ich ließ meinen Blick bedächtig über ihren Körper gleiten, über ihren straffen Bauch und die aufgestellten Brustwarzen, während

Yuna dasselbe bei mir tat. Ihre Aufmerksamkeit verweilte dabei auf meiner Erektion, ihr Atem stockte. Sie streckte ihre Hand nach mir aus und fuhr mit ihrem Finger die feine Linie aus Härchen nach, die abwärtsführte. Ihre Finger schlossen sich um meinen Schaft, und ich stöhnte auf. Meine Härte pochte vorfreudig. Bis mir einfiel, dass …

»Mist, ich hab kein Kondom dabei«, sagte ich zerknirscht, als Yuna mich gänzlich überraschte, indem sie in die Innentasche ihrer Winterjacke griff und ein rotes Päckchen daraus hervorzog.

»*Ich* hab aber eines …«

Das Eis war gebrochen, als wir beide zu lachen begannen, eine Mischung aus Nervosität, Vorfreude, Erregung und Unglauben. Unglauben, dass das hier wirklich passierte. Erneut fanden sich unsere Lippen zu einem wilden Kuss. Ich biss spielerisch in ihre Unterlippe, was sie zum Aufkeuchen brachte.

Ich öffnete das Päckchen und rollte mir fahrig das Kondom über. Obwohl ich es kaum erwarten konnte, Yuna ganz nah zu sein, suchte ich abermals ihren Blick, um sicherzugehen, dass wir nichts überstürzten. Mit einem beinahe ungeduldigen Nicken gab sie mir zu verstehen, dass sie das hier ebenso sehr wollte wie ich.

Ich sank auf Yuna. Mein Penis drückte sich gegen ihre Mitte und ein Stöhnen drang über meine Lippen. Mit meiner Spitze rieb ich immer wieder über ihre empfindlichste Stelle.

Als ich in Yuna eindrang, wurde ich von feuchter Enge begrüßt, und es kostete mich unwahrscheinlich viel Selbstbeherrschung, langsam zu machen. Yunas Augen waren geweitet, ihre Lippen leicht geöffnet, und ich strich ihr liebevoll eine Haarsträhne aus dem Gesicht. Zuerst bewegte ich mich noch zurückhaltend in ihr. Gott, das fühlte sich viel zu gut an! Ich gab Yuna Zeit, sich zu entspannen und an das Gefühl zu gewöhnen. Ihre Fingernägel kratzten über meinen Rücken und sandten einen köstlichen, bittersüßen Schmerz durch meinen Körper. Als Yuna jedoch erneut ihre Beine um mich schlang, war es, als hätte sich das letzte bisschen

Widerstand aufgelöst, und ich glitt mit meiner ganzen Länge in Yuna hinein. Wir schnappten beide nach Luft.

Es dauerte nur einen kurzen Moment, bis wir den gleichen Rhythmus fanden. Mit meiner rechten Hand umfasste ich Yunas Brust, zwirbelte ihren harten Nippel, was sie genüsslich die Augen verdrehen ließ. Ihr Körper bäumte sich auf. Immer fester stieß ich in sie, und auch Yuna kam meinen Bewegungen fiebrig entgegen. Ich vergrub meinen Kopf an ihrer Halsbeuge, verteilte sanfte Küsse auf ihrer Haut.

Yuna zog mich noch ein Stück enger an sich, als könnte sie nicht genug bekommen, als wollte sie *mehr*. Und mir ging es ganz genauso. Yuna zitterte vor lauter Erregung unter mir.

Unser lustvolles Stöhnen hallte an den eisigen und spiegelnden Wänden wider, bis wir nahezu gleichzeitig auf den Höhepunkt zurollten und von der Welle mitgerissen wurden.

Hinterher lagen wir atemlos und eng aneinandergekuschelt auf dem Fell, über uns hatten wir die Thermoschlafsäcke ausgebreitet.

Und plötzlich begriff ich: Rovaniemi und unser Weihnachtsmanndorf würden immer mein Zuhause sein. Und auch wenn ich drei Jahre fort gewesen war, so hatte ich dieses Zuhause stets in meinem Herzen getragen. Rovaniemi und … Yuna.

Ich hauchte ihr einen Kuss auf die Stirn, was ihr ein Lächeln entlockte. »Woran denkst du?«, fragte sie mich.

»Dass ich nirgendwo lieber sein möchte als hier mit dir.«

»Dann … dann bedeutet das, das hier war für dich nicht einfach nur ein *Coming Home For Christmas*?«, wagte Yuna mich zu fragen. »Du fährst nicht wieder?«

Ich lächelte. »Nein«, antwortete ich. »Denn dank dir weiß ich jetzt, was es wirklich bedeutet, zu Hause zu sein.«

5

Under Your Spell

Teil 1

Mela Nagel

Mela Nagel wurde 1983 im bayerischen Rottal geboren. Weil sie bis zu ihrem Abitur alle dort verfügbaren Abenteuer erlebt hatte, zog es sie in die weite Welt. Sie jobbte in britischen Pubs, Schlössern und Fitnessstudios, machte zwei Studienabschlüsse in Musik, absolvierte eine Ausbildung zur Requisiteurin und arbeitete einige Jahre für diverse Kinofilmproduktionen, Theater und Musikhäuser. Heute lebt sie mit ihrer Familie in Köln, schreibt, macht Musik und spielt ab und zu Improtheater.

Nie im Leben hätte ich gedacht, dass etwas so perfekt weihnachtlich sein könnte wie der Ballsaal des Palazzo Ca'Donata an diesem späten Samstagnachmittag. Er sieht aus wie ein wahr gewordener Weihnachtstraum. Ein Adventsparadies. Der diesjährige Weihnachtsball wird perfekt.

Und genau deshalb möchte ich am liebsten vom Balkon in den Canal Grande kotzen.

Mein persönliches Weihnachtsvorfreudelevel liegt bei minus dreihundertsiebzig. Trotzdem habe ich diese Weihnachtswelt geplant und umgesetzt. Weil es mein Job als Eventmanagerin ist.

Über mir hängen gut hundertfünfzig handgearbeitete Glassterne in allen Farben, Formen und Größen, die durch das Licht der Kronleuchter schimmern und glitzern wie echte Sterne. Darunter stehen in der einen Hälfte des Saals runde Tische mit Glasvasen voller Tannen- und Mistelzweige, Chrysanthemen und weißen Christsternen. Eingedeckt mit rot-goldenem Porzellan. Girlanden aus Nadelzweigen umrahmen die Flügeltüren und Sprossenfenster. Es liegt der Duft von Lebkuchen und Immergrün in der Luft. Fehlt nur noch der von Schnee, der in Venedig so gut wie nie fällt. Heute Abend ersetzen ihn Eisstatuen auf dem ebenso prunkvoll geschmückten Büfett.

»Gefällt dir das Rot nicht, oder wieso guckst du so skeptisch?« Die Stimme meines Assistenten Pepe hält mich davon ab, tatsächlich auf den Balkon zu gehen, um mein Vorhaben durchzuziehen. Stattdessen zwinge ich ein Lächeln in mein Gesicht, schüttle den Kopf und sehe hinüber zur Bühne und dem Rednerpult in Blutrot. Die Glaskunstwerke in dem meterhohen Regal im hinteren Teil der Bühne wirken im Scheinwerferlicht noch edler als ohnehin schon. Heute Abend wird niemand am Können der Glasmanufaktur Donata zweifeln, einer der ältesten Glasbläsereien Venetiens. Das ist der Sinn und Zweck von heute, nicht wahr? Die Firma, für die ich arbeite, im bestmöglichen Licht darstellen. »Es ist … perfekt. Alles ist perfekt.«

»Wieso klingst du dann so unglücklich?«

»Du weißt, wieso …«

Pepe seufzt, verkneift sich einen Kommentar, streicht mir stattdessen über den Oberarm. »Morgen ist alles vorbei.«

Morgen.

Morgen ist der Ball zwar Vergangenheit, aber mein Job in der Eventabteilung von Donata geht weiter. Tag für Tag. Event für Event. Mit ihm mein Leben in Venedig, mit all den Erinnerungen, die dazugehören. Egal, ob ich sie haben will oder nicht. Wenigstens habe ich ab morgen Urlaub, dann kann ich mich in meinem Selbstmitleid und meinem Liebeskummer verbuddeln und den Advent und Weihnachten einfach ausblenden.

»Heilige Scheiße, Vi!«

Pepe und ich wirbeln zum Eingang des Saals herum. Dort, unter einem Arrangement aus Mistelzweigen, steht der Juniorchef der Glasmanufaktur, mein Quasibruder Marco, in einem maßgeschneiderten Anzug in Dunkelgrün. Mit ausgebreiteten Armen kommt er auf uns zu. »Wie schön das aussieht! Du bist echt eine Eventqueen!«

Dieses Mal ist mein Lächeln echt und unangestrengt. Ich habe jedes Gramm meines Ichs in dieses Event gesteckt, damit es perfekt wird und es angemessen ist für … Ich verdränge den nächsten Gedanken und atme tief durch. »Wo ist mein Krönchen?«, frage ich, und mein Lächeln wird zu einem Grinsen.

»Wird heute Abend noch geliefert.« Marco umarmt mich so fest, dass mir die Luft wegbleibt. Mir entgehen die neidischen Blicke der Mitarbeitenden des Cateringservices nicht, die neben der Tanzfläche eine Pyramide aus Champagnergläsern aufbauen.

Marco und mich trennen nur fünf Jahre, wir kennen uns seit dem Kindergarten und lieben uns so wie Geschwister. Nach dem tödlichen Unfall meiner Eltern bin ich bei seiner Familie aufgewachsen. Deshalb arbeite ich im Familienunternehmen und darf nach dem Abschluss meines Bachelors im letzten Sommer nun so ein hochklassiges Event konzipieren und betreuen.

Marco und mich verbinden so viele Abenteuer, dass ich mit dem Aufzählen bis zum nächsten Advent brauchen würde. Doch der Grund für meine Dauer-schlechte-Laune, die bei ihrem Anblick sofort wieder hochpoppt, ist die Frau, die jetzt hinter ihm auftaucht und zu uns herüberkommt: seine jüngere Schwester Isabella. Uns trennen keine Jahre, sondern nur Monate, und seitdem ich denken kann, ist Isabella meine Welt. Meine Vertraute. Oder … war es zumindest …

Es ist *ihr* Abend, *ihr* Ball. Sie wollte, dass ihr Einstand im Familienunternehmen mit dem Adventsball zusammengelegt wird, denn sie liebt Weihnachten. Auch sie hat ihr Studium im letzten Sommer abgeschlossen und wird heute ganz offiziell in die Führungsriege von Donata aufgenommen. Die beiden Geschwister wollten im Leben nie etwas anderes, als gemeinsam das Familienunternehmen zu führen. Heute Abend geht ihr Traum endlich in Erfüllung.

Auf dem Weg zu uns wandert Isabellas Blick durch den Saal, und die Vorfreude springt ihr förmlich aus dem Gesicht, als sie vor mir zu stehen kommt. Der rote Hosenanzug passt Isabella wie angegossen. Was wenig überraschend ist, denn Isabella lässt liebend gerne Geld bei ihrer Schneiderin. Ihre dunklen Locken fallen engelsgleich über ihre Schultern. In meiner Brust beginnt das Herz zu springen. Und jeden Sprung begleitet ein fieser Nadelstich. Seit sechs Wochen geht das so, und ich habe mich weder an dieses Gefühl gewöhnt, noch ist es erträglicher geworden.

»Hi.« Ein Lächeln huscht über Isabellas Züge. Ihre Augen richten sich auf mich. Alle Härchen auf meinem Körper stellen sich auf, und ich will wegsehen. Wegrennen. Aber ich bleibe. Lächle. Schlucke. Nicke ihr zu wie einer Fast-Unbekannten. Keine Ahnung, ob Marco die Kälte zwischen uns spürt, doch er stößt Isabella spielerisch mit der Schulter an. »Und? Ist es, wie du es dir vorgestellt hast?«

»Es ist noch viel besser.« Dass sie dabei mich anstarrt, fällt Marco nicht auf. Mir treibt es einen Speer in die Brust, und schließlich wende ich wirklich den Blick ab, was Isabella auch aus ihrer Starr-Starre zu befreien scheint. Sie wischt sich eine nicht vorhandene Strähne aus der Stirn und sieht sich um. »Es ist … großartig. Wie das Licht das Glas belebt … Wahnsinn. Als stünde man in einem Weihnachtsstern.«

»Es wird noch besser, wenn es draußen dunkel ist«, gebe ich zurück – absolut höflich.

»Die Gäste kommen alle per Boot?«, fragt Marco, jetzt ganz der Geschäftsmann.

»Sie werden an ihren Hotels abgeholt. Wir haben die Taxiboote bereits gebrieft. In der Eingangshalle befindet sich die Ausstellung des diesjährigen Sonderprogramms anlässlich des Firmenjubiläums. In der Zeit, in der die Gäste noch alles bestaunen können, gibt es Cocktails, Häppchen und eine DJane legt guten Elektro auf. So wie …«, ich muss mich räuspern, »… Isabella es mag.«

Nur mit Mühe sehe ich Isabella nicht an, sondern wende mich der Tanzfläche zu. »Wenn die Gäste hochkommen, dürfen sie sich setzen. Die DJane wird auch hier Musik auflegen, allerdings klassische. Bis zu euren Reden. Danach Schampus« – ich deute auf die fast fertige Glaspyramide – »Glückwünsche, Essen, Party.«

Marco versenkt die Hände in den Taschen seiner Anzughose und strahlt seine Schwester an. »Ein würdiger Abend.«

»Fantastisch«, sagt auch Isabella, und ihr Lächeln brennt sich in mein Herz.

»Danke«, erwidere ich mit einem ganz und gar unechten Minilächeln.

Marco taxiert mich, was ich eiskalt ignoriere. Da scheppert es auf einmal auf der Tanzfläche. Ein Teil der Pyramide ist abgeschmiert und am Boden zu Bruch gegangen. An einem normalen Tag hätte mich das gestresst, jetzt bin ich dankbar, dass mir ein Grund geliefert wird, um mich von den beiden – oder besser gesagt von Isabella – loszueisen. Ich deute auf die Scherben. »Ich kümmere mich mal um neue Gläser.«

»Mach das. Isabella und ich lassen euch besser weiterarbeiten.« Marco dreht sich zu seiner Schwester um, die sich aber nicht bewegt.

»Ich brauche dich«, sagt sie, sieht dabei aber nicht ihren Bruder an, sondern mich.

Wenn es noch Reste von meinem Herzen in meiner Brust gibt, dann poltern sie los, als wäre mein Brustkorb eine Rassel.

»Gefällt dir etwas nicht?«, bringe ich hervor und klinge dabei so cool, dass ich selbst erstaunt bin, wie ich das hinbekommen habe.

Marco deutet zurück zur Flügeltür. »Papa will die Rede mit mir noch mal durchgehen. Wir sehen uns gleich oben?«

Isabella nickt, lässt mich dabei aber nicht aus den Augen.

Ich strecke den Rücken durch und halte mich gerade noch ab, meine Arme vor der Brust zu verschränken. »Was kann ich für dich tun?«

»Nicht hier.« Isabella dreht sich auf dem Absatz ihrer roten High Heels um und bedeutet mir, mitzukommen. Widerwillig folge ich ihr. Durch den Saal und hinaus ins Treppenhaus, das so groß ist wie meine ganze Wohnung und so pompös wie der Altarraum von San Marco, der Kathedrale Venedigs. Mit jedem Schritt wächst meine Unruhe, verstärkt sich mein Widerwille, hinter ihr herzudackeln.

Wird das in Zukunft immer so laufen? Sie pfeift und ich folge? Ich will das nicht. Trotzdem tue ich es jetzt und werde es auch – als Teil von Donata – in Zukunft tun. Wir durchqueren einen kleinen Salon. Gehen durch eine weitere Tür. Noch eine. Bis zu einer, die in dem Salon endet, der keine zweite Tür hat und der voll von Isabella ist. Ihrem Duft, ihrem Zeug.

Das ist für heute ihr Reich. Das goldbestickte Ballkleid hängt an einem Kleiderständer neben ihrem grünen Mantel und dem Hut, den sie so gern trägt. Auf dem Tisch am Fenster herrscht ein Chaos aus Notizbüchern und Klebezetteln, das nur Isabella so hinbekommt. Obenauf thront ihr Laptop, der im Ruhemodus Bilder abspielt. Gerade lacht mich die komplette Familie Donata an. Bootsausflug mit Isabellas und Marcos Eltern, ich zwischendrin, wie immer.

Das Klicken der Tür lässt mich zusammenzucken, aber ich gehe weiter, ans Fenster. Unter mir tanzt das Licht der untergehenden Sonne auf den Wellenspitzen des Canal Grande. Ein Wasserbus steuert die gegenüberliegende Haltestelle an, wo schon Menschen warten. Eine Gondel biegt um die Ecke in einen Kanal, um sich im Netz aus den Wasserstraßen der Stadt zu verlieren. Der Mond steht als schmale Sichel am Himmel.

»Viola?« Wie bringt sie es zustande, mir mit nur einem gehauchten Namen Gänsehaut zu verpassen?

Für einen Moment schließe ich die Augen und spüre meine Haut nach, stelle mir vor, sie wäre aus Stahl. Stelle mir vor, dass mir nichts etwas anhaben kann. Auch Isabella nicht.

Dass meine Rüstung so dicht ist wie ein Fischernetz, beweist sie schon im nächsten Augenblick, als ich mich zu Isabella umdrehe und ihr in die Augen sehe. Fuck. Diese Frau ist … mein wahr gewordener Traum. Ihre Lippen, so voll und so weich. »Wie kann ich dir helfen?« Dieses Mal verschränke ich die Arme wirklich.

»Ich brauche dich«, wiederholt Isabella und kommt auf mich zu, das Klacken ihrer Schuhe wird vom Teppich verschluckt. Dann steht sie vor mir, fasst meine Hände. Löst sie sanft. Streift mit ihren Daumen über meine Handrücken.

Ich erstarre und starre. Auf ihre Daumen mit dem roten Nagellack. Auf ihre Handgelenke mit dem goldenen Armband, das sie vor knapp sechs Wochen von mir zum Geburtstag bekommen hat. Dem Tag, an dem alles anders wurde. Dann verharrt mein Blick auf ihrem Hals, wo ich das Pochen ihres Herzens sehen kann. Es rast. Wie meins.

Mein Blick gleitet über die Linie ihres Kinns. Wieder zurück zu ihren Lippen. Ihrer Stupsnase. Zu ihren Augen, die mich ansehen. So voll von Angst. Wut. Liebe. Allem. Nur keiner Zukunft.

Ich ziehe meine Hände aus ihren. »Wieso machst du das?«, frage ich so leise zurück, dass ich mir erst sicher bin, dass sie mich gehört hat, als sie antwortet.

»Ich kann nicht ohne dich.«

Worte, die ich nicht zum ersten Mal höre. Die mich aber genauso hart treffen wie die anderen Male. Und plötzlich ist sie da, die Containerschiffladung an Gefühlen, die ich in den letzten einundvierzig Tagen verdrängt oder versucht habe, nicht zu fühlen.

Isabella geht es ebenso, ich sehe es in ihren Augen. Ihre Pupillen werden so groß, dass von dem Blau ihrer Iris kaum mehr etwas zu erkennen ist. Alles in mir will sie – und mit jeder Millisekunde wird es mehr. Isabella macht einen Schritt auf mich zu. Oder bin ich es, die auf sie zugeht? Plötzlich liegen ihre Lippen auf den meinen. Warm und fest. Fast gierig spüre ich ihre Zunge an meiner Oberlippe. Ich greife in ihre Locken und ziehe Isabella an mich. Küsse sie so fest ich kann, als könnte ich so alles vergessen, ausradieren.

Egal wie oft ich in den letzten Wochen alleine in meinem Bett lag, ich habe genau daran gedacht: den Geschmack ihrer Haut auf meinen Lippen, die Rundungen ihrer Brüste, die so perfekt in meine Hände passen, und sogar ihr gottverdammtes Stöhnen, wenn ich zuerst mit ihren Nippeln spiele und sie dann küsse. Alles mit uns ist perfekt. Alles fügt sich in mein von Liebeskummer zerschreddertes Ich, wie Puzzleteile, von denen ich gedacht hatte, dass ich sie verloren hätte. Unsere Zungen gleiten umeinander und unser Kuss wird immer tiefer.

Das letzte Mal haben wir genau hier aufgehört – und dann kam die Katastrophe.

Ich ziehe Isabella fester an mich, schiebe meine Hand unter ihr Jackett. Isabella küsst mich noch intensiver, während ihre Finger meinen Rücken hinabwandern. Sie gleitet mit ihnen unter meinen Rock, in meinen Slip, streichelt mich sanft und ungeduldig wie immer, wenn sie es nicht erwarten kann, mich zu spüren. Und ich kann nichts anderes tun, als die Luft anzuhalten. Und zu hoffen, dass das kein Traum ist.

Spätestens als ich ihre Zähne an meinem Hals fühle und sie mich sanft beißt, weiß ich: Es ist real. Es passiert endlich. Endlich wieder. Ich muss lachen, drücke mein Gesicht in ihre so perfekten Locken, die nach zu Hause riechen, und konzentriere mich auf die Bewegungen ihrer Fingerspitzen zwischen meinen Beinen, die immer schneller werden, immer wieder über die Stellen fahren, die mich zum Stöhnen bringen.

Ich halte mich damit nicht zurück. Und gleichzeitig versuche ich alle diese Gedanken zu ignorieren, weil ich es genießen will. Ich will nicht denken, dass ich sie zurückhaben will.

Isabella geht vor mir auf die Knie, und ich lehne mich ans Fensterbrett. *Scheiße. Was mache ich hier?* Erst als ihre Zunge zwischen meine Schamlippen gleitet und endlich, endlich findet, worauf ich schon so lange warte, falle ich – von meinen Gedanken hinein in diese herrliche Wärme und dieses Sprudelkribbelbad, das nur Isabella zustande bringt.

Ich greife in ihre Locken, halte sie fest. Nicht, um sie an Ort und Stelle zu halten, nein. Einfach, um für einen Moment das Gefühl von Kontrolle zu haben. Über uns. Über mein Leben, meine Wünsche. Mein Atem geht immer schneller, genau wie ihre Zunge, und ich beiße mir auf die Lippen. Ich gebe mich ihr hin, und eine Woge aus Zittern, Hitze und Erleichterung rauscht endlich durch mich hindurch.

Einen Schrei halte ich mit aller Macht zurück, aber meine Beine tragen mich nicht mehr, als hätte der unterdrückte Schrei sich nach innen gekehrt und meine Knie pulverisiert.

Ich gleite an der Wand nach unten, bin plötzlich gleichauf mit Isabella, die mich mit strahlenden Augen ansieht. Ihre Lippen sind gerötet. Oh, wie ich diesen Anblick liebe!

Ich ziehe sie an mich, küsse sie, dieses Mal sanft und federleicht. Schmecke sie und mich. Doch als ich mich von ihr löse, sind da Tränen in ihren Augen, auf ihren Wangen.

Sie wischt sie nicht weg. Als ich meine Hand an ihre Wange lege, lehnt sie sich sofort hinein. Wenn ich die Zeit anhalten könnte, würde ich es genau jetzt tun. In diesem wundervollen Zwischendrin, in dem alles möglich scheint. Aber genauso wie ich die Zeit nicht anhalten kann, können wir diesen Moment nicht festhalten.

»Ich brauche dich«, wiederholt Isabella.

Der Schmerz in ihren Augen überträgt sich auf mich. Zerrt an meinem Nervenkostüm. Und in mir zerbricht vollends etwas. Ich schüttle den Kopf. »Ich kann das nicht. Ich kann mich nicht mehr verstecken. Ich *will* mich nicht mehr verstecken. Ich will eine Beziehung. Offen und aufrichtig. Ich will den Leuten zeigen, wie glücklich ich bin. Ich will genießen.« Mit Isabella.

Isabellas Gesicht verschließt sich, und ich weiß, der Sex eben war nur ein Ausrutscher. Ich nehme meine Hand von ihrer Wange. Fast erschrocken sieht sie mich an.

»Ich will keine Heimlichkeiten. Kein verstecktes Rummachen. Ich will *dich*. Immer und ganz. Offen und ehrlich. Kannst du mir das geben?«

Selbst in dem wenigen Licht, das die Sonne uns noch schenkt, sehe ich, wie Isabella schluckt.

Was zur Hölle tue ich hier?

Ich rapple mich auf, komme mir unangenehm entblößt vor, richte meinen Slip und ziehe meinen Rock nach unten. Die ersten Tränen melden sich. Aus Wut? Enttäuschung? Beides? Ich will diese verfickte Welt zerfetzen!

»Viola, bitte.« Isabella kommt auf die Beine und versucht, mich erneut an sich zu ziehen.

Ich reiße mich von ihr los. »Fass mich nicht an! Nie wieder. Verstanden?!« Die ersten Tränen kullern. Ich wische sie nicht weg. Sie soll sie sehen.

Doch bevor eine von uns ein weiteres Wort sagen kann, ertönt in der Ferne ein Knall, die Fensterscheiben wackeln und die Schreibtischlampe erlischt. »Was war das?«

Isabella geht zum Lichtschalter neben der Tür und drückt. »Der Strom scheint weg zu sein.«

Ich trete ans Fenster. Nirgends brennt noch Licht. Nicht in den Palazzi, nicht in den Gassen. Keine Laternen, keine Weihnachtsdeko. »Draußen auch.«

»Was?« Ungläubig starrt mich Isabella an, kommt zurück zu mir und blickt aus dem Fenster.

Weil mein Handy in einen Dauer-Vibrationsmodus gegangen ist, hole ich es aus meiner Rocktasche. »Der Stromausfall scheint nicht nur uns aufzufallen: Social Media explodiert gerade.« Eine Weile scrolle ich, und Isabella sieht mir über die Schulter. Zu nah, doch bevor ich einen Schritt machen kann, rettet mich mein Handy, denn es klingelt. Pepe.

Ich nehme ab und mache den ersehnten Schritt weg von Isabella, die zum Schreibtisch geht und ihr eigenes Smartphone holt.

»Wo bist du?«, sprudelt es sofort aus ihm heraus. »Der Strom ist weg, und die Caterer drehen am Rad. Was soll ich machen?«

»Vertröste sie. Wir treffen uns im Ballsaal.« Ohne ein Wort zu Isabella verlasse ich den Salon und gehe zurück in Richtung Ballsaal, checke die Meldungen auf den gängigen Medienportalen. Isabellas Klick-Klack direkt hinter mir. Jedes Geräusch ein Tritt in meine Magengrube.

»Die Stadt schreibt was«, höre ich sie sagen, als wir den dunklen Ballsaal betreten. Irgendwer hat ein paar der Kerzen auf dem Büfett angezündet, sodass es weihnachtlich gemütlich und romantisch ist.

Ich hasse Weihnachten!

»Es gibt einen Brand in einem der Hauptstromverteiler, und eine der Hauptleitungen vom Festland ist deshalb defekt. Notstrom gibt es vorerst nur für die kritische Infrastruktur. Krankenhäuser und so weiter.«

»Was bedeutet das für uns?«, fragt Pepe, der auf uns zukommt.

»Dass wir aufgeschmissen sind.« Marco tritt aus einer der Türen an der Seite des Saals, auf dem Display seines Handys leuchtet ebenfalls die Nachricht der Stadt. »Kein Strom, kein Ball. Papa hat mit der Leiterin der Feuerwehr telefoniert. Keine Chance auf Strom für so was hier, zumindest heute nicht mehr.«

Stille senkt sich über uns. Meine Gedanken rasen und sind dabei so laut, dass ich mich zusammenreißen muss, nicht zu brüllen.

»Nein«, sage ich schließlich. »Dieser Ball findet statt. Und zwar pünktlich in drei Stunden. Die Gäste sind alle in Venedig. Stylen sich wahrscheinlich schon. Alles ist da.«

»Ohne Strom? Das Essen, die Musi–«, wendet Isabella ein, doch ich drehe mich zu ihr um und hebe die Hand. Sie stoppt mitten im Wort.

»Dieser Ball findet heute statt. Damit es erledigt ist. Alles. Ein für alle Mal. Wir haben so viel Energie, Zeit und Geld in den Ball gesteckt, jetzt aufzugeben … nein. Einfach nein.«

Pepe und Marco blicken sich überrascht an, Isabella presst die Lippen aufeinander und nickt nach einem kurzen Zögern.

»Was hast du vor?«, fragt Marco. An dem Glitzern in seinen Augen sehe ich, dass er Lunte gerochen hat und zumindest meine Ideen hören will. Ideen, die ich mir schnell einfallen lassen sollte.

Ich muss das heute über die Bühne bringen. Noch einen Tag länger in diesem Weihnachtszirkus und so nah an Isabella, und mein Herz macht das nicht mehr mit.

»Pepe, du sprichst mit dem Catering. Das meiste ist schon vorbereitet. Sie sollen statt Strom Gas nutzen, um aufzuwärmen, was notwendig ist. Und alles kalt servieren, was kalt servierbar ist. Von mir aus können sie sich ein paar neue Sachen einfallen lassen. Die Köchin hat mir erzählt, dass ihre Kühlschränke voll sind. Kein Strom, kein Kühlschrank, Essen im Arsch. Wir helfen quasi.«

Pepes Blick huscht zu Marco und Isabella. »Das wird extra kosten.«

Marco winkt ab. »Egal. Jetzt bin ich viel zu gespannt, was Viola vorhat.«

Das warme Gefühl von Dankbarkeit löst die Enge in meiner Brust ein wenig und ich lächle ihn an. »Danke.«

»Was ist mit der Musik?«, fragt Isabella mit einem skeptischen Ton in der Stimme.

»Ist euer Vater nicht einer der Sponsoren des Musikzweigs an der Uni?«

»Papa spendet jedes Jahr fünfzigtausend«, antwortet Marco.

»Dann sollen sie mal ihren Studierenden Bescheid sagen, dass wir ein Streichquartett brauchen.«

»Ich kümmere mich darum«, erklärt sich Marco bereit.

»Wollen Sie wirklich weitermachen?«, fragt eine raue Stimme vom Saaleingang her. Leicht außer Atem kommt der Hausmeister auf uns zu, wie immer im Blaumann.

»Signor Gabetti! Sie schickt der Himmel!« Ich reiche ihm die Hand, wie er es bei jedem Gespräch gerne hat.

Er hebt die Augenbrauen. »Wenn die Leute essen, müssen sie auch auf'n Pott. Die Pumpen laufen nur mit Strom – oder wir brauchen jede Menge Gummistiefel und Nasenklammern.«

Das hatte ich tatsächlich nicht bedacht. Müssen wir also wirklich absagen?

»Außer wir nehmen wieder den Generator – wie früher«, wirft Gabetti stirnrunzelnd ein. »Diesel hab ich noch genug.«

Ich richte mich auf. »Sie können die Toiletten zum Laufen bringen? So, dass unsere Gäste einen schönen – geruchsnormalen – Abend haben können?«

»Klar.« Er zuckt mit den Schultern, und am liebsten würde ich ihn umarmen. »Nützt aber nichts.« Er deutet nach oben, zu den zehn Kristallkronleuchtern, die dunkel im Dämmerlicht hängen. »Der Generator reicht nur für die Toiletten.«

»Haben Sie noch Kerzen im Haus?« Die Vorstellung gefällt mir tatsächlich.

Der Hausmeister lacht auf. »Seit Ewigkeiten nicht. Verbiegen sich im Sommer bei der Hitze. Hier müssen's auch welche sein, die nicht viel tropfen und lange brennen. Bestimmte Größe. Müssen passen. Die bekommt man nicht im Supermarkt. Sind sauteuer. Vor allem wenn man genug Licht haben will, damit Se hier feiern können. Pro Kronleuchter« – er deutet nach oben, wo die besagten Lichtspender ein paar Meter über unseren Köpfen baumeln – »dreißig Stück.«

»Wie schnell könnte man die Leuchter bestücken?«

»Mit dem Runterkurbeln der Leuchter plus Aufstecken und Anzünden? Je nachdem, wie viele mithelfen … 'ne Stunde? Die ausgefallene Heizung wäre dann allerdings kein Problem: Die Kerzen heizen gut.«

»Dann hätten wir zwei Stunden, um dreihundert Kerzen zu besorgen?« Wieder senkt sich Schweigen über uns. Am Licht darf es einfach nicht scheitern! »Kennen Sie jemanden, der diese Kerzen noch hat?«

»Nee.« Signor Gabetti wendet sich zum Fenster. An seinem Hals verfangen sich ein paar Mondlichttropfen in der Silberkette mit dem Kreuz, das er immer trägt.

Ha.

Das ist es! Ich drehe mich zu Marco und Isabella um. »Einer eurer Onkel ist doch Priester, oder? Am Kloster von Santa Maria della Salute?«

»Paolo? Uff, ja, aber Papa und er … Schwierig.« Marco zuckt mit den Schultern. »Ich habe ihn schon ewig nicht mehr gesehen.« Dass ich ihn nicht kenne, obwohl ich in Isabellas und Marcos Familie aufgewachsen bin, spricht Bände.

Isabella meldet sich leise zu Wort. »Ich sehe Paolo ab und zu.«

Widerwillig drehe ich mich zu ihr um. Dann sage ich zu Isabella die Worte, die ich bis vor fünfzehn Minuten nie wieder in meinem Leben zu ihr sagen wollte: »Ich brauche dich.«

6

Under Your Spell

Teil 2

Mela Nagel

Venedig ohne Strom zu erleben hat etwas Andersweltliches. Nur in ein paar Fenstern der Palazzi, die wir mit dem Privatboot der Familie Donata passieren, stehen Kerzen. Die meisten sind gähnend dunkle Löcher in den prunkvollen Fassaden. Die Laternen und die Weihnachtsbeleuchtung in den Gassen und auf den Plätzen ist aus und Venedig ist ins Dunkel getaucht. Der Mond leuchtet dafür umso heller und spiegelt sich in den Wellen des Canal Grande. Zwar sind viele Boote unterwegs, aber sie fahren langsamer als sonst. Kein Wunder. Ich bin in Venedig aufgewachsen, und selbst ich habe Probleme, festzustellen, wo wir uns genau befinden. Wäre nicht Isabella, die nur einen Meter von mir entfernt an der Reling steht, könnte ich es vielleicht sogar genießen. Endlich sieht die Welt so aus, wie ich mich fühle. Obwohl … müsste dann nicht ein Sturm über der Stadt toben? Stattdessen ist der Himmel wolkenlos und die Sterne glitzern in der Kälte der Nacht. Ich schlage den Kragen meines Trenchcoats hoch. Erst als die riesige Kuppel von Santa Maria della Salute – nicht wie sonst hell angestrahlt – in Sicht gerät, kommt Bewegung in Isabella. Sie wendet sich mir zu und sieht aber zur Kirche empor. Der Fahrtwind bringt ihre Locken zum Tanzen. »Als ich das erste Mal in der Kirche war und meinen Onkel getroffen habe, war ich sieben oder so. Damals dachte ich, die Kirche gehört ihm. Und dass ich selbstverständlich darin heiraten würde.«

Alles in mir erstarrt. »Dem steht nichts mehr im Wege«, presse ich hervor.

Sofort wird Isabellas Miene ernst. »Was ich sagen wollte, war: bis ich mich in dich verliebt habe.«

»Keine Lesbenhochzeit in der zweitheiligsten Kirche Venedigs.«

»Wieso musst du immer so zynisch sein?«

»Bin ich nicht. Erst seitdem …« *… wir uns getrennt haben*, will ich sagen, aber bekomme es nicht über die Lippen.

»Seitdem du mit mir Schluss gemacht hast«, vervollständigt Isabella. Ja, ich habe mit ihr Schluss gemacht. Nicht umgekehrt. »Können wir bitte darüber reden? Du hast mich die letzten Wochen immer abgewürgt.«

»Sollte das im Salon auch eine Unterhaltung werden?«

Isabella seufzt. »Sollte es.«

Ein verzweifeltes Lachen, mehr schaffe ich nicht. In meinem Bauch kribbelt es verräterisch bei dem Gedanken an vorhin. Ich konzentriere mich auf das Schwanken des Bootes unter mir, das Motorengeräusch, den Fahrtwind. Jede Ablenkung ist mir recht. »Es gibt nichts zu besprechen.«

»Doch!«, fährt Isabella genervt auf. »Wie soll es mit uns weitergehen?«

»Gar nicht.« Im nächsten Moment heult die Sirene eines Feuerwehrbootes hinter uns auf. Es schießt an uns vorbei, und für eine Weile übertönt der Lärm alles.

Nach der nächsten Kurve des Canal Grande taucht der Bau von Santa Maria della Salute auf. Dank des weißen Marmors und dem Mondlicht setzt sich die Kirche vom dunklen Himmel ab. Orangefarbenes Licht, das aus dem Kirchenportal auf die Eingangstreppe fällt, zeigt den Weg ins Kircheninnere, als wäre es ein roter Teppich. Kerzen stehen zu beiden Seiten davon. Brennende Fackeln stecken in den Halterungen neben der riesigen Eingangstür. Eine Insel aus Licht in dieser Dunkelversion von Venedig. Der Anblick ist beeindruckend, und wir sind bei Weitem nicht die Einzigen, die davon angezogen werden: Aus allen Richtungen strömen Menschen herbei, hin zum Licht. Wenn es Gott gibt, gefällt ihm das sicher ziemlich gut.

Auch Isabella scheint ihre Sprache erst wiederfinden zu müssen. Als spüre sie meinen Blick auf sich, wendet sie ihren Kopf von der Kirche ab. »Ich will reden. Wenn nicht jetzt, dann später.«

Zu nah. Sie ist einfach zu nah. Ich springe auf den Anleger. »Es gibt nichts zu sagen. Du willst eine Beziehung im Geheimen. Ich nicht. Ich bin es leid. Ich will meine Gefühle zeigen. Immer. Jedem. Ich bin müde von dem Versteckspiel. Wenn du nicht bereit bist, es aufzugeben«, ich zucke hilflos mit den Schultern und schlucke gegen den Kloß in meinem Hals an, »worüber sollten wir reden? Lass es uns einfach zu Ende bringen. Bitte.«

Wie immer sieht Isabella alarmiert zur Seite, ob uns jemand gehört hat. Damit bestätigt sie nur, was ich eben gesagt habe, aber diese Geste schneidet tief in mich. Tiefer als je zuvor. Weil ich nicht heulen will, wende ich mich ab. Zwinge mich, durchzuatmen. *Fokus, Viola!* Fokus auf das Hier und Jetzt. Auf das, was zu tun ist. Deshalb zücke ich mein Handy. Wir liegen gut in der Zeit.

»Wie finden wir deinen Onkel?«, will ich von Isabella wissen, als wir die Treppe hochgehen.

»Wir fragen Bruder Enrico.« Isabella deutet auf den Mönch, der in einem braunen Gewand am Eingang steht und die Besuchenden freundlich begrüßt. Und ja, er weiß, wo Isabellas Onkel sich befindet. Gemeinsam betreten wir das Kircheninnere, und mir verschlägt es die Sprache. Überall brennen Kerzen. Nicht nur auf den Altären, sondern auch am Ende jeder Kirchenbank, die alle gut gefüllt sind. Das Gold des Stucks spiegelt das Kerzenlicht wider und bringt die Kirche zum Strahlen. An einem Seitenaltar steht ein grauhaariger Mönch mit einem *Venezia-FC*-Schal um den Hals, der Kerzen in Halterungen unter einer Madonnenfigur steckt. Seine Augen leuchten auf, als er Isabella entdeckt. »Meine Liebe, was machst *du* denn hier? Ich habe eben an dich gedacht. Ist alles in Ordnung?«

»Fast«, erwidert Isabella zerknirscht und nimmt die Hand, die ihr Paolo entgegenstreckt.

Paolos Blick findet mich. »Ah!« Er streckt mir die andere Hand entgegen und ich reiche ihm meine. Keine Ahnung, warum. Ich bin katholisch erzogen, wie alle Venezianerinnen. Zwar gehe ich nicht mehr in den Gottesdienst, aber heute wäre ich tatsächlich bereit, ein kleines Gebet zu sprechen. Weil ich überfordert bin. Mit meinem Leben und meinen Wünschen. Mit Isabella. Die überraschend raue Hand von Isabellas Onkel lässt mich sofort ruhiger werden.

»Du musst Viola sein. Ich bin Paolo. Isabella hat mir von dir erzählt.«

»Ach, hat sie das?« Ich werfe Isabella einen schiefen Blick zu, aber sie ist plötzlich mit den Knöpfen ihres Mantels beschäftigt.

»Bei jedem unserer Treffen – und zwischendrin am Telefon.« Paolo nickt wissend.

Ooookay. Dass Isabella über mich spricht, wäre etwas Neues. »Ich hoffe, sie hat ein gutes Haar an mir gelassen.«

»Nicht nur eines. Also, was führt euch her? Wie steht es um deinen Ball?«

»Nicht gut«, antwortet Isabella.

»Kerzen«, werfe ich ein, »wir brauchen Kerzen.«

Paolo lacht laut auf. Einige Kirchenbesucher sehen zu uns herüber. Aber Paolo ist das egal. Er nickt Isabella zu. »Sie ist wirklich so direkt, wie du erzählt hast. Direkt und sympathisch.«

Isabella lächelt zwar, doch der traurige Blick, mit dem sie mich ansieht, lässt meinen Mund trocken werden. Schnell blicke ich zu Paolo. Räuspere mich. »Isabellas Einstandsball braucht Licht, jetzt, da der Strom weg ist. Er *muss* einfach heute stattfinden.« Meine letzten Worte klingen fast flehend.

Isabellas Onkel drückt meine Hand. »Dann lasst uns sehen, was wir tun können.«

Einige Gänge und Türen später, alles begleitet von Kerzenlicht und dem Lichtkegel von Paolos Taschenlampe, stehen wir im Lager des Klosters. Die Regale sind bis unter die Decke mit Kartons gefüllt. Es riecht nach Kerzenwachs, Weihrauch und ein bisschen Marihuana. »Wie viele braucht ihr?«

»Bruder Paolo?«, ruft eine tiefe Stimme vom Flur aus.

»In Gottes Namen …« Paolo verdreht die Augen. Er schiebt uns hinter ein Regal. »Das ist unser Abt. Er nimmt es etwas zu genau mit …«, er zögert, »… allem. Wenn er uns erwischt, wird er diese Aktion untersagen. Auf den Kartons stehen die Größen. Da hinten ist ein Wagen. Seid still, bis er und ich weg sind.«

»Bruder Paolo, ich habe Euch doch eben gesehen!« Die Stimme des Rufenden klingt genervt und ernst.

»Komme!«, ruft Paolo. Zu uns gewandt flüstert er: »Nach links und gerade aus bis an die Gartentür. Sie ist von innen immer geöffnet. Nach rechts, an der Mauer entlang. Bis zu einem Gittertor. Das könnt ihr ebenfalls von innen öffnen. Viel Glück.« Dann küsst er Isabella auf die Stirn, wirft mir einen freundlichen Blick zu. Er schnappt sich eine Kiste aus einem Regal und verschwindet aus dem Lager. Ohne die Taschenlampe von Isabellas Onkel erhellt nur noch das Mondlicht, das durch hohe Rundbogenfenster fällt, das Lager. Wie nah ich Isabella bin, fällt mir jetzt erst auf, und mein Herz legt einen Zahn zu. Es reicht nicht, dass ich in einem Männerkloster im Lager feststecke, sondern es muss auch noch mit der Liebe meines Lebens sein. Ohne sie berühren zu können, obwohl ich ihre Wärme spüre. Ohne sie zu küssen … Ich sehe Isabella an. Sie sieht mich an. Auf dem Flur tönen die Stimmen der beiden Männer. Und es ist mir egal. Ich will Isabellas Lippen spüren, ihre Zunge. Isabella dreht sich zu mir. Ihre Brüste streifen meine. Ich stemme mich gegen das Verlangen, sie an mich ziehen. Schritte entfernen sich draußen.

Mit jeder Sekunde, die ich länger als notwendig in Isabellas Nähe verbringe, stirbt ein Teil von mir ab. Bis nichts mehr übrig ist von mir, nur noch Frust und Hass. In ihrer Gegenwart werde ich nie frei sein. Nicht von ihr, nicht von unserer Vergangenheit. Plötzlich weiß ich, was ich zu tun habe, wenn ich weitermachen will. Und ja, das will ich.

»Ich verlasse Donata.«

Isabella blinzelt mich verdutzt an. Sie hat meine Worte verstanden, das sehe ich in ihren Augen. Sie lacht leise auf. »Wie bitte? Das ist nicht dein Ernst.«

»Doch. Ist es.« Ich weiche ihrem Blick nicht aus. Noch nie in meinem Leben war ich mir bei etwas so sicher. »Heute ist mein letzter Tag in eurer Firma.«

Überraschung und Unglaube treten auf Isabellas Gesicht. »Das kannst du nicht machen.«

»Doch«, wiederhole ich. »Ich will frei sein. Dich jeden Tag zu sehen, mit dir zu sprechen, als hätte es *uns* nie gegeben …« Eine Gänsehaut rast über meine Arme. »Das schaffe ich nicht, auch wenn ich es mir so lange eingeredet habe. Dein Ball ist das Letzte, das ich für dich mache.«

»Du hast einen Vertrag«, beginnt Isabella verzweifelt.

»Den du auflösen wirst. Weil du selbst weißt, dass das nicht gut laufen kann. Sieh uns doch an! Lass es uns beenden. Auf eine Art und Weise, die wehtut, die uns aber nicht zerreißt.« All diese Worte kommen heiser geflüstert über meine Lippen. Auch wenn mein Entschluss der einzige Weg ist und absolut feststeht, bringt er mich an den Rand meiner Kräfte. Isabella und ich … es gab uns schon ein Leben lang, und mir ein Leben ohne sie auch nur vorzustellen … Es passt fast nicht in meinen Verstand, trotzdem gibt es keine andere Option. Dass ich damit der einzigen Familie, die ich habe, den Rücken kehren muss – ich schiebe den Gedanken beiseite. »Ich gehe und ich werde meine Entscheidung nicht ändern.«

Ich löse mich von ihr. Mein Herz wummert so hart gegen meine Rippen, als wolle es sie zertrümmern. Schnell drehe ich ihr den Rücken zu und schalte die Taschenlampe meines Handys ein. Neben mir flammt Isabellas Taschenlampe auf. Sie beginnt die Kartons abzuleuchten, als wäre nichts. Mein Atem geht so schnell, dass mir schwindlig wird. Hat sie meine Entscheidung einfach akzeptiert? Ein Teil von mir ist heilfroh, der andere, größere … der wollte einen Aufschrei, ein Flehen, und schaut jetzt regungslos zu, wie wir schweigend Kartons absuchen und die richtigen Kerzen finden, wie wir den Wagen beladen, es unbemerkt zur Gartentür, in den Garten und durch das Gittertor in der Klostermauer schaffen. Alles ohne ein Wort. Mit Blick- und Berührungsvermeidung par excellence. Zwischen uns ist alles gesagt. Eine Leere macht sich in mir breit, die mich gleichzeitig leicht und schwer werden lässt. Die Enttäuschung brandet hart gegen mein Brustbein. Ich habe uns beendet. Ich wollte es so. Ich will es immer noch.

Schweigend steigen wir auf das Boot, und schweigend verstauen wir die Kerzenpakete mithilfe des Chauffeurs. Das Wasser des Canal Grande ist pechschwarz. Die Paläste wirken leblos. Plötzlich kommt mir dieses dunkle Venedig trostlos vor. Zu trostlos. Ich gäbe alles um einen einzigen Weihnachtsstern, auch wenn ich Weihnachten dieses Jahr aussetze. Was ein wenig Licht für die Welt bedeutet …

Das Boot fährt an, und ich komme ins Taumeln, stolpere und lande auf der Rückbank. Eine Schande für eine Venezianerin. Doch auch Isabella hat die Abfahrt kalt erwischt. Sie landet halb auf mir. Will das Schicksal mich verarschen? Ihre Nähe war mein ganzes Leben lang ein Zuhause für mich. Jetzt schiebe ich sie sanft von mir und rutsche weg. Mache der Kluft Platz, die sich zwischen uns erstreckt, so breit wie ein ganzer Ozean. Die kalte Nachtluft streicht über meine Wangen wie eine Strömung, die mich immer weiter von ihr wegtreibt. In eine Fremde, von der ich nicht weiß, was ich erwarten kann, aber wenigstens in eine Zukunft und nicht in einen ewig währenden bedauernden Rückblick.

Isabella starrt mich nur an. Und ich setze mich ans andere Ende des Bootes, hole mein Handy heraus und beginne zu tippen. Nachrichten an Pepe. An die Gäste, dass alles klappt und der Zeitplan bestehen bleibt. Die Worte sind schneller geschrieben, als wir bis zum Palast brauchen, aber trotzdem tue ich bis zum Anlegen so, als wäre ich beschäftigt. Ich ertrage kein weiteres Gespräch mit Isabella. Dieser Abend ist unser letzter. Danach heißt es: Ade,

Familienunternehmen – auch wenn ich keine Ahnung habe, was ich dann machen soll.

Isabella bleibt die gesamte Fahrt über stumm und betrachtet das vorbeigleitende Dunkelvenedig. Als wir am Palazzo ankommen, entschuldigt sie sich und lässt mich allein mit Pepe, Signor Gabetti und dem Chauffeur die Kerzen ausladen. Endlich schaffe ich es, durchzuatmen, aber nur kurz, denn kaum betrete ich den Palazzo, stürmen aus allen Richtungen Menschen mit Fragen und Problemen auf mich zu. Gut. So spare ich mir das Grübeln – und vielleicht doch noch das Bereuen.

Als ich eine Stunde später den Ballsaal betrete, in einem grünen Cocktailkleid, das so simpel und ohne Schnickschnack überhaupt nicht zur üppigen weihnachtlichen Deko passt, wird gerade der letzte Kronleuchter nach oben gezogen. Sie erstrahlen jetzt alle in ihrem alten Glanz und zaubern ein warmes, goldenes Licht, das die Gemälde an den Wänden und der Decke lebendig wirken lässt. Stimmengewirr dringt aus dem Foyer nach oben, vermischt mit klassischer Streichermusik. Begeisterungsrufe über das stromlose und extrem weihnachtliche Ambiente springen immer wieder daraus hervor.

»Alles klar bei dir, Pepe?«, frage ich über den Funkknopf im Ohr. Wie gut, dass wir die Funkgeräte und ihre Akkus bereits gestern geladen haben. So können wir uns wie geplant aufteilen und er hält die Stellung unten.

»Träumchen. Entspann dich für ein paar Sekunden.«

»Danke«, gebe ich zurück und atme tief durch. Kurz darauf schaffen es die ersten Gäste nach oben und ich nehme sie in Empfang. Innerhalb eines Atemzugs ist der Ballsaal voll von gut gelaunten Menschen in wallenden Ballkleidern und Smokings.

Marco und seine Eltern treiben von einem Grüppchen zum nächsten, nur Isabella fehlt. Irgendwann vibriert meine Uhr, die mit meinem Handy verbunden ist. Es ist Zeit für die Reden. Ich mache mich auf den Weg zu Marco, der mir mit offenen Armen entgegenkommt. »Die Leute sind begeistert«, raunt er in mein Ohr. »Mama und Papa ebenfalls.«

»Schön«, gebe ich nur zurück und sehe mich nach den beiden um. »Wo stecken sie?«

»Bei Isabella.«

»Ist alles okay?«

Marco zwinkert mir zu. »Alles ist so, wie es sein soll.«

Dieser schelmische Blick lässt meine Alarmglocken schrillen. »Das letzte Mal, als du so geguckt hast, haben wir das Boot deiner Eltern geklaut.«

Marco lacht auf. »Ich freue mich nur und bin aufgeregt.«

»Keine Überraschungen. Versprochen? Für heute habe ich genug davon.«

Marco legt die Hände auf meine Schultern und sieht mich eindringlich an. »Es gibt auch gute Überraschungen.«

Gerade so schaffe ich es, mich vom Augenrollen abzuhalten. »Ich bin verantwortlich für den Abend. Ich möchte nicht, dass Isabella …«

»Ich liebe Isabella. Und ich liebe dich. Ich weiß, was dieser Abend für euch beide bedeutet. Keine Sorge, keine Überraschungen. Ich gehe jetzt an meinen Platz und wir legen los.« Ohne meine Antwort abzuwarten, lässt mich Marco stehen und erklimmt die Bühne. Mein schlechtes Gewissen meldet sich. Marco hat noch keine Ahnung, dass ich Donata verlassen werde. Es ihm zu erklären … allein bei dem Gedanken daran dreht sich mein Magen um. Ich sehe weg von ihm und gebe dem Streichquartett, das begeistert zugestimmt hat, den Abend musikalisch zu retten, ein Zeichen, und es beendet das gerade intonierte Stück.

Alle Anwesenden drehen sich zu Marco um, der ans Mikrofon tritt.

»Liebe Freunde, darf ich euch an eure Plätze bitten, sofern ihr sie noch nicht gefunden habt?« Es dauert kurz, dann sitzen alle an den runden und festlich geschmückten Tischen. »Es ist mir eine

Freude, dass dieser Abend stattfinden kann. Dieser Umstand ist niemand Geringerem als meiner Ziehschwester Viola zu verdanken.« Er deutet auf mich und beginnt zu applaudieren. Die komplette Aufmerksamkeit richtet sich auf mich, alle klatschen begeistert. Hitze flutet meine Wangen, meinen Körper, und ich hebe nur kurz die Hand. Als der Applaus endlich abebbt, redet Marco weiter. »Nun begrüßt bitte meine Schwester Isabella, die ab dem heutigen Tag Teil der Geschäftsführung ist.«

Die Gäste stehen auf, klatschen wieder, staunen, denn ja, Isabella ist nichts anderes als wunderschön in ihrem rückenfreien Goldkleid. Wie souverän sie an allen vorbeischreitet, nickt, lächelt, als mache sie das jeden Tag. Dass es in ihr ganz anders aussieht, wissen nur wenige. Die Hitze, die sich eben noch in meine Wangen gebrannt hat, verlagert sich in meinen Bauch, zieht zwischen meinen Beinen und wird dann grob von einer bleiernen Schwere beiseitegedrängt: Sie braucht mich nicht.

Was immer in den Reden gesagt wird, ich bekomme es nicht mit. Erst als Isabella selbst ans Rednerpult tritt, tauche ich aus meiner Selbstmitleidsblase auf. Ihre Worte bringen alle zum Lachen. Alle, außer mich. Immer wieder muss ich gegen die Tränen anschlucken. Sie ist nicht mein. Wird es nie sein. Nach ein paar Minuten halte ich es nicht mehr aus.

»Pepe?«, frage ich leise über Funk und sehe zu ihm hinüber.

Er steht am Büfett und findet meinen Blick. Seine Miene wird ernst. »Was stimmt nicht?«

Anstatt zu antworten, blicke ich kurz zur Bühne. Er versteht. »Ich brauche frische Luft. Kannst du alleine …?«

»Klar.«

»Danke.« Ich lächle ihn über die Menge hinweg an und drehe mich zur Saaltür um. Doch ich komme nicht weit, denn in Isabellas Stimme verändert sich etwas, und ich drehe mich ein letztes Mal zu ihr um. Sie sieht mich direkt an. Ihre Augen weit geöffnet. »Viola, warte!«

Dann springt sie von der Bühne. In ihrem eng anliegenden Goldkleid *und* den High Heels, die sie nach der Landung auszieht, nur um sich zwischen den Stühlen voller überrascht dreinschauender Menschen durchzuschlängeln. Direkt auf mich zu. Mein Herz setzt aus. Was hat sie vor? Starr vor Überraschung friere ich am Fleck fest.

Erst als Isabella vor mir steht, glaube ich, dass sie wirklich zu mir will. Sie ist außer Atem und ihr Blick flackert. »Geh nicht.«

Ich verstehe sie kaum, weil das Getuschel, das bei ihrem Sprung von der Bühne eingesetzt hat, zu einem mittellauten Geflüster anschwillt. Hälse recken sich, Stühle werden gerückt, Blicke richten sich auf uns. Doch ich sehe nur Isabella. »Ohne dich ist mein Leben so dunkel«, flüstert sie, und plötzlich stehen Tränen in ihren Augen.

Mein Herz wird so schwer, als wolle es mich zu Boden ziehen. Denn ja, meines ist auch dunkel.

Als ob sie meine Gedanken errät, kommt sie näher. Ihr Duft zieht in meine Nase und bereitet mir Gänsehaut. Isabella fasst meine Hände. Sanft. »Es war ein Fehler, nicht zu uns zu stehen. Ich will dich nicht verlieren. Ich brauche dich. Dass du wegwillst, fort von mir …« Ihre Stimme bricht und jetzt kullern die Tränen über ihr perfektes Make-up.

Weil ich nicht anders kann, streiche ich über ihre Wangen, wische die Tränen weg. Sie so unglücklich zu sehen, wie ich mich fühle, nein, das kann ich nicht. »Es geht nicht anders.«

»Doch. Ich liebe dich. Niemand wird mich je wieder davon abhalten, das laut auszusprechen oder zu zeigen. Bitte sag, dass ich nicht zu spät bin.«

Schlagartig stehen meine Nerven in Flammen und es kribbelt überall in meinem Körper. Meint sie das ernst? Hier und … und *jetzt?!* »Was machst du?«

»Zu dir stehen. Zu uns.« Sie reckt ihr Kinn wie jedes Mal, wenn sie vorhat, etwas zu tun, von dem sie sich nicht abbringen lässt.

Mir wird heiß. Und ich bringe kein Wort hervor.

»Scheiß auf die Leute«, fährt Isabella fort. So laut, dass es alle hören können. »Mama, Papa und Marco wissen Bescheid. Es geht hier nur um uns. Hätte es eigentlich schon die ganze Zeit gehen sollen. Aber ich war dumm und …« Sie unterbricht sich und atmet tief durch. »Ich liebe dich. Ich will mit dir zusammen sein. Ganz offiziell.«

Ein Piepen setzt in meinen Ohren ein, und das kommt nicht von dem Funkknopf in meinem Ohr. Isabella liebt mich. Sie steht vor mir, auf der wichtigsten Veranstaltung ihres Lebens, und sagt, sie will ein gemeinsames Leben. Jetzt bin ich diejenige, die zu heulen beginnt. Aber nicht so sexy wie Isabella. Eher die Aufschluchz-Durchschüttel-Version davon. Isabella zieht mich in ihre Arme, umhüllt mich mit ihrem Duft und ihrer Wärme. Ich fange an zu nicken, und Isabella versteift sich. Sie streckt mich so weit von sich, dass sie in meine Augen sehen kann. »War das ein Nicken? Ein Ja?«

Wieder nicke ich, schlucke den Kloß in meinem Hals hinunter. »Es ist nicht zu spät. Ich liebe dich«, füge ich der Vollständigkeit halber hinzu. »Ich will dich. Ich will uns. Für immer und ewig.«

Isabellas Augen leuchten auf. Mit einem einzigen Schritt bin ich wieder ganz nah bei ihr. Spüre, wie sie auch mir entgegenkommt, wie sich ihr Körper an meinen schmiegt. Wie er erschaudert, als ich meine Hand an ihren Rücken, auf die nackte, warme Haut lege. Mich in ihren Augen verliere. Und ihre weichen Lippen endlich wieder küsse. Sie erwidert meinen Kuss so fest wie vor ein paar Stunden im Salon. Unsere Zungen finden sich. Aber jemand räuspert sich neben uns. Erschrocken fahren wir beide auseinander. Das Gejohle und den Applaus im Saal hatte ich nicht eine Sekunde lang wahrgenommen.

Marco steht neben uns und zieht uns in seine Arme. »Ich heule gleich!«

Überrascht sehen Isabella und ich uns an, beginnen zu lachen.

Ich bin so glücklich, ich könnte überschäumen. Marco hält Isabellas High Heels hoch. »Wollt ihr nicht den Tanz eröffnen?«

Isabella zögert keinen Moment, schnappt sich ihre Schuhe und verneigt sich vor mir. »Es wäre mir eine Ehre, Viola, wenn du den ersten Tanz mit mir bestreitest.« Ein Raunen geht durch den Saal. Wenn jemand eine neue Definition für Glück ins Lexikon aufnehmen wollte, kann er da meinen Namen eintragen. Denn der erste Tanz gehört den Partnern. Das war schon immer so, jedes Jahr in der dreihundertjährigen Familien- und Unternehmensgeschichte. Ich nicke. »Nichts könnte mich davon abhalten.« Der Applaus bricht los. Isabella strahlt mich an, und ich bringe meine Lippen an ihr Ohr, streife dabei absichtlich über ihre Wange, fühle, wie Isabella dabei den Atem einzieht. »Auch wenn ich das hier gerne weiterführen würde …«

Ihre Lippen streifen mein Ohrläppchen und sie kichert. »Ich bin jetzt Juniorchefin. Ich habe das Sagen, der Tanz könnte auch warten …«

Doch das allgemeine Stühlerücken lässt mich seufzen. »Ich wollte es offiziell, also ab in deine Schuhe!«

Während Isabella in ihre Schuhe schlüpft, reicht Marco mir ein Taschentuch und Pepe nimmt mir das Funkgerät ab. Dann schweben wir. Im Herzen und über das Parkett. Durch den gesamten Abend und die Nacht. Unter Kerzen und glitzernden Sternen. Leichter als eine Feder und glücklicher, als ich es je war. So nehme ich Weihnachten gerne in Kauf …

7

Only One Bed Before Christmas

Teil 1

Ada Bailey

Ada Bailey wurde 1996 an der Nordseeküste geboren, wo sie auch heute noch mit ihren Katzen lebt. Wenn sie gerade nicht mit dem Schreiben von Büchern beschäftigt ist, versinkt sie in nieschigen Hobbys, bezaubert ihre Freunde mit Kartentricks oder verliert sich in abenteuerlichen Videospielwelten. Unter adas.worlds teilt sie auf TikTok und Instagram ihre Liebe zum Lesen und Schreiben mit ihren Leser:innen.

Es hätte so gut werden können. Wirklich gut. Heute hätte der perfekte erste Tag in meinem perfekten neuen Leben sein sollen. Alles schien wie am Schnürchen zu laufen.

Ein freundlicher Taxifahrer hatte mich am späten Nachmittag überraschenderweise problemlos durch das städtische Schneetreiben zum Flughafen gefahren, wo mir eben ein noch freundlicherer Barista mit Weihnachtsmütze einen Kaffee zu meinem Bagel geschenkt hatte. Natürlich hat er mir seine Nummer auf dem Pappbecher hinterlassen, damit ich ihn anrufen kann, wenn ich zurück nach Dublin fliege. Eigentlich habe ich nicht vorgehabt, darauf zurückzukommen, doch in diesem Moment denke ich allen Ernstes darüber nach, sie direkt einzutippen. Nicht weil ich darauf brenne, ihn wiederzusehen. Es ist eher, dass ich dieses Telefonat als Ablenkung von dem Mann benutzen könnte, der mir gerade zwischen all den wartenden Menschen am Gate ins Auge gefallen ist.

Rote Haare, Sommersprossen, meerblaue Augen und so unfair perfekte Wangenknochen, als hätte er sie aus der GQ ausgeschnitten und auf sein Gesicht geklebt. Ihn würde ich überall wiedererkennen. Elias Weston. Der Mann, der mir vor fünf Jahren nach einer Reihe perfekter Dates das Herz gebrochen hat, nur um mir anschließend meinen Traumjob in der Redaktion der *Scotland on Sunday* vor der Nase wegzuschnappen. Heilige Scheiße. Warum ist ausgerechnet er hier?

Nach der Uni habe ich mir geschworen, ihn nie wiederzusehen, und bin sogar von Edinburgh nach Dublin umgezogen, um das zu erreichen. Mein Plan funktionierte, zumindest bis jetzt. Hoffentlich hat er mich noch nicht gesehen.

Schnell setze ich mich auf die gepolsterte Metallbank am Rande des Wartebereichs neben eine ältere Dame, die gerade in einem

Klatschmagazin blättert. Inspiriert von ihr krame ich die neu gekaufte Ausgabe der *Odyssee* aus meiner Handtasche und halte sie aufgeschlagen vor mein Gesicht. Ich zwinge mich dazu, nicht über den Rand zu schielen, um mich nicht zu verraten. Zu spät. Das Quietschen von Anzugschuhen auf dem Fliesenboden lässt meine Atmung stocken. Es ist, als würde es alle anderen Flughafengeräusche einfach übertönen, dabei weiß ich, dass das Schwachsinn ist.

»Andrea Lockwood, so sieht man sich wieder.«

Scheiße. Seine Stimme klingt genau wie in meiner Erinnerung. Tief und sanft. *Bloß nicht aufsehen, Andy. Ignorier ihn.* Notfalls könnte ich Spanisch sprechen und so tun, als würde er mich verwechseln. Ja, gute Idee.

»Me estás confundiendo«, antworte ich achselzuckend und ohne das Buch zu senken.

Ein leises Lachen dringt aus seiner Kehle und beschert mir eine Gänsehaut. »Sé que me estás mintiendo.«

Ich weiß, dass du lügst. Meine Fingerspitzen krallen sich in die festen Buchdeckel. Kurz bevor ich mir eingestehen muss, ertappt worden zu sein, dröhnt eine erlösende Durchsage durch die Lautsprecher. Noch nie zuvor habe ich mich so über die blecherne Stimme einer Frau gefreut, wie in diesem Moment.

»Liebe Gäste, in wenigen Minuten beginnt das Boarding für Ihren British Airways Flug BA827 von Dublin nach London. Bitte begeben Sie sich jetzt zu Gate vier. British Airways wünscht Ihnen eine zauberhafte Vorweihnachtszeit.«

Ich springe auf und stopfe das Buch zurück in meine Tasche, wobei ich mich zwinge, meine ganze Aufmerksamkeit auf den grauen Fliesenboden zu lenken, als wäre er interessanter als der Typ vor mir, der für alles steht, was in meinem bisherigen Leben schiefgelaufen ist. Etwas schroffer als nötig drängle ich mich an Elias vorbei, bevor er die Chance bekommt, mir ins Gesicht zu sehen. Leider entgeht mir dabei nicht, dass seine Brustmuskeln unter dem Hemd ebenso fest sind wie der Ellenbogenhieb, den ich ihm – natürlich nur aus Versehen – verpasst habe. Er hat nicht mal den Anstand zu stöhnen, als hätte es zumindest ein bisschen wehgetan.

Schnellen Schrittes bewege ich mich auf den Counter zu, vor dem sich gerade eine Schlange bildet. Zwei junge Flugbegleiter kontrollieren dort Pässe und Tickets und wünschen jedem von uns frohe Feiertage. Als ich über die Glasbrücke Richtung Flugzeug laufe, beginnt es zu schneien. Feine Flocken wirbeln durch die Luft und glitzern in der winterlichen Dämmerung. Jede von ihnen stiehlt den Frostmustern auf den Fenstern die Show.

Ich liebe Schnee, was vermutlich daran liegt, dass fast alle meine glücklichen Kindheitserinnerungen damit verbunden sind. Über Weihnachten haben meine Eltern immer ein kleines Haus in Dänemark gebucht, um den furchtbaren Weihnachtsessen bei dem Rest der Familie zu entgehen. Für meine Schwester Carla und mich gab es nichts Besseres, weshalb ich mein Smartphone aus der Tasche ziehe und ein Schneeflockenfoto schieße, bevor ich ins Flugzeug einsteige. Als ich mich in meinen Fenstersitz sinken lasse, tippe ich eine obligatorische Abschiedsnachricht an Carla:

Falls dieses Flugzeug abstürzt, lösch alle meine gespeicherten TikToks. Ich hab dich lieb.
XO Andy.
PS: Ich hoffe wirklich, dass das Flugzeug nicht abstürzt, weil ER ebenfalls hier ist. Ich will nicht mit IHM zusammen sterben.

Dann hänge ich das Foto an, bevor ich auf »Senden« klicke. Es dauert keine zwei Minuten, bis sie antwortet.

Ist mit ER etwa Weston gemeint?

Ja, aber wir sagen seinen Namen nicht. Das bringt Unglück!

Wie gut, dass ich ihn nur getippt habe.

Ich kann mir Carlas Augenrollen bildlich vorstellen. Sie hat nie verstanden, weshalb mich Elias' Abfuhr damals so verletzt hat, obwohl sie bis heute so tut, als würde sie ihn ebenso hassen wie ich. Ich liebe sie dafür, dass sie mich nie dazu gezwungen hat, es zu erklären. Denn wahrscheinlich hätte ich es nicht gekonnt. Wenn es zu Elias Weston kommt, ist es, als würde mein Gehirn jegliche Logik löschen, wie eine unwichtige Desktopanwendung, die zu viel Speicherplatz verbraucht.

Als eine Ansage alle Passagiere darum bittet, Platz zu nehmen, kommt eine weitere Nachricht von Carla an.

Aber sieh es doch mal positiv: Wenn er mit dir abstürzt, kann er dir nie wieder einen Job wegnehmen und dein Geist hätte die Ewigkeit lang Zeit, seinen heimzusuchen.

Nicht hilfreich, Carla.

Ich hab's nur versucht. Sitzt er neben dir im Flugzeug?

Nein, dem Himmel sei Dank habe ich den Jackpot gezogen. Der Sitz neben mir ist frei.

Genieß es und schlag ihn dir aus dem Kopf. Das erspart uns beiden graue Haare. Guten Flug. Liebe dich, Carla.

Gerade als ich zufrieden lächelnd auf den Flugmodusbutton meines Smartphones drücke, höre ich Elias Weston mit einer Flugbegleiterin reden. Ihre Stimmen werden lauter, woraus ich schließe, dass sie auf mich zukommen. Ich rolle mit den Augen. *Natürlich* tun sie das.

»Die Doppelbuchung tut mir schrecklich leid. Wir sind bis auf den letzten Platz ausgebucht. Natürlich bekommen Sie die Differenz zwischen der Business- und der Economyclass zurückerstattet.«

Mein Blick gleitet durch das voll besetzte Flugzeug, nur um an dem leeren Platz neben mir hängen zu bleiben.

Mir schwant Böses.

»Machen Sie sich da keine Gedanken. Das kann passieren. Sicher ist die Weihnachtszeit immer sehr voll. Ich bin nur froh, dass es in der Economyclass noch einen freien Platz gibt und ich so nicht auf den nächsten Flug warten muss.«

Oh nein. Nein. Nein. Nein. Womit habe ich das verdient?

Sie treten in mein Blickfeld, und dieses Mal schaffe ich es nicht, zu Boden zu sehen. Stattdessen lasse ich zu, dass Elias Weston mir direkt in die Augen sieht. Seine Lippen verziehen sich amüsiert und ich könnte schwören, sie würden die Worte *Ich wusste es* formen. Mein Herzschlag setzt für einen kurzen Augenblick aus, weshalb ich bete, dass er einfach nicht wieder einsetzt, doch er tut es.

»Hier sind wir, der letzte freie Sitz im Flugzeug. Ich hoffe, dass Sie Ihren Flug auch hier genießen werden. Zögern Sie nicht, sich zu melden, wenn Sie etwas benötigen.«

Er nickt ihr freundlich zu, bevor er das Gepäckfach über mir öffnet, seinen Koffer verstaut und neben mir Platz nimmt.

»Ich nehme an, dass du weiter Spanisch mit mir reden möchtest? Du scheinst es immerhin deutlich besser zu beherrschen als am College.«

Diablo. Natürlich kann er nicht anders, als zu sticheln. Ich kralle meine mit Mistelzweigen bemalten Fingernägel so stark in die gepolsterten Armlehnen, dass ich kurz Angst habe, die Motive könnten abplatzen.

»Eigentlich möchte ich überhaupt nicht mit dir reden, comprende?«

»Komm schon, Lockwood, du bist doch nicht wirklich immer noch sauer, weil aus uns vor fünf Jahren nichts geworden ist, oder?«

Dieses eingebildete Arschloch. Dass er glaubt, ich würde ihm so lange hinterhertrauern, ist lächerlich. Es geht nur um einen Job. *Den* Job. Mein gebrochenes Herz ist längst wieder zusammengesetzt worden, und Elias Weston hat nicht mal einen Kratzer darin hinterlassen. Zumindest versuche ich, mir genau das immer einzureden, wenn ich nach einem weiteren erfolglosen Date zurück in meine kleine Stadtwohnung komme.

»Nein, natürlich nicht. Etwas Besseres hätte mir damals nicht passieren können. Stell dir vor, wir hätten etwas Ernsthaftes miteinander angefangen, es wären echte Gefühle entstanden – und dann hättest du mir den Job geklaut. Das wäre sicher übel ausgegangen, aber so bin ich der Hölle gerade noch entkommen«, presse ich hervor und starre auf den Bildschirm vor mir, auf dem eine stumme Sicherheitseinweisung läuft.

»Wow, ich wusste nicht, dass dich das damals so sehr getroffen hat.«

Ich verschränke die Arme. »Hat es nicht.«

»Klingt aber nicht so. Und wirklich, es tut mir leid, falls ich damals …«

»Hör auf, Weston«, unterbreche ich ihn. Da dreht sich die Dame auf dem Sitz vor mir zu uns um und schenkt mir einen garstigen Blick. Offenbar genießt sie die Sicherheitseinweisung wie ein Theaterstück. Um sie nicht weiter zu stören, lehne ich mich flüsternd zu ihm.

»Hör zu. Ich will keine Entschuldigung. Das ist alles Schnee von gestern. Das Einzige, was ich will, ist, meinen unverschämt gut bezahlten Job bei der London Times anzutreten und nie wieder etwas von dir zu hören.«

»Moment. Welchen Job bei der London Times? Fliegst du deshalb nach London?«, flüstert Elias überrascht zurück. Oh bitte, ist das ein Scherz? Wird es für ihn eigentlich immer erst interessant, wenn es einen Job gibt, den er stehlen kann?

»Das werde ich dir ganz bestimmt nicht erzählen. Den Fehler mache ich kein zweites Mal«, zische ich, während ich bereue, dass ich es ihm überhaupt erzählt habe. Offenbar war ich so laut, dass selbst die Flugbegleiterin, die gerade parallel zum Sicherheitsvideo ihre Weste aufbläst, verächtlich zu uns herüberschaut. Elias nickt ihr beschwichtigend zu. Keiner von uns sagt für den Rest der Sicherheitsunterweisung ein Wort.

Nachdem der Start uns in unsere Sitze gedrückt hat und die Turbinen nun weniger laut heulen, versucht Elias noch mal, ein Gespräch mit mir anzufangen. Doch diese Macht gebe ich ihm nicht. Demonstrativ ziehe ich die weißen Kopfhörer aus meiner Handtasche, setze sie mir auf und starte *Love Actually*, den ich auf diesem anderthalbstündigen Flug nicht zu Ende schauen werde. Zugegeben, es fällt mir schwer, mich ausschließlich auf den Film zu konzentrieren und Elias neben mir nicht hin und wieder zu mustern. Er hingegen würdigt mich keines Blickes und verfolgt gespannt das Geschehen des ersten *Herr-der-Ringe*-Films, als hätte er den nicht schon hundertmal gesehen.

Während unserer Uni-Lerngruppe hat er sein Fanshirt zu jeder zweiten Sitzung getragen. Und ich Idiotin fand das auch noch attraktiv. Das Gras, das meine Mitbewohnerin damals geraucht hat, muss stark gequalmt haben.

Ich verdrehe die Augen und wende meinen Blick aus dem Fenster, als er bei einer Stelle lacht, die überhaupt nicht lustig ist. Was stimmt nicht mit ihm?

Wir fliegen kurz unter den Schneewolken, als das Flugzeug zu ruckeln beginnt. Automatisch umklammere ich die Armlehnen.

»Das ist sicher gleich vorbei«, dringt die gedämpfte Stimme meines verhassten Sitznachbarn durch meine Kopfhörer. Nein. Stopp. Versucht er etwa gerade, mich zu beruhigen?

»Wirklich, Lockwood. Ich wäre dir verbunden, wenn du deine Krallen nicht noch tiefer in meinen Arm schlagen würdest.«

Es geht ihm um sich, nicht um mich. Alles im grünen Bereich. Elias Weston ist und bleibt ein Arschloch. Erleichtert atme ich aus und löse meinen Griff.

Ich murmle ein »Sorry« und tue, als würde ich mich weiter darauf konzentrieren, wie Hugh Grant durch sein Haus tanzt.

Bei dem nächsten Ruckler springt das rote Lämpchen über unseren Köpfen an, das uns sagt, dass wir uns anschnallen sollen. Nun folgt auch eine Durchsage, die genau das noch einmal untermalt.

»Bitte begeben Sie sich zurück auf Ihre Sitzplätze und schnallen Sie sich an. Wir befinden uns in schneebedingten Turbulenzen.«

Die Abstände zwischen den Rucklern werden kürzer und die Passagiere angespannter. Zwei Kinder im vorderen Teil des Flugzeugs beginnen zu weinen, während ein Mann vier Reihen vor uns theatralisch den Weltuntergang ankündigt. Ich wünschte, ich könnte behaupten, nichts davon würde mich beeinflussen, aber das wäre gelogen. Auch ich bleibe von der Panik nicht verschont. Das Einzige, woran ich jetzt noch denken kann, ist, dass ich *wirklich* nicht zusammen mit Elias Weston sterben will. Wobei er wahrscheinlich als Einziger diesen Absturz überleben würde und dabei zufällig noch irgendwen retten kann, was ihn zu einem Helden machen würde. Die Menschen würden ihm Gedenksteine bauen und Filme über ihn drehen, in denen Grant Gustin ihn spielen würde. Niemand würde je davon erfahren, was für ein arroganter, jobstehlender Herzensbrecher Elias Weston in Wirklichkeit ist.

Himmel. Ich muss aufhören, mich so in das Ganze hineinzusteigern. Ich werde heute nicht sterben. Keiner hier wird das.

Na ja.

Mein Blick schwenkt an Elias vorbei zu dem älteren Ehepaar im Mittelgang, das sich liebevoll an den Händen hält.

Hoffentlich.

Und dann kippt das Flugzeug. Ein Aufschrei fährt wie eine Welle durch den Innenraum. Mein Kopf knallt unsanft gegen die Kopfstütze meines Sitzes.

Scheiße.

Ich kneife die Augen zusammen und spüre, wie Elias nach meiner Hand greift. Seine warmen Finger schließen sich um meine. Mein erster Impuls ist es, sie wegzuziehen und diese Nähe nicht zuzulassen. Doch ich tue es nicht, weil ich so verdammt froh bin, in dieser Situation von irgendwem festgehalten zu werden, selbst wenn ER es ist.

Das Pling der Lautsprecheranlage lässt alle aufsehen.

»Sehr geehrte Passagiere, aufgrund der derzeitigen Wettersituation werden wir in Kürze auf dem Flughafen der Isle of Man zwischenlanden. Bitte bleiben Sie auf Ihren Plätzen sitzen, und bitte bleiben Sie außerdem angeschnallt. Wir erwarten weitere Turbulenzen.«

Großartig. Das hat mir gerade noch gefehlt. Ein ungeplanter Zwischenstopp auf einer winzigen Insel, bei dem vermutlich noch keiner weiß, wie lange er dauern wird. Ausgerechnet an dem Tag vor meinem Einstellungsgespräch. Ich sollte anfangen, Lotto zu spielen, die unwahrscheinlichen Szenarien scheinen mich neuerdings heimzusuchen.

Der Flieger dreht noch ein paar wacklige Runden, bevor die Piloten zur Landung ansetzen können. Ich nehme die Geräusche überdeutlich wahr, seit ich mich mit geschlossenen Augen an meinen unleidlichen Sitznachbarn, dessen Name nicht genannt werden darf, klammere. Einige Gäste übergeben sich lautstark in knisternde Papiertüten, was vermutlich der Grund dafür ist, dass die Crew beginnt, *Last Christmas* über die Anlage abzuspielen. Merry Crisis.

Die Landung selbst verläuft ebenso holprig wie der Rest des Fluges. Erst nachdem die Rollwerke des Flugzeugs unsanft auf der Landebahn aufschlagen und es sich nicht mehr so anfühlt, als würde das Flugzeug jeden Moment vom Himmel krachen, öffne ich die Augen wieder. Das Erste, was ich sehe, sind von leichten Sommersprossen umrahmte blaue Augen, die mich fragend anstarren.

»Wir stehen«, ist das Einzige, was ich hervorbringe. Elias nickt.

»Scheint so. Wie geht's dir?«

»Ich lebe noch.«

Sein rechter Mundwinkel zuckt amüsiert, als wäre die Todesangst, die mir in den letzten zwanzig Minuten mindestens sieben graue Haare beschert haben muss, amüsant. Es kann ja nicht jeder so ein Eisklotz sein wie er. Auch wenn ich zugeben muss, dass seine Hände angenehm warm sind. Wahrscheinlich vom Höllenfeuer, über dem Elias sie jedesmal reibt wie Rumpelstilzchen, wenn er wieder jemandem seinen Arbeitsplatz gestohlen hat. Oh Mann, ich sollte es zumindest mal versuchen, weniger nachtragend zu sein, ansonsten wird es irgendwann schlecht für die Gesundheit. Jedenfalls behauptet das meine Schwester, und die hat immerhin Medizin studiert.

Ich löse meine Hand von seiner und weiß nicht, wo ich sie ablegen soll. Wie gut, dass die liebliche Stimme einer Flugbegleiterin von meiner Unsicherheit ablenkt.

»Liebe Passagiere, wir bitten Sie, das Flugzeug zu verlassen und sich in den Innenbereich des Flughafens zu begeben. Seien Sie bitte vorsichtig, wenn Sie aussteigen, draußen schneit es stark. Es ist mit Glätte zu rechnen. Vor Ort stehen Julie und Saba, zwei Mitarbeiterinnen unserer Airline, für Sie bereit und helfen Ihnen gern dabei, eine Unterkunft für die Nacht zu organisieren, denn heute werden wir aufgrund der Wetterbedingungen den Flugverkehr nicht wieder aufnehmen können. Es tut uns sehr leid.«

Genervtes Stöhnen wabert wie Nebel durch den Flugzeuginnenraum. Vor zwanzig Minuten hat jeder hier sterben für ein realistisches Szenario gehalten, und nun? Ich bin ehrlich gesagt erleichtert darüber, dass wir am Boden bleiben. Bei den grimmigen Blicken der Leute um mich herum werde ich das aber besser nicht laut aussprechen.

Als ich, meine Handgepäcktasche umklammernd, aus dem Flugzeug steige, bläst mir eisige Luft entgegen. Die Schneeflocken tanzen nicht mehr, dafür sind es zu viele. Wie ein dichter weißer Vorhang versperren sie die Sicht auf so ziemlich alles. Wie alle anderen bemühe ich mich, vorsichtig von der Metalltreppe auf das leicht eingeschneite Rollfeld zu treten, was sich als schwierig herausstellt. Der Boden ist glatt, und ich trage ungünstigerweise die unbequemsten Louboutin-Absatzstiefeletten, die die Welt je gesehen hat. Ich habe es schon vor dem Abflug bereut, sie mir für das Einstellungsgespräch gekauft zu haben. Wahrscheinlich sind sie als Folterinstrument erfunden und fälschlich als Mode interpretiert worden. Anders kann ich mir das nicht erklären. So oder so sind meine Schuhwahl und der Boden eine explosive Mischung.

Mit möglichst kontrollierten und kurzen Schritten bewege ich mich auf das hell erleuchtete Glasgebäude vor mir zu. An den Fenstern hängen funkelnde Tannengirlanden und sorgen zum ersten Mal heute für etwas Weihnachtsstimmung.

»Brauchst du einen Arm?«, taucht plötzlich Elias' Stimme neben mir auf und lässt mich vor Schreck wegrutschen. Ehe ich ablehnen kann, hänge ich auch schon an dem Ärmel seines grauen Wollmantels. Ich ziehe mich vorsichtig zurück in einen festeren Stand, denn ich bin sicher, dass dieser Mantel teurer ist als alles, was ich besitze, und ich trage immerhin Louboutins.

»Danke, aber jetzt nicht mehr nötig«, entgegne ich und trete einen Schritt zur Seite, der nur um ein Haar nicht auch in einer Rutschpartie endet. Ich mache drei Kreuze, wenn ich endlich in dem Gebäude stehe.

»Okay, ich laufe neben dir, falls du es dir anders überlegst, Andy.«

Ich nicke nur, dann setze ich mich wieder wie ein watschelnder Pinguin in Bewegung. Ich kann das allein schaffen, ich weiß es.

Elias wirft mir immer wieder skeptisch prüfende Blicke zu, während er auf seinem Smartphone herumtippt. Ich glaube, er schreibt E-Mails, doch sicher bin ich mir nicht. Um ihn ausspionieren zu können, besitze ich in diesem Moment einfach nicht genug Körperspannung.

Als Elias mir freundlicherweise die Glastür aufhält, die von den Landebahnen ins Terminal führt, atme ich erleichtert auf. Warme Heizungsluft umschmeichelt meine eingefrorenen Wangen und auch der Boden ist weniger rutschig, wenn man von dem Teil mit dem frisch hereingetragenen Schneematsch mal absieht. Ich gehe zu einer freien Bank und lasse mich auf die Gittersitzfläche sinken. Meine Waden schmerzen ein wenig, was mich daran erinnert, Fitnesstraining auf meine Liste mit Neujahrsvorsätzen zu setzen. Ich vermerke es gedanklich gleich unter »weniger nachtragend sein«.

Nun deaktiviere ich den Flugmodus, woraufhin sofort eine Nachricht von Carla hereinkommt.

Und? Abgestürzt? Oder weilst du weiter unter den Lebenden auf demselben Planeten wie der, dessen Name nicht genannt werden darf?

Oh, wenn sie wüsste …

Doch statt ihr zu antworten, klicke ich auf die unter »Ungeklauter Traumjob 2.0« gespeicherte Nummer. Ihr seht, der Schmerz sitzt tief.

Es dauert nicht lange, bis Magreth, die Assistentin meines zukünftigen Bosses, abnimmt.

»London Times, Redaktionsbüro, Magreth Jones am Apparat. Was kann ich für Sie tun?«

»Hallo, Magreth, hier spricht Andrea Lockwood. Leider musste mein Flugzeug aufgrund des Schneetreibens auf der Isle of Man zwischenlanden und wird heute nicht mehr abfliegen. So wie es aussieht, werden wir nicht vor Morgen weiterfliegen können. Wegen dem Einstellungsgesprä…«

»Ah, Andrea. Machen Sie sich bitte keine Sorgen wegen des Gesprächs, das verschieben wir. Sobald Sie wissen, wann Sie hier sein können, holen wir das nach. Und auch bezüglich einer Unterkunft sollten Sie sich keine Gedanken machen. Ihr Kollege hat mich schon über die Situation informiert.«

Mein was hat was? Doch ich komme nicht zum Fragen, denn Magreth scheint keine Anstalten zu machen, beim Sprechen Luft holen zu müssen.

»Ich habe direkt den Hörer in die Hand genommen und Ihnen beiden etwas in der kleinen White Swan Pension in Douglas gebucht. Und das war nicht leicht. In der Vorweihnachtszeit ist Douglas ziemlich ausgebucht. Vom Flughafen pendeln regelmäßig Taxis und Shuttles in die Stadt. Bitte fahren Sie mit ihm zusammen, das macht das Ganze später abrechnungstechnisch einfacher. Haben Sie noch Fragen?«

»Äh, ja, danke, Magreth, für Ihr Engagement. Doch von welchem Kollegen reden Sie?«

»Na, Elias Weston. Ich dachte, Sie zwei kennen sich?« Magreth klingt mindestens genauso überrascht, wie ich aussehen muss. Denn ich erstarre bei dem bloßen Klang seines Namens. Mein Blick gleitet zu dem Mann in dem grauen Mantel, der mir mehr schlaflose Nächte eingebrockt hat als sämtliche Horrorfilme, die ich je gesehen habe. Ein paar Meter entfernt lehnt er lässig an einer Säule und sieht mich an. Das tiefe Grübchen neben seinem linken Mundwinkel verrät, dass er genau weiß, mit wem ich gerade telefoniere. Ich realisiere, dass Elias nicht hier ist, um mir meinen Job streitig zu machen. Das braucht er gar nicht. Er hat ihn schon.

Heilige Scheiße. Wir werden Kollegen.

8

Only One Bed Before Christmas

Teil 2

Ada Bailey

Die Taxifahrt zum Hotel verbringen wir schweigend. Ich schaue aus dem Fenster und bewundere die bunte Weihnachtsbeleuchtung von jedem Haus, an dem wir vorbeikommen. Als wir aussteigen, mache ich Anstalten, das Taxi zu bezahlen, doch Elias kommt mir zuvor und gibt dem Taxifahrer doppelt so viel Trinkgeld, wie ich es getan hätte. So erkauft er sich also seinen Seelenfrieden. Als ob das funktionieren würde.

Wir steigen in die eisige Kälte und stapfen über die dünne Schneedecke zu dem backsteinernen Hotel, das etwas abseitssteht. Verschnörkelte Laternen leuchten uns den Weg und ich komme nicht umhin zu bemerken, dass es märchenhaft aussieht.

Ein Glöckchen klingelt, als Elias die Tür aufdrückt und sie mir tatsächlich aufhält, als wäre er ein echter Gentleman. *Heuchler*.

Eine ältere Dame, die eine Lesebrille mit Halbmondgläsern auf der Nase trägt, begrüßt uns an der Rezeption.

»Sie müssen die gestrandeten Fluggäste sein, die uns die Times angekündigt hat.« Sie lächelt freundlich. »Ich bin Betsy, mein Mann Luis richtet gerade Ihr Zimmer her. Sie sind sicher auch hungrig. Unser Restaurant ist noch geöffnet. Warten Sie doch gern dort und stärken sich etwas. Unser Haggis ist in ganz Douglas bekannt.«

Normalerweise hätte ich schon bei der Erwähnung des schottischen Nationalgerichts angewidert den Mund verzogen, doch heute ist es etwas anderes, das meinen Gesichtsausdruck entgleisen lässt.

Ihr Zimmer. Nicht: *Ihre* Zimmer.

»Entschuldigen Sie, Betsy, aber Sie müssen sich versprochen haben. Wir bekommen doch sicher getrennte Zimmer.« Der Hoffnungsschimmer in meinen Augen verschwindet, als Betsy entschuldigend den Kopf schüttelt.

»Tut mir leid, Liebes. Wir sind wegen des Weihnachtsmarkts ausgebucht. Wir haben nur noch dieses eine Zimmer, weil es wegen der fehlenden Heizung nicht besonders beliebt ist.«

Natürlich gibt es nur ein Zimmer ohne Heizung, das ich mir ausgerechnet mit dem Antagonisten meines eigenen Lebens teilen muss. Was habe ich auch anderes erwartet? Eine Suite mit Whirlpool sicher nicht.

Betsy bemerkt mein Unbehagen und klopft aufmunternd auf den Rezeptionstresen. »Keine Sorge, Miss Lockwood. Es gibt neben dem Bett eine sehr bequeme Couch und Luis hat Ihnen sicher schon den Kamin angemacht. Sie werden nicht frieren.«

»Da bin ich sicher. Miss Lockwood und ich sind sehr dankbar, dass wir hier ein Zimmer bekommen haben«, antwortet Elias in bester Schwiegersohnmanier, bevor er sich an mich wendet.

»Haben Sie Hunger, Miss Lockwood? Mir steht gerade nicht der Sinn nach Haggis, aber wenn Sie etwas essen möchten, tun Sie das gerne. Ich werde dann schon mal das Zimmer beziehen.«

Oh, netter Versuch, mich loszuwerden, um sich das Bett unter den Nagel zu reißen. Aber nicht mit mir! Also ignoriere ich mein Magenknurren und lächle Elias zuckersüß an. »Nein, alles gut. Ich komme direkt mit.«

Falls ich ihm gerade einen Strich durch die Rechnung gemacht habe, weiß er es zu verbergen. Er nickt einfach nur, bevor er die Daten der Times für die Rechnung hinterlegt. Wir müssen nicht lange warten, bis Luis, ein grummeliger Mann in Pullunder, die Treppe herunterkommt und uns zu unserem Zimmer im dritten Stock bringt. Die Dielen knarzen dumpf unter dem dunkelgrünen Läufer, als wir ins Zimmer treten. Alles hier ist kitschig und vintage, wie im Rest des Hotels. Ölgemälde mit Jagdmotiven in Rahmen, die mit den nussbraunen Möbeln matchen, zieren die Blümchentapeten.

»Fühlen Sie sich wie zu Hause«, brummt Luis, bevor er das Zimmer verlässt und die Tür hinter sich ranzieht.

»Und da waren's nur noch zwei«, murmelt Elias und wirft sein Gepäck auf das blaue Samtsofa gegenüber vom prasselnden Kamin. Der Reißverschluss zippt, als er ihn aufmacht und beginnt, ein paar Dinge auszupacken. Wenn Elias anfängt, sein Revier zu markieren, dann sollte ich das wohl auch tun. Zielstrebig laufe ich zu dem großen Himmelbett mit Spitzengardinen, streife meinen Mantel ab und hänge ihn an einen Pfostenhaken. »Du kannst dich auf der Couch ausbreiten, ich nehme das Bett«, sage ich bestimmt.

»Natürlich«, antwortet Elias so desinteressiert, dass ich kurz überlege, ob ich einen Fehler gemacht habe. Das Bett scheint im ersten Moment die logische Wahl zu sein, allerdings befindet sich das Sofa deutlich näher an der Wärmequelle. Was, wenn ich erfriere? Pah, das könnte Elias so passen. »Weston, vielleicht will ich …« Ich halte inne. Das ist doch ein Trick. Er hat das sicher von Anfang an genau so geplant. Triumphierend würde er dann mit einem seligen Grinsen auf den Lippen in dem watteweichen Himmelbett einschlafen, während mich die Sofafedern piken.

Prüfend sehe ich zu ihm hinüber. Er hat mit dem Auspacken aufgehört und mustert mich fragend. »Ja, was willst du vielleicht?«

»Ach, nichts. Vergiss es einfach«, wehre ich ab. Doch Elias hat nicht vor, mich damit durchkommen zu lassen. Mit verschränkten Armen, die in dem Hemd, das er trägt, unfair perfekt aussehen, kommt er zu mir und lehnt sich eine Spur zu lässig an einen der Bettpfosten. Nun bin ich es, die ihre Reisetasche öffnet und beginnt, Dinge auszupacken, nur um ihn nicht ansehen zu müssen.

»Was ist los, Andy?«

»Gar nichts. Ich will nur nicht hier sein. Mit dir. Das ist alles. Ich bin mir sicher, dass gerade du das verstehst.«

»Nein, ich verstehe es nicht. Ich habe kein Problem damit, mir ein Zimmer mit dir zu teilen. Oder in deiner Nähe zu sein.«

Ich schnaube verächtlich. »Das wundert mich überhaupt nicht. Immerhin bin ich nicht diejenige, die dich am selben Tag abserviert und dir danach deinen Job geklaut hat.«

»Weißt du«, setzt er an und beginnt, seine Hemdsärmel hochzukrempeln, so wie er es immer tut, wenn er nervös wird. Ich hasse es, dass ich ihn gut genug kenne, um das zu wissen, aber was ich noch mehr hasse, ist, dass er dabei einfach unfassbar heiß aussieht. So sollte das nicht sein. »Das glaubst du wirklich, was?«

»Ich weiß nicht, was ich glaube, Elias. Aber was ich sehe, ist, dass es für mich wieder um einen Traumjob geht und du ausgerechnet jetzt in meinem Leben auftauchst und auch noch mein Kollege bist. Das erscheint mir doch ein recht großer Zufall zu sein«, überwinde ich mich endlich zu der Anschuldigung, die mir schon eine ganze Weile auf der Zunge liegt.

Elias schnaubt. »Ich habe rein gar nichts mit diesem Jobangebot zu tun. Das ist dein eigener Verdienst, ob du es glaubst oder nicht.«

»Sehr gönnerhaft, genau wie damals.«

Meine Schultern versteifen sich, während ich meinen Kätzchen-Pyjama auspacke und bereue, nicht den aus schwarzer Spitze mitgenommen zu haben. Der hätte Elias sicher einen Dämpfer verpasst, getreu dem Motto: *Sieh her, was du nicht haben kannst!*

Aber Elias sieht nicht auf den Pyjama, er sieht *mich* an.

»Wow, du hast keine Ahnung, wie es damals wirklich war.«

Ich halte kurz inne, weil ich die Wut schon in meinen Fingerspitzen spüren kann, und das bedeutet für gewöhnlich, dass ich anfange zu weinen. Mein Hals ist staubtrocken. »Für mich ist es ziemlich eindeutig. Du hast mich gedatet und mich dann für meinen Traumjob fallen lassen. Ende der Geschichte.«

Und auch wenn ich wirklich auf den Schlafanzug in meinen Händen fixiert bin, bemerke ich sein Kopfschütteln.

»Willst du wissen, wie es wirklich gelaufen ist?«

»Nein, danke. Ich brauche keine fadenscheinigen Ausreden, die nur dafür sorgen sollen, dass du nachts besser schlafen kannst.«

»Ich schlafe hervorragend.«

»Oh, da bin ich sicher. Wahrscheinlich ergötzt du dich auch

noch an dem Leid anderer und schaust Tierquäler-Videos zum Einschlafen.«

Er stöhnt genervt, weil er keine Ahnung hat, was er noch erwidern soll. Das verbuche ich als haushohen Sieg.

»Vielleicht sollten wir schlafen gehen«, schlägt er vor und zieht eine der beiden Decken vom Bett, um sie mit zur Couch zu nehmen.

»Ich gehe erst duschen. Ich muss deine Anwesenheit abwaschen«, erwidere ich bissig.

Schnell klemme ich mir schwarze Unterwäsche und meinen mittlerweile ziemlich zerknitterten Pyjama unter den Arm und stürme in das altmodische Bad mit grüner Dusche und braunen Fliesen. Ich drehe die Duschbrause auf und werde direkt von ein paar Querschlägern nass gespritzt. Super. Immerhin ist nur die weiße Bluse, die ich trage, nass geworden. Die frischen Sachen liegen unberührt auf dem Klodeckel. Ich streife gerade meine Kleidung ab, als ich merke, dass ich das Shampoo in meiner Tasche vergessen habe. Verdammt. Hoffnungsvoll prüfe ich das Bad auf hoteleigenes Duschzubehör, doch ich finde nichts. Frustriert stöhnend mache ich mich daran, meine eben ausgezogenen Sachen wieder anzuziehen. Nur leider sind die ganz nass. Eine kleine Pfütze ist nun da, wo meine Sachen gelegen haben. Der seidige weiße Stoff der Bluse ist so transparent, dass es keinen Unterschied macht, ob ich sie anhabe oder nicht. Die Aussicht bleibt die gleiche.

Das einzige Kleidungsstück, das noch halbwegs brauchbar erscheint, ist mein getragener Slip, in den ich rasch schlüpfe. Ich realisiere, dass er weniger verdeckt als erwartet. Wie komme ich denn jetzt …? Mein Blick bleibt an den zwei weißen Handtüchern hängen, die an der Duschtür baumeln. Ich wickle mir eins um den Oberkörper und bemerke direkt, dass ich mich damit nicht vor Elias bücken sollte. Aber das wird schon gehen.

Ich schiebe die Badezimmertür auf und finde Elias lesend auf dem Sofa vor, mit dem Rücken zu mir gewandt. Der Gelegenheit zuliebe ignoriere ich, dass er kein Hemd mehr trägt. Ich denke, das ist besser für uns beide. Schnell haste ich zum Bett hinüber und greife mir das Shampoo, das zwischen meinem Kulturbeutel und einem Paar Turnschuhe hervorragt. Bingo. Ein plötzlicher lauter Knall lässt mich zusammenfahren und Elias aufsehen. Die Badezimmertür ist zugefallen. Er sieht mich an, als wäre er ein Reh und ich das grelle Scheinwerferlicht eines SUVs. Keiner von uns regt sich. Wir sehen einander nur an.

Elias räuspert sich, bevor er sein Buch zur Seite legt und sich von der Couch erhebt. Nun kann ich es nicht mehr verhindern, dass mein Blick die feinen Linien seines definierten Oberkörpers nachzieht. Ich hatte ja keine Ahnung, dass er so sportlich ist. Es grenzt an ein Wunder, dass ich nicht urplötzlich verlerne, wie man atmet.

»Du hast etwas vergessen«, stellt er fest und deutet unbeholfen auf die rosa Shampooflasche in meiner Hand.

»Danke, Captain Obvious, das wäre mir selbst ja gar nicht aufgefallen.«

Ohne etwas Bissiges zu erwidern, kratzt er sich am Hinterkopf. Einerseits gefällt es mir, dass Elias Weston sprachlos ist und mich dabei anstarrt wie eine verbotene Frucht. Andererseits ärgert es mich, dass mich das nach all der Zeit immer noch nicht kaltlässt. Etwas in mir will, dass er mich so ansieht, als könnte er nicht weiterleben, wenn er mich nicht wenigstens noch einmal küssen darf. Es ist idiotisch, und doch spüre ich ein vielsagendes Prickeln zwischen meinen Beinen. *Scheiße.* Ich sollte dringend duschen gehen. Am besten kalt.

Ich bewege mich also langsam, damit nichts verrutscht, zurück zur Badezimmertür. Gerade als meine Finger das kühle Metall der Klinke umschließen, lässt Elias' raue Stimme mich innehalten:

»Warte. Bitte.«

»Warum?«, frage ich provokativ. »Was hast du mir zu sagen, das so wichtig ist, dass ich es mir nackt anhören muss?«

Seine Muskeln spannen sich an, und so wie er mich mustert, fällt es ihm in diesem Moment äußerst schwer, sich auf mein Gesicht zu konzentrieren.

»Verdammt. Hör mir bitte zwei Minuten zu und finde es raus.«

Ich habe keine Ahnung, warum ich es tue, aber ich antworte: »Zwei Minuten. Keine Sekunde länger, Weston.«

Zielstrebig schiebt er sich an dem Sofa vorbei und kommt zu mir herüber. Ich erwarte, dass er stehen bleibt, doch das tut er nicht. Reflexartig mache ich einen Schritt zurück und stoße mit dem Rücken gegen die Badezimmertür. Er lehnt sich vor und stützt seine Arme neben meinem Kopf auf dem faserigen Holz ab. Sein Gesicht ist nun gefährlich nah an meinem. Ich sollte mich in seiner Gegenwart unwohl fühlen und mein Handtuch fester umklammern, tue es aber nicht. Stattdessen schlägt mein Herz so schnell, dass ich Angst bekomme, er könnte es hören. Verräterisches Organ.

»Ich werde das, was ich jetzt sage, nur ein einziges Mal sagen, Andy.« Er macht eine bedeutungsschwere Pause, bevor er sich dazu durchringen kann weiterzusprechen. »Ich war verliebt in dich. Und wahrscheinlich bin ich es immer noch, wenn ich rekapituliere, wie oft ich täglich an dich denke. An deine Sommersprossen, dein Lachen, deine klugen Sprüche, deine Augen, deine …« Er bricht ab, als er bemerkt, dass seine Blickrichtung sich einer sehr unangemessenen Region meines Körpers nähert. *Fuck.*

»Wir haben uns damals seit zwei Monaten gedatet, und ich erinnere mich an jede Sekunde davon. Du hast mir von diesem Job erzählt, für den du umziehen musst, der aber der erste Schritt in Richtung Zukunft ist.«

»Und was? Du wolltest nicht, dass ich gehe, und deshalb hast du ihn dir unter den Nagel gerissen? Das ergibt keinen Sinn.«

Er schüttelt den Kopf. »Nein, Andy. Ich wollte mit dir gehen. Teil deiner Zukunft sein. Als ich mich beworben habe, wusste ich nicht, dass es nur *eine* offene Stelle gibt. Ich dachte, du hättest deine sicher. Deshalb habe ich liebeskranker Idiot mich auch nur beworben, weil ich dachte, wir hätten eine Chance, nach dem Abschluss zusammenzubleiben.«

Ich schlucke. Wie oft habe ich mir in der Vergangenheit ausgemalt, was passiert ist. Von Er-ist-in-Wirklichkeit-ein-Rachedämon bis hin zu Er-hat-zu-viel-*After-Passion*-gelesen-und-das-Ganze-ist-eine-Wette war so ziemlich alles dabei. Alles außer der Möglichkeit, dass er das getan hat, um mit mir zusammen sein zu können.

»Als sie mich angerufen haben, um mir zu sagen, dass ich den Job habe, war ich unfassbar glücklich, weil ich dachte, wir hätten eine Chance. Ich bin in die Redaktion gefahren und habe mich direkt für ein Jahr verpflichtet. Es sollte eine Überraschung sein. Für dich.« Er seufzt. »Und dann kam alles anders.«

»Wir haben uns getroffen, und ich habe dir erzählt, dass ein anderer meinen Job bekommen hat.«

Elias nickt schuldbewusst. »Ich war geschockt, weil alles, woran ich denken konnte, die Anwaltskosten waren, die ich mir nicht hätte leisten können, um den Vertrag wieder aufzulösen. Natürlich habe ich auch drüber nachgedacht, dich anzulügen und den Job heimlich anzutreten, aber das hat sich falsch angefühlt.«

»Also hast du mir die Wahrheit gesagt. Das verstehe ich. Aber warum um alles in der Welt hast du dich dann noch von mir getrennt?«

»Weil ich dachte, dass es dir leichter fällt weiterzumachen, wenn du mich wirklich hasst. Keine Ahnung, wie ich denken konnte, dass das funktionieren würde. Es erschien mir damals als der einzige Weg, damit du an meiner Seite nicht damit konfrontiert wirst, dass ich bekommen habe, was du wolltest … obwohl das Einzige, was ich wollte, du warst.«

Elias Weston war – nein, *ist* – in mich verliebt. Und plötzlich ergibt alles auf eine sehr verquere Art und Weise Sinn.

»Ich habe wirklich geglaubt, dass ich das Richtige für dich tue, und habe uns beiden dabei das Herz gebrochen. Glaub mir, ich bereue jeden Tag, dir das weggenommen zu haben, was du am meisten wolltest. Nenn mich Idiot, hass mich inbrünstig, aber bitte, Andy, bitte hör auf, mich so anzusehen, als hättest du nie etwas für mich empfunden.«

Ich ziehe scharf die Luft ein. »Habe ich auch nicht.«

»Sé que me estás mintiendo«, haucht Elias die Worte, die mir eine Gänsehaut bescheren. Er hat mich durchschaut, und trotzdem versuche ich zu lügen, um es mir selbst nicht eingestehen zu müssen. Die Wärme zwischen meinen Schenkeln verwandelt sich gerade in ein Lagerfeuer. *Verdammt.* Ich hasse Elias Weston *nicht*, und ich hasse es, dass ich ihn nicht hasse. Das, was er getan hat, war falsch, aber ich bin mir nicht mehr sicher, ob ich ihm das wirklich niemals verzeihen kann, jetzt, wo ich die Umstände kenne. Ich erinnere mich an einen Satz, den ich irgendwann einmal auf der Rückseite eines Buches gelesen habe: *Manchmal ist das Glück nur eine Pechsträhne entfernt.* Und dieser Moment fühlt sich genau so an.

Elias streicht mir meine Haare aus dem Gesicht, wobei seine Hand einen Herzschlag zu lange an meiner Wange verweilt. Die hölzerne Tür in meinem Rücken ist kühl, und doch spüre ich nichts als Hitze. Alibimäßig versuche ich, es auf den glimmenden Kamin zu schieben, aber der ist dafür einfach zu weit weg. Ich habe mich so lange selbst bemitleidet und belogen, dass es mir schwerfällt, aus diesem Muster auszubrechen. Doch mir wird klar, dass genau jetzt die Zeit dafür ist.

Also tue ich das, was mein Herz insgeheim von mir will, seit wir uns wiedergesehen haben. Ich lege meine Lippen auf seine. Der Kuss ist sanft und weich, wie aus einer Erinnerung. Nur dass das, was früher zwischen uns in der Bibliothek gelaufen ist, in meiner Erinnerung alles andere als sanft oder weich war. Ich erinnere mich an Momente, in denen er mich in der hintersten Ecke leidenschaftlich gegen eines der Regale gedrängt hat. Seine Zunge in meinem Mund und seine Finger … Das habe ich eindeutig verdrängt. Schon der bloße Gedanke daran entlockt mir ein peinliches Geräusch. Seine Lippen verziehen sich unter meinen zu einem sagenhaften Grübchenlächeln, als wüsste er genau, was mir gerade durch den Kopf geht.

Kurz überlege ich, den Kuss abzubrechen, des Anstands wegen, doch mir wird bewusst, dass ich das eigentlich gar nicht will. Ich will in ihm versinken, ihn berühren und dass er mich berührt. Mein Herz klopft, als ich die Entscheidung treffe, die ein Zurück beinahe unmöglich macht: Ich lasse mein Handtuch los und nehme sein Gesicht in meine Hände, um ihn noch näher an mich heranzuziehen. Als bestünde ich aus glattem Marmor, gleitet es an meinen Hüften hinab zu Boden.

»Scheiße, Andy …«, stöhnt Elias. »Wir müssen nicht …«

»Nein, ich weiß. Aber ich will.«

Sein Kehlkopf arbeitet. »Wirklich? Ich meine, ich sage nicht Nein, aber ich will, dass du dir hundertprozentig sicher bist. Vor zwanzig Minuten hast du mich immerhin noch gehasst, und jetzt bin ich mir nicht sicher, ob du mir gleich die Hose vom Leib reißt.«

»Witzig, dass du das sagst, denn genau das habe ich vor.« Das Lächeln in meinem Gesicht ist echt. Ich will einen Neustart. Einen Reset, der all das Negative beiseiteschiebt, um uns das zurückholen zu können, was wir begehren. Einander.

»Ich habe mich so lange dafür verachtet, dass ich meine Gefühle nicht abstellen kann und dich trotz allem will«, gestehe ich das Geheimnis, das seit Jahren nur mir allein gehört. Nicht mal meine Schwester weiß davon – obwohl sie es vermutet, glaube ich.

»Und jetzt verachtest du dich nicht mehr für deine Gefühle?« Hoffnung schwingt in jedem seiner Worte mit. Er zieht feine Kreise über meine harten Nippel.

Ich schüttle stöhnend den Kopf. »Nein. Es ist mehr, als hätte das alles passieren müssen, damit wir uns hier, kurz vor Weihnachten, wiedertreffen. Es fühlt sich an wie ein Geschenk.«

Elias lächelt schelmisch. »Dann bin ich dein Schicksal?«

»Vielleicht. Aber ich denke, nach einem weiteren Kuss könnte ich das besser einschätzen.«

Dieses Mal ist der Kuss gierig, laut und alles andere als anständig. Unsere Zungenspitzen verschlingen sich ineinander, während seine Hände jeden Zentimeter meines Körpers entlanggleiten, nur um zwischen meinen Beinen innezuhalten. Elias schiebt den feuchten Stoff meines Slips mit seinem Zeigefinger zur Seite, und ich keuche, genau wie er. Seine Finger gleiten in liebkosenden Mustern über meinen empfindlichsten Punkt. Mein Kopf fällt zurück gegen die Tür. Heilige Scheiße. Er riecht so gut. Er fühlt sich so gut an. Es ist perfekt. Ich spüre Elias' heißen Atem an meinem Hals.

»Ich hasse es, dass du deine Hose noch anhast«, flüstere ich ihm zu.

»Dann schlage ich vor, dass du sie mir ausziehst.«

Zielstrebig finden meine Finger die Schnalle seines Gürtels, und beim Öffnen des Reißverschlusses spüre ich bereits seine Erektion. *Er will mich wirklich*, schießt es mir durch den Kopf.

Ich schiebe die schwarze Anzughose genau wie seine engen Boxerbriefs hinunter. Es kostet mich jegliche Konzentration, die ich aufbringen kann, weil er nun seine Finger in mich gleiten lässt. Zuerst sinnlich und zart, dann werden seine Stöße schneller und rauer. Mir bleibt die Luft weg. Elias knurrt, als ich beginne, seinen Schaft zu streicheln.

Er legt seine freie Hand in meinen Nacken und küsst mich leidenschaftlich, und alles in mir hofft, dass dieser Moment niemals endet. Meine Beine werden weich und mir wird so schwindelig von seinen Berührungen, dass ich Halt am Türrahmen suchen muss. Dabei komme ich an den Türgriff, was uns rückwärts ins Badezimmer stolpern lässt.

Elias lacht an meinen Lippen. »Was hältst du davon, wenn wir die nächste Phase unter die Dusche verlegen?«

Ich grinse zufrieden. »Klingt nach einem großartigen Plan.«

Schon allein der Gedanke daran, mit Elias Weston unter der Dusche Sex zu haben, bringt mich dem Höhepunkt näher. Es ist genau, was ich will.

Also drehen wir den Wasserhahn auf, küssen einander zärtlich und ziehen die Tür hinter uns zu, über der ein Mistelzweig hängt. Und mir wird klar, dass mein Neustart eine zweite Chance ist. Und egal was kommt, ich werde in London mit Elias arbeiten, genauso wie er es sich schon vor zwei Jahren erträumt hat. Ich nehme mir vor, jeden Moment zu genießen. Na ja, die meisten. Und das ist okay, solange wir einander anlächeln, als gäbe es nur uns in diesem Universum.

9

A Snowhaven Christmas

Teil 1

Meggy Maahs

Meggy Maahs ist 26 Jahre alt und wohnt in Hannover, wo sie bereits einen Bachelor in Psychologie absolviert hat und aktuell einen Master in Personal- und Kommunikationspsychologie anstrebt. Sie postet seit Ende 2014 auf diversen Social-Media-Kanälen und liebt sowohl lange Serien als auch Leseabende, ihre Katzen, Kaffee und die Weihnachtszeit! Ihre Liebe zu Büchern begann schon als Kind. Allerdings verlor sie das Lesen nach den Teenagerjahren zunächst aus den Augen, bis sie durch BookTok wieder inspiriert wurde. Seitdem nimmt sie ihre nun knapp 100.000 Follower*innen täglich auf ihrem BookTok-Profil beim Lesen mit und teilt ihre Empfehlungen. Dabei wurde der Gedanke, auch selbst mal Geschichten schreiben zu wollen, mit der Zeit immer lauter, und da man meist nur Dinge bereut, die man nie getan hat, stürzt sie sich hiermit in ein neues Abenteuer: das einer Autorin.

Der Duft von frisch gefallenem Schnee liegt in der Luft, als ich die Autotür öffne und den Blick auf mein Elternhaus in Snowhaven richte. Wie eine im Licht glitzernde Schutzschicht hat sich das Weiß über der ganzen Stadt ausgebreitet. Die Wintersonne strahlt am tiefblauen Himmel – mein Lieblingswetter. In New York hat es auch ein bisschen geschneit, aber in einer so hektischen, von Menschenmengen und Wolkenkratzern gefüllten Stadt hatte das nie die gleiche beruhigende Wirkung.

Ich liebe Snowhaven zu jeder Jahreszeit. Aber nichts übertrifft Weihnachten. Die Straßen sind immer bis obenhin geschmückt mit unendlich funkelnden Lichtern und Dekorationen. Ganz ehrlich? Es sieht eins zu eins aus wie in einem dieser superkitschigen Weihnachtsfilme, wo alles perfekt ist und selbst die kleinste Ecke der Stadt »Weihnachten!« schreit.

Chad hat meine Beschreibungen der Stadt immer für komplett übertrieben gehalten. Eigentlich sollte er jetzt hier sein, all das selbst sehen – die bunten Lichter, die verschneiten Straßen – und meine Familie kennenlernen. Es sollte der perfekte romantische Trip werden, bei dem ich gleich noch Inspiration für mein neues Weihnachtsbuch sammeln kann. Denn mal ehrlich, wo ginge das besser als in der wahrscheinlich weihnachtlichsten Kleinstadt des Landes?

Tja. Daraus wurde nichts. Chad hatte andere Pläne – nämlich mich vor zwei Tagen völlig unerwartet abzuservieren. Zwei Jahre meines Lebens mal wieder an den Falschen verschwendet – ich sollte mittlerweile wirklich schlauer sein. Langsam glaube ich echt, es liegt an mir. Warum sehe ich *red flags* nie, bevor ich schon zu verliebt bin? Hätte ich mal auf meine beste Freundin Taylor gehört. Sie hat Chad nie gemocht und mich immer zu überreden versucht, mich »nicht mit einem Typen zufriedenzugeben, der schon das bare minimum für eine Glanzleistung hält«. Aber manchmal ist man einfach viel zu tief drin, um auf andere zu hören … Nur hatte Taylor natürlich recht behalten, mein Ex war zunehmend wie Gift gewesen.

Am Anfang war er aufmerksam und liebevoll – ich dachte wirklich, ich hätte den Richtigen gefunden. Aber es stimmt, was man sagt: Niemand kann für immer sein wahres Ich verbergen. Bei Chad brach die Fassade Stück für Stück. Als hätte er gewartet, bis ich ernsthaft verliebt bin, und dann jegliche Bemühungen langsam eingestellt. Auch meine Meilensteine als Autorin hat er nicht mit mir gefeiert. Je erfolgreicher meine Bücher wurden, desto weniger freute er sich für mich. Unterstützung wich Gleichgültigkeit, Gleichgültigkeit wurde zu abfälligen Kommentaren. Wenn ich versucht habe, meine Gefühle zu äußern, hat er immer einen Weg gefunden, die Schuld umzukehren und mich als Böse darzustellen … Er ließ mich spüren, dass ich nicht genug war, pflanzte die negativen Gedanken in meinen Kopf.

Unwillkürlich höre ich wieder seine Worte, während ich meinen Koffer aus dem Auto ziehe:

Lesen Leute echt noch so kitschige Liebesgeschichten? Oder sind das einfach nur so gelangweilte Frauen, die auf so was stehen?

Ich mein's ja nur gut, aber willst du nicht mal mit ins Fitnessstudio kommen? Du sitzt immer am Laptop. Ist ja kein Wunder, dass man das auch sieht.

Ich zwinge mich, die Gedanken abzuschütteln, und lasse den vertrauten Anblick meines Elternhauses auf mich wirken. Jedes Fenster ist mit leuchtenden Weihnachtssternen und bunten Lichterketten behangen und der Kranz an der Tür wirkt dieses Jahr noch größer als sonst. Meine ganze Familie liebt Weihnachten. So wie die gesamte Stadt.

Plötzlich wird die Tür aufgerissen.

»Emmmmmaaaaa!« Meine kleine Schwester springt in meine

Arme und hängt wie ein Klammeräffchen an meinem Hals. Ich drücke sie noch etwas fester an mich. Von meiner Familie getrennt zu leben, ist das Schwerste. Aber als ich nach meinem Abschluss nach New York zog, hat mir die Stadt als angehende Autorin nicht nur viele Connections, sondern auch frischen Wind für meine Kreativität geboten. Und als meine Agentin es damals vorgeschlagen hatte, habe ich nicht lange gezögert. Autorin zu werden, war nicht nur immer ein Traum von mir gewesen, sondern ich hatte es mir zur Priorität gemacht. Ich war bereit, alles dafür zu tun.

»Ich hab dich so vermisst!«, versichere ich meiner Schwester, während ich sie zum Haus trage. Mein kleiner Wirbelwind ist natürlich einfach auf Socken losgelaufen. Im Türrahmen steht schon meine Mom, ihr Blick warm und voller Freude. Behutsam mustert sie mich für einen Moment, um sich zu vergewissern, dass es mir gut geht.

»Emma, mein Schatz!«, ruft sie, bevor sie mich in eine herzliche Umarmung zieht. Der Duft von Zimt und frisch gebackenen Keksen umhüllt mich und für einen kurzen Augenblick bin ich wieder ein Kind, das nach einem langen Tag in der Kälte nach Hause kommt. Zimtplätzchen waren schon immer meine Lieblingskekse. »Endlich bist du da! Wir haben uns so auf dich gefreut.« Ihre Stimme ist voller Wärme, kein Hauch von Mitleid. Sie weiß genau, dass mir das gerade nicht helfen würde, also nimmt sie nur mein Gesicht sanft in die Hände und streicht mir kurz über die Wangen. »Es ist so schön, dass du hier bist. Snowhaven hat dich vermisst«, sagt sie leise.

Ich nicke, unfähig, in diesem Moment etwas zu erwidern. Sie legt einen Arm um meine Schultern. »Und jetzt komm rein! Es ist eisig draußen und die Plätzchen warten.«

In der großen Wohnküche werde ich erst mal mit ungefähr einem Kilo Zimtkeksen und frischem Kakao begrüßt.

»Ach ja«, meint Mom irgendwann, nachdem sie mir im Detail von dem neuesten Snowhaven-Gossip Bericht erstattet hat, »die

Neuigkeiten über Liam kennst du schon, oder? Ihr seid doch noch in Kontakt?« Mit einem neugierigen Blick setzt sie sich mir gegenüber hin und schenkt mir noch eine Tasse Kakao ein.

Beim Klang von Liams Namen blühen sofort Kindheitserinnerungen in mir auf. Gefühlt kannten wir uns schon immer, weil unsere Mütter seit Ewigkeiten gut befreundet sind.

In der Schulzeit waren wir fast immer in derselben Klasse gewesen und auch außerhalb der Schule gab es in unseren jungen Jahren kaum Tage, die wir nicht zusammen verbracht hatten. In der Highschool sahen wir uns dann unregelmäßiger. Wir waren einfach keine Kinder mehr und entwickelten uns beide weiter. Ich begann, das Schreiben immer ernster zu nehmen, während Liam häufiger im Café seines Vaters aushalf und mehr datete als ich.

Denn Liam war zu einem dieser charmanten Typen geworden, für den immer alle schwärmten. Ich hingegen war eher diese eine ruhige Klassenkameradin, die in Erdkunde gedankenverloren an ihrem Small-Town-Romance-Debütroman schrieb. So unterschiedlich wir auch tickten, unsere Freundschaft hatte das nie infrage gestellt und wir trafen uns, wann immer wir die Zeit dafür finden konnten.

Einige Male gab es auch Jungs, die mich daten wollten. Allerdings war nie jemand dabei, der wirklich etwas in mir auslöste. Ich hatte aber zugegebenermaßen auch kein richtiges Interesse am Daten – Schreiben war das, was ich wirklich wollte. Und ich wusste tief in mir, irgendwann würde mir dieser eine Mann begegnen, der mein Herz im Sturm erobert. Wie in meinen geliebten Geschichten. Leider bin ich mir jetzt, nach einigen gescheiterten Beziehungen mit Männern, die weit weg von traumhaft waren, dabei nicht mehr so sicher.

Ich nippe an meinem Kakao und seufze leise. »Wir haben uns schon länger nicht mehr gehört … aber es interessiert mich total, was es Neues bei ihm gibt. Erzähl!«

»Oh, wie schade …« Ich kann die Enttäuschung kurz über ihr Gesicht huschen sehen, während sie sich selbst etwas Kakao einschenkt, bevor sie fortfährt: »Er hat das Café seines Vaters übernommen, und es ist jetzt noch beliebter geworden, besonders bei den jungen Leuten! Du solltest auf jeden Fall mal vorbeischauen, er hat auch die ganzen verrückten Lebkuchen-Pfefferminz-Zimt-Karamell-Getränke, die du so liebst.«

Ich kann nicht anders, als zu schmunzeln. Natürlich hat er das.

»Und er ist Single, falls es dich interessiert«, fügt meine Mom mit einem vielsagenden Seitenblick hinzu.

Ich verdrehe einfach nur die Augen und greife nach einem weiteren Zimtplätzchen.

Mit einem Lächeln auf den Lippen betrete ich drei Stunden später das von einem sanften Lichtschein erhellte Café. Warme Holztöne und natürlich eine Menge Weihnachtsdeko bestimmen die Einrichtung. Mit dem Geruch nach Kaffee und Gewürzen überflutet mich eine Welle von Nostalgie und schönen Erinnerungen an die vielen Stunden, die ich hier während meiner Schulzeit – unter anderem mit Schreiben – verbracht habe.

Wenn Liam nach der Schule im Café aushalf, hatte ich ihn oft begleitet. Der Deal war: Er versorgt mich mit Kaffee und ich leiste ihm dafür Gesellschaft. Nicht dass ich die Bestechung gebraucht hätte. Wenn wir zusammen waren, konnten wir uns endlos unterhalten und mit niemandem habe ich mehr gelacht als mit ihm. Das Café bot außerdem immer eine perfekte Atmosphäre zum Schreiben. Wenn er also mal viel zu tun hatte, habe ich einfach meinen Laptop aufgeklappt und losgeschrieben.

»Emma?« Die vertraute Stimme reißt mich aus meinen Gedanken. Ich drehe mich um und blicke in die strahlenden, haselnussbraunen Augen von Liam. Mit einem breiten Grinsen und einem Tablett voll Geschirr kommt er auf mich zu. Einzelne Strähnen seiner dunkelbraunen, welligen Haare fallen ihm ins Gesicht und er pustet sie sich aus der Stirn. Ich erwische mich dabei, wie ich mich frage, ob er schon immer so heiß ausgesehen hat?

Sein Blick erforscht mich kaum merklich, während er auf mich zukommt und das Tablett nebenbei auf dem Tresen abstellt. Er öffnet die Arme, und als ich es ihm gleichtue, zieht er mich in eine feste Umarmung.

Mich umfängt eine Mischung aus dem vertrauten Duft von Kaffee, weihnachtlichen Gewürzen und seinem holzig warmen Parfüm. Wenn jemand diesen Duft erfinden würde, sollte man ihn so was wie *Sexy Christmas* nennen. Ich muss bei dem spontanen Gedanken ein Lachen unterdrücken.

»Wow, Emma, wie schön, dich zu sehen! Es ist so lange her! Seit wann bist du wieder hier?«, fragt Liam, während er sich von mir löst. Er kehrt hinter die Theke zurück und fängt an, einen Kaffee zuzubereiten, ohne seine Aufmerksamkeit lange von mir zu nehmen.

»Ich freue mich auch total, dich zu sehen!«, erwidere ich lächelnd und schließe zu ihm auf. »Ich bin heute Morgen erst angekommen, aber wollte mir direkt das Café anschauen, nachdem ich gehört habe, dass du es übernommen hast.«

»Deine Mom hat natürlich keine Zeit verschwendet und dich sofort in die Snowhaven-News eingeweiht.« Liam lacht und schiebt mir kommentarlos den mittlerweile fertigen Kaffee zu. Er weiß, dass er nicht fragen muss, ob ich einen will. Ich nehme einen Schluck und verliebe mich sofort: Der fruchtige Apfelgeschmack zusammen mit Zimt ist einfach eine perfekte Kombi.

»Ich hab das Café erst vor ein paar Monaten komplett übernommen und bisher läuft es wirklich gut«, fährt Liam fort. »Aber genug von mir. Es ist mir eine außerordentliche Freude, eine berühmte Autorin in unserer Stadt zurück begrüßen zu dürfen«, sagt er mit einem schiefen Grinsen, während er sich spielerisch leicht verbeugt.

»Ach komm, hör auf. Ich bin nicht berühmt.«

»Untertreib nicht. Was ich weiß, ist, dass fünf deiner Romane auf der Bestsellerliste gelandet sind. Und glaub mir, spätestens das hat dich in der ganzen Stadt zum Promi gemacht.«

»Ist das dein Ernst?«, stoße ich amüsiert hervor.

»Oh ja, bei *Sue's Books* steht ein lebensgroßer Aufsteller von dir.«

Ich verschlucke mich fast an meinem Kaffee und starre ihn dann kurz mit offenem Mund an, bis wir gleichzeitig über die Absurdität des Ganzen in schallendes Gelächter ausbrechen. Diese Stadt ist wirklich eine ganz besondere Nummer für sich und ich liebe sie aufrichtig dafür. Ich war viel zu lange nicht mehr hier gewesen.

»Und woran arbeitest du als Nächstes? Keine Sorge, ich verrate es auch niemandem«, fügt er zwinkernd hinzu.

Wie viel er wohl über meine Bücher weiß?

»Ich überlege schon lange, ein Weihnachtsbuch zu schreiben, und habe gedacht, vielleicht gibt mir die süßeste und weihnachtlichste Kleinstadt des Landes etwas Inspiration dafür.«

Sein Lächeln wird noch breiter.

»Du schreibst also endlich deine eigene Version der Weihnachtsgeschichten, die du früher immer in den Pausen gelesen hast?«

Wärme steigt mir ins Gesicht und ich schaue ihn überrascht an. »Du weißt noch, was ich in der Schulzeit gelesen habe?«

»Es ist schwer zu vergessen, wenn jemand schon im September ein Buch namens *All I Want for Christmas is Love* liest«, gibt er mit leicht hochgezogenen Augenbrauen zurück.

»Ja, erwischt … Ich bin obsessed von Weihnachten. Deshalb wurde es wirklich höchste Zeit, dass ich mal ein eigenes Weihnachtsbuch schreibe«, erwidere ich lachend.

»Das stimmt, Snowhaven wird dir da sicher einiges an Input geben können. Hast du schon Ideen, wie du das angehen willst? Wie läuft so eine Recherche für ein Weihnachtsbuch ab?«

»Ursprünglich hatte ich vor, zur Inspiration einige romantische und weihnachtliche Dates zu planen, aber …«

»Aber?«, fragt er neugierig.

Mein Lächeln schwindet etwas, als mir auffällt, dass meine Wortwahl eine Frage aufwirft, die ich eigentlich nicht beantworten wollte. Idealerweise wollte ich nicht direkt erzählen, dass ich gerade frisch verlassen wurde, und dann mitleidig von ihm angeschaut werden.

»Na ja, ich war nicht darauf eingestellt, alleine zu kommen, sondern mit meinem Freund.«

»Aber er verbringt Weihnachten mit seiner Familie?«

»Er verbringt Weihnachten als mein Ex.«

Liams Gesichtszüge entgleiten ihm kurz. »Oh … das tut mir wirklich leid …«

»Stopp. Bitte kein Mitleid«, unterbreche ich ihn mit erhobener Hand. »Die Trennung war das Richtige. Nur bin ich jetzt für die Recherche eben auf mich allein gestellt.« Ich zucke mit den Schultern, was hoffentlich den Eindruck erweckt, dass ich ganz locker mit der Trennung umgehe und nicht vor sieben Stunden noch heulend im Auto saß.

Liam lächelt plötzlich verschmitzt. »Hast du morgen schon was vor?«

Ich halte kurz inne, überrascht von der Frage. »Nein … wieso?«

»Jetzt schon. Zieh dich warm an, am besten mehrere Lagen.«

Ich blinzle verwirrt. »Okay … und was genau haben wir vor?«

»Überlass die Dateplanung einfach mir«, übergeht er meine Frage mit einem Grinsen.

Ich blinzle noch einmal. Hat er mich gerade auf ein Date eingeladen? Mein Kopf braucht eine Sekunde, um das zu verarbeiten.

Er hebt eine Augenbraue. »Was denn? Glaubst du etwa, ich könnte kein schönes, weihnachtliches Date planen?«

Das holt mich wieder aus meiner Schockstarre. »Nein, Quatsch«, versichere ich lachend. »Wobei … ehrlich gesagt habe ich bisher nicht wirklich Männer getroffen, die das können. Geschweige denn überhaupt wollen …«, füge ich murmelnd hinzu. Okay, die Zusatzinfo hätte nicht sein müssen. Ich entscheide, die Situation wieder etwas aufzulockern. »Bitte erspar mir den *Ich-bin-nicht-wie-die-anderen-Typen*-Spruch.«

Für einen Moment schaut er mich nur mit hochgezogenen Augenbrauen an – amüsiert, aber auch herausgefordert. Meine Mundwinkel zucken automatisch, als mir auffällt, wie sehr ich unsere gegenseitigen Sticheleien vermisst habe.

Dann lehnt er sich ein Stück näher zu mir, während er mir direkt in die Augen sieht. Er schüttelt leicht den Kopf und fragt mit einem ernsteren Blick als für ihn üblich:

»Mit was für Männern hast du dich nur die letzten Jahre abgegeben, Emma?«

Ich starre ihn verdutzt an, unsicher, ob das ein Scherz oder eine ernste Frage ist.

Dann lehnt er sich grinsend zurück. »Ich verspreche dir, der Abend wird dir Inspiration für dein Buch geben. Sechzehn Uhr hier vor dem Café.« Und mit diesen Worten dreht er sich um und geht zum Eingang der kleinen Küche.

Der fast leere Kaffee in meiner Hand fällt mir wieder ein und ich will ihm gerade noch hinterherrufen, als ich ihn »Der geht aufs Haus« sagen höre, bevor er in der Küche verschwindet. Als hätte er meine Gedanken gelesen.

Ich bleibe zurück, während sich in mir ein kleines Chaos entfaltet. Wird das … ein *richtiges* Date? Oder will er mir nur bei meiner Recherche helfen? Was hat er geplant? Und warum bringt mich das Ganze überhaupt so aus der Fassung?

Eine frische Schicht Schnee hat sich am nächsten Nachmittag über Snowhaven gelegt, aber die goldene Stunde wärmt meine Haut noch leicht, während ich die Haustür nach einer zweistündigen *Was-ziehe-ich-an?*-FaceTime-Session mit Taylor zuziehe. Wir waren uns einig, dass ein Cosy-schick-Look die beste Wahl ist. Mein schwarzes, spitzenbesetztes Top blitzt unter dem V-Ausschnitt meines dunkelgrünen Strickpullovers hervor. Dazu habe ich einen schwarzen, plissierten Rock über einer gefütterten Thermostrumpfhose kombiniert und das Outfit mit kniehohen schwarzen Stiefeln abgerundet.

Als ich mich umdrehe, kollidiert mein Blick mit Liams, der an der Straße steht und über das ganze Gesicht strahlt.

»Was machst du denn hier? Ich dachte, wir treffen uns am Café?«

»Romantik lebt von Momenten, die man nicht kommen sieht«, erwidert er, den Mund zu einem schiefen Grinsen verzogen.

Ein warmes Gefühl breitet sich in meinem Inneren aus, als ich weiter auf ihn zugehe und überlege, von wem dieses bekannt klingende Zitat noch mal stammt.

Immer noch grinsend hält er mir seinen Arm zum Einhaken hin. »Mylady?«

Ein lautes Lachen entfährt mir, als ich seiner Einladung folge. So hat er mich damals genannt, als ich meine *Bridgerton*-Phase durchlaufen und wochenlang ein Buch nach dem anderen mit in die Schule geschleppt habe.

Der Schnee knirscht unter unseren Füßen, während die Sonne langsam untergeht und den Himmel kurzzeitig in ein wunderschönes Farbspiel aus Orange, Gelb und Rosa taucht.

»Erzähl mir mehr von deinen letzten Jahren und dem Café! Ich meine, wie lange haben wir uns jetzt nicht mehr gesehen?« Wir brauchen echt dringend ein Update über unsere Leben.

»Sieben Jahre« antwortet er, ohne darüber nachdenken zu müssen.

Ich rechne kurz nach und stelle fest, dass es stimmt. So lange ist es schon her, dass mein Debüt bei meinem Verlag erschienen ist, dann kam der nächste Roman und der nächste. Und jedes Buch lief richtig gut. Ich habe mich Hals über Kopf in die New Yorker

Autorinnen-Szene gestürzt, bin zu Events gegangen, habe neue Menschen kennengelernt und voll ausgelebt, dass ich es geschafft habe. Dadurch habe ich Snowhaven in diesen Jahren bedauerlicherweise viel zu selten besucht.

»Ich habe nach der Schulzeit leider nicht wie du direkt gewusst, wo es für mich hingehen soll«, führt Liam seine Antwort auf meine Frage fort. »Das Aushelfen im Café hat zwar Spaß gemacht, aber ich habe immer gedacht, ich müsste meinen eigenen Weg gehen und nicht einfach in die Fußstapfen meines Vaters treten, weißt du? Ich habe einige verschiedene Jobs ausprobiert, versucht, etwas zu finden, das sich richtig anfühlt …« Seine Augen leuchten kurz auf. »Aber dann hab ich das Café vermisst. Und irgendwann gemerkt, dass ich mir selbst im Weg stand. Jetzt kann ich mir nichts anderes mehr vorstellen, es macht mich einfach glücklich.« Er grinst verlegen. »Und die Leute scheinen meine neuen Ideen echt zu mögen. Ich wollte den warmen Einrichtungsstil, den alle schon kennen und lieben, beibehalten und nur wenige Modernisierungen vornehmen. Aber die Karte und die Siebträgermaschine sind neu, wir machen Sonntagsbrunch mit Livemusik, wo quasi ganz Snowhaven zusammenkommt. Und wir planen auch noch weitere Events.«

»Das klingt wirklich so toll, Liam! Ich muss unbedingt mal zum Sonntagsbrunch kommen. Und ich liebe es, dass du so viel der Einrichtung beibehalten hast. Als ich reinkam, musste ich sofort daran zurückdenken, wie viel Zeit wir früher immer dort verbracht haben.«

Er wird etwas langsamer, dreht sich leicht zu mir und hält meinen Blick fest. »Danke, Emma.«

Einen Herzschlag lang bleibt die Welt einfach stehen. Seine haselnussbraunen Augen fixieren mich mit dieser aufmerksamen Intensität, die er schon immer hatte. Liam ist einer dieser Menschen, die einen so anschauen und einem zuhören, dass man sich fühlt, als wäre man in diesem Moment das Einzige, was zählt.

Warte mal … Wie lange starre ich ihn jetzt schon so an?!

Ich räuspere mich und versuche, die plötzliche Spannung mit etwas Leichtigkeit aufzulösen. »Also … meine liebste neue Idee von dir ist definitiv der Apfel-Zimt-Latte.«

Seinem warmen Lachen nach zu urteilen, funktioniert meine Ablenkung. Mittlerweile scheinen wir auf dem Weg in die Innenstadt zu sein. Wir sind nicht auf direktem Wege dorthin gelaufen, sondern haben ein paar Umwege genommen, durch die ich gleich eine kleine aktuelle Stadttour durch Snowhaven bekommen habe. Kaum etwas hat sich verändert, aber das ist es, was ich an dieser Stadt liebe. Egal wie lange ich nicht hier war, es fühlt sich immer sofort wie Nachhausekommen an. Auch wenn meine Neugier zu unseren Plänen groß ist, versuche ich einfach, die Zeit in meiner Heimat zu genießen, und hoffe insgeheim, dass wir auf den Weihnachtsmarkt gehen und ich ein paar meiner liebsten Menschen aus meiner Kindheit wiedersehe.

Auf einmal bleibt Liam stehen und stupst mich spielerisch in die Seite. »Guck, ich hab's dir ja gesagt: Du giltst hier als Star.«

Er deutet mit dem Kopf in Richtung des stadteigenen Buchladens *Sue's Books*. Ich folge seinem Blick und erstarrte. Mitten im Schaufenster, zwischen festlich dekorierten Bücherregalen und Weihnachtslichtern, steht er: ein lebensgroßer Pappaufsteller von mir. Vor einem Tisch voll mit meinen Büchern und einem riesigen »Bestseller«-Schild. Ich schlage mir die Hand vor den Mund und einen Moment lang ist es still, bevor wir zeitgleich in Gelächter ausbrechen.

Eins muss ich Sue lassen, sie hat ein wirklich gutes Bild von mir gewählt. Meine goldblonden Haare fallen in Wellen über den herzförmigen Ausschnitt meines mitternachtsblauen Kleids, das sanft meine Kurven umschmiegt. Das dezente, florale Muster in einem etwas helleren Blau unterstreicht perfekt die Farbe meiner Augen. Es war bei einer meiner Lesungen entstanden. Ich hatte mich damals so schön in dem Kleid gefühlt, bis ich nach Hause kam und Chad mich kritisch musterte und vorschlug, nächstes Mal etwas zu wählen, das meinen Bauch besser kaschiert. Bevor ich ihn aber meine gute Laune zerstören lasse, zwinge ich mich, im Jetzt zu bleiben und mich wieder auf Liam zu konzentrieren.

»Du hast also echt nicht übertrieben«, gebe ich zu.

»Nope.« Liams Blick wirkt fast etwas stolz. »Mach dich schon mal bereit für Fans, wir gehen zum Weihnachtsmarkt.«

Mittlerweile ist die Sonne untergegangen und wir haben die kleine Innenstadt Snowhavens erreicht.

Überrascht sehe ich mich um. Natürlich fand sich überall Weihnachtsdeko, aber früher war es hier zu Weihnachten immer voller bunter Lichter gewesen, die jetzt nirgendwo zu entdecken sind.

Mein Blick fällt auf Liam, der plötzlich stehen bleibt und auf seine Armbanduhr schaut. Ist ihm langweilig und er prüft, wie lange er noch bleiben muss? Ich schüttle kurz den Kopf, um den toxischen Gedankengang loszuwerden, den Chad mir mit seinem Verhalten eingepflanzt hat. Leider habe ich genau so eine Situation schon oft mit ihm erlebt. Aber das hier ist Liam – es muss einen anderen Grund haben. Verwirrt schiele ich auch auf seine Uhr, als würde mir die Uhrzeit irgendetwas verraten. Es ist 16:59 Uhr.

»Bist du bereit?«, fragt er schmunzelnd.

»Wofür?«

Er gestikuliert zum Stadtplatz und etwas verwirrt schaue ich in die Richtung.

Von einer Minute auf die nächste erstrahlt die Innenstadt im Schein Tausender bunter Lichter, die die alten Häuserfassaden in einen warmen Glanz tauchen. Es ist magisch. Jedes Fenster funkelt einladend, eingerahmt von Tannengirlanden, die dicht mit roten Schleifen, glitzernden Kugeln und kleinen, goldenen Glöckchen verziert sind. Der Schein der Straßenlaternen bringt die zarte Schneeschicht zum Glitzern. Zwischen den Häuserreihen spannen sich bunte Lichterketten mit roten und grünen Kugeln, die sich sanft im Wind wiegen.

Das Highlight ist aber wie immer der prächtig geschmückte Weihnachtsbaum im Herzen des Platzes. Hunderte funkelnde Lichter, glänzende rot-goldene Deko und bunte Schleifen zwischen den sattgrünen Zweigen.

Erst jetzt fällt mir auf, dass ich wieder eine undefinierbare Zeit lang nicht gesprochen und nur gestarrt habe. Ich drehe mich zu Liam und merke, dass er mich bereits aufmerksam anschaut, als würde er keine Sekunde meiner Reaktion verpassen wollen.

»Das war wunderschön.«

»Überlegst du schon, wie du das in deine Geschichte einbinden könntest?«

Tatsächlich war ich gerade so im Moment gewesen, dass ich gar nicht an mein Buch gedacht habe. Aber mit seiner Erinnerung schießen mir sofort verschiedene Ideen durch den Kopf. Ich schmunzle unwillkürlich, was er als Zustimmung versteht.

»Na dann, auf geht's zum Weihnachtsmarkt!«

10

A Snowhaven Christmas

Teil 2

Meggy Maahs

Der Snowhaven Weihnachtsmarkt ist als Kind einer meiner absoluten Lieblingsorte gewesen. Zugegeben, jedes Kind liebt wohl Orte voller Süßigkeiten, bunter Lichter und Spielmöglichkeiten.

Der große Weihnachtsbaum inmitten des Stadtplatzes markiert den Beginn des Marktes. Der Duft von gebrannten Mandeln mischt sich mit dem von würzigem Glühwein, als ich mich wieder bei Liam einhake und wir auf die ersten Stände zugehen.

Zwischen den schneebedeckten Fachwerkhäusern schlängelt sich der Weihnachtsmarkt durch die Gassen der Stadt. Überall glitzert und leuchtet es. Die kleinen Holzbuden strahlen im sanften Schein der Lichterketten und fröhliche Weihnachtsmusik untermalt das Stimmengewirr. An einem Stand hängen handbemalte Weihnachtskugeln, jede einzelne perfekt verziert. Daneben zieht ein Verkäufer gerade frische Bratäpfel aus dem Ofen und der Geruch umfängt mich sofort. Dampfender Glühwein wird in herzförmigen, roten Tassen ausgeschenkt und es fühlt sich an, als wäre man mitten in einem dieser perfekten Weihnachtsfilme gelandet.

»Glühwein?«, fragt Liam.

»Glühwein!«, bestätige ich nickend.

Gedankenversunken schweift mein Blick über den Weihnachtsmarkt, als Liam sich auf den Weg zum Stand macht und kurze Zeit später mit zwei dampfenden Tassen wieder auf mich zukommt. Der fruchtige Wein wärmt mich von innen auf, während wir langsam über den Markt schlendern und die ganzen Buden bewundern.

Liam hat nicht übertrieben. Tatsächlich kommen auf dem Weihnachtsmarkt zahlreiche Leute auf mich zu, schwärmen von meinen Büchern und lauschen gespannt den Storys zu meinem Autorinnen-Alltag. Es ist so schön, so viele alte und neue Bekanntschaften aus Snowhaven zu treffen und wieder den totalen Zusammenhalt und die Liebe innerhalb dieser Stadt zu spüren.

Liam hat sich in der Zwischenzeit kurz entschuldigt, um mit jemandem zu sprechen. Sie wirken sehr vertraut, vermutlich ist es ein guter Freund von ihm. Auf dem Weg zu ihnen höre ich zufällig Liam: »Und danke noch mal für deine Hilfe mit der Beleuchtung, es war perfekt.«

»Dann hat sich der Aufwand ja gelohnt. Aber ganz ehrlich, alles, damit du endlich –«

In dem Moment bemerkt sein Freund mich und bricht mitten im Satz ab. Sprechen sie über vorhin? Nein. Liam kann das unmöglich nur für mich organisiert haben, oder?

Die beiden verabschieden sich und sein Freund winkt mir mit einem freundlichen Lächeln zu.

Ich erwidere seine Geste, aber in meinem Hinterkopf hallt noch immer das Gespräch nach, das ich eben zufällig mitgehört habe. Was genau hatte er sagen wollen, ehe er mich bemerkt hat? Liam unterbricht meinen Gedanken, als er zu mir aufschließt.

»Bereit? Es gibt noch einen letzten Stopp für heute.« Neugierig hake ich mich bei ihm ein und wir schlagen den Weg in Richtung des kleinen Stadtwaldes ein. Die kühle Nachtluft prickelt auf meinem Gesicht, während der Schnee unter unseren Schritten knirscht. Ich verliere mich in der friedlichen Stille, die eine verschneite Landschaft immer mit sich bringt, bis ich plötzlich das warme Leuchten von Fenstern zwischen den Bäumen entdecke.

»Ist das eine Blockhütte? Wohnst du da?«, frage ich aufgeregt, als wir näher kommen, während Liam nur leise neben mir lacht.

Beim Eintreten umfängt mich sofort ein Gefühl von gemütlicher Wärme. Der Geruch von Holz, gemischt mit Liams ganz eigenem Duft, umgibt mich. Mein Blick wandert über die rustikale Einrichtung. Eine große, weiche Couch, überladen mit Kissen und Decken. Dahinter ein großes Fenster mit Sicht auf die schneebedeckten Bäume, umrahmt von meterhohen gefüllten Bücherregalen. Liam kniet sich vor den Kamin, legt ein paar Holzscheite nach und entzündet das Feuer. Innerhalb weniger Sekunden beginnt es leise zu knistern, während die Flammen auflodern und den Raum mit Wärme füllen.

Ein Spaziergang durch den Schnee, eine Lichtshow, Glühwein auf dem Weihnachtsmarkt und jetzt noch eine wunderschöne Blockhütte mit Kamin in einem verschneiten Wald? Langsam glaube ich, dieser Mann ist eine lebendig gewordene Version eines Protagonisten aus meinen liebsten Weihnachtsgeschichten. Fehlt nur noch, dass wir Kekse backen und uns gegenseitig mit Mehl bewerfen.

»Hast du Lust auf Kekse?«, fragt Liam genau in dem Moment.

Was geht hier ab?

»Ich habe den Teig schon vorbereitet. Zimtplätzchen natürlich.« Grinsend zwinkert er mir zu, während er den Teig auszurollen beginnt.

Ich kann nicht verhindern, dass sich ein breites Lächeln auf mein Gesicht schleicht. Selbstverständlich stimme ich zu. Er kennt mich zu gut aus der Schulzeit. Nur habe ich damals kein leichtes Flattern im Bauch gehabt, wenn er mich so angegrinst hat … Ich habe ihn einfach nie als was anderes als einen Freund betrachtet. Langsam frage ich mich aber, warum eigentlich nicht?

Liam sticht neben mir schon fleißig Schneeflocken-Kekse aus. Einige Strähnen seiner Haare hängen ihm ins Gesicht. Da seine Hände voller Mehl sind, kann er sich nicht wie sonst durch die Haare fahren. Ich muss den Impuls unterdrücken, es für ihn zu tun, und versuche, mich aufs Ausstechen zu konzentrieren.

»Seit wann macht Snowhaven das mit den Lichtern so? Früher sind sie immer während der Dämmerung einfach nach und nach angegangen.«

»Ach, das war nur eine einmalige Sache heute.«

»War das deine Idee?«, entscheide ich, geradeheraus zu fragen.

Er schaut zu mir und erwidert grinsend: »Sag Bescheid, wenn

du bereit bist zuzugeben, dass ich ausnahmsweise nicht zu den Männern gehöre, die ein Reinfall bei der Dateplanung sind.«

Ein Lachen entfährt mir, zeitgleich breitet sich ein warmes Gefühl in meiner Brust aus. Er hat es wirklich für mich organisiert.

Gerade als ich gedankenverloren nach einer Weihnachtsbaum-Form greifen will, tut Liam dasselbe. Unsere Finger berühren sich – nur einen kurzen Moment. Doch die Berührung löst ein Prickeln auf meiner Haut aus, das mich für einen Herzschlag lang den Atem anhalten lässt. Ich schaue hoch, und als sich unsere Blicke treffen, ist es, als wäre der Raum plötzlich kleiner, wärmer, als würde die Luft zwischen uns flirren. Seine Lippen zucken, als wolle er etwas sagen, doch er schließt seinen Mund wieder, als ich meine Hand reflexartig und etwas zu schnell zurück zu mir ziehe. Das fühlt sich alles viel zu echt an. Ich hatte inzwischen total verdrängt, dass ich eigentlich Inspiration für mein Buch sammeln wollte. Ich schlucke und schaffe es gerade noch, mir ein Lächeln abzuringen.

»Du hast da etwas Mehl auf deinem Shirt«, sage ich, um irgendetwas zu sagen.

»Du auch«, entgegnet er mit einem Schmunzeln.

»Und Mehl im Gesicht«, schiebe ich hinterher.

Schneller, als ich reagieren kann, tupft er mir mit der Fingerspitze etwas Mehl auf die Nase. »Du auch.«

Ich lache, ein bisschen zu laut, ein bisschen zu nervös. Stur befehle ich dem Kribbeln in meinem Bauch aufzuhören und konzentriere mich auf die Kekse.

»Glühwein oder Kakao?«, ruft Liam, während ich aus der offenen Küche ins einladende Wohnzimmer gehe. »Glühwein, bitte«, antworte ich und schlendere zu dem Traum von einem deckenhohen Bücherregal, das mein Herz als Buchliebhaberin natürlich sofort höherschlagen lässt.

»Ich wusste gar nicht, dass du so viel liest?«

»Du hast wohl in der Schulzeit auf mich abgefärbt«, scherzt er.

Beim Stöbern fällt mir etwas Bekanntes ins Auge. *Meine Bücher.* Liam hat meine Bücher in seinem Regal stehen. Und nicht nur ein paar, sondern … jedes … einzelne … Buch. Sogar mein neuestes, das erst vor einem Monat erschienen ist. Plötzlich schießt mir Liams Zitat von heute Nachmittag wieder in den Kopf.

Romantik lebt von Momenten, die man nicht kommen sieht.

Es war ein Zitat aus meinem dritten Buch. Deshalb kam es mir so bekannt vor. Er besitzt nicht nur jedes meiner Bücher, sondern hat sie scheinbar auch gelesen?

Völlig erstaunt drehe ich mich zu ihm um. Er stellt gerade unseren Glühwein auf dem Couchtisch ab und schaut mir aufmerksam zu. Ich habe keine Ahnung, was ich sagen soll, also stehe ich mit leicht geöffnetem Mund da und starre ihn wieder einmal nur an.

Amüsiert macht er zwei große Schritte auf mich zu, hält direkt vor mir an, legt seinen angewinkelten Zeigefinger an mein Kinn und schiebt meinen Mund zu.

»Was denn, fehlt eins?«, fragt er grinsend. Ein ungläubig amüsiertes Schnauben entfährt mir, während er mir weiterhin in die Augen sieht.

Ich bin viel zu perplex, um etwas zu erwidern. Liam hat mich einfach all die Jahre lang weiter aus der Ferne unterstützt, meine Bücher gekauft und an mich geglaubt. Und ich war zu beschäftigt gewesen, um überhaupt mal eine Nachricht an ihn zu schicken.

»Du hast meine Bücher gelesen?«, frage ich, immer noch etwas verdutzt.

»Natürlich. Ich war ja quasi dabei, wenn du im Café an deinem Debüt geschrieben hast. Manchmal habe ich über deine Schulter heimlich ein bisschen mitgelesen.« Er schmunzelt, als würde er sich gerne daran erinnern. »Tatsächlich hat dein Debüt meine Sammlung gestartet.« Er gestikuliert zum Bücherregal, während meine Gedanken kreisen und mein schlechtes Gewissen wächst.

»Es tut mir so leid, dass ich mich nie gemeldet habe.«

»Bitte hör auf«, unterbricht er mich sanft, aber bestimmt, während wir es uns auf der Couch gemütlich machen. »Du hast die Chance bekommen, deinen Traum zu leben, und hast sie ergriffen. Genau wie du es immer wolltest. Außerdem hätte ich mich genauso mal bei dir melden können.«

»Warum hast du es eigentlich nicht gemacht?« Meine Neugier geht mit mir durch, bevor ich sie zurückhalten kann. Er senkt seinen Blick und wirkt plötzlich ungewohnt verunsichert.

»Sorry, du musst das nicht beantworten. Ich ...«

»Nein, alles gut.« Er hebt den Kopf wieder, atmet tief durch und sieht mir direkt in die Augen.

»Weißt du noch, warum Mr Darcy in *Stolz und Vorurteil* Abstand von Elizabeth gesucht hat?«

»Weil er sich in sie verliebt hat und dachte, sie liebt ihn nicht«, platze ich heraus, als er eines meiner absoluten Lieblingsbücher anspricht. In der Sekunde, als das letzte Wort meine Lippen verlässt, wird mir erst klar, was ich da gerade gesagt habe. Mein Blick schnellt zu Liams. Er sagt nichts. Schaut mich einfach nur eindringlich an.

In meinem Kopf schweben plötzlich so viele Gedanken, dass ich mal wieder nicht weiß, was ich sagen soll. Hatte sich Liam damals wirklich mal in mich verliebt? Bin ich echt so blind gewesen?

Als hätte er meine Gedanken gelesen, fragt er: »Soll ich es noch mal aussprechen?«

Mein Herz schlägt wild in meiner Brust, während ich immer noch kein Wort rausbekomme. Er rückt näher an mich ran, nimmt meine Hände in seine und schaut mir tief in die Augen.

»Ich habe mich in der Schulzeit in dich verliebt, noch bevor ich es selbst begriffen habe. Die Erkenntnis kam nicht plötzlich. Sie hat sich eher nach und nach über mich gelegt – wie der erste Schneefall im Winter, den du so liebst. Schleichend leise, aber stetig und unaufhaltsam, bis sie nicht mehr zu übersehen war. Du hast eine Art, die Welt heller zu machen, ohne es überhaupt zu merken. Du bist klug, leidenschaftlich, voller Wärme, und je mehr ich dich kannte, desto mehr hast du mich fasziniert. Ich habe geflirtet und gedatet in der Hoffnung, mich neu verlieben zu können, aber stattdessen habe ich mich nur immer mehr in dich verliebt. Dieses tiefe Gefühl von vollkommener Geborgenheit, Vertrauen und Freude – das hatte ich nur mit dir. Aber ich habe immer gemerkt, dass ich für dich nur ein Freund bin. Und als du gegangen bist, wusste ich, dass ich dich loslassen muss. Also hab ich es versucht. Ich hab mich zurückgezogen, mir eingeredet, dass es das Beste sei, und versucht, über dich hinwegzukommen. Aber vergessen konnte ich dich nie wirklich. Ich habe aus der Ferne gesehen, wie du deinen Traum lebst. Jedes deiner Bücher gelesen. Und dich in jedem einzelnen wiedergefunden. Deine unerschütterliche Liebe für tief romantische Geschichten und Happy Ends ist in jede Faser deines Schreibens gewebt.«

Untypisch schüchtern für ihn lächelt er mich an und ich bemerke erst jetzt die Tränen, die mir in die Augen gestiegen sind. Dieser Mann ist unglaublich. Und er hat mich geliebt, während ich das nicht mal als Möglichkeit betrachtet habe. Meine Gedanken kreisen wild und Hitze breitet sich in mir aus, als wir uns weiterhin in die Augen schauen.

Es ist, als würde Liam mir plötzlich in einem völlig neuen Licht erscheinen. Ich habe immer geglaubt, die große Liebe würde mich überwältigen. Dass ich sie sehen und sofort erkennen würde. Liam ist schon so lange als bester Freund in meinem Leben gewesen, dass ich meine Gefühle für ihn einfach immer als Freundschaft abgetan habe. Ich habe Liebe noch nie zuvor als etwas sich langsam Anschleichendes betrachtet, wie Liam es beschrieben hat.

»Hast du es geschafft? Über mich hinwegzukommen?«, frage ich, ehe meine Aufregung vor seiner Antwort mich zurückhalten kann. Sein Blick wandert über mein ganzes Gesicht und bleibt kurz an meinen Lippen hängen, bevor er die Hand ausstreckt und mir eine Haarsträhne aus dem Gesicht streicht. Als sein Blick wieder meinen trifft, schüttelt er einfach nur den Kopf.

Der Impuls in mir ist so stark, dass ich gar nicht weiter drüber nachdenke. »Küss mich.«

Er zögert nicht lange, als hätte er nur auf die Erlaubnis gewartet. Seine Hand wandert in meinen Nacken und er zieht mich in einen Kuss, dessen Leidenschaft mich sofort alle Männer vor ihm infrage stellen lässt. Als würde mein Körper instinktiv auf ihn reagieren, durchflutet mich Hitze und ich schmiege mich enger an ihn, möchte ihm so nah wie irgendwie möglich sein. Seine andere Hand fährt langsam meinen Rücken herunter und zieht mich noch näher an ihn, als hätte er genau den gleichen Gedanken gehabt. Mir entfährt ein Keuchen, als er meine Hüften packt, um mich rittlings auf seinen Schoß zu ziehen, und ich damit zu spüren bekomme, wie sehr er den Augenblick gerade ebenfalls genießt.

Langsam löst er sich ein Stück von mir und lässt seine Stirn einen Herzschlag lang an meiner ruhen. Unser Atem geht unregelmäßig und wild. »Du kannst dir nicht vorstellen, wie oft ich mir diesen Moment ausgemalt habe«, murmelt er und entfacht das Verlangen in mir damit nur noch mehr.

»Und, wie ist der echte Moment im Vergleich?«, frage ich grinsend, doch er bleibt ernst.

»So viel besser, als ich es mir jemals hätte erträumen können.«

Ich zögere nicht und ziehe ihn wieder in einen Kuss, während mein Körper wie von allein anfängt, sich auf ihm zu bewegen. Er zieht sich erneut von mir zurück, aber bevor ich protestieren kann, sehe ich schon die Frage in seinen Augen. *Sicher?*

»Ja. Bitte hör nicht auf.« Das ist alles, was er wissen muss. Seine Lippen finden meine, dieses Mal endlich ohne Zurückhaltung. Ich ziehe ihm seinen Pulli über den Kopf, fahre mit den Händen über seinen warmen, muskulösen Oberkörper. Mein Oberteil folgt, dann spüre ich seine Lippen an meinem Hals. Eine sanfte Spur aus Küssen, die mir eine Gänsehaut am ganzen Körper bescheren.

Seine Hand legt sich stützend in meinen Rücken, bevor er mich hochhebt, unter sich auf die Couch sinken lässt und meinen Körper weiter mit seinem Mund erkundet. Nach und nach landet auch unsere restliche Kleidung auf dem Boden und Liams Blick wandert über meine Haut, als wäre ich das Schönste, was er je gesehen hat.

Als er mit seiner Zunge über mein Nippel gleitet, durchfährt ein Kribbeln meinen ganzen Körper. Ich stöhne auf, und das tiefe, raue Geräusch, das er als Antwort von sich gibt, entfacht das Feuer in mir nur noch mehr. Noch nie hat ein Mann mich mit so viel rohem Verlangen angeschaut wie Liam, als er seinen Kopf zwischen meine Schenkel sinken lässt und beginnt, mir den Atem zu rauben. Meine Finger wandern in seine Haare und ich schließe die Augen. Verliere mich in ihm, in der Wärme, dem Verlangen, der Tiefe dieses Moments. Gedanken verblassen, Zeit löst sich auf. Was bleibt, ist das sanfte Flackern der Flammen, die uns in ihrem goldenen Schein einhüllen.

»Wie findest du die Hütte?«, fragt Liam, während wir ineinander verschlungen vor dem Kamin liegen und seine Finger langsam an meinem Körper auf und ab fahren.

»Ich liebe sie!«, antworte ich sofort. Schon in der Schulzeit hatte ich von der Vorstellung einer Holzhütte im Wald geschwärmt. Wie romantisch, warm und gemütlich sie wäre. Vermutlich erinnert sich Liam auch daran, so wie er mich gerade angrinst.

»Ich habe sie selbst geplant und beim Bauen geholfen«, eröffnet er mir.

»Du hast *was*?« Perplex setze ich mich etwas auf, um ihn richtig anschauen zu können.

»Natürlich hatte ich auch viel Hilfe. Aber es hat sich gelohnt, oder? Du hattest recht, Holzhütten sind wunderschön.« Er wirft mir ein vielsagendes Lächeln zu. »Ich kann mir nicht mehr vorstellen, woanders zu leben.«

»Wie auch? Wer würde hier wieder wegwollen?«, entgegne ich automatisch.

Der Satz hängt zwischen uns wie eine Erkenntnis, die einem erst in dem Moment bewusst wird, wenn man sie laut ausspricht. Die Wahrheit ist, dass ich in letzter Zeit immer mal wieder darüber nachgedacht hatte, irgendwann zurück nach Snowhaven zu ziehen.

New York ist eine aufregende, inspirierende Stadt und hat mir zu Beginn genau das gegeben, was ich gebraucht habe. Aber ich vermisse Snowhaven, meine Familie und die ruhige, familiäre Atmosphäre hier. Und auch wenn es mir vorher nicht bewusst war, habe ich auch Liam vermisst. Schon nach der kurzen Zeit mit ihm merke ich, wie sehr mir unsere Freundschaft gefehlt hat und dass ich nie wieder auf ihn verzichten möchte. Vielleicht ist nun genau der richtige Zeitpunkt für eine Veränderung. Mit diesem Gedanken im Kopf schlafe ich erschöpft, aber unheimlich glücklich in Liams Armen ein.

Nachdem wir uns am nächsten Morgen in einer Wiederholung des letzten Abends verloren hatten, lockt Liam mich mit einem Apfel-Zimt-Latte aus dem Bett. Ich bin einfach bei Liam zu Hause aufgewacht. Dem Liam, den ich immer nur für einen Freund gehalten habe. Wenn ich diesen unverschämt attraktiven Mann so anschaue, während er mir Frühstück macht, kommt mir das völlig absurd vor.

Ich kann den vielsagenden Blick meiner Mutter schon vor mir sehen, nachdem ich gestern nicht wie geplant wiedergekommen bin. Also entscheide ich, nach dem Frühstück nach Hause zu laufen, und Liam besteht darauf, mich zu begleiten.

Draußen liegt die Welt still und friedlich unter einer frischen Schneeschicht, während wir nebeneinander durch die ruhigen Straßen von Snowhaven spazieren. Die Luft ist kühl, aber nicht unangenehm, unsere Schritte hinterlassen Spuren im weichen

Schnee. Ab und zu streifen sich unsere Hände, als würde der Wind uns sanft zueinandertreiben. Es fühlt sich leicht an mit ihm, irgendwie richtig. Ich werfe ihm einen Blick zu, sehe das liebevolle Lächeln auf seinen Lippen. Die Art, wie sein Atem kleine weiße Wolken in die kalte Luft malt – und mein Herz schlägt noch ein wenig schneller.

Doch dann bleibt meine Aufmerksamkeit an der Gestalt auf der Terrasse meines Elternhauses hängen, als wir um die letzte Ecke biegen.

»Scheiße …«, entfährt es mir. Chad.

Er springt sofort auf, als er uns sieht, und läuft schnellen Schrittes auf uns zu.

Ich drehe mich kurz zu Liam. »Es tut mir –«

»Wer bist du?«, unterbricht Chad und mustert Liam stirnrunzelnd. »Egal. Cool, dass du meine Freundin nach Hause gebracht hast, Bro, aber du kannst jetzt gehen.«

Und schon hatte er mich wütend gemacht. »Ich *bin* nicht deine Freundin! Und rede nicht so mit Liam!«

Chad wirkt fast ein bisschen überrascht. Kein Wunder. So kontra zu bekommen, ist er von mir nicht gewohnt.

»Ach, komm schon, Baby, du weißt, ich hab manchmal schlechte Tage, ich hab's nicht so gemeint. Ich liebe dich doch! Komm zurück zu mir. Ich vermisse dich.« Er setzt seinen typischen, Mitleid heischenden Blick auf, den er im Streit immer benutzt hat, um mich wieder einzuwickeln. Es ist mir peinlich, wie oft das bereits funktioniert hat. Aber das ist vorbei.

»Du vermisst mich?« Spöttisch lache ich ihm ins Gesicht. »Du vermisst höchstens, dass ich ständig da war und mich um alles gekümmert habe, während du dich nicht mal bemüht hast. Du vermisst die Version von mir, die alles mitgemacht hat. Die geschwiegen hat, wenn du mal wieder lieber zocken wolltest, als Zeit mit mir zu verbringen und auch mal meine Bedürfnisse zu erfüllen. Aber ich lasse mich nicht mehr von dir manipulieren zu glauben, dass *du* der Gewinn wärst. Ich habe viel Besseres verdient als dich!«

Jetzt lässt er den Mitleidsblick fallen. Stattdessen werden seine Augen schmal und seine Kiefermuskeln spannen sich an.

»Laber doch keine Scheiße! Du übertreibst schon wieder so. Komm wieder runter und lass uns fahren.«

Okay, *jetzt* bin ich richtig wütend. So oft hat er mir um die Ohren geworfen, dass ich übertreibe, wenn ich geäußert habe, dass er mich verletzt oder schlecht behandelt hat. Nie hat er meine Gefühle ernst genommen, und dass er es jetzt wieder nicht tut, lässt meinen letzten Funken Zurückhaltung verpuffen.

»Du checkst es echt nicht, oder? Für kein Geld der Welt würde ich zu dir zurückkommen!« Ich kann selbst kaum fassen, wie ich mich gerade traue auszuteilen. Sonst hatte ich immer zu viel Angst davor, dass Chad es wieder umkehrt und mir Dinge einredet, die mein Selbstwertgefühl kaputt machen. Doch diese Macht über mich gebe ich ihm nicht mehr. Und ich bin noch nicht fertig.

»Du hast mich wie Dreck behandelt, mich ausgenutzt und mir eingeredet, es gäbe keine ›überzogene Liebe wie in deinen kitschigen Büchern‹«, zitiere ich ihn. »Aber schon nach weniger als vierundzwanzig Stunden mit Liam habe ich mehr Zuneigung erfahren als jemals von dir. Du bist ein manipulatives Arschloch, das mir meinen Erfolg nicht gönnt, weil du selbst nichts zu bieten hast und deine eigenen Unsicherheiten damit ausgleichst, mich runterzumachen und kleinzuhalten.«

»Hast du mit dem da gefickt oder was??« Natürlich ist es das, worauf er sich fokussiert. Drohend macht Chad einen großen Schritt auf mich zu. Aus Reflex zucke ich zusammen und höre Liam hinter mir näher kommen. Zum ersten Mal, seit Chad aufgetaucht ist, sagt er etwas.

»Du trittst jetzt sofort zurück oder du wirst es bereuen.« Ich sehe, wie Chads Gesicht vor Wut rot anläuft, doch bevor er etwas erwidern kann, redet Liam weiter: »Ich habe mich bisher nicht eingemischt, weil Emma das schon gut im Griff hat und ich es genieße, wie sie einem Lappen wie dir endlich mal die Meinung geigt. Aber glaub mir, du willst dich nicht mit mir anlegen. Jeder in dieser Stadt kennt und liebt nicht nur Emma, sondern auch mich. Wenn du dich also nicht sofort verpisst, sorge ich dafür, dass es passiert. Und niemand hier wird dir helfen.«

Liam steht mittlerweile neben mir und hat seinen Arm schützend um mich gelegt. Chad hingegen habe ich noch nie so wutentbrannt gesehen. Aber da funkelt auch noch etwas anderes in seinen Augen: Angst. Er schaut zwischen uns hin und her und entscheidet sich schlussendlich, zurück zum Auto zu stampfen. Seiner Art treu bleibend, den Schwanz einzuziehen, wenn es ernsthaften Gegenwind gab.

Mit einem »Das wirst du bereuen!« steigt er ein.

Doch bevor die Tür vollends zufällt, ruft Liam: »Das wird sie nicht, dafür werde ich sorgen.«

Auch wenn ich es hasse, dass meine Worte nicht reichten und es eine Gewaltandrohung eines anderen Mannes brauchte, um ihn loszuwerden, bin ich unendlich froh, dass Liam da war.

Dank ihm hatte ich zum ersten Mal den Mut, mich Chad gegenüber wirklich zu behaupten. Ich wusste, er ist da, hinter mir, bereit einzuschreiten, wenn nötig. Ich atme tief durch, während Chads Auto langsam verschwindet, und spüre, wie eine unglaubliche Leichtigkeit sich in mir ausbreitet. Ich fühle mich … frei. Frei von seinen Worten, von der Unsicherheit, von all den kleinen Stichen, die mich glauben ließen, ich wäre nicht genug. Als hätte mein wahres Ich die ganze Zeit in mir geschlummert und nur darauf gewartet, endlich wieder die unterdrückte Version meiner Selbst abzulösen, zu der Chad mich mit seinem Gaslighting gemacht hatte.

Liams Arm liegt immer noch schützend um mich, doch als ich zu ihm aufsehe, lockert er seinen Griff, gibt mir Raum. Ich blicke in seine warmen Augen, die mich aufmerksam mustern.

»Geht's dir gut?«, fragt er leise.

Ich nicke langsam. Schüttle Chad innerlich endgültig von mir ab.

»Sehr gut«, versichere ich ihm.

Liam sieht mich noch einen Moment lang prüfend an. »Gut, der Versager hat nämlich keinen weiteren Gedanken von dir verdient.«

Ich drehe mich ganz zu ihm um, stelle mich auf die Zehenspitzen, um meine Arme um seinen Nacken zu schlingen, und schaue ihm direkt in die Augen.

»Danke«, flüstere ich. »Für das wunderschöne Date, für deine ganze Unterstützung, für alles. Ich hatte schon vergessen, wie es sich anfühlt, wirklich gesehen und gewollt zu werden«, füge ich traurig schnaubend hinzu und senke meinen Blick. Liam legt seine Hand an meine Wange und hebt sanft mein Gesicht, sodass ich ihm direkt in seine schönen Augen schaue.

»Ich warte ja auch schon locker zehn Jahre auf die Gelegenheit, dich so lieben zu dürfen, wie du es verdienst«, kontert Liam mit einem aufrichtigen Lächeln. Seine Worte und sein unendlich liebevoller Blick vertreiben jedes negative Gefühl und lassen mein Herz kurz stolpern. So lange war er da gewesen, still unterstützend, ohne dass ich es bemerkt habe. Ich schließe für einen Moment die Augen, lasse die Erkenntnis tief in mich einsinken.

Es fühlt sich nicht beängstigend an, nicht überwältigend.

Es fühlt sich richtig an.

Liam fühlt sich richtig an.

»Dann hab ich dich wohl lange genug warten lassen«, flüstere ich, ein sanftes Lächeln auf den Lippen. »Ich bleibe in Snowhaven«, sage ich leise, ohne den Blick von ihm zu lösen.

Für einen Moment scheint er den Atem anzuhalten. Dann weicht die Überraschung einem Lächeln, so strahlend, dass mir trotz der Kälte ganz warm wird.

Er zieht mich in einen leidenschaftlichen Kuss, während es

sanft wieder zu schneien beginnt. Der Winterwind streift meine Haut, kleine Schneeflocken rieseln auf uns herab. Doch alles, was ich spüre, ist seine Wärme, seine weichen Lippen auf meinen und die glasklare Erkenntnis, dass ich nicht einen weiteren Moment mit diesem Mann verpassen möchte. Ich kehre nicht nach Snowhaven zurück, weil ich vor etwas weglaufe. Nicht weil ich keinen anderen Ort hätte, an den ich gehen könnte. Sondern weil ich es will.

Weil Snowhaven sich nicht nur anfühlt wie meine Vergangenheit, sondern auch wie meine Zukunft.

Und ich will, dass Liam ein Teil davon wird.

11

A Winter Dream

Teil 1

Laura Labas

Laura Labas wurde in der Kaiserstadt Aachen geboren. Schon früh verlor sie sich im geschriebenen Wort und entwickelte eigene fantastische Geschichten, die sie mit ihren Freunden teilte.
Mit vierzehn Jahren beendete sie ihren ersten Roman. Heute ist sie SPIEGEL-Bestsellerautorin und schreibt nach ihrem Master of Arts in Englisch und Deutscher Literaturwissenschaft immer noch mit der größten Begeisterung und Liebe.
Auf Instagram und TikTok gibt sie unter @laura_labas_ tiefere Einblicke in ihren Schreibprozess und teilt exklusive Inhalte.

Die Fensterscheiben waren beschlagen, so kalt war es draußen. Ich wischte mit einer Hand darüber, um einen Blick in den Vorgarten zu werfen. Schnee türmte sich neben der breiten Betontreppe, die zur Veranda führte. Dad hatte den Bordstein bereits vom Schnee befreit. So wie der Rest meiner Familie war er ein absoluter Frühaufsteher. Nur ich kam schlecht aus den Federn.

Heute war allerdings eine Ausnahme.

Ich wandte mich dem bodenlangen Spiegel gegenüber von meinem Queensize-Bett zu, in dem ich das letzte Mal vor einem Monat an Thanksgiving geschlafen hatte. Mein Jugendzimmer bei meinen Eltern hatte sich seit meinem Auszug vor fast acht Jahren nicht verändert. Mom und Dad machten sogar regelmäßig sauber, nur damit ich mich sofort wohlfühlte, wenn ich für ein paar Tage von Portland nach Chicago zurückkehrte.

Seit ich meinen College-Abschluss in der Tasche hatte, kam ich nicht mehr ganz so häufig nach Hause. Und das lag nicht daran, dass ich meine Familie nicht vermissen würde.

»Megan? Bist du wach?« Mom klopfte an meine Zimmertür.

»Ja, bin gleich fertig«, rief ich zurück, während ich mir die goldenen Kreolen ansteckte. Sie passten perfekt zu meinem schwarzen Kleid, das mit goldenen Fäden durchzogen war. Es reichte mir bis zu den Knien und betonte meine kurvenreiche Figur.

»Okay, die Johnsons sind auch gerade angekommen«, verkündete sie, ehe sich ihre Schritte entfernten.

Mein Herz machte einen Satz. *Die Johnsons.* Meine Familie war mit den Johnsons so fest verwachsen wie der Efeu mit unserer Hausfassade. Sie hatten einen Sohn, der sechs Jahre älter als ich und gleichzeitig auch der beste Freund meines Bruders war. Groß, dunkelhaarig, erfolgreich, heiß und komplett off-limits.

Bis zu einem Weihnachtsabend vor acht Jahren, als ich siebzehn und er dreiundzwanzig gewesen war, hatte ich mich auch von ihm ferngehalten. Ich hatte meine absolut unangebrachte Schwärmerei für mich behalten. Doch an jenem Abend war der Eggnog zu gut gewesen, der Mistelzweig an falscher Stelle und meine Lippen klebten für eine ewig andauernde Sekunde an seinem Mund.

Danach hatten wir nie wieder darüber gesprochen. Es war mir peinlich. Ich hatte ihn nie in eine derart heikle Situation mit der Schwester seines besten Freundes bringen wollen. Als wäre das noch nicht ausreichend, war ich noch ein Teenager gewesen und er längst volljährig. Mitten im Leben stehend.

Die Monate danach waren furchtbar. Jedes Mal, wenn wir uns zufällig im Beisein von Travis begegnet waren, hatte ich Reißaus genommen. Dann war ich geradezu euphorisch gewesen, als ich die Zusage für die Pacific University erhalten hatte und ich Chicago verlassen konnte.

Irgendwann während der trägen Monate hatte ich dann doch mal zu meinem Handy gegriffen, um eine Entschuldigung zu tippen, und als wäre es Schicksal gewesen, hatte mir Mom in jener Sekunde ein Foto geschickt. Darauf zu sehen: Caleb mit seiner neuen Flamme.

Offensichtlich hatte er den Kuss schon längst vergessen (verdrängt, viel eher) und beschlossen, den ganzen Abend in der Vergangenheit zu lassen. Umso besser.

Leider waren unsere darauffolgenden Aufeinandertreffen bei diversen Familienfeiern nicht weniger peinlich geworden. Zumindest für mich. Ich wurde außerdem das Gefühl nicht los, dass er mich mit seinen Blicken zu erdolchen schien. Als würde er mich aus irgendeinem mir unerfindlichen Grund verfluchen.

Weil er Thanksgiving bei seiner mittlerweile Ex-Freundin verbracht hatte und ich im Frühling wegen meiner Arbeit nicht zum Geburtstag seiner Eltern hatte kommen können, hatten wir uns fast ein Jahr lang nicht gesehen. Trotzdem ließ sich mein Herz nicht beruhigen. Man sollte meinen, dass der Abstand mir gutgetan hätte. Meinen Gefühlen Zeit gegeben, sich aus seiner unabsichtlichen Umklammerung zu befreien.

Nichts da.

Nicht zum ersten Mal fragte ich mich, ob es für immer so sein würde. Ob ich mich für immer nach seinen starken Armen sehnen würde; nach seinen Lippen, die gleichzeitig weich und unnachgiebig gewesen waren …

Seufzend strich ich noch einmal mit den Fingern durch meine langen, dunkelblonden Haare, dann verließ ich den sicheren Hafen meines Zimmers. Ich würde mich nicht ewig verstecken können.

Meine Eltern besaßen ein für Chicago erstaunlich großes Eigenheim, das sich über drei Etagen erstreckte. Mein Zimmer befand sich im zweiten Stock, weshalb ich im offenen Flur bereits die Stimmen aus dem Esszimmer hörte.

Die Balustrade war mit einer weihnachtlichen Girlande aus Rot, Grün und Gold geschmückt. Passend zu der restlichen Dekoration, in der das Haus zu ertrinken schien. Überall glitzerte es, überall klimperte es. Wenn ich mit diesem Proll nicht aufgewachsen wäre, hätte ich mich vermutlich erschlagen gefühlt. So nahm ich den Glanz nur noch im ersten Moment wahr, ehe er im Hintergrund meiner Wahrnehmung verschwand.

»Jingle, bells! Jingle, bells! …«, hörte ich Travis, meinen sieben Jahre älteren Bruder trällern, ehe ich ein leises Klatschen vernahm. »Autsch! Mom!«

»Ich habe dir gesagt, Finger weg von den Pancakes, bis deine Schwester hier ist.«

»Megan braucht ewig«, quengelte er wie ein Fünfjähriger, der im Körper eines Zweiunddreißigjährigen steckte.

»Hier bin ich schon. Reiß dich zusammen«, sagte ich lächelnd, verdrehte aber die Augen, weil Geschwister sich nun mal aufziehen mussten. So wollte es das Gesetz.

Ich gab mir Mühe, nicht sofort zu Caleb zu schauen, der gegenüber von Travis in der Mitte saß. Dad und Mom hatten jeweils an den Kopfenden Platz genommen, Marie und Brandon – die Johnsons – hatten sich auf die linke Seite zu Dad gesetzt, und Travis und Caleb auf die rechte. So waren zwei Plätze frei geblieben. Während auf dem einen diverse gefüllte Servierplatten standen, wartete auf dem anderen mein leeres Geschirr und das Silberbesteck.

»Zehn Minuten zu spät«, murrte Travis und spießte einen Pancake auf. Dieses Mal hielt Mom ihn nicht auf.

»Hallo, allerseits«, flötete ich vergnügt und lächelte den Johnsons zu, ehe ich meinen Blick über Caleb schweifen ließ, ohne in Schweiß auszubrechen.

Es dauerte nur eine Sekunde, ehe ich wieder seine außerordentliche Attraktivität registriert hatte. Den leichten Bartschatten, die dunkelblauen Augen und die Lippen, die er zu einer schmalen Linie aufeinandergepresst hatte. Sie wirkten hart, aber ich wusste, wie einladend sie sein konnten.

Es wurden ein paar Floskeln ausgetauscht, während ich mich hinsetzte und Zucker in meinen Kaffee schaufelte. Natürlich bemerkte ich Calebs verärgerten Ausdruck.

»Hast du etwas gegen den Kaffee oder gegen den Zucker?«, fragte ich, als ich es nicht mehr ertrug, ihn zu ignorieren.

Blinzelnd erwiderte er meinen Blick. Offenbar hatte er nicht damit gerechnet, dass ich ihn ansprach.

»Ich habe mich bloß gefragt, ob du Kaffee überhaupt magst.«

Ich runzelte die Stirn. »Natürlich, sonst würde ich ihn nicht jeden Morgen trinken.«

»Gerade sehe ich bloß, wie du ihn unter Zucker zu vergraben versuchst«, kommentierte er kühl.

Travis gab einen erstickten Laut von sich, der an ein Lachen erinnerte. Kurz warf ich ihm einen finsteren Blick zu.

»Tut mir echt leid, dass dich die Art, wie ich meinen Kaffee trinke, aus der Ruhe bringt. Vielleicht schaust du jetzt am besten weg«, forderte ich ihn mit der Süße von dreitausend Zuckerwürfeln heraus.

Doch entgegen meiner Erwartung hielt er stand und ließ mich nicht aus den Augen, als ich an der zierlichen Keramiktasse nippte. Seine Miene verdunkelte sich, und mir wurde heiß und kalt gleichzeitig.

Die Welt schien sich um uns herum weiterzudrehen, während wir beide in dem Moment eingefroren waren. Ich wusste nicht, wie ich mich jemals von seinem Anblick lösen sollte …

»Wir haben gehört, dass du darüber nachdenkst, nach Chicago zurückzukehren, Megan«, sagte da Marie.

Caleb war der Erste, der sich abwandte, sodass der Bann gebrochen war. Ich sah zur anderen Seite des Tisches.

»Das stimmt. Ich verbringe viel Zeit zu Hause, seit ich selbstständig bin, und habe gemerkt, dass ich mich nicht wirklich wohlfühle in Portland«, antwortete ich auf ihre unausgesprochene Frage.

»Wie wundervoll es wäre, dich zurückzuhaben!«, sagte Marie und lächelte voller Begeisterung. Manchmal vergaß ich tatsächlich, wie sehr ich sie alle vermisste. »Caleb, zeig ihr doch heute ein paar Apartments. Ich bin sicher, dass du einige Optionen für sie hast.«

»Das ist etwas kurzfristig, Mom«, entgegnete er, ohne aufzusehen. »Ich bin sicher, sie will die Feiertage nicht mit Wohnungssuche verbringen.«

Caleb war so wie ich selbstständig, allerdings als Makler, und nicht als Social-Media-Manager.

»Papperlapapp«, mischte sich Mom ein. »Je eher alles für Megans Rückkehr geplant ist, desto unwahrscheinlicher ist es, dass sie sich umentscheidet.«

»Du brauchst dir keine Sorgen machen, Mom«, beschwichtigte ich sie lächelnd. »Ich habe mich bereits dazu entschieden, zurückzukommen.« Tatsächlich war ich mir bis vor drei Sekunden nicht wirklich sicher gewesen, doch hier zu sitzen und mit ihnen darüber reden zu können, hielt mir vor Augen, wie sehr mir das in Portland fehlte.

»Perfekt. Also, Caleb?«

»Ja, komm schon, ich will auch ein paar Apartments sehen«, meinte Travis, den eigentlich niemand eingeladen hatte. Doch ich war froh, dass er sich uns anschließen wollte. Ich hatte keine große Lust, mit Caleb allein Zeit zu verbringen.

»Na schön. Ich suche uns später ein paar leer stehende Apartments raus.« Er sah mich an, als würde er noch etwas hinzufügen wollen, doch Moms Jubelschrei lenkte ihn ab. Und ich ließ die Sache vorerst auf sich beruhen.

Nachdem das Frühstück beendet war, machten Travis, Caleb und ich einen Treffpunkt aus. Ich hielt das Ganze zwar immer noch für eine schlechte Idee, weil mein Herz nicht aufhören wollte, Calebs Namen zu trommeln, aber es gab keinen Weg daran vorbei. Außerdem war Caleb ein Topmakler für Mietwohnungen. Ich sollte mir nicht selbst Steine in den Weg legen, nur weil ich Gefühle für ihn hatte.

Drei Stunden später trafen wir uns vor dem ersten Wohngebäude in Wicker Park, das mir Caleb zeigen wollte. Travis reichte uns beiden einen heißen Gingerbread Latte, den er gerade noch aus dem Café nebenan besorgt hatte. Er verlagerte sein Gewicht unruhig von einem Bein aufs andere. Es hatte mich gewundert, dass er mitkommen wollte. Normalerweise langweilte er sich bei allen Dingen, die nichts mit Eishockey zu tun hatten.

»Das Apartment ist komplett offen, bis auf das Badezimmer natürlich«, teilte Caleb professionell mit, als er die Wohnungstür im dritten Stock aufschloss. Immerhin gab es einen Fahrstuhl. »Gleicht also eher einem Studio. Ich hab dir ein paar verschiedene

Optionen rausgesucht, falls du noch nicht genau weißt, was du haben willst.«

»Danke«, murmelte ich, ehe ich an ihm vorbei ins helle Apartment trat. Es war wirklich riesig und L-förmig angelegt, sodass man die Küche mit einem Blick erfasste, den Wohnbereich beim Eintreten jedoch nicht einsehen konnte.

Die Wände bestanden aus unbehandeltem Backstein, die Fenster waren bodentief und besaßen dazu praktische Oberlichter. Die Einbauküche war nicht ganz mein Fall, doch die würde ich irgendwie aufhübschen können. Davon war ich überzeugt.

Caleb ratterte ein paar Zahlen und Informationen herunter, während er mir durch die Wohnung folgte. Travis machte jede einzelne Schranktür auf und wieder zu, als würde er nach etwas Essbarem suchen wie ein Waschbär in den Mülltonnen. Typisch.

»Verstecken spielen klappt hier echt nicht«, sagte mein nerviger Bruder, dem ich manchmal wirklich an die Gurgel springen wollte.

»Wie alt bist du?«

»Alt genug, um zu sagen: Fuck it. Ich bin raus hier.«

»Warum bist du überhaupt mitgekommen?«, schnappte ich zurück, als er einen Arm um meine Schultern legte.

»Weil ich meine kleine Schwester nur einmal im Jahr zu Gesicht bekomme.« Er presste mit Daumen und Zeigefinger meine Wangen zusammen. »Ist sie nicht süß, Caleb?«

Ich wehrte mich mit den Händen, doch Calebs leises Lachen ließ mich innehalten. Überrascht – noch während Travis meine Wangen weiter malträtierte – sah ich zu ihm auf. Als sich unsere Blicke trafen, verstummte er jedoch und räusperte sich.

»Also kommst du nicht mit zur nächsten Wohnung?«, fragte Caleb.

»Nopey Nope. Ich hau mich für zwei Stunden auf die Couch, bevor es zur Schlemmerei bei deinen Eltern geht.«

Ich schlug endlich seine Hand von meinem Gesicht weg. »Arschloch.«

»Aw, dir sind auch schon mal bessere Beleidigungen eingefallen, Sis.«

»Kannst du dich nicht mal wie ein richtiger Bruder verhalten?«, gab ich zurück und massierte meine Wangen.

»Bedeutet was?«

»Anstatt mich aufzuziehen, könntest du mich beschützen.«

»Vor was? Dem großen bösen Monster namens Caleb?« Er lachte, und ich errötete. »Keine Sorge, er wird dich schon nicht überfallen. Er steht nicht so auf große, blonde, tollpatschige Frauen. Hast du seine Ex gesehen? Klein, brünett und –«

»Es reicht«, ermahnte ihn Caleb und dann, an mich gewandt: »Willst du dir hier noch was ansehen oder sollen wir los zum nächsten Apartment?«

Ich wartete einen Moment, doch Travis hatte das Interesse verloren und war schon halb zur Tür hinaus. »Danke, aber wir können weiter.«

Vor der Tür verabschiedete sich Travis von uns, ohne mich aufs Neue zu blamieren. Ich fragte mich, ob er sich zukünftig zusammenreißen würde, wenn wir wieder mehr Zeit miteinander verbrachten.

»Er vermisst dich bloß«, sagte Caleb ernst, als hätte er meine Gedanken gelesen.

Überrascht warf ich ihm einen Seitenblick zu. Wir steuerten sein Auto an, das er unweit der Wohnung am Straßenrand geparkt hatte.

»Ich vermisse ihn auch, aber wenn er sich so scheiße benimmt, will ich keine Zeit mit ihm verbringen. Meine Wangen tun immer noch weh«, murmelte ich, teilweise als Scherz.

Caleb hielt an und wartete, bis ich mich ihm zugewandt hatte. Sein dunkler Blick bohrte sich in meinen, während einzelne Schneeflocken an seinen Wimpern hängen blieben. Mit den Fingerkuppen strich er über meine linke Wange.

In meinem Bauch flatterte es, gar nicht mal so unangenehm. Ich bekam Flashbacks von dem erschütternden Moment von vor acht Jahren. Und jetzt standen wir am Straßenrand mitten in Chicago, von Dutzenden Passanten umgeben. Es war komplett anders.

Und trotzdem magisch.

Ich hatte mir etwas vorgemacht. Hatte mir gesagt, dass ein Teil der Erinnerung verfälscht worden war. Nur weil ich Caleb nicht haben durfte. Weil sich abgesehen von unserem Altersabstand, der jetzt nicht mehr weiter schlimm war, immer noch Travis zwischen uns befand.

Doch das war es nicht. Die Anziehung zwischen uns war echt. Sie war unvergleichlich.

»Man sieht kaum noch was auf deinen Wangen«, sagte er rau. »Ich werde das nächste Mal sofort dazwischengehen, wenn er sich wieder so verhält.«

Ich lächelte schief. »Das ist nicht dein Job, Caleb. Er ist dein bester Freund und mein Bruder. Ich komme schon damit klar.«

Sein Blick huschte zu meinen Lippen, als ich eine Schneeflocke davon ableckte.

Ich hörte, wie sich uns ein großes Gefährt näherte. Auch Caleb blickte auf und zog mich jäh an sich, um sich gleichzeitig so zu drehen, dass ich von der Straße abgewandt war. Schnee spritzte auf. Zumindest hörte es sich so an, denn sehen konnte ich nichts, weil mein Gesicht an Calebs Wollmantel gepresst war. Ich atmete den Duft seines Aftershaves ein, während ich mich instinktiv mit den Fingern in den Stoff krallte. Es fühlte sich so gut an, von ihm gehalten zu werden. Seine Arme lagen um meine Schultern und meinen Rücken. Die Wange hatte er an meine Schläfe gedrückt, bis die Gefahr vorüber war.

Ich bildete es mir nicht ein, dass er den Moment hinauszögerte, mich gehen lassen zu müssen. Doch wir hatten keine Entschuldigung, weiter derartig eng umschlungen stehen zu bleiben.

Erst als ich etwas Abstand zwischen uns brachte, sah ich, dass sein Mantel ruiniert war. Genauso der Teil seiner Jeans, der darunter hervorlugte. Caleb war über und über mit Schneematsch bedeckt, und er hatte mich vor diesem Schicksal bewahrt.

Mit glänzenden Augen sah er mich an, ehe wir beide in Gelächter ausbrachen.

»So habe ich mir die Verabredung nicht vorgestellt«, sagte er atemlos.

Mein Herz machte einen Satz bei dem Wort *Verabredung*. Das klang verdächtig nach einem romantischen Date, obwohl es das doch auf keinen Fall war.

»Sorry. Ich habe gar nicht dran gedacht … Sonst wäre ich von allein weggegangen und …«, plapperte ich drauf los.

»Mach dir keinen Kopf, das ist nur Kleidung«, sagte er immer noch gut gelaunt, was mich komplett verwirrte. »Warum siehst du mich so an, als wären mir zwei weitere Köpfe gewachsen?«

»Wenn wir schon über Köpfe reden – ich dachte, du reißt ihn mir ab.«

»Warum?« Er schien ehrlich irritiert zu sein.

»Na, weil du dich vor mich stellen musstest und …«

»Meg, sieh mich an«, bat er sanft. Er sprach erst weiter, als ich ihm gehorchte. »Niemand hat mich dazu gezwungen. Und wie gesagt, es ist ja nichts passiert. Allerdings würde ich mich vor der nächsten Besichtigung umziehen. Wäre das okay für dich?«

Immer noch leicht verwirrt versuchte ich, aus ihm schlau zu werden. Meine wenigen Ex-Freunde hätten definitiv anders reagiert. Vielleicht hätten sie mir keine Vorwürfe gemacht, aber sie hätten ganz sicher nicht über sich selbst gelacht.

»Natürlich.«

Seine Wohnung befand sich überraschenderweise nicht weit entfernt. Er hatte seinen Mantel bereits ausgezogen, um den Sitz seines SUVs nicht schmutzig zu machen. Mir gefiel es, dass es im

Auto nicht ordentlich war. Caleb wirkte normalerweise immer aufgeräumt und perfekt. Es erleichterte mich, dass er letztlich ein Mensch war wie jeder andere. Einer, der Kaugummipapier in der Konsole zwischen den Sitzen vergaß; der eine halb gefüllte Wasserflasche auf dem Rücksitz neben einem Stapel Dokumente liegen hatte. Der nichts gegen ein wenig Staub und Schmutz hatte.

»Warum lächelst du so zufrieden?«, fragte er beim Einparken auf seinem designierten Slot.

»Es freut mich einfach, dass du kein Übermensch bist.«

»Das habe ich nie behauptet.«

»Das stimmt. Aber so habe ich immer von dir gedacht«, gab ich aus einem Impuls heraus zu.

Er brummte, bevor er ausstieg. Was er damit andeuten wollte, konnte ich nicht bestimmen.

Ich folgte ihm mit einem mulmigen Gefühl ins wunderschöne Backsteingebäude, das nur zwei Wohnungen beherbergte. Ich wusste, dass ihm das Haus gehörte und er das untere Apartment an Studierende vermietete.

Mom konnte manchmal nicht mehr aufhören, über Caleb und seine Karriere zu sprechen. Nicht, dass ich sie jemals davon abgehalten hätte, über ihn zu reden. Wenn ich mich schon nicht in seiner Nähe befand, wollte ich zumindest wissen, wie es ihm ging.

Caleb schwieg auch, als wir seine Wohnung im oberen Stockwerk nacheinander betraten. Hatte ich etwas Falsches gesagt?

»Mach es dir bequem. Ich zieh mich nur eben um«, sagte er schließlich und ließ mich in seiner gemütlich eingerichteten Wohnküche zurück.

Ich zog meine Stiefel aus und wanderte dann mit dicken Socken über die Teppiche, die teilweise übereinanderlagen. Allein dadurch hatte er eine warme Atmosphäre kreiert. Dazu passten die dunklen Holzmöbel, die bunten Windlichter und die dunkelgrüne Samtcouch. Überhaupt nicht das, was ich von ihm erwartet hatte. Schon wieder wurde ich überrascht.

Ich stand vor seinem breiten Bücherregal, als er mit anderer Jeans zurückkehrte. Sie betonte seine schmale Hüfte und sicher auch seinen ansehnlichen Hintern, den ich leider gerade nicht begutachten konnte. Womöglich war das auch besser so. Ich saß schon wieder zu tief in der Patsche und wusste nicht, wohin mit meinen Gefühlen.

»Habe ich was Falsches gesagt? Im Auto?«, zwang ich mich zu fragen, weil mir seine abweisende Reaktion keine Ruhe ließ.

Er näherte sich mir äußerst langsam und mit Bedacht. Mein Herz schlug in doppelter Geschwindigkeit, weil ich nicht vergessen konnte, wie es sich angefühlt hatte, von ihm gehalten zu werden.

»Siehst du mich wirklich als Übermenschen, Meg?«, fragte er mit heiserer Stimme, als er direkt vor mir stand. Nicht mehr viel, und unsere Körper hätten sich von Kopf bis Fuß berührt.

»Ich … ich …« Mein Verstand war vollkommen leer.

Er hob eine Hand und legte sie an meine Wange. »Ist das der Grund, warum du abgehauen bist? Weil du dachtest, dass ich ein Übermensch bin?«

»Was meinst du?«, brachte ich gerade so atemlos hervor.

»Nachdem wir uns geküsst haben …«

Ich schluckte schwer. »Ich bin gegangen, weil das nicht hätte passieren dürfen.«

»Warum nicht?«

»Weil ich die Schwester deines besten Freundes bin«, erinnerte ich ihn, während ich tiefer und tiefer in seinen Augen versank. »Außerdem bin ich sechs Jahre jünger als du. Du würdest mich nicht als Frau sehen. Das hast du selbst gesagt.«

»Das war gelogen«, sagte er.

»Und dein abweisendes Verhalten danach?«

»Meine kindische Art, mit meinem Verlangen nach dir zurechtzukommen. Ich wusste nicht, wie ich *dein* Verhalten interpretieren sollte.«

»Und jetzt?«

»Jetzt ist mir klar, was ich will.« Zum zweiten Mal in meinem Leben wurde meine Welt erschüttert, als er mich küsste.

Seine Lippen verschmolzen mit meinen, als wären sie füreinander bestimmt. Mit der einen Hand hielt er immer noch mein Gesicht nach oben gerichtet, um ihm einen besseren Zugang zu gewähren, mit der anderen fuhr er durch meine blonden Locken.

»Du fühlst dich so gut an, Meg«, sagte er zwischen den heißen Küssen, die in mir eine süße Sehnsucht kreierten.

Ungestüm drängte ich mich an ihn heran. Ich wollte alles von ihm spüren. Alles von ihm nehmen. Mit den Fingern krallte ich mich zunächst in sein schwarzes T-Shirt, doch das reichte nicht aus. Insbesondere dann nicht, als ich mich auf Zehenspitzen stellte und er dies als – korrekte – Einladung auffasste, seine Hand von meiner Wange zu meinem Po wandern zu lassen.

Er stöhnte in meinen geöffneten Mund, während ich seinen eigenen mit meiner Zunge zu erobern versuchte. Die Empfindungen rauschten durch meinen Körper. Ihm nach acht Jahren wieder so nahe zu sein, nein, *noch näher* zu sein, zwang mich beinahe in die Knie. Caleb war ein regelrechter Tornado, der durch mein Innerstes fegte und meine Welt verzauberte.

»Warum haben wir so lange gewartet?«, keuchte ich.

Im Gehen drängte er mich gegen eine Wand, sodass ich ein Bein um seine Mitte schlingen konnte, ohne das Gleichgewicht zu verlieren. Ich spürte seine Erektion an meiner empfindlichsten Stelle und schmolz fast vor Hitze.

»Gott, Megan«, raunte er an meinem Mundwinkel, ehe er einen Pfad zu meinem Hals hinabküsste. Ich drehte meinen Kopf, um ihn bei seinem Vorhaben zu unterstützen. Die Augen geschlossen, konzentrierte ich mich allein auf seine Lippen auf meiner Haut.

Ich wusste nicht, wie lange wir versuchten, uns den Geschmack des anderen einzuprägen, als wir uns dann doch atemlos voneinander lösten.

12

A Winter Dream

Teil 2

Laura Labas

Was war das?«, fragte ich schwer atmend. Immer noch ganz benebelt von dem, was wir getan hatten.

»Etwas, das längst überfällig war, meinst du nicht?« Caleb grinste schief. Er war mir so nahe, dass ich die goldenen Flecken in seinen Augen erkennen konnte. Seine Hände lagen an meiner Taille, als würde er mich nicht loslassen können. »Ich wollte dich so lange schon küssen, Meg.«

Langsam ließ ich mein Bein sinken, auch wenn meine Knie zitterten und ich mich gegen die Wand lehnen musste, weil ich ihnen nicht zutraute, mein Gewicht zu halten.

»Ich bin nicht sicher«, murmelte ich, weil ich mit seiner Antwort nicht allzu viel anfangen konnte.

Stirnrunzelnd sah er mich an.

Was geschah hier gerade? War ich beleidigt, weil er mich küsste, aber nicht darüber reden konnte? Oder war ich diejenige, die den Schwanz einzog?

Ich war so verwirrt davon, weil der Kuss alles war, was ich mir hätte vorstellen können, doch die Probleme – mein Bruder – sich dadurch nicht in Luft auflösten. Aber es war nicht nur der Gedanke an Travis, der mich schweigen ließ. Was würden unsere Familien denken?

Caleb und ich waren wie Geschwister aufgewachsen, zumindest ihrer Ansicht nach. Ich wollte sie nicht vor den Kopf stoßen. Nicht für einen Skandal sorgen. Jetzt, da zumindest unser Alter kaum noch eine Rolle spielte, schien bereits die nächste Sorge auf mich zu warten.

Wieso konnte ich nicht einfach abschalten und den Moment genießen?

Vielleicht war ich doch ein Feigling, selbst wenn ich nie so über mich gedacht hatte. Sonst hätte ich ihm all das hier und jetzt gesagt, um zu erfahren, wie er darüber dachte.

»Okay«, sagte er dann und ging auf Abstand. Ich wusste nicht, was er in meinem Blick gesehen hatte. »Tut mir leid. Ich … Sollen wir uns die anderen Wohnungen noch ansehen?«

Obwohl er es als Frage formulierte, war eindeutig aus seinem Tonfall herauszuhören, dass er das lieber nicht tun würde. Und um ehrlich zu sein, konnte ich mir gerade auch nichts Schlimmeres vorstellen. Tränen brannten in meinen Augen, weil unsere Zweisamkeit überhaupt nicht so verlaufen war, wie ich sie mir ausgemalt hatte.

Was hielt mich zurück? Ich wollte den Abstand überbrücken, das Hindernis überwinden, doch ich konnte nichts sehen. Trotzdem fühlte es sich falsch an.

»Ich geh besser«, sagte ich leise und trat an ihm vorbei, um meine Tasche von der Couch zu pflücken.

»Meg?«

»Hm?« An der Tür wandte ich mich zu ihm um.

Er rieb sich den Kiefer, ohne mich richtig anzusehen. »Soll ich dich nach Hause fahren?«

»Schon okay, ich rufe mir ein Uber. Wir sehen uns heute Abend.« Als ich ihn an das gemeinsame Essen erinnerte, verzog er den Mund. Die Reaktion schmerzte fast noch mehr als die vorigen fünf Minuten.

Ich wusste, dass er sich körperlich von mir angezogen fühlte, aber darum ging es mir nicht. Ich hatte die letzten acht Jahre nicht damit verbracht, an unseren Kuss zurückzudenken, weil es mir nur um Sex gehen würde.

Immer schon war ich in Caleb verliebt gewesen, doch weder damals noch heute gab es einen Hinweis darauf, dass er auch nur einen Hauch dessen fühlte, was ich für ihn empfand.

Etwas, das längst überfällig war, meinst du nicht?, hatte er gesagt. Körperlich. Verlangen. Mehr nicht. Es hatte nicht nach mehr geklungen, und das stimmte mich traurig.

Caleb und ich waren nie Freunde gewesen, doch wir könnten es sein, wenn ich zurück nach Portland zog. Die Frage war die, ob ich diese Möglichkeit riskieren wollte, indem ich mich auf eine Affäre mit ihm einließ.

Er hatte gesagt, dass er mich hatte küssen wollen, nicht aber, dass er Gefühle für mich hegte.

Auf dem Weg zu meinen Eltern qualmten mir die Ohren. Der Kuss war grandios gewesen. Doch das war er auch schon vor acht Jahren. Das Schema war eins zu eins das gleiche gewesen wie damals. Er hatte mir eine lose Antwort gegeben, und ich war zu feige, nachzuhaken, weil ich nicht noch mehr verletzt werden wollte.

Wenn er mir einen Korb gab, müsste ich mich endgültig von der Vorstellung verabschieden, dass etwas zwischen ihm und mir existieren könnte, das über Freundschaft und Anziehung hinausging.

Ich konnte jedoch nicht abstreiten, dass meine Gefühle für Caleb gewachsen waren. Dass ich mich jeden Tag mehr nach ihm verzehrte, obwohl ich ihn kaum jemals zu Gesicht bekam. Ich liebte seinen Humor, seinen Charme und seine Ruhe, die durch nichts ins Wanken geriet. Er gab mir das Gefühl, dass er für alles eine Lösung finden würde. Dass er sich von nichts und niemandem aufhalten ließe.

Außer von einem Kuss.

Was hatte ich denn anderes gewollt? Dass er mir sein Herz ausschüttete? Das wäre doch albern gewesen, nachdem wir in den letzten Jahren kaum ein Wort miteinander gewechselt hatten.

Und dennoch hatte ich gewollt, dass er für mich mutig war. Dass er den ersten Schritt tat.

»Reiß dich zusammen«, ermahnte ich mich halblaut und erntete einen irritierten Blick meiner Uber-Fahrerin. Ich lächelte sie entschuldigend über den Rückspiegel an, ehe ich mir selbst den Mund verbat.

Caleb und ich … Er war Familie. Das musste ich mir nur immer wieder sagen. Es war für alle besser, den schlafenden Bären nicht zu wecken. Nicht auf Gefühle zu pochen. Meine Familie nicht in die Bredouille zu bringen, sich für uns zu schämen, weil wir eben nicht wie Geschwister waren, sondern … mehr.

Zurück in meinem Elternhaus erwartete mich leider Gottes Travis. Er fläzte auf der riesigen Couchlandschaft und schaute *Stirb langsam*, während er ein Plätzchen nach dem anderen verputzte.

»Schon zurück, Sis?«

Ich ließ mich in voller Montur neben ihn fallen und legte stöhnend den Kopf in den Nacken. »Wir haben die Besichtigung verschoben, nachdem Caleb mit Schnee vollgespritzt wurde.«

»Ah ja.«

»Ah ja?« Sein überheblicher Tonfall brachte mich dazu, ihn mit einem Kissen zu bewerfen. Leider fing er es problemlos vor seinem Gesicht auf und bettete dann sein Kinn darauf.

»Es ist nichts anderes vorgefallen?«

Mir klopfte das Herz bis zum Hals. Es war schwer, daran vorbei zu sprechen. »Ich weiß nicht, was du meinst.«

»Ach komm, seit Jahren tanzt ihr nun schon umeinander herum. Langsam wird's richtig nervig.«

Ich öffnete den Mund, ohne dass ein Laut herauskam. Lachend beugte sich Travis vor und schob ein Zimtplätzchen hinein – das ich eilig wieder herausfischte, um nicht daran zu ersticken.

»Das ist … Wie kommst du darauf?« Es war sicher nicht so offensichtlich, oder? Und wenn doch, was dachten dann meine Eltern von mir? Oder die Johnsons? Wie peinlich war das denn?

»Woran hakt es denn? Bin ich das Problem?«, sprach er einfach weiter, als hätte ich gar nichts gesagt.

Ich schätze, an diesem Punkt machte eine Verleugnung keinen Sinn mehr, und ich ergab mich meinem Schicksal. Außerdem fühlte ich mich gar nicht so abgeneigt von dem Gedanken, mit Travis zu reden. Mit *irgendjemandem* darüber zu reden. Vielleicht würde mir das ja Klarheit verschaffen.

»Klar, weil du so wichtig bist«, gab ich zurück und verdrehte die Augen.

Er zuckte mit den Schultern. »Ich bin immerhin dein Bruder und sein bester Freund.«

»Mehr auch nicht«, sagte ich, obwohl er tatsächlich ein Grund war, weshalb ich mich nie weiter vorgewagt hatte. Natürlich wusste Caleb das, weil es ihm genauso ging. Ich sah Travis vorsichtig an. »Hättest du denn etwas dagegen?«

»Nö, warum? Auch wenn du's mir nicht glaubst, ich vermisse meine kleine Schwester. Wenn ich dich dadurch öfter zu sehen bekomme, ist es doch ein Win-win.« Er pausierte den Film, ehe er mir die Haare zerwuschelte.

»Was wäre mit Mom und Dad? Mit den Johnsons?«

»Was soll mit ihnen sein?« Angewidert sah er mich an. Nach einem Moment des Schweigens verdrehte er stöhnend die Augen. »Oh Gott, sag jetzt bloß nicht, dass du denkst, dass sie dagegen wären? Du wärst das i-Tüpfelchen dieser zwei eingeschweißten Familien. Die Brücke. Das letzte Puzzlestück. Wenn du und Caleb es miteinander trieben, würden die Kirchenchöre augenblicklich zu …«

»Du bist so ein widerwärtiger Scheißkerl!«, schrie ich, lachte aber, weil es Travis tatsächlich gelungen war, meine Sorgen zu vertreiben.

Wie immer ließ er sich nicht von meinem Ausbruch aus der Ruhe bringen. »Du solltest dich an den Nachtisch machen. Oder hast du vergessen, dass du an der Reihe bist?«

»Ernsthaft? Warum ich?«, rief ich, dieses Mal leiser. Vor allem war ich dankbar dafür, das Thema beenden zu können. Auch wenn die Unterhaltung bei Weitem nicht so schlimm gewesen war, wie befürchtet.

»Weil ich letztes Jahr dran war.« Er warf sich ein weiteres, mit Zuckerguss überzogenes Plätzchen ein. »Ab mit dir!«

Da es keinen Weg an dieser Tradition vorbei gab, schlurfte ich tatsächlich in die Küche. Wir würden heute Abend bei den Johnsons essen, aber jährlich wechselten wir uns mit dem Nachtisch ab. Travis hatte recht, dieses Jahr hatte ich den Schwarzen Peter gezogen.

Mom kochte sich gerade Kaffee, als ich meine Jacke auf den Sitzhocker legte.

»Da gehört die aber nicht hin«, ermahnte sie mich, aber ohne Biss in der Stimme.

»Ich kümmere mich gleich darum«, versprach ich, in Gedanken hing ich noch immer bei Caleb und unserem Kuss.

»Was ist los, Schatz?« Mom nahm meine Hand.

»Caleb«, sagte ich leise und wartete auf ihre Reaktion.

»Ist etwas vorgefallen?« So vorsichtig, wie sie die Frage formulierte, verriet es mir alles, was ich wissen musste. Ihr war klar, dass zwischen Caleb und mir etwas war. Travis hatte recht gehabt. Wie konnte ich das nicht gesehen haben?

Dennoch war ich froh, dass ich endlich den Mut dazu aufbrachte, mit ihr über Caleb zu reden. Um meinen Händen etwas zu tun zu geben, suchte ich die Zutaten für den Vanillepudding zusammen. Das einfache Dessert funktionierte immer als Nachtisch. Zu mehr war ich auch gar nicht imstande.

»Wir haben uns geküsst«, gestand ich.

»Oh. Und wie fühlst du dich?«

»Der Kuss war atemberaubend. Wirklich.«

»Aber?« Mom nahm ihren Kaffee und setzte sich auf den Hocker neben dem, auf dem noch immer meine Jacke lag.

»Wir haben scheinbar ein Problem mit dem, was nach einem Kuss kommt. Also alles andere.« Seufzend schüttete ich die Speisestärke in die Plastikschüssel, bevor ich den Rest dazugab und mit dem Schneebesen aufschlug.

»Ich kann dir nicht sagen, wie es ihm dabei geht, aber wenn du willst, dass ihr eine Chance habt, dann ist Reden das A und O, Schatz.«

»Das habe ich befürchtet.« Ich stöhnte theatralisch auf. »Es ist nur … also … ist es nicht seltsam für dich? Dass ich Gefühle für ihn habe? Er ist sechs Jahre älter und Travis' bester Freund und …«

Sie legte eine Hand auf meine Schulter. »Das klingt für mich nach Ausreden. Sonst hast du auch nie ein Problem damit gehabt, deinen Willen durchzusetzen, Liebling.« Ihre Stimme hatte einen amüsierten Ton angenommen. »Und nein, für mich ist es nicht seltsam, und ich wage auch zu behaupten, dass die Johnsons sich darüber freuen würden, wenn ihr es miteinander versucht.«

Mittlerweile hatte sich die Hitze fest in meine Wangen gesetzt. Vermutlich war ich so rot wie die Rote Grütze, die ich zum Pudding servieren wollte.

»Und wenn es nicht klappt? Wenn wir uns streiten und alles kaputtmachen?«

»Das Gute ist, dass die Johnsons und wir Vertrauen in jeden einzelnen von euch haben. Wenn es nicht funktioniert, wird es unsere Familien nicht auseinanderreißen. Darüber brauchst du dir keine Gedanken zu machen.« Sie zwinkerte mir zu. »Denk lieber darüber nach, wie es wäre, *wenn* es funktioniert.«

Sie hatte recht. Das war eigentlich Anreiz genug …

»Aber erst mal bringen wir das Essen heute Abend hinter uns.«

»Brauchst du Hilfe?« Sie küsste im Vorbeigehen meine Wange.

»Danke, aber ich glaube, ich kann damit meine Nervosität loswerden.« Ich begann noch schneller zu rühren, bis mein Arm schmerzte. Doch es war ein guter Schmerz. Er erinnerte mich daran, dass ich noch Willen und Kraft genug empfand, für Caleb und mich in den Ring zu steigen.

Ich nahm mir sehr viel Zeit, um mich für den Weihnachtsabend bei den Johnsons herzurichten. Das dunkelrote Samtkleid schmiegte sich eng an meinen Körper und betonte meine Oberweite mit einem Herzausschnitt. Dazu hatte ich eine schwarze Schleife um meine Taille gebunden und ebenfalls schwarze Pumps angezogen. Mein Haar flocht ich zu einem lockeren Zopf, den ich mir über die Schulter legte, sodass man meine weihnachtlichen Sternohrringe sehen konnte. Meine Lippen schminkte ich in einem tiefen Rot, um Caleb herauszufordern. Sollte er doch versuchen, sich davon abzuwenden!

Obwohl die Gespräche mit meiner Familie über Caleb nicht lange angedauert hatten, war dadurch doch ein Stein von meinem Herzen gefallen. Außerdem verhinderten sie, dass ich mich weiter hinter Ausreden und Entschuldigungen versteckte. Ich würde mit Caleb sprechen. Ihm sagen, was *mir* der Kuss bedeutete. Dass ich es nicht dabei belassen wollte. Und wenn er mich endgültig abwies, dann wäre es wirklich Zeit, dass ich mich von der Vorstellung einer gemeinsamen Zukunft verabschiedete.

Trotz meiner Entschlossenheit hämmerte mir das Herz bis zum Hals. Aber ich würde mich nicht beirren lassen.

Bis zu den Johnsons war es nicht weit, sodass wir in einer Gruppe zu Fuß laufen konnten. Es hatte erneut heftig zu schneien begonnen, und meine Pumps machten das Laufen zu einer heiklen Angelegenheit. Allerdings konnte ich mich bei Dad einhaken, der mich niemals fallen lassen würde. Er war es auch, der unter seinen freien Arm die Schüssel mit dem Pudding geklemmt hatte.

Mom hatte Travis unter ihre Fittiche genommen und zog ihm im übertragenen Sinn die Ohren lang, weil er immer noch nicht beim Friseur gewesen war, um sich die blonden Locken zu einer ordentlichen Frisur schneiden zu lassen.

Amüsiert davon, dass mein Bruder eins auf die Nase bekam, steigerte sich meine Laune augenblicklich.

»Schadenfreude unter Geschwistern ist die einzig wahre Freude«, sagte ich seufzend und erntete von Dad ein brummendes Lachen, ehe wir die Auffahrt der Johnsons betraten.

Sie hatten ihr gesamtes Haus mit bunten Lichterketten geschmückt und in ihrem Vorgarten fand ein Weihnachtsmann komplett mit seinem Schlitten und den sechs Rentieren samt Rudolf seinen Platz. Manchmal fragte ich mich, ob meine Familie und die Johnsons an einem stillschweigenden Duell teilnahmen, wer an Weihnachten die meiste und kitschigste Deko rausholte.

»Da seid ihr ja!«, rief Marie, nachdem sie die Haustür aufgerissen hatte. Der Kranz wackelte gefährlich an seiner Halterung. »Kommt rein, kommt rein. Ich freu mich ja so!«

»Wir haben uns doch erst heute Morgen gesehen«, grummelte Travis und fuhr sich mit einer Hand durch die Locken, was Mom schnauben ließ.

»Ach, Travis, dich hab ich am allermeisten vermisst«, sagte Marie lachend. Er legte einen Arm um ihre Schultern und führte sie wieder hinein, ehe wir anderen eintraten.

Mein Herz klopfte mit jedem Schritt schneller, da ich mich Caleb näherte, auch wenn ich ihn noch nicht sehen konnte. Ich ließ mir extra viel Zeit, meinen Mantel und meinen Schal auszuziehen, sodass ich die letzte im Flur war.

Es wirkte beinahe so, als hätte ich es geplant, doch als Caleb zu mir aufschloss, war ich vollkommen überrascht. Ich hätte nicht gedacht, dass er mich von sich aus aufsuchen würde, nachdem er mich vorhin mehr oder weniger aus seinem Apartment geworfen hatte.

»Können wir reden?«, fragte er, während ich noch damit beschäftigt war, seinen Anblick in mich aufzusaugen. Er trug ein weißes Hemd, das seine breiten Schultern betonte, mit schwarzer Fliege, eine dunkle, perfekt sitzende Anzughose und glänzend polierte Schuhe. Er hatte ein Parfüm aufgetragen, in dem ich am liebsten gebadet hätte, so gut duftete es.

»Das wollte ich auch vorschlagen«, antwortete ich, was ihn erleichtert aufatmen ließ.

»Caleb! Megan!«, rief Brian aus dem Wohnzimmer. »Zeit für eine Partie Scrabble!«

»Vielleicht später?«, schlug ich lächelnd vor. »Nach dem Essen?«

Caleb lächelte ebenfalls, auch wenn es ein anderes Lächeln war, als ich von ihm kannte. Es wirkte zurückhaltend, fast schon ängstlich. Obwohl ich sicher nicht wollte, dass er Angst verspürte, machte es mir Mut, dass seine Gedanken in die gleiche Richtung gewandert waren wie meine.

Ich hielt mich den ganzen Abend lang gut aufrecht. Immer wieder glitt mein Blick zu Caleb, und immer wieder konnte ich den seinen auffangen. Einmal, in der Küche, war er mir so nahe gekommen, dass ich seinen gesamten Körper an meinem Rücken gespürt hatte, bevor er an mir vorbeigetreten war. Ich war komplett rot angelaufen, und das Feuer in mir hatte nicht mehr gelöscht werden können.

»Ich bin voll«, verkündete Travis und lehnte sich in seinem Stuhl zurück, während er sich auf den flachen Bauch klopfte.

»Schön, dass du voll bist. Andere am Tisch sind vielleicht noch nicht so weit«, flötete ich zurück, einfach weil ich mich bei Travis nie zurückhalten konnte.

»Ich zwinge niemanden aufzuhören.« Er streckte mir die Zunge raus.

»Gott, kein Wunder, dass du noch Single bist.«

»Danke, Sis, geb ich direkt zurück.«

Wir starrten uns an, und nach einem Moment brachen wir beide in Gelächter aus. Der Rest schien etwas verwirrt zu sein, doch Travis und ich wussten, dass wir uns immer necken konnten, ohne dass einer tatsächlich verletzt war.

Danach war die Stimmung so locker und fröhlich, dass nichts dagegensprach, zur Weihnachtsmusik zu tanzen. Wir standen alle auf der freien Stelle zwischen Wohn- und Essbereich und wechselten laufend den Partner. Mariah Carey sang gerade, als meine Hand in Calebs glitt und er einen Arm um meine Mitte legte. Blinzelnd sah ich zu ihm hoch – und sofort schoss die Hitze durch meinen Körper. Ich bemerkte, dass er immer wieder zu meinen

Lippen sah, die ich zwischendurch im Badezimmer neu geschminkt hatte. Mein Plan ging auf.

Plötzlich fürchtete ich mich gar nicht mehr so sehr vor dem Gespräch. Und während unsere Familien miteinander beschäftigt waren und das Tanzbein schwangen, führte mich Caleb an einer Hand nach oben in sein altes Jugendzimmer. Ich war erst einmal zuvor hier gewesen während einer Party, doch in den Jahren, die dazwischenlagen, hatte sich nichts verändert. Es wirkte sehr neutral, grau und ordentlich. Definitiv anders als sein eigenes Apartment.

Atemlos ließ ich mich auf die Bettkante fallen und schob die Pumps von meinen Füßen, die zu schmerzen begonnen hatten.

Caleb ließ die Tür angelehnt, ehe er sich auf seinen Schreibtischstuhl setzte. Damit saß er nicht weit von mir entfernt, sodass sich unsere Knie fast berührten. Für einen kurzen Moment sah ich ihn wieder so, wie er vor acht Jahren gewesen war. Anfang zwanzig und noch nicht ganz in seine Rolle als Mann hineingewachsen. Das hatte sich mittlerweile geändert. Er verströmte Selbstsicherheit aus jeder Pore.

»Wegen vorhin …«

»Der Kuss …«, sagte ich gleichzeitig, ehe wir innehielten und schüchtern lächelten. »Du zuerst«, bat ich ihn.

»Puh, okay.« Er fuhr sich mit einer Hand durchs dunkle Haar, dann wechselte er den Platz und setzte sich neben mich. So nah, dass sich unsere Knie berührten. Ich wandte mich ihm zu. »Zuerst will ich, dass du weißt, dass der Kuss kein Fehler war. Er war auch nichts, das ich einfach so vergessen könnte.«

»Gut, für mich nämlich auch nicht«, stimmte ich ihm zu, weil das das Wichtigste war.

Ich erntete ein Lächeln und er legte – mutig geworden – eine Hand an meine Wange. Mit dem Daumen schwebte er über meinen Lippen.

»Es ist seit dem Kuss davor kaum ein Tag vergangen, an dem ich nicht daran denken musste«, gestand er leise. »Ich war überfordert und unsicher. Du bist die Schwester meines besten Freundes und ich … ich hatte Angst, euch beide zu verlieren. Deshalb habe ich so lange geschwiegen. Deshalb wurde jeder deiner Besuche zur Qual. Weil ich immerzu nur daran denken konnte, wie es war, dich zu küssen. Und dass es nie wieder passieren dürfte.«

»Mir ging es ganz genauso, Caleb. Ich war davon überzeugt, dass ich dich vergessen würde.«

»Autsch.« Er lächelte durch den Schmerz.

»Keine Sorge, es ist mir nicht gelungen. Es ist immer schlimmer geworden, und vielleicht … vielleicht bist du auch einer der Gründe, warum ich zurückkommen möchte. Weil ich endlich wissen will, ob wir eine Chance haben.«

»Ich bin froh, dass du das sagst.« Er lehnte seine Stirn an meine. »So lange schon empfinde ich mehr für dich als für eine Freundin. Ich liebe deinen Humor, dein Lachen und deinen Ehrgeiz. Ich will alles von dir wissen. Möchte in dich eintauchen und dich an meiner Seite wissen.«

Ich konnte kaum atmen bei seinen Worten. Es war, als würden sie sich auf meine Brust legen, so schwer wirkten sie. Gleichzeitig machten sie mich unfassbar glücklich.

»Was hält uns dann davon ab?«, flüsterte ich, aus Angst, dass irgendein lautes Geräusch die Blase um uns herum zum Platzen bringen könnte.

»Travis?«

»Er hat nichts dagegen.«

Überrascht zog sich Caleb ein Stück zurück. »Du hast mit ihm über uns gesprochen?«

»Vorhin, ganz kurz. Er war eher genervt davon, dass wir es nicht endlich auf die Kette bekommen«, gab ich schmunzelnd zu.

»Klingt nach ihm.« Mit dem Daumen hob er sanft mein Kinn an. »Ich glaube, meine Eltern sehen das ähnlich. Sie haben vorhin so was angedeutet.«

»Mom auch«, gab ich grinsend zu.

»Also versuchen wir es? Auf Augenhöhe? Wie zwei Erwachsene, die wirklich keine Angst haben?«

Beim letzten Satz lächelte er selbstironisch und ich konnte nicht umhin, zu kichern wie ein Schulmädchen. »Wir können zumindest unser Bestes geben, hm?«

»Wie wär's mit einem Kuss, um den Vertrag zu besiegeln?«

Ich blickte nach oben. »Schade, dass hier kein Mistelzweig hängt. Wie damals.«

»Du hast recht.« Er dachte kurz darüber nach. »Komm mit.«

Er zog mich auf die Beine und führte mich durch den Flur nach draußen auf den Balkon, der vom Gästezimmer abging. Tatsächlich war auch hier weihnachtlich geschmückt worden, und zu meinem großen Erstaunen hing ein Mistelzweig von der Halterung der Außenlaterne.

Die Kälte kroch in meine Fußsohlen und der Schnee legte sich auf meine Haare, doch als Caleb mich unter dem Mistelzweig in seine Arme zog, fühlte ich mich warm und geborgen.

Noch einen Moment länger sahen wir einander an, dann stellte ich mich auf Zehenspitzen und presste meine Lippen auf seine.

Ein tiefes Stöhnen verließ seinen Mund, als er diesen für mich öffnete. Unsere Zungen strichen aneinander entlang und ich drückte mich enger an seinen festen Körper. Mit seiner Hand streichelte er meinen Rücken, ehe er meinen Hintern umfasste, damit er mich gegen seine Mitte pressen konnte.

Als ich spürte, wie sehr er mich wollte, verflüchtigten sich sämtliche Zweifel. In meiner neuen Realität hatten sie niemals existiert. Denn mit einem Mal war mir klar, dass Caleb und ich immer schon füreinander geschaffen waren. Wir hatten es bloß nicht sehen wollen. Waren so von unseren Ängsten kontrolliert worden, dass es einfacher gewesen war, nichts zu sehen.

»Auf uns«, sagte er und küsste meine Nasenspitze, ohne dass er mich losließ. Seine Hände an meinem Hals und meinem Po schienen sich in meine Haut zu brennen.

»Auf unsere gemeinsame Zukunft«, wiederholte ich, während der Weihnachtsabend sich dem Ende zuneigte. Ich konnte es kaum erwarten, nach Chicago zu ziehen und mein Leben mit Caleb zu beginnen.

Ich löste seine Hand von meinem Hintern und nahm sie in meine, daran zog ich ihn zurück zu seinem Schlafzimmer. Es war mir egal, was unsere Familien dachten, warum wir so lange weg waren.

»Ich brauche dich«, wisperte ich, als wir uns vor seinem Bett gegenüberstanden.

Sein Blick bohrte sich in meinen, ehe er sich zu mir herabbeugte und unsere Lippen miteinander verschmolzen.

13

Snowstorms and Secrets

Teil 1

Bianka Behrend

Bianka Behrend wurde 1999 in Berlin geboren. Schon früh entdeckte sie ihre Liebe zu Büchern, plünderte die Bibliothek und dachte sich Geschichten aus. Wenn sie nicht gerade in fremde Welten abtaucht, Pinsel und Farben in den Händen hält, auf ihrem Instagram Account @bibibuecherverliebt mit Bodypaintings und Armbemalungen über Bücher bloggt oder hinter ihrem Laptop verschwindet ...

Elena

Ist es das?« Neugierig starrte ich durch die Windschutzscheibe des Mietwagens, den Phil und ich am Flughafen von Stockholm abgeholt hatten. Betrachtete das rot gestrichene Holzhaus mit den weißen Fensterläden, das einfach voll und ganz dem Klischee eines schwedischen Ferienhäuschens entsprach. Kiloweise Schnee glitzerte in der bereits untergehenden Sonne. Dabei war es gerade einmal Viertel vor zwei.

»Ich würde sagen, ja.« Phil lehnte sich ein Stück zu mir herüber und hielt mir sein Handy vor die Nase. »Das ist das Foto, das meine Oma mir geschickt hat.« Ich blickte vom Display auf das Haus vor uns und wieder aufs Display. Dann grinste ich meinen besten Freund an. »Ich kann nicht glauben, dass wir wirklich hier sind.«

»Ich auch nicht. So oft wie wir uns verfahren haben. Kurz dachte ich echt, wir kommen gar nicht mehr an.«

»Die Wegbeschreibung deines Opas von Östersund bis hierher war aber auch alles andere als eindeutig.«

»Werde ich ihm genau so ausrichten.«

»Wirst du nicht.«

»Werde ich nicht.« Er erwiderte mein Lächeln mit einem belustigten Funkeln in den dunkelbraunen Augen, löste seinen Gurt und streckte die Hand nach dem Türöffner aus. Ich tat es ihm gleich.

Mit einem Schlag war die Aufregung zurück, die mich schon gestern Abend nicht mehr richtig zur Ruhe hatte kommen lassen. Es war eine seltsame Mischung aus Nervosität und Vorfreude, die meinen Magen rumoren und meine Hände kalt werden ließ. Keine

Woche war es her, seit Phil mich bei unserem vierten oder fünften Besuch des Weihnachtsmarkts am Gendarmenmarkt gefragt hatte, ob ich nicht über die Weihnachtsfeiertage mit ihm ins Nirgendwo von Schweden fahren wollen würde. Ich hatte ehrlich gedacht, er würde mich auf den Arm nehmen, und dementsprechend reagiert. Bis ich begriffen hatte, dass er es absolut ernst meinte. Vollkommen und einhundertprozentig ernst.

Und nun stand ich hier. Bis zu den Knöcheln in pulvrigem Schnee versunken, während mein warmer Atem vor meinen Augen in weißen Wölkchen verpuffte. Die Stille, die uns umgab, war unendlich friedlich. Für einen Moment lang schloss ich die Lider, atmete die frostige Winterluft ein und merkte jetzt erst, wie angespannt ich eigentlich war. Dabei war der sechsstündige Mini-Roadtrip von Stockholm bis hierher bereits ein Highlight gewesen. Die Landschaft, unsere liebste Weihnachtsplaylist und eine Papiertüte mit dem fluffigsten Hefegebäck, das ich in meinem ganzen Leben je gegessen hatte, waren eine unschlagbare Kombination.

Und natürlich Phils Anwesenheit. Mit ihm fühlte sich alles leichter an. Das war schon immer so gewesen. Seit ich ihn an meinem ersten Tag an der Uni angesprochen hatte, weil er genauso verloren gewirkt hatte, wie ich mich fühlte. Bis heute war ich mir selbst dankbar, dass ich damals den Mund aufbekommen hatte, denn die Freundschaft, die sich daraus entwickelt hatte, bedeutete mir alles. Manchmal war es regelrecht unheimlich, wie ähnlich wir dachten, wie oft wir einer Meinung waren und die Probleme des jeweils anderen nachvollziehen konnten.

»Eli, Achtung!«, riss seine Stimme mich aus meinen Gedanken. Erschrocken schlug ich die Augen auf, sah etwas Grau-Weißes auf mich zuspringen und fand mich in der nächsten Sekunde auf dem Hintern im Schnee sitzend wieder, während eine kalte Hundenase aufgeregt mein Gesicht beschnupperte. Kichernd drehte ich den Kopf zur Seite und vergrub meine Finger im flauschigen Fell des Huskys, der mich gerade über den Haufen gerannt hatte.

»Alles okay? Hast du dir wehgetan?« Phils Schatten fiel über mich, Sorge schwang in jedem seiner Worte mit und wärmte mein Herz.

»Nichts passiert«, beruhigte ich ihn. »Der Schnee ist sehr weich. Aber kalt. Und nass. Und wenn ich nicht will, dass mein Hintern gefriert, sollte ich besser mal aufstehen. Sofern man mich lässt.« Ich kraulte dem Husky den Kopf. Ein blaues und ein braunes Auge fixierten mich aufmerksam.

»Hela, bei Fuß«, befahl Phil. Die Hündin spitzte die Ohren, machte jedoch keine Anstalten, sich von mir wegzubewegen. Also drückte ich sie vorsichtig von mir herunter, griff nach Phils Händen, die er mir entgegenstreckte, und ließ mich von ihm hochziehen.

»Danke.« Hastig klopfte ich mir den Schnee von der Hose.

»Nicht dafür.«

»Auspacken?«, fragte ich.

»Guter Plan. Bevor wir hier nachher im Dunkeln stehen.« Seite an Seite und in Begleitung von Hela umrundeten wir das Auto und hievten nacheinander unsere Koffer heraus. Dazu kamen zwei volle Filztaschen mit Einkäufen, obwohl Phils Großeltern uns genügend Vorräte dagelassen hatten, aber manche Dinge wie Obst und Gemüse kaufte man dann doch besser frisch.

Das goldene Licht der Sonne schimmerte zwischen den Stämmen und Nadeln der Tannen hindurch, die die Stuga, wie man die charmanten Ferienhäuschen in Schweden nannte, umgaben und deren Äste sich unter der Last des Schnees bogen. Auf der Veranda hockte Grund Nummer zwei für unseren Kurztrip: Helas Bruder Fenrir. Die beiden Sibirischen Huskys hielten Phils Großeltern gut auf Trab. Nicht, dass sie es nötig gehabt hätten, denn die zwei waren wahrscheinlich fitter, als ich es jemals sein würde. Zumindest wenn ich Phils Sticheleien Glauben schenken durfte. Und weil sie über die Feiertage verreist waren und die Hunde nicht mitnehmen wollten, hatten sie ihren Enkel überredet, Hundesitter zu spielen. Wobei *überredet* das falsche Wort war. Er hatte bereits zugesagt, bevor sie ihre Frage überhaupt zu Ende hatten stellen können.

»Hereinspaziert«, meinte er nun und stieß die Haustür mit der Fußspitze auf. Vollbeladen, wie ich war, schob ich mich an ihm vorbei in den Flur. Sofort lief mir ein wohliger Schauer über den Rücken. Um mit meinen Schuhen nicht allzu viel Dreck zu machen, stellte ich Koffer und Tasche erst einmal ab, schlüpfte aus Jacke und Boots und machte Phil Platz, der hinter sich die Tür ins Schloss fallen ließ. Vom Flur aus gelangte man in eine offene Küche, die in einen gemütlichen Wohnbereich mit Kamin und Sofa überging.

Ich wusste in der Sekunde, in der ich meinen Blick über die rustikalen Holzmöbel, die bunten Teppiche und die vielen gerahmten Fotos an den Wänden gleiten ließ, dass hier jede Menge Liebe drinsteckte. Ganz anders als bei Jonas, dem neuen Partner meiner Mutter. Er hob den Begriff Minimalismus auf ein ganz neues Level und schien bloß die Farben Weiß und Grau zu kennen. Jedes Mal, wenn wir in den letzten Monaten bei ihm gegessen hatten, hatte es mich in den Fingern gejuckt, seine Wohnung vollständig umzugestalten. Ich vergab ihm seinen miesen Geschmack für Inneneinrichtung nur, weil er meine Mutter glücklich machte, verflixt gute Pasta kochen konnte, charmant und weltoffen und alles in allem total in Ordnung war.

Gut, ich stand halt auch auf jede Menge Deko, Bücher, Pflanzen, warme Holztöne und kilometerlange Lichterketten. Umso glücklicher war ich, meine eigenen vier Wände zu haben, in denen ich mich dahingehend ganz und gar ausleben konnte.

»Du willst dich bestimmt erst mal umziehen oder?«, erkundigte Phil sich. Ich schüttelte die Gedanken an meine Mutter und Jonas ab und nickte. »Will ich. Haben wir dann was vor? Du klingst, als hättest du einen Plan.«

»Den habe ich. Ein kleiner Spaziergang mit den beiden Chaoten da draußen, und dann ist dir sicherlich aufgefallen, dass hier was fehlt.« Abwartend wackelte er mit den Augenbrauen. Eine Fähigkeit, bei der ich mich jedes Mal aufs Neue fragte, wie er das machte.

»Kekse?«

»Die auch, aber nein.«

»Ofengemüse mit Feta.«

»Du denkst schon wieder bloß mit deinem Magen, oder?« Seine Mundwinkel wanderten in die Höhe.

»Schuldig im Sinne der Anklage. Er hat halt eine Menge mitzureden.« Gleichmütig zuckte ich mit den Schultern. »Verrätst du mir jetzt, was du meinst, oder muss ich weiterraten?«

»Weihnachtsdeko? Lichterketten?«

Ich riss die Augen auf, weil mir bis dahin wirklich nicht aufgefallen war, dass Phils Großeltern überhaupt nicht geschmückt hatten. Keine Tannenzweige, keine Gestecke, nichts.

»Dürfen wir das denn?«

»Opa meinte, wir sollen uns ganz wie zu Hause fühlen. Und zu Hause wird an Weihnachten geschmückt.« Phil grinste. »Ich weiß auch, wo sie ihre Dekokisten verstaut haben.«

»Das klingt perfekt.« Schon griff ich nach meinem Koffer, öffnete ihn an Ort und Stelle und kramte eine trockene Hose heraus. »Gib mir eine Minute.«

»Na klar. Eins, zwei, drei …«

Lachend verdrehte ich die Augen, huschte aus seinem Blickfeld und zog mich um. Als Phil bei sechsundfünfzig angekommen war, stand ich wieder vor ihm. Er nickte anerkennend und musterte mich kurz.

»Ist das die neue Jeans, von der du erzählt hast?«

»Ist sie.« Die Tatsache, dass es ihm aufgefallen war, machte mich ausgesprochen happy. »Ich dachte mir, dieser Trip wäre die perfekte Gelegenheit, sie mal anzuziehen.«

»Die sieht extrem gut aus.«

»Danke.« Ich hatte das Gefühl, mein Lächeln müsste inzwischen bis zu meinen Ohren reichen. Dann begann ich alle Vorteile der Hose aufzulisten, während wir uns in Mäntel, Boots, Mützen und Handschuhe hüllten. Das mit dem Komplimente-Annehmen musste ich dringend noch üben. Meistens hatte ich kein Problem damit. Nur bei ihm fing ich an zu plappern, um die Verlegenheit zu überspielen, die automatisch in mir aufstieg, sobald er irgendetwas anmerkte, das ihm an mir gefiel.

Hela und Fenrir – ich war im Übrigen großer Fan dieser Namen, weil ich eventuell einen kleinen Crush auf die Marvel-Version der nordischen Todesgöttin aka Cate Blanchett aus *Thor 3* hatte – reagierten prompt auf Phils Ruf. Sie kannten ihre Routinen und folgten uns artig an unserem Mietwagen vorbei, einen ausgetretenen Pfad entlang zwischen die schneebedeckten Tannen. Der Himmel vor uns schimmerte noch Orange und Violett vom Sonnenuntergang. Die große Runde, die uns auf Maps vorgeschlagen wurde, würden wir nicht schaffen, sofern wir nicht im Dunkeln zurückstapfen wollten, aber eine Weile würde das Dämmerlicht ausreichen, um zu sehen, wohin man lief. Ich nahm mir vor, jede Sekunde auszukosten. Das hier war einmalig und wunderschön. Ein Winterwunderland, wie ich es sonst bloß von Bildern kannte. Der Berliner Winter war höchstens grau, trüb und nasskalt, und *wenn* Schnee fiel, schmolz er innerhalb weniger Tage und hinterließ dreckigen Matsch auf den Straßen.

Die Hände in den Taschen meines Mantels vergraben, beobachtete ich, wie Phil anfing, Schneebälle zu formen und zu werfen. Hela jagte ihnen in unglaublichem Tempo nach. Ein paar schnappte sie mit beeindruckenden Sprüngen direkt aus der Luft. Ihr schien dieses kleine Spiel richtig Spaß zu machen. Umso größer war ihre Verwirrung, als Phil schließlich aufhörte, weil seine Handschuhe durchnässt und seine Finger eiskalt waren.

»Jetzt hast du sie aus dem Konzept gebracht«, kommentierte ich lachend. »Siehst du die Enttäuschung in ihren Augen?«

»Klar und deutlich, nur spüre ich meine Hände nicht mehr. Guck.« Er benötigte mehrere Anläufe, um die Handschuhe auszuziehen, und hielt mir dann seine Finger hin. Sie leuchteten rot vor Kälte. Ohne groß drüber nachzudenken, umschloss ich sie mit meinen, um ihm etwas von meiner Wärme abzugeben. Seine Hände waren ein wenig größer als meine, schlank, aber stark vom vielen Training. Und geschickt. Wie oft hatten wir bei ihm am Esstisch gesessen und Sonnenfänger für seinen Onlineshop gebastelt, den er als kleinen Nebenverdienst betrieb. Hatten Kristalle, Perlen, Sonnen und Monde aus Metall aufgefädelt und mit winzigen Drahtösen versehen. Und jedes Mal hatte ich mich angestellt wie der letzte Depp, während er problemlos ein Kunstwerk nach dem nächsten kreiert hatte. Nicht selten hatte ich mich dabei erwischt, ihn einfach zu beobachten, ohne selbst einen Finger zu rühren.

»Ich glaube, langsam geht es wieder«, drang seine Stimme an meine Ohren.

»Sicher? Nicht dass wir nachher was amputieren müssen«, witzelte ich und verscheuchte die Gedanken an unsere Bastelsessions aus meinem Kopf. Sie waren wenig hilfreich.

»Ich kann sie schon wieder beugen. Und sie fühlen sich auch nicht mehr völlig taub an. Wenn sie kribbeln, ist das auch gut, oder?«

»Bestimmt. Ich schätze, es gibt Hoffnung.«

»Da bin ich aber froh.« Lachend setzten wir unseren Weg fort, entschieden dann aber doch ein paar Hundert Meter weiter, dass es sinnvoll wäre, langsam umzukehren. Zur herannahenden Dunkelheit hatte sich Wind gesellt, der uns nun in eisigen Böen entgegenwehte. Kurz darauf fing es an zu schneien. Was mit vereinzelten Flocken begann, entwickelte sich innerhalb weniger Minuten zu einem ausgewachsenen Schneegestöber. Eiskristalle wirbelten uns ins Gesicht, und unsere Sicht beschränkte sich auf ein paar Meter. Ich hob den Unterarm vor die Stirn und blinzelte heftig.

»War das angesagt?«, rief ich Phil zu, der sich wie ich mit gesenktem Kopf gegen den Wind lehnte.

»Keine Ahnung. Ich habe das Wetter vorhin nicht gecheckt. Hätten wir mal tun sollen.«

Ja, hätten wir. Und wie. Schneemännern gleich erreichten wir nach einer gefühlten Ewigkeit endlich das Häuschen. Ich fror erbärmlich, meine Nasenspitze fühlte sich taub an, meine Wangen brannten und überall klebte Schnee. Selbst Hela und Fenrir hatten die Köpfe eingezogen und drängten sich dicht an unsere Beine. Keuchend stolperten wir ins Warme und verteilten dabei einen Haufen Schnee im Flur, der sofort schmolz und auf dem Holzboden Pfützen bildete.

»Gibt es hier irgendwo ein Feuerzeug?«, erkundigte ich mich.

»Fang!« Etwas segelte durch die Luft, aber natürlich bekam ich es nicht zu fassen. Wenigstens landeten die Streichhölzer weich auf dem flauschigen Teppich vor dem Kamin. Dank des Kaminanzünders, den wir beim aufgestapelten Holz gefunden hatten, kriegte ich das Feuer schnell in Gang. Seufzend hielt ich meine Hände vor die Scheibe. Gänsehaut erfasste meinen Körper. Obwohl wir heiß duschen gewesen waren und uns in dicke Pullover und Kuschelsocken gepackt hatten, war mir noch immer nicht ganz warm. Unsere nassen Sachen hingen überall in der Hütte verteilt und würden über Nacht hoffentlich trocknen. In der Luft schwebte der Geruch von Kamin, Pflaumentee mit Zimt und feuchtem Hundefell. Die beiden Huskys hatten es sich auf ihren Decken neben dem Sofa bequem gemacht und beobachteten uns träge.

Da es inzwischen später war als geplant, hatten wir beschlossen, das Schmücken und Backen auf morgen zu verschieben. Weihnachten war zum Glück erst in drei Tagen.

»Hier kommt der Tee.« Mit zwei dampfenden Tassen in den Händen stieg Phil über Fenrir hinweg und ließ sich neben mir auf den Teppich sinken. Dankbar nahm ich die Tasse entgegen. Nichts liebte ich mehr als den Duft dieses Tees zur Weihnachtszeit.

»Ich bin wirklich gespannt, wie lange der Sturm anhält«, meinte Phil. »Ob stimmt, was in der Wettervorschau steht?«

»Wir werden es sehen«, erwiderte ich. »Solange das Haus nicht wegfliegt, kann er da draußen wüten, wie er will.«

»Klopf auf Holz.« Hastig pochte Phil mit dem Knöchel gegen ein Holzscheit und ich schmunzelte. Dann schwiegen wir. Nippten an unserem Tee und starrten in die tanzenden Flammen. Beziehungsweise er tat es, während mein Blick immer wieder zu ihm huschte. Zu seinem Kupferhaar, das er zu einem unordentlichen Dutt gebunden hatte, aus dem etliche Strähnen hingen. Zu dem dunkelblauen Pulli, den er schon getragen hatte, als wir im ersten Semester auf dem Weihnachtsmarkt gewesen waren. Zu dem zufriedenen Lächeln auf seinen Lippen.

Ich wusste es. Tief in mir drin wusste ich, dass er für mich mehr war als nur ein Freund. Es hatte sich eingeschlichen. Still und heimlich war aus Freundschaft für mich mehr geworden.

Wann genau, konnte ich nicht sagen. Etwas hatte sich verändert, und ich hatte es lange nicht wahrhaben wollen. Hatte jeden Gedanken daran sofort verdrängt und mir eingeredet, ich würde mir das alles nur einbilden. Tat ab, dass er sich ständig in meinen Kopf schlich, dass ich Verabredungen mit Freundinnen absagte, um mich mit ihm zu treffen. Dass ich mit niemandem so ungezwungen schreiben konnte wie mit ihm. Dass ich mich in seiner Gegenwart viel zu wohl fühlte und mir stets wünschte, die Zeit anhalten zu können, um jeden Moment mit ihm für immer einzufangen. Irgendwann ließen die Gedanken sich nicht länger wegschieben. Sie wurden zu laut und für meinen Geschmack viel zu aufdringlich.

Also hatte ich mich meiner besten Freundin anvertraut. Stotternd und stockend hatte ich ihr eines Abends eine Sprachnachricht aufgenommen, nichts wirklich konkret angesprochen, und gehofft, sie würde zwischen den Zeilen lesen und begreifen, was ich ihr eigentlich sagen wollte, mich aber nicht auszusprechen traute, weil es sonst zu real werden würde. Sie hatte zum Glück sofort begriffen und mich angerufen. An diesem Abend war ich erst weit, weit nach Mitternacht schlafen gegangen. Mit schwirrendem Kopf und einem Gefühlschaos im Herzen, das seinesgleichen suchte. Und hier saß ich nun und kämpfte mit mir selbst. Ich hatte gewusst, worauf ich mich einließ, als ich Phil für diesen Trip zugesagt hatte. Ich hatte verdammt noch mal entschieden, anderthalb Wochen auf engstem Raum mit ihm zu verbringen, in einem Bett zu schlafen, morgens mit ihm aufzustehen und den Tag abends gemeinsam zu beenden. Weil ich geglaubt hatte, meine dämlichen Gefühle im Griff zu haben, doch ganz offensichtlich scheiterte ich bereits am Tag eins. Weglaufen war aufgrund des Sturms da draußen leider keine Option.

»Eli? Alles okay?« Phil wedelte mit seiner Hand vor meinem Gesicht herum. Vor Schreck zuckte ich zusammen und ein Schwall Tee ergoss sich über meine Hand. Heiß, aber zumindest nicht mehr kochend.

»Shit«, entfuhr es mir.

»Oh nein. Ich wollte dich nicht erschrecken«, entschuldigte er sich. »Du warst gerade ganz schön weit weg, oder?«

Ertappt nickte ich, stellte meine Tasse ab und trocknete mir die Hand mit dem Saum meines Pullis ab. Mein laut knurrender Magen rettete mich vor Erklärungen, die ich ihm nicht geben konnte. Oder wollte.

Wir wärmten auf, was seine Oma für uns vorbereitet hatte, fütterten die Hunde, diskutierten, welchen Film wir schauen sollten, und verbrachten den Rest des Abends mit Tee und Gewürzspekulatius auf der Couch, bis uns fast die Augen zufielen.

Trotzdem fand ich kaum Schlaf. Der Wind heulte um die Stuga, rüttelte an den Fensterläden und weckte mich immer wieder, wenn ich gerade dabei war, wegzudämmern. Ich wollte mich nicht zu sehr hin und her wälzen, um Phil nicht zu stören, hielt es aber irgendwann nicht länger aus und schlich auf Zehenspitzen aus dem Schlafzimmer. Die Glut im Kamin knisterte noch schwach und spendete einen Hauch von Licht. Hela hob den Kopf, als sie mich kommen sah, und spitzte die Ohren.

»Lasst euch nicht stören«, murmelte ich, tappte zum Sofa und ließ mich in die weichen Polster sinken. Dann wickelte ich mich in die große Kuscheldecke und starrte in die orange glimmenden Kohlen. Ich versuchte, nicht zu denken, doch je krampfhafter ich es probierte, desto schlimmer wurde es. Ich ging mir selbst auf die Nerven. Und zwar massiv.

»Jetzt reiß dich zusammen«, flüsterte ich in die Stille. Ich hatte überhaupt keinen Grund, mich mies zu fühlen. Dieser Tag war wunderschön gewesen. Aufregend, witzig, aber er hatte angestachelt, was ich eigentlich verdrängen wollte. Was für eine Scheiße!

Resigniert ließ ich den Kopf auf meine angezogenen Knie sinken und schloss die Augen. Im Kamin knisterte es, der Sekundenzeiger der alten Wanduhr darüber tickte leise. Laut Lia hatte ich die Arschkarte gezogen. Sie hatte mir keine Ratschläge geben wollen, weil sie selbst nicht wusste, was sie in meiner Situation tun würde. Es aussprechen? Abwarten? Hoffen, dass es nur ein Crush war, der irgendwann verschwand? Abstand nehmen? Ohne Erklärung? Das konnte ja nur völlig in die Hose gehen.

Ich hatte mich für Abwarten entschieden, aber so langsam konnte ich nicht mehr. Es zerfraß mich von innen heraus, und der Druck, es loszuwerden, wuchs mit jedem Tag. Alles, was mich zurückhielt, war meine irrationale Angst, Phil dadurch zu verlieren. Unsere Freundschaft kaputtzumachen. Dass es danach seltsam zwischen uns werden würde, dass er sich unwohl fühlen könnte und ich ihn überforderte. Und das wollte ich unter keinen Umständen riskieren. Dazu bedeutete er mir viel zu viel.

Ohne es zu wollen, begann meine Nasenspitze zu kribbeln. Ich biss die Zähne zusammen und blinzelte heftig, doch die Tränen konnte ich nicht mehr zurückhalten. Also gab ich nach und ließ sie laufen. Vielleicht würde es mir hinterher besser gehen.

Um mein Schluchzen zu dämpfen, presste ich mir den Handrücken vor den Mund, krümmte mich zwischen den Kissen zusammen und weinte. Aber anstatt mich nach und nach wieder zu beruhigen, wurde es bloß schlimmer. Abgehackt rang ich um Atem, während meine Gedanken sich wie wild im Kreis drehten. Die Ärmel meines Pyjamas waren längst durchnässt von Tränen, mein Körper bebte. Ich hatte jegliche Kontrolle verloren und irgendwie den Punkt verpasst, an dem es passiert war. Der Druck auf meinen Brustkorb wuchs, alles schien auf einmal zu viel zu sein, und wenn ich glaubte, mich wieder im Griff zu haben, schossen neue Tränen in meine Augen. Gottverdammt!

»Eli?« Phils Stimme ließ mich erstarren. »Was ist los? Was machst du hier?« Ich hörte, wie er näher kam, dann ging er vor mir in die Hocke und legte ganz automatisch seine Hand auf mein Knie. Er hatte ja keine Ahnung, was er damit auslöste. Seine Augen weiteten sich, als er mein völlig verweintes Gesicht erblickte.

»Oh nein, komm her.« Schon hatte er sich zu mir gesetzt und zog mich in die Arme. Die Mauern der Beherrschung, die ich so mühsam versucht hatte, wieder hochzuziehen, krachten innerhalb von Sekunden splitternd in sich zusammen. Mehr Tränen, mehr Schluchzen. Ich erkannte mich selbst nicht mehr. Gleichzeitig war es mir unfassbar unangenehm, dass er mich so sah. Obwohl ich am liebsten für immer in seiner Umarmung geblieben wäre, zog ich mich zurück und wischte mir schniefend über die Wangen.

»Tut mir leid«, brachte ich hervor. Meine Stimme bebte und klang überhaupt nicht nach mir selbst.

»Das muss es nicht. Shit, ich habe nicht mal ein Taschentuch.« Ich hickste und meine Lippen verzogen sich zu einem kleinen Lächeln.

»Warte.« Er sprang vom Sofa, eilte davon und kehrte mit einer Packung Taschentücher und einem Plüschbären zurück.

»Teddy ist jetzt unser Emotional Support Animal, okay?«

»Okay.« Ich drückte den Bären an meine Brust, dankbar, mich irgendwo festhalten zu können.

»Möchtest du mir sagen, was los ist?«, erkundigte er sich vorsichtig.

Bevor ich es mir anders überlegen konnte, nickte ich. »Will ich – und vielleicht begehe ich damit gleich einen großen Fehler, aber ich kann nicht mehr.« Warum zur Hölle fing ich schon wieder an zu weinen? Hilflos knautschte ich den armen Teddy zwischen meinen Fingern und starrte an Phil vorbei gegen die Wand mit all den Fotos.

»Das glaube ich nicht«, erwiderte er sanft.

»Ich weiß nicht mal, wo ich anfangen soll«, presste ich hervor.

Phil sagte nichts. Er ließ mir Zeit, mich zu sammeln. Zitternd holte ich tief Luft. »Ich war noch nie … noch nie wirklich ernsthaft verliebt oder verknallt oder was auch immer. Zumindest nicht in jemanden, der abseits von Filmleinwänden oder Buchseiten existiert. Es hat sich auch nie angefühlt, als würde mir dadurch etwas fehlen. Überzeugter Single und so.«

Ich vermied es, Phil in die Augen zu schauen, sondern hielt den Blick auf den Bären in meinen Armen gesenkt. »Deswegen hat es mich so sehr durcheinandergebracht, als ich vor einer Weile gemerkt habe, dass ich angefangen habe, mehr für dich zu empfinden als Freundschaft, und nichts dagegen tun konnte.«

Da, jetzt war es raus. Die nächsten Worte holperten ohne Pause über meine Lippen. »Ich wollte es dir sagen und dann wieder nicht, weil ich so Angst vor deiner Reaktion hatte. Weil ich es immer und immer wieder überdacht und mir jedes Katastrophenszenario ausgemalt habe. Ich will nicht, dass es seltsam zwischen uns wird, und vermutlich sollte ich morgen früh einfach zurück nach Hause fahren.«

»Niemand fährt hier irgendwohin.« Es raschelte, als Phil ein Taschentuch aus der Packung zog. Als ich es ihm abnahm, musste ich ihn ansehen und wusste nicht, ob ich erleichtert sein sollte, dass die Schatten einen Großteil seines Gesichts verbargen.

»Und ich bin froh, dass du es mir gesagt hast, weil …« Er brach ab und schien nach Worten zu suchen. »Weil du mir damit die Last abgenommen hat, derjenige sein zu müssen, der seine Ängste als Erster überwindet.«

»Was?«, fragte ich schwach. Mein Kopf war vollkommen matschig, klar denken konnte ich längst nicht mehr, und das viele Weinen hatte mich zusätzlich erschöpft.

»Das mit dir hat angefangen, sich anders anzufühlen. Einfach anders. Irgendwie intensiver. Man wird nicht nervös, wenn man seiner besten Freundin spontan ihren Lieblingssnack aus dem Supermarkt mitbringt, oder? Und man zerbricht sich nicht schon Wochen vorher den Kopf darüber, wie man ihren Geburtstag zum allerschönsten Tag im Jahr machen kann, und wünscht sich gleichzeitig, ganz allein mit ihr feiern zu können. Ohne ihre Familie, ohne ihre Freunde. Und ein beschissener Tag wird nicht plötzlich wieder gut, nur weil sie einem völlig random eine Nachricht schreibt und man sehnsüchtig auf ihre Antwort wartet, sobald man zurückgetextet hat. Nein, so läuft das nicht. Normale Freunde tauchen nicht ständig in meinen Gedanken auf. Nicht so wie du. Du bist immer da und lässt dich nicht vertreiben.«

»Teddy?«, flüsterte ich, da ich zu überfordert war, um auch nur ansatzweise etwas Sinnvolles von mir zu geben. Ich hatte mit allem gerechnet, aber niemals damit, dass er ähnlich empfinden könnte. Ich hatte ihm nie irgendetwas angemerkt.

Phil ergriff den Bären und setzte ihn hinter sich auf die Kissen. Auf einmal war er mir näher als je zuvor, und mein Herz begann schneller zu schlagen. Deutlich schneller.

»Wir zwei sind vernünftig genug, um das hier nicht in unnötig aufgebauschtem Drama enden zu lassen«, vernahm ich seine Worte. »Das ist nicht meine Art, und deine erst recht nicht.«

»Stimmt.« Meine Stimme klang heiser. Alles zog mich zu ihm hin. Sein Geständnis hatte jegliche Panik verpuffen lassen. Ich fühlte mich wie in Watte gepackt. Unwirklich. Alles an dieser Situation war so unwirklich. Seine Fingerspitzen strichen verirrte Haarsträhnen aus meinem Gesicht, fuhren über meine Wangen, meinen Kiefer, hinunter zum Hals. Sein Blick heftete sich auf meine Lippen.

14 Snowstorms and Secrets

Teil 2

Bianka Behrend

Phil

Küss mich«, flüsterte Elena.

Fuck. Zwei Worte, und sie sorgten dafür, dass mein Herz ins Stolpern geriet, weil ich genau das wollte. Ich wollte sie küssen. Wollte meine Finger in ihrem Haar vergraben, ihren Duft einatmen, der mir nach all den Jahren, die wir uns inzwischen kannten, viel zu vertraut geworden war, wollte ihren Körper an meinem spüren; so eng wie nur irgend möglich.

Sie so zu sehen, so aufgelöst und verzweifelt, hatte sich angefühlt, als würde man mir die Kehle zudrücken. Gleichzeitig hatte sich mein Gewissen gemeldet und bombardierte mich mit Vorwürfen: Warum ich nicht genauer hingeschaut hatte. Wie ich hatte übersehen können, dass etwas sie belastete – und das offenbar schon seit Wochen. Ob ich es nicht hätte erkennen müssen.

Wahrscheinlich aber war ich so sehr damit beschäftigt gewesen, meine eigenen Gefühle beiseitezuschieben, dass ich alles andere gleich mitverdrängt hatte. Wenig hilfreich dabei war mein bester Kumpel gewesen, der mir an einem unserer Barabende auf den Kopf zugesagt hatte, dass jeder in unserem Freundeskreis mitbekommen hatte, wie ich Elena ansah und von ihr sprach, und dass das definitiv über Freundschaft hinausging. Ab dem Moment hatte sich der Gedanke an Elena und mich in meinen Kopf eingenistet wie ein fieser kleiner Parasit, und mein Herz war volle Kanne drauf angesprungen. Dabei war mir die Vorstellung bis vor wenigen Monaten noch komplett abwegig erschienen. Wir zwei zusammen? Niemals. Wir waren Freunde. Verdammt enge Freunde, die sich zugegeben manchmal verhielten wie ein altes Ehepaar. Aber mehr? Ganz klares Nein.

»Phil?« Unsicherheit schwang deutlich in Elenas Stimme mit und zog mich zurück ins Hier und Jetzt. »Das hätte ich nicht sagen sollen«, schob sie hinterher. Meine Hand schwebte noch immer dicht an ihrem Gesicht. Ich suchte nach Worten und fand keine. Nichts, was ich von mir geben konnte, würde Sinn ergeben.

Langsam ließ ich die Finger in ihre Haare gleiten und meinen Blick über ihr Gesicht wandern. Ihre Augen waren geweitet. Es war vielleicht ein totales Klischee, aber jedes Mal, wenn ich sie ansah, waren es ihre Augen, die mich fesselten. Dieses wunderschöne Grün, das je nach Lichteinfall in allen möglichen Nuancen schimmerte. Das mit ihrem blonden Haar harmonierte und mich an verwunschene Wälder erinnerte.

»Phil?«, flüsterte sie. Ich blinzelte. »Ja?«

»Alles okay?«

Ob alles okay war? Mehr als das. Weil ich kurz davor war, die Frau zu küssen, der ich die schönsten Momente der letzten Jahre zu verdanken hatte. Ausgedehnte Spaziergänge, Deep Talks, Bauchschmerz-Lachanfälle, Wochenendtrips und Serienabende. Behutsam umfasste ich ihren Hinterkopf, beugte mich vor und presste die Lippen auf ihren Mund. Für einen Herzschlag lang schien die Zeit stillzustehen. Mein Puls kletterte in die Höhe, ich hörte, wie sie durch die Nase einatmete, dann war der Moment vorbei und ich realisierte, was gerade geschah. Panik loderte in mir auf, die Angst, dass sie mich wegstoßen würde, obwohl sie mich gebeten hatte, sie zu küssen, nur um in der nächsten Sekunde von kribbelnder Wärme ersetzt zu werden, als sie den Kuss erwiderte. Vorsichtig und unendlich sanft. Ein Gedanke schoss mir durch den Kopf und brachte mich dazu, mich von ihr zu lösen. Nur ein winziges bisschen.

»War das gerade … ich meine, wurdest du schon mal …?« Shit, ich sollte einfach die Klappe halten.

»Ja zur ersten Frage«, flüsterte Elena. »Und nein zur zweiten. Überzeugter Single halt.« Ein schwaches Lächeln glitt über ihre

Lippen. »Für die meisten wahrscheinlich unvorstellbar. So mit Mitte zwanzig, aber …«

»Nicht rechtfertigen«, fiel ich ihr ins Wort. »Denn da gibt es nichts zu rechtfertigen, okay? Alles kommt, wann es kommt, oder eben nicht, und solange du damit fein bist, ist der Rest egal.«

»Ich war damit fein. Bis eben.« Ihr Blick flackerte. »Zeig mir, wie es sich anfühlen kann.«

Hitze breitete sich in mir aus.

»Jetzt?«

Sie schnaubte. »Nein, morgen.«

»Na ja, es ist verflucht spät. Drei Uhr, um genau zu sein. Wir sollten eigentlich im Bett liegen und schlafen und …« Warum zur Hölle redete ich so einen Unsinn?

Dieselbe Frage schien sie sich ebenfalls zu stellen, denn sie legte ihren Zeigefinger auf meinen Mund. Eine winzige Geste, deren Wirkung allerdings enorm war.

»Ich bin gerade vielleicht nicht ganz zurechnungsfähig und mutiger, als ich es normalerweise wäre, weil wir hier quasi im Dunkeln sitzen, aber genau deswegen will ich es. Bevor ich bei Tageslicht wieder anfange, zu viel zu denken.«

»Du hast mir gesagt, was du fühlst. Das ist verdammt mutig.«

»Das war eine Kurzschlussreaktion, weil du mich völlig verheult erwischt hast. Dein Timing war mies.«

»Tut mir gar nicht leid.« Ich schmunzelte. »Aber du hast recht. Die Nacht ist eh gelaufen.«

»Na dann …«, hauchte sie. Mehr Aufforderung konnte in den wenigen Silben gar nicht mitschwingen.

»Na dann«, wiederholte ich. Diesmal hielt ich nicht inne, sondern ließ mich von dem unterdrückten Verlangen, das eh schon viel zu lange in mir schwelte, mitreißen, ohne aber ganz und gar die Kontrolle zu verlieren.

Mit jeder Sekunde, die ich sie küsste, wich die Anspannung aus ihrem Körper. Als sie ihre Hände um meinen Nacken legte, rutschte die Kuscheldecke von ihren Schultern. Ein wohliger Schauer rann mir die Wirbelsäule hinunter. Ich ließ meine Hände über ihren Hals, ihre Schultern, ihre Arme gleiten, suchte nach dem Saum ihres Pyjamas, schob meine Finger ein kleines Stück darunter. Gerade so weit, dass ich ihre nackte Haut berührte. Sie seufzte und lehnte sich mir entgegen. Meine Welt schrumpfte und schrumpfte, bis nur noch Elena darin übrig blieb, während vor den Fenstern ein Schneesturm tobte. Elena, die mich besser verstand als jeder andere. Die stets ein Lächeln für mich hatte, selbst wenn sie einen miesen Tag gehabt hatte. Die, der ich stundenlang zuhören konnte, völlig egal, was sie erzählte. Einfach weil ich ihr so gerne beim Reden zusah.

Jede Sorge, jeder negative Gedanke, den ich gestern noch gehabt hatte, verpuffte angesichts Elenas Nähe wie von selbst. Von ihrem Mund aus verteilte ich sanfte Küsse auf ihrem Kinn, ihrem Kiefer, ihrem Hals. Knabberte an ihrer weichen Haut und entlockte ihr ein weiteres Seufzen. Mein Verlangen, herauszufinden, was ihr gefiel, wuchs mit jedem Kuss und jedem Streicheln ihrer Taille. Obwohl ich durchaus Erfahrungen gesammelt hatte, fühlte ich mich unbeholfen wie beim ersten Mal.

Weil es zum ersten Mal wirklich etwas bedeutete. Weil ich es unbedingt richtig machen wollte. Für sie. Aber auch für mich. Meine Hände wanderten weiter unter ihr Oberteil, fuhren über ihren Rücken, unter ihren Armen hindurch zu ihrem Bauch und höher. Ich spürte, wie sich ihre Muskeln anspannten. Hörte, wie ihr Atem stockte.

»Du bestimmst«, raunte ich gegen ihre Lippen.

»Nicht aufhören«, erwiderte sie hastig. »Was auch immer du vorhattest, mach einfach weiter.«

Das musste sie mir nicht zweimal sagen. »Wenn dir etwas zu viel wird, sag ›Stopp!‹«, bat ich und wartete auf ihre Zustimmung, ehe ich ihre Brüste umfasste und sie zu massieren begann.

Ich spürte, wie sie ihre Nägel in meine Schultern grub, sie sich mir entgegendrängte und ihren Rücken durchdrückte. Mit Daumen und Zeigefinger zupfte ich an ihren Nippeln, rieb sie, bis sie unter meinen Berührungen hart wurden und Elena ein Stöhnen entwich, das mir direkt zwischen die Beine schoss.

Erneut eroberte ich ihren Mund mit meinem, teilte ihre Lippen mit meiner Zunge. Ohne sich von mir zu lösen, rutschte sie auf Knien näher an mich heran und presste ihren weichen Körper gegen meinen. Ihre Hand folgte mir unter ihren Pyjama, umschloss mein Handgelenk und dirigierte mich tiefer. Dorthin, wo sie mich offenbar brauchte. Mein Herz überschlug sich, das Ziehen in meinem Unterleib verstärkte sich. Gottverdammt!

Zu begreifen, dass sie gerade mit leicht gespreizten Beinen über mir kniete und verlangte, dass ich sie berührte, war fast zu viel für meinen Verstand, der längst nicht mehr richtig arbeitete. Sanft streichelte ich ihre Oberschenkel, dann schob ich die Hand in den Bund ihrer weichen Stoffhose und ohne zu zögern in ihren Slip.

Hitze und Feuchtigkeit verrieten ihre Erregung überdeutlich. Sie wollte mich. Sie wollte das hier. Langsam ließ ich einen Finger in sie gleiten. Sie erstarrte, keuchte, dann sank sie schwer auf meinen Schoß, vergrub ihr Gesicht an meinem Hals und begann zeitgleich, ihre Hüfte gegen meine Hand zu bewegen. Ich passte mich ihr an. Massierte sie ganz ohne Hast, dafür mit festem Druck.

Gefangen in einem Strudel aus Verlangen und Erregung erhöhte Elena das Tempo. Stöhnte erstickt, je tiefer mein Finger in sie eindrang. Sie hielt sich selbst zurück. Traute sich nicht, ihre Hemmungen völlig fallen zu lassen. Ich wünschte, sie würde es tun, hatte aber nicht vor, sie dazu zu drängen. Sie sollte sich von selbst fallen lassen. Komplett und bedingungslos. Wenn nicht jetzt, dann vielleicht beim nächsten Mal.

Wie selbstverständlich ich glaubte, es würde ein nächstes Mal geben! Doch in diesem Augenblick schien mir nichts unmöglich.

Da drückte Elena den Rücken durch, ihr Atem stockte. Ich spürte, wie ihre Muskeln sich um meinen Finger zusammenzogen, und versuchte, den Moment hinauszuzögern, um ihr dieses Gefühl möglichst lange zu gewähren. Sie stöhnte auf, ihre Hüfte zuckte, ein Beben erfasste ihren Körper, dann wich die Anspannung von ihr und sie sank schwer atmend gegen mich.

»Hela, Fenrir, wer auch immer das von euch beiden ist, geht weg«, murrte ich im Halbschlaf und drückte den weichen Hundekopf weg, der gerade mein Gesicht beschnupperte. Morgens von einer rauen Zunge und dem Mundgeruch eines Hundes geweckt zu werden, sorgte nicht unbedingt für einen gloriosen Start in den Tag. Müde setzte ich mich auf und blickte in ein verschiedenfarbiges Paar Augen. Hela. Kaum hatte die Hündin begriffen, dass ich wach war, fing sie an zu jaulen.

»Nein«, flehte ich. »Bitte nicht.« Wenn Huskys erst mal losheulten, wurde es ganz schnell unangenehm. Wie auf Kommando fiel Fenrir mit ein. Ich kletterte vom Sofa und lief in der Tür Elena in die Arme, die offenbar gerade aus dem Badezimmer gekommen war, denn ihre blonden Haare waren zu einem ordentlichen Zopf geflochten und sie hatte ihren Pyjama gegen schwarze Leggins und einen dunkelroten Strickpullover getauscht. Die Farbe hatte ihr schon immer gestanden. Wie schön konnte ein Mensch eigentlich sein?

»Hey. Guten Morgen.« Sie lächelte und wirkte fast ein wenig verlegen. Wahrscheinlich dachte sie an gestern Nacht.

»Hey«, erwiderte ich, in Gedanken definitiv bei gestern Nacht. »Alles gut bei dir?«

»Die Frage beantworte ich dir gern, wenn wir kein Wolfsgeheul mehr im Haus haben.«

»Berechtigter Einwand. Lassen wir sie besser raus.« Entschlossen steuerte ich die Haustür an. Hela und Fenrir hechteten mir nach. Ihre Krallen kratzten über den Boden. Ich griff nach der

Klinke, zog die Tür auf und keuchte, als mir eine nicht zu verachtende Menge Schnee entgegenrutschte. Direkt auf meine nackten Füße. Wo gestern noch eine Veranda gewesen war, breitete sich nun eine weiße Decke aus. Der Sturm hatte uns völlig eingeschneit. Unseren Mietwagen konnte ich gerade so erahnen. Die beiden Huskys ließen sich davon nicht beirren und sprangen kläffend in den weichen Pulverschnee, der mir gut und gerne bis zu den Oberschenkeln reichte.

»Sollten wir versuchen, uns freizuschippen?«, fragte Elena hinter mir. Schwungvoll schloss ich die Tür und drehte mich zu ihr um.

»Sollten wir wahrscheinlich, aber ich hätte auch nichts gegen einen gemütlichen Tag ohne Schweißausbrüche und abgefrorene Finger.«

»Ist das so?«

»Auf jeden Fall.«

»Und was schwebt dir vor?«

»Worauf immer du Lust hast.«

»Dann fangen wir doch mit Frühstück an.«

»Klingt großartig.«

Als ich mich einige Minuten später umgezogen hatte, goss Elena gerade Tee auf und im Ofen lagen Laugenstangen aus dem Tiefkühler. So lässig wie möglich ließ ich mich hinter der Kücheninsel auf einen der Barhocker sinken und zog meine Tasse zu mir heran. Elena lehnte sich mit der Hüfte gegen die Arbeitsfläche und pustete sanft auf ihren Tee. Die Stille zwischen uns war per se nicht drückend, doch jetzt, wo all meine Sinne auf sie gepolt waren, spürte ich, dass etwas in der Luft lag.

»Du bist mir noch eine Antwort schuldig«, erinnerte ich sie.

»Oh ja, fast vergessen. Bei mir ist alles gut. Eigentlich sogar mehr als gut.«

»Aber?«

Elena löste ihren Blick von der Oberfläche ihres Tees und sah mich an.

»Aber wie geht es jetzt weiter? Mit uns?« Unsicherheit huschte über ihre Miene, Zweifel glänzten in ihren grünen Augen. Sie tat genau das, was sie letzte Nacht befürchtet hatte. Sie dachte zu viel. Ich stand auf, lief um die Kücheninsel und blieb dicht vor ihr stehen. Behutsam legte ich meine Hände auf ihre Oberarme.

»Wir scheinen uns sicher zu sein, was wir fühlen, oder?«

»Ich denke schon.«

»Dann lass uns doch herausfinden, ob es funktioniert. Das zwischen uns.«

»So richtig richtig?«

»So richtig, wie es nur geht. Wir müssen es nicht gleich labeln, wenn du nicht willst. Und viel würde sich wahrscheinlich eh nicht ändern, außer dass meine Fantasien nicht länger in meinem Kopf stattfinden müssen.«

Elena öffnete den Mund und klappte ihn wieder zu. Ihre Augen hatten sich geweitet. Ich konnte mir ein Grinsen nicht verkneifen.

»Philip Faber«, stieß sie schließlich hervor, »keine schmutzigen Gedanken vor dem Frühstück!«

»Und was ist damit?« Ich überbrückte den Abstand zwischen uns und presste meinen Mund auf ihren. Sie sog scharf Luft durch die Nase ein, ehe sie seufzte. Ihre Lippen schmeckten nach Pflaume-Zimt-Tee und einem Hauch Zahnpasta.

»Daran könnte ich mich durchaus gewöhnen«, murmelte sie in den Kuss. »Halt, warte, ist schon passiert.«

Meine Hände glitten zu ihrer Taille. Das Klingeln des Ofen-Timers hätte nicht unpassender kommen können. Widerwillig trat ich einen Schritt zurück, warf einen prüfenden Blick auf die Laugenstangen und drehte die Temperatur auf null.

»Die müssen wir jetzt wohl essen, was?«

»Ja, müssen wir«, erwiderte sie schmunzelnd. »Kalt sind sie nämlich nicht halb so gut.« Offenbar ahnte sie, worauf ich mehr Appetit hatte, denn sie streckte eine Hand aus und strich mir sanft über die Wange.

»Später«, meinte sie. »Wir haben schließlich alle Zeit der Welt, oder nicht?«

»Wo du recht hast … Sogar dekorieren und Zimtsterne backen dürfte da noch reinpassen.«

»Das will ich aber hoffen.« Sie stellte ihre Tasse beiseite und öffnete den Ofen. »Sonst wäre das ein ausgesprochen enttäuschendes Weihnachten und ich müsste mir das mit uns noch einmal gründlich durch den Kopf gehen lassen.«

»War das eine Drohung?«

»Vielleicht. Oder eine nett gemeinte Warnung.«

»So oder so, ich glaube, ich bin nicht scharf darauf, es herauszufinden.« Ich reichte ihr die Ofenhandschuhe, damit sie sich nicht die Finger verbrannte.

»Womit fangen wir an? Lass mich raten … Deko?«

»Deko.« Mit dem Blech in den Händen lächelte sie mich an, und ich wusste, ich würde dieses Weihnachten der glücklichste Mensch der Welt sein, weil sie bei mir war.

15

Game of Winter Wishes

Teil 1

Yvonne Westphal

Yvonne Westphal wurde im April 1989 als waschechter Widder geboren und hat die zwei großen Lieben ihres Lebens bereits in ihrer Jugend gefunden: Schreiben und ihren Ehemann, mit dem sie in der Nähe von Köln lebt und als Filmproduzentin arbeitet. Sie könnte ohne Urlaub, Schlaf und Zucker leben, aber nicht ohne ihre Familie, ihr MacBook und die Farbe Rosa. Ihre Romane sind perfekt für alle, die an die große Liebe glauben und das laute, bunte Leben lieben. Mal verspielt, mal dramatisch, mal sexy – und (fast) immer über Bad Boys mit Herz und Classy Girls mit Biss.

Morning Glory Chronicles

1. Dezember

Ho, ho, ho, ihr skandalösen Zimtsternchen! Habt ihr schon eure Weihnachtsstrümpfe rausgeholt? Und wenn ja, welchen Strapshalter tragt ihr dazu? Sind Omas Schneekugeln entstaubt? (Nicht diese Art von Schnee! Denkt an § 2 Abs. 1 der Campus-Ordnung!)

Falls nicht, wird es höchste Zeit, denn die Adventszeit in St. Gloria ist angebrochen. Ihr wisst, was das heißt: Beide Häuser laufen zu Höchstform auf, um das Jahr mit einem Knall zu beenden.

(Falls ihr die letzten Monate unter einem Stein oder im Vollrausch verbracht habt, hier noch mal ein Reminder: Zu Beginn eures zweijährigen Prep-Studiums am St. Gloria College habt ihr euch für eines der beiden Häuser, Alpha oder Omega, entschieden. Nur ein Haus wird das begehrte *Gloria cum laude* holen, doch Vorsicht: Die Konkurrenz schläft nie, und am St. Gloria gibt es weder Regeln noch Limits.)

Worauf wartet ihr also? Wir schmeißen extra Tokens für das beste Weihnachtsevent. Und no pressure, aber: Bei den katastrophalen Zahlen kann unsere schneewittchenhafte Alpha-Präsidentin Evangeline Astor sie wirklich dringend gebrauchen.

Ich kann gar nicht so viel Glühwein trinken, wie ich kotzen möchte

Evangeline

Ich hasste dieses College. Ich hasste den *Morning Glory* und seine News, die faker waren als die Bühnen-Lashes von Ariana Grande. Und vor allem hasste ich Weihnachten.

»Es ist der Schneewittchen-Vergleich, oder?«, wisperte meine Beraterin Cleo – kurz für Clementine –, während sie bedächtig auf ihren Glühwein blies, obwohl er längst abgekühlt war. »Ich habe Arabella gleich gesagt, sie soll lieber Wednesday Addams schreiben.«

Ich warf ihr einen frostigen Blick zu, bei dem sie sich fast verschluckte und um ein Haar blutroten Alkohol auf meine schwarze Strumpfhose spuckte. »Doch eher Malefiz? Oh, ich hab's! Bellatrix Lestrange!«

»Es ist die Unterstellung, Alpha hätte Tokens nötig«, kürzte ich diese Absurdität ab, schlug das andere Bein über und entfernte ein langes schwarzes Haar von meinem Lederstiefel. Ich musste dringend das Shampoo wechseln. Oder mir die Haare färben. Lila? Silbern? Lila *und* silbern?

Konzentrier dich, Hirn!

»Ja, das war eher ungünstig«, gab Cleo zu. »Andererseits ist es nicht so, als wäre das ein Geheimnis! Ich meine, wir waren alle letztes Jahr dabei, als du Tokens gesammelt hast wie andere Lippenstifte, Miss Astor.«

»Im Gegensatz zu Tokens braucht eine Frau schließlich nur eine einzige Lippenstiftfarbe«, erwiderte ich, wobei ich mir ein kleines zufriedenes Grinsen nicht verkneifen konnte. Tokens waren am St. Gloria so etwas wie Pokémon, und sagen wir mal so: Ich hatte einen beinahe zwanghaften Sammeltrieb. Ich gehörte zu der Sorte Frau, die sich eine ganze Buchreihe neu kaufte, weil der letzte Teil in einem neuen Format rauskam – nachdem mein innerer Serienmörder kurz Amok gelaufen war. »Und es hat sich offensichtlich gelohnt, schließlich stehen wir nicht halb so schlecht da wie der *Morning Glory* behauptet. Aber ich werde ganz sicher keine Weihnachtsparty veranstalten, um irgendjemanden vom Gegenteil zu überzeugen.« Ich sank tiefer in die flauschige lila Wolken-Couch, die geradewegs aus einer Tim-Burton-Version des Glücksbär-Chilands importiert sein könnte und genauso wenig in diesen stuckverzierten Rokoko-Salon passte wie eine Mittelfinger-Statue ins Britische Museum. Kurz: Ich liebte sie. »Erst recht nicht, wenn die Omega-Präsidentin Anastasia ist. Ich werde nicht versuchen, mich in Sachen Eventorganisation und Innendekoration mit ihr zu messen.«

Oder in Aussehen. Sexappeal. Charisma. Selbstbewusstsein. Körpergröße. Körbchen*größe.*

KONZENTRIER DICH, HIRN!

Cleo murmelte etwas, das ich nicht verstand, während sie verstohlen den Blick durch meine Suite wandern ließ. Zugegeben, ich war weder die ordentlichste Person noch hatte ich einen Vorzeige-Geschmack. Pech für die anderen, denn ich war nicht auf der Welt, um anderen zu gefallen. Absurd genug, dass ausgerechnet ich zur Alpha-Präsidentin gewählt worden war. »Also, was ist dein großer, fieser Masterplan, Evie? Was machen wir?«

Unwillkürlich versteifte ich mich. *Evie.* Der einzige Mensch, der mich jemals so genannt hatte, hatte mein Herz in Zuckerwatte und Kuscheldecken gepackt – und das Ende dieser Beziehung hatte es mir herausgerissen. Ich würde nie wieder jemanden so nah an mich heranlassen.

»Als Erstes nennen wir mich nie wieder Evie.«

»Aber der Name ist total süß und erinnert mich immer an Pokémon! Evoli entwickelt sich übrigens auch zu Nachtara oder Psiana, falls du …« Cleo verstummte, als sie mein finsteres Gesicht sah.

»Ich. Bin. Kein. Pokémon! – Zurück zum Thema, bevor ich mir eine neue Beraterin suchen muss, weil die alte auf mysteriöse Weise ums Leben gekommen und ihre Leiche nie wieder aufgetaucht ist.«

Cleo kicherte und ich wickelte eine breite Haarsträhne um meine Finger, um nachzudenken. Alles am St. Gloria drehte sich um Tokens. Die anderen sammelten sie, weil man damit seine Noten verbessern und seine Aussichten auf einen Ivy-League-

Studienplatz erhöhen konnte. *Ich* sammelte sie, weil die anderen sie haben wollten – und es war immer gut, etwas zu besitzen, das alle haben wollten.

»Wieso lag Alpha denn im letzten Jahr so weit vorn?«

Das war leicht. Ich zählte an den Fingern ab: »Felicias Disney-Zauber. Valentins Rosenkrieg. Anastasias Intrigen. Und …« Ich brach ab, schluckte den Kloß herunter, der plötzlich meine Kehle verstopfte, und wickelte die Strähne fester um meine Finger.

»Oh, stimmt! Nicoley!«, beendete Cleo den Satz mit einer Verträumtheit, bei der sogar mein Brechreiz Brechreiz bekam. Meine Kopfhaut kribbelte, weil ich so fest an der Strähne zog, aber ich ertrug den Schmerz. »Was macht der gerade so?«

»Nichts«, schoss mein Mund zurück, bevor mein Verstand einwerfen konnte, dass *»Weiß ich nicht«* die bessere Antwort gewesen wäre, und mir mein masochistisches Herz ungefragt Dutzende Fotos und Reels von sonnengebräunten Tennisspielerkörpern bei hinreißend unbeholfenen Surfversuchen vorspielte.

Ich hasste Surfen. Und Sommer. Und Nicoley. *Besonders* Nicoley. Weswegen ich ihm auch nicht auf Social Media folgte.

»Gar nichts? Studiert er denn nicht in Stanford?«

»Nein«, wiederholte ich, ließ meine Strähne und lädierte Kopfhaut los und verschränkte stattdessen die Arme. Meine Stiefelspitze wippte energisch. »Egal. Können wir zurück zum Thema –?«

»Ich hab's!«, rief Cleo plötzlich – und verschüttete jetzt doch klebrig-süßen Rotwein auf meiner Strumpfhose. »Was, wenn wir die Alumni zurückholen? Das wäre doch eine Party, bei der Omega erblassen würde!«

»Nur die Seniors, weil die Juniors letztes Jahr noch nicht da waren.« Mein Hirn nahm endlich seinen Dienst auf, während sich alles in mir mit Händen und Füßen gegen den Türrahmen stemmte, durch den Cleo mich gerade hatte stoßen wollen. »Die anderen kennen die doch gar nicht.«

»Ich bitte dich, jeder kennt Valentin Knight!« Ein Grinsen erschien auf Cleos Gesicht. »Und glaub mir, nach dem letzten Jahr kennt auch jeder, der jemals den *Morning Glory* gelesen hat, Nicoley Debois-Cartell.«

»Auf gar keinen Fall.«

»Komm schon! Frag ihn doch einfach. Ihr wart doch auf demselben Internat, oder?«

Ja, als wir zwölf waren!, fauchte das Biest in mir zurück, aber die Diplomatin, die glücklicherweise die meiste Zeit über am Steuer saß, konnte es rechtzeitig k. o. schlagen. »Nein.«

»Nein, ihr wart nicht auf demselben Internat, oder nein, du willst ihn nicht fragen?«

Ich stand auf und stieg über am Boden liegende Stifte und Bücher zur Tür, ein unmissverständliches Zeichen für Cleo, zu gehen. »Nein zu allem. Nein zur Weihnachtsparty. Nein zu Nicoley Debois-Cartell. Wenn er und ich im selben Raum sind, gibt es nicht genug Glühwein dafür, wie sehr ich kotzen möchte.«

Cleo, die leider aus einem sehr guten Grund meine Beraterin war, hatte bereits ihr Handy gezückt, ein paarmal gescrollt und geklickt, und hielt es mir triumphierend hin. »Hier steht, dass ihr mal beste Freunde wart! Und auf diesem Foto sieht er dich ziemlich verliebt an, findest du nicht?«

Meine Gemütslage hatte mittlerweile das Zeug, den Schlossgarten eigenhändig zufrieren zu lassen. »Ja, es gab auch mal eine Zeit, in der Pluto noch ein Planet war. Raus jetzt.«

10 Dinge, die ich an Weihnachten hasse

Evangeline

1. Weihnachten. 2. Weihnachtslieder. 3. Weihnachtsbälle. 4. Lebkuchen. 5. Nico…lausbärte.

Energisch malte ich dem C einen Senkrechtstrich, bis daraus ein K wurde und sich das dünne Papier wellte. Dann gewann mein masochistisches Hirn die stumme Schachpartie gegen mich selbst, und ich griff nach meinem Handy, um durch die verbotenen Apps zu scrollen. Verboten, weil das St. Gloria eigentlich nur das geschützte Intranet erlaubte. Und verboten, weil ich dort Bilder von *ihm* sah. Mehr Surfversuche, mehr Sonnenbräune, mehr Grübchenlächeln.

Boy_from.the.woods ist jetzt aktiv – Sag Hallo

Panisch schloss ich die App, während mein Herz einen Satz machte und Hitze in meine Wangen katapultierte. In der letzten Nanosekunde erhaschte ich, wie das System eine neue Nachricht anzeigte. Und weil mein Hirn wie gesagt ein masochistisches Arschloch war, öffnete ich die App wieder. Einzig, um die Nachricht zu löschen, versteht sich.

Boy_from.the.woods: Hey Evie :)

Scheiße.

Boy_from.the.woods: Toll, dich online zu sehen!
Was machst du so?

Ich antwortete nicht, denn ich hatte alle Hände voll damit zu tun, mein Herz zurück in meinen Brustkorb zu zwängen, damit es mir nicht länger die Kehle zuschnürte. Hitze im Kopf, Taubheit in den Fingern, Steine im Magen. Hätte ich Lust auf Schmetterlinge im Bauch, würde ich mir Raupen in den Hintern schieben. Mein Daumen schwebte über der Handytastatur, das leere Textfeld starrte mich erwartungsvoll an, aber ich fand keine Worte.

Allein der Anblick seines Nicknames überflutete mich mit mehr Emotionen, als ich ertragen konnte. Es hatte eine Zeit gegeben, in der ein wütendes Nachtmädchen einen sonnigen Goldjungen damit aufgezogen hatte, dass der hochtrabende Name seines noch hochtrabenderen Vaters buchstäblich »aus dem Wald« bedeutete. Wieder wollte ich die App schließen.

Boy_from.the.woods: Ist okay, schreib es dir ruhig von der Seele. Willst du reden? Wir können telefonieren, wenn du willst.

8.Nightmare: ?

Boy_from.the.woods: Du warst fast 2 Minuten im »schreibt …«-Modus und hast kein einziges Wort abgeschickt.

8.Nightmare: Und das weißt du so genau, weil du 'ne Stoppuhr verschluckt hast? Oder starrst du einfach gern nachts um 11 mein Profil an?

Angriff war die beste Verteidigung. Ich ignorierte die Tatsache, dass ich diejenige war, die sein Profil angestarrt hatte. Doch weil Nicoley einfach der großartigste Mensch und beste Freund auf der Welt war, rieb er mir das nicht unter die Nase, sondern … meißelte mit seinem Goldhammer einen feinen Riss durch mein versteinertes Herz.

Boy_from.the.woods: Zu meiner Verteidigung: Hier ist es gerade kurz vor Sonnenaufgang. Aber ja, manchmal tue ich das. Macht allerdings nicht viel Spaß, da sind keine Fotos von dir. Wie geht's dir?

Wie geht's dir. Drei Worte, die für viele bloß eine Begrüßungsfloskel waren. Aber für manche Menschen bedeuteten sie die ganze

Welt. Sie bedeuteten: *Ich sehe dich. Ich bin für dich da. Ich interessiere mich für dich.*

Hirn an Herz: Krieg das Stolpern gefälligst in den Griff!

Hirn an Lunge: Atmen wir bald mal wieder?

Beide an Hirn: Klappe da oben!

8.Nightmare: ???

Boy_from.the.woods: Justus Jonas, Peter Shaw, Bob Andrews

8.Nightmare: WTF?

Boy_from.the.woods: Was hat das World Trade Forum damit zu tun?

Himmel, nahm dieser Typ denn gar nichts ernst? Man sollte meinen, Nicoley hätte seine Lektion nach seinem Skandaljahr am St. Gloria gelernt.

8.Nightmare: Hör auf damit. Du bist kindisch.

Boy_from.the.woods: Und du lenkst vom Thema ab. Hast du wieder eine dunkle Phase? Ist es so schlimm?

Ich hasste es, wie sich mein Herz zusammenzog. Ich hasste es, wie gut er mich kannte. Ich hasste es, wie viel mir seine Sorge bedeutete.

Boy_from.the.woods: Evie? Bist du noch da? Ich muss dich was fragen …

Und am meisten hasste ich es, wie es in meiner Brust plötzlich vor Aufregung flatterte. Er wollte mich etwas fragen? Was? Warum jetzt? Nach all der Zeit?

Nein, ich liebe dich nicht mehr. Nein, es gibt keine zweiten Chancen. Nein, ich weine mich nicht jede dritte Nacht mit der Erinnerung an deine blöden Witze und den Duft deiner viel zu großen Hoodies in den Schlaf.

Ich legte mir all diese Antworten zurecht – bis ich seine Frage las.

Boy_from.the.woods: Warum hat der Mond das Dessert stehen lassen?

War. Das. Sein. Beschissener. Ernst?!

Boy_from.the.woods: Weil er voll war!! ;D

Ein Prusten brach aus meiner Kehle. Ich schluckte es herunter.

8.Nightmare: Nicht witzig. Und ich hasse dich.

Boy_from.the.woods: Ist okay für mich, solange du gerade gelächelt hast.

Habe ich nicht, behauptete ich zurück. Höchste Zeit, die Reißleine zu ziehen und die App zu löschen. *Und ich muss jetzt auch schlafen.*

Boy_from.the.woods: Oh, schade. Ich hab's irgendwie vermisst, mit dir zu schreiben.

Verdammt, wieso war alles an diesem Typen so entwaffnend intensiv? Wieso konnte er kein eingebildeter Macho sein, der nach dieser Bett-Vorlage einen anzüglichen Witz gerissen hätte, oder ein netter Kumpel, der mir eine gute Nacht gewünscht und das Gespräch beendet hätte?

Boy_from.the.woods: Falls du was brauchst, sag Bescheid, okay? Ich bin zwar gerade auf der anderen Seite der Welt, aber ich bin da.

Verdammtverdammtverdammt! HaLt DiE kLaPpE, bEvOr IcH DeN VeRsTaNd vErLiErE! Ich zwang mich zur Ruhe, ehe sich mein Hirn in eine neue Spirale schrauben konnte.

8.Nightmare: Da du wohl eher keinen phänomenalen Weihnachtsball organisieren kannst, der Omega alt aussehen lässt, habe ich leider keinen Bedarf.

Boy_from.the.woods: War das eine Herausforderung?

Ich sah buchstäblich sein jungenhaftes Grinsen vor mir, hörte seine warme Stimme, wie sie mich mit dieser Frage aufzog. Und ich beschloss, um unser beider willen nicht darauf zu antworten.

Nicoley

Sie antwortete nicht mehr. Natürlich tat sie das nicht, denn Evangeline Astor war störrisch wie ein Katzenbaby im Wasser, stolz wie der Mond und unberechenbarer als der Indische Ozean, der heute erneut versucht hatte, mich zu ertränken. Zugegeben, ich war immer noch nicht besonders gut im Surfen. Aber ich war eben Sportler, und wenn es eine Sache gab, die ich liebte, dann eine neue

Herausforderung. Eine neue Chance, ein neuer Anfang. Neue Farben auf einer Leinwand. Das Problem war nur … neue Farben konnten alte Fehler nicht überdecken. Das Leben war keine von Evies Bleistiftzeichnungen, die man immer wieder ausradieren konnte. Es war ein Ölgemälde, und jede Farbschicht, jeder Pinselstrich hinterließ Schluchten und Nasen, selbst wenn der Künstler es sich später anders überlegte.

Wenn ich früher im Galeriekorridor unserer Villa die Wange gegen die Wand gepresst hatte, hatte ich die dreidimensionale Patina immer bewundert. Das Leben war keine weiße Leinwand. Es sollte am Ende unserer Tage nicht glatt, unbefleckt und perfekt sein, sondern bunt, vielschichtig und voller Geschichten.

Leider hatte ich das zu spät begriffen. Und leider hatte ich in dem Versuch, meine Leinwand mit Farbe zu füllen, auch die Teile übermalt, deren Anblick ich jetzt vermisste.

Boy_from.the.woods: Schlaf gut, Sternenmädchen.

Ich zwang mich, den Blick von ihrem traurig-tiefgründigen Nutzernamen abzuwenden und ihre letzte Nachricht zu lesen.

Da du wohl eher keinen phänomenalen Weihnachtsball organisieren kannst, der Omega alt aussehen lässt, habe ich leider keinen Bedarf.

Sie hatte recht, ich konnte nicht mal meinen eigenen Geburtstag organisieren. Aber ich kannte zufällig jemanden ziemlich gut, der genug Geld und Einfluss hatte, um alles zu ermöglichen.

Frau Holle kann mich mal

Evangeline

Alles an Weihnachten war eine Lüge. Am ersten Advent hatte meine Stimmung den Gefrierpunkt erreicht – genau wie das Wetter. Man sollte meinen, ein Schloss, das in der Schweiz liegt, hätte im Winter malerische weiße Schneekuppen und postkartenwürdige Winterlandschaften. Aber entweder machte der Klimawandel auch vor dem Schweizer Kanton Luzern keinen Halt – oder irgendjemand hatte Spaß daran, Menschen Lügenmärchen zu erzählen, damit sie sich besser fühlten, obwohl alles scheiße war.

Deshalb lümmelte ich an diesem Samstag noch im Bett, obwohl längst ein heller Lichtstreifen unter den dicken Brokatvorhängen hervorblitzte. Meine Leselampe war eingeschaltet, wie früher zu Hause, wenn ich heimlich nachts gelesen oder gezeichnet hatte, ohne dass mein kleiner Bruder etwas mitbekam.

Es hatte genau zwei Weihnachten gegeben, die ich nicht gehasst hatte. Leider beinhalteten beide einen blonden Retriever-Jungen, also verbannte ich sie in die Kiste im Schrank mit der Aufschrift »Öffnen verboten« und setzte mich imaginär auf den Deckel. Mir fiel auf, dass ich seit geschlagenen zehn Minuten denselben Satz las, also klappte ich die Bewerbungsmappe zu und hievte mich aus dem Bett. Mit dem Jahreswechsel begann am St. Gloria die Zeit, in der sich die Bewerberinnen um das nächste Präsidentinnenamt in Stellung brachten, und wenn ich eines von Ex-Omega-Präsident Valentin Knight gelernt hatte, dann, dass Wissen Macht war und man sich seine Feinde noch näher als seine Freunde halten sollte. Vielleicht nicht ganz so nah wie er seine persönliche Feindin Felicia gehalten hatte – aber das war eine andere Geschichte.

Ein dumpfer Schlag ließ mich zusammenzucken. War ein Vogel gegen das Fenster geflogen? Vorsichtig tapste ich zur Balkontür meiner Suite und zog die Vorhänge beiseite. Gleißendes Weiß ließ meine Augen tränen und mich den Blick abwenden. Die Sonne könnte ruhig ein bisschen weniger knallen.

Erst mit einiger Verzögerung erkannte ich, dass nicht der Himmel so blendete. Sondern der Boden. Schnee! Der gesamte Schlossgarten war bedeckt von einer dicken weißen Schicht wie eine großzügig bestrichene Buttercremetorte. Der Springbrunnen in der Mitte hatte sich in ein atemberaubendes Kristallkunstwerk verwandelt, aus dessen Spitzen bloß noch ein Rinnsal sprudelte und sich im großen Becken sammelte. Die verschlungenen Ornamente der Buchshecken waren nicht mehr sattgrün, sondern pudrig weiß, alles war eine ebenmäßige, friedlich daliegende weiße Decke. Alles, bis auf die bunten Gestalten, die Schneisen durch den Schnee pflügten, während sie in ihren dicken Schneejacken wie der Marshmallow-Mann aus Ghostbusters umherstaksten und einander mit Schneebällen bewarfen.

Irgendjemand rief etwas. Nur eine Sekunde später sauste ein Schneeball so dicht an meinem Ohr vorbei, dass ich mich instinktiv duckte. »GEHT'S NOCH?«, fauchte ich und stürzte auf den Balkon. Eiswasser unter meinen Fußsohlen ließ mich an meiner geistigen Gesundheit zweifeln. Welcher Mensch stellte sich im Schlafanzug auf einen schneebedeckten Balkon?

»KOMM RUNTER!«, lachte eine Stimme, bei der mein Herz einen Satz machte. Ein zweiter Schneeball flog auf mich zu. Wieder duckte ich mich, diesmal fegte das Geschoss eine ganze Ladung Schnee von meinem Balkongeländer, an der Stelle, an der vor einer Sekunde noch meine Hand gelegen hatte. »Letzte Warnung, Evie! Du weißt, dass ich beim nächsten Mal treffe.«

Kein Zweifel. Da unten stand Nicoley Debois-Cartell. Und sein entwaffnendes Grinsen war selbst von hier oben, trotz all dem Schnee unter meinen nackten Füßen und dem Eis in meinem Herzen, zum Dahinschmelzen.

»Komm schon, lass Frau Holle nicht warten!« Ein weiterer Schneeball zerbarst neben mir auf der Balustrade.

»Du kannst mich mal!«, rief ich zurück. »Und Frau Holle auch!«

Demonstrativ knallte ich die Balkontür hinter mir zu. Noch nie hatte ich mich so schnell angezogen, während Ball um Ball gegen mein Fenster klatschte. Er dachte, *er* könnte mich nerven? *Na warte, Freundchen. Nervensäge ist mein zweiter Vorname.*

Ich flog förmlich die opulenten Treppen hinunter, klaubte auf dem Weg nach draußen eine Armladung voll Schnee von der niedrigen Mauer und schlich um den Brunnen herum. Er glaubte, er konnte hier einfach auftauchen und mit seinen Kleinjungentricks so tun, als wären wir immer noch Freunde wie in unserer Kindheit? Als wären wir immer noch verliebt wie in unserer –

Eine Gestalt in hellblauer Skijacke trat hinter dem Brunnenrand hervor. Mit Augen, so blau und melancholisch wie das Meer, und einem fast schüchternen Grübchenlächeln, für das der junge Leonardo di Caprio morden würde.

»Nico …«

Meine Knie wurden so weich wie das weiße Polster unter meinen Füßen, der Schneeberg in meinen Armen verselbstständigte sich und zerschellte auf dieselbe Weise am Boden wie mein Herz vor all den Jahren.

»Hey, Sternenmädchen.«

16

Game of Winter Wishes

Teil 2

Yvonne Westphal

O du Frostige

Nicoley

»Nico …!«

Evangeline starrte mich an, ihre lindgrünen Sommeraugen so weit aufgerissen, als sähe sie einen Geist, ihr Mund formte ein kleines O. Eine leichte Röte überzog ihre hellen Wangen wie auf einer Vintage-Werbung für Kinderpunsch. Ich vergaß, was ich sagen wollte, vergaß, was ich vorhatte. Aber ich vergaß nicht, warum ich hier war. Wegen ihr. Wegen diesem Anblick. Dieses Leuchten in ihren Augen, dieses Zucken ihrer Nasenflügel, weil ihr Körper nicht zu wissen schien, ob sie lächeln oder fluchen sollte.

»Was … tust du hier?«

Grinsend breitete ich die Arme aus. » Ein Weihnachtsevent organisieren, das Omega in den Schatten stellt?«

Sie hob eine schwarze Augenbraue. »Du spinnst.«

»Vielleicht«, räumte ich ein, ohne meine Gekreuzigter-Jesus-Pose aufzugeben. Sie blieb unbeeindruckt, wie immer ein hinreißend trotziger Eisblock. Ich wusste, dass sie nicht wütend auf mich war. Sie war wütend auf sich selbst. Evie war schon immer selbst ihr größter Endgegner gewesen.

»Trotzdem Wiedersehens-Umarmung?«, bot ich an, obwohl meine Arme mittlerweile lahm wurden. In der Sekunde veränderte sich ihre Körperhaltung, ihre Miene wurde weicher, ihre Mundwinkel bogen sich zur winzigsten Andeutung eines Lächelns nach oben.

Shit, Evangeline hatte keine Ahnung, wie sexy sie aussah, wenn sie jemanden mit diesem wissenden Halblächeln ansah, oder?

»Du hast recht, ich sollte dir zumindest danken.« Entschlossen stapfte sie auf mich zu. Der Duft ihrer Haare umfing mich – immer noch Kokos und Apfelblüte. Augenblicklich war ich wieder siebzehn und zum ersten Mal so richtig verknallt. In dieses Mädchen, das so viel frecher war, als gut für sie war. In diese Frau, die so viel klüger war als ich. In diesen Menschen, der mich kannte wie niemand sonst. So fühlte sich »Zuhause« an. Ich drückte die Nase in ihr glänzend schwarzes Haar und schloss die Arme so fest um ihren kleinen Körper, als müsste ich sie dann nie mehr loslassen. Das Heimatgefühl intensivierte sich, als auch sie die Arme um mich schloss. Mich fluteten Dankbarkeit, Wärme und diese ganz bestimmte Melancholie nach einer Zeit, in der alles besser gewesen war. Leichter. Intensiver.

»Ich freu mich wirklich, Evie. Es ist toll, dich wiederzu–« Ich schnappte nach Luft, als eine Ladung eiskalten Schnees in meinem Nacken landete und meine Wirbelsäule hinabrutschte.

Evangelines Lächeln war der Himmel und die Hölle. »Ich habe nicht um deine Hilfe gebeten!«

Und während ich noch wie ein Krebs versuchte, meinen Rücken unter den Kleidungsschichten von Evies Gefrierbrand zu befreien, machte die amtierende Alpha-Präsidentin von St. Gloria auf dem Absatz kehrt und wollte den dramatischsten Abgang des Jahres hinlegen. Blöd nur, dass an dem Springbrunnen hinter ihr schon jemand lehnte und ihr die Show stahl.

»Respekt, Astor«, sagte mein bester Freund seit Kindertagen.

Evangelines Augenrollen war geradezu hörbar. »Valentin. Wie konnte ich erwarten, dass Nicoley irgendwo ist, wo du nicht bist.«

Der Ex-Omega-Präsident von St. Gloria stieß sich von dem Brunnenrand ab und vergrub die Hände in den Manteltaschen. Mit messerscharfem Blick musterte er Evangeline, diese typische Mischung aus Kalkül und Überlegenheit, die Valentin Knight so gefährlich machte. Evangeline ließ sich kein bisschen einschüchtern. Ich empfand unwillkürlich Stolz darüber, wie sie die Schultern straffte und das Kinn reckte, obwohl sie mehr als einen Kopf kleiner war als Valentin.

»Glücklicherweise bin ich nicht immer, wo dein Ex-Freund ist. Denn soweit ich mich erinnere, habe ich das letzte halbe Jahr nicht wie er damit verbracht, mich vom Indischen Ozean ertränken zu lassen. Aber ich freue mich auch, dich wiederzusehen. Ich hatte übrigens recht, Nicoley. Du schuldest mir einen Neunundsechziger.«

»Er. Hatte. Recht?« Evangeline funkelte mich wütend an. »Womit? Und warum schuldest du ihm jetzt gegenseitigen Oralsex?«

Ich fuhr mir über das Gesicht, da schob sich mein bester Freund bereits an uns vorbei. »Whisky, meine Liebe. *Clynelish Single Malt Scotch.* Die Brennerei wurde erst 1969 erbaut, eine Flasche kostet ein kleines Vermögen. Aber ich mag nach wie vor deine Art zu denken. Das mit dem Oralsex überlasse ich dir.«

Evangeline

Ihr habt *gewettet?*«, wiederholte ich, während Valentin »Selbstgefälliger Mistkerl« Knight über den eingeschneiten Schlossgarten zum nächsten Eingang schlenderte, als würde ihm das St. Gloria immer noch gehören – und als stapfte er gerade nicht in seinen handgefertigten Boots über zehn Zentimeter Neuschnee. »Worum?«

»Genau genommen hat Valentin gewettet«, gestand Nicoley sofort, »dass du unser Hilfsangebot für eurer Weihnachtsevent nicht freudestrahlend annehmen, sondern im Gegenteil vermutlich erst einmal mit einer Waffe auf mich losgehen würdest. Ich schätze, gefrorenes Wasser zählt als Waffe, also …«

»Streng genommen ist Schnee kein Wasser, sondern kristallisierter Wasserdampf«, murmelte ich, weil sich mein dämliches

Hirn nicht entscheiden konnte, ob ich ihn maßregeln wollte oder ihm endlich um den Hals fallen und meine Lippen auf seine pressen. Entschieden kämpfte ich den Drang nieder. Ich war keines dieser Mädchen, die alles stehen und liegen ließen, wenn sie einem attraktiven Kerl gegenüberstanden. Egal, wie hinreißend sein Grübchenlächeln war. Egal, wie warm seine sommerhimmelblauen Augen funkelten. Und erst recht egal, wie absurd gut er sogar in Winterkleidung aussah!

»Unnützes Wissen, Teil 394, hm?«, fragte Nicoley augenzwinkernd. Ungebeten erinnerte mich das daran, wie ich früher stets versucht hatte, mein Wissen herunterzuspielen. »Du bist immer noch die klügste Frau, die ich kenne.«

Ich schluckte. Mehrfach, weil es in meinem Bauch plötzlich gefährlich rumorte und meine Augen feucht wurden. Klare Sache: Brechreiz.

»Na schön«, wechselte ich endlich das Thema. »Und was ist euer großartiger Plan?«

Morning Glory Chronicles

19. Dezember

Wir sehen was, was ihr nicht seht – und das ist gefährlich heiß, schwer verknallt und sicher nicht regelkonform.

Was machen die Ex-Präsidenten Nicoley Debois-Cartell und Valentin Knight zurück am St. Gloria? (Falls du sie nicht kennst, weil du das letzte Jahr offenbar WIRKLICH unter einem Stein gewohnt hast, lies einfach die St. Gloria College Chronicles – oder schalte dir hier eine Zusammenfassung des letzten Jahres frei. Sonderpreis: Nur 3 Tokens.)

Unser Kopfkino ist gerade jedenfalls im Overdrive. We mean, hello? Heißkalte Schneeballschlacht im Schlossgarten? Und dieser Quelle zufolge schläft Nicoley sogar in Evangelines Suite! Wie passt das zu ihrer Fluchtaktion aus dem Kaminzimmer und ihrer buchstäblich kalten

Schulter in der Öffentlichkeit? Wir wissen nicht, was unser Favourite Golden Retriever verbrochen hat, aber das Herz unserer amtierenden Alpha-Präsidentin ist kalt wie ein Eiszapfen. (Falls wir wegen dieser Unterstellung morgen spurlos verschwinden: Ihr wisst, wer unsere Leichen verscharrt hat.)

Welche Überraschungen hält diese märchenhafte Weihnachtsfestival-Woche noch für uns bereit? Und vor allem: Wird unser Goldjunge Nicoley das schwarze Herz unserer Eisprinzessin zurückerobern? (Bilder von ihrer Zeit als Highschool-Sweathearts könnt ihr in dieser Galerie ansehen!)

Eine fröhliche dritte Adventswoche – und holt euch ja keinen Gefrierbrand bei diesen heißkalten Liebschaften.

Eure Morning Glory Redaktion

Von Kekskrümeln und Herzsplittern

Nicoley

Manche Dinge änderten sich nie. Zum Beispiel die fehlende Feinfühligkeit der Presse, wenn es um Klatsch und Tratsch ging. Oder Evies Abneigung gegen zweite Chancen, Deeptalk in Kaminzimmern, Weihnachtszauber-Dates mit mir – und gegen Anis.

Zugegeben, das hier war der letzte Strohhalm der Verzweiflung, nach dem ich griff, bevor selbst mein Wettkampf-Ego allmählich in Betracht zog, dass ich zwar Surfen lernen und internationale Pokale gewinnen konnte – aber nicht Evangeline Astor aus ihrem selbst gebauten Panzer ziehen. Nein, ich hatte einmal zugelassen, dass sie mich von sich stieß. Ich würde es kein zweites Mal zulassen. Und verdammt, wenn Wunder möglich waren, dann an Weihnachten!

Aus der sicheren Entfernung der nächsten Korridorkreuzung – was in den altehrwürdigen Schlossgängen von St. Gloria einer Tennisplatzbreite gleichkam – sah ich erwartungsvoll dabei zu, wie sie ein Plätzchen aus dem Tütchen zog, das ich vor ihrer Tür platziert hatte, und daran schnupperte wie ein Kätzchen, dem die tote Maus suspekt ist. Dabei ignorierte sie den lila Origami-Fuchs, den ich an die Tüte gebunden hatte, aber immerhin zerknüllte sie ihn nicht. Dann biss sie in ein Plätzchen – und schnitt eine Grimasse, als wäre es eine Zitrone und kein Weihnachtsplätzchen mit Zuckerglasur. Ihr Anblick war so niedlich, dass ich mir ein Lachen verkneifen musste. Ich scheiterte kläglich. Mein abgehacktes Prusten klang bestenfalls wie ein unterdrücktes Niesen und schlimmstenfalls wie eine Gewölle hochwürgende Katze. Jedenfalls hörte Evangeline es, bevor ich den Rückzug antreten konnte. Ich schlief nicht in Evangelines Suite, wie der *Morning Glory* behauptet hatte, sondern in einem der leer stehenden Doppelzimmer im Erdgeschoss, die für die Stipendiaten aus einfacheren Verhältnissen vorgehalten wurden – und es war auch weder illegal noch gegen die Regeln, dass Alumni das College besuchten. Einige kamen sogar für Dozentenreferate oder Jungprofessuren zurück und wohnten permanent hier. Valentin hingegen hatte sich in einem Hotel in der Nähe einquartiert – oder es gleich gekauft, wer wusste das schon.

»NICOLEY!« Evangelines Schrei hallte durch die leeren Korridore in der Abenddämmerung. Mein Grinsen wurde breiter, mein Herzschlag beschleunigte sich unwillkürlich. Sie nannte mich immer nur bei meinem vollen Namen, wenn sie wütend auf mich war – oder so tat, als ob. »Sind die von dir?«

»Kann nicht sein, ich hab meine noch.« Demonstrativ zog ich das Tütchen hervor, das ich für mich selbst gekauft hatte, und schob mir einen Sternenkeks im Ganzen in den Mund.

Kauend blieb ich stehen, bis Evangeline zu mir aufgeschlossen hatte. Sie trug lila Strumpfhosen in Schnürstiefeln, eine Daunenjacke und einen XXL-Schal, aus dem bloß ihre Stupsnase herauslugte. Dafür, dass sie mich angeblich nicht leiden konnte, suchte sie erstaunlich oft meine Nähe, obwohl sie mich auch ignorieren und die Plätzchen demonstrativ in den Mülleimer hätte werfen können. Zwei Studentinnen kamen uns entgegen, erkannten mich und rissen die Augen so weit auf, dass ich geradezu Herzchen darin aufsteigen sehen konnte. Ich spürte, wie ich demselben alten Fluchtreflex erlag, mir peinlich berührt durch die Haare zu fahren und ihrem Blick auszuweichen.

Evangeline war es, die mich erdete. Mal wieder. *Immer* wieder. Sie nahm meine Hand aus meinem Haar und fing meine Aufmerksamkeit allein mit ihrem Blick ein. Ihre Finger waren kühl in meiner Handfläche, und doch war alles in mir plötzlich so warm, als wäre das hier genau richtig. Sie. Wir. Hier. Bis sie mir die Plätzchentüte so energisch in die Hand drückte, dass ich spürte, wie einige Sternecken bröselten.

»Das sind keine Plätzchen, das ist ein Anschlag.«

Ich liebte ihre Widerspenstigkeit und ihren Sarkasmus. »Unten im Weihnachtsdorf gibt's mehr«, bot ich an. »Und so, wie du aussiehst, wolltest du ohnehin gerade dorthin. Ich kaufe dir andere, wenn du willst.«

»Um mich zu vergiften?«

»Anis ist kein Gift. Ganz im Gegenteil, es fördert die Verdauung«, widersprach ich, stolz auf mich, dass ich Evangeline etwas erklären konnte, selbst wenn sie das vermutlich wusste. Schließlich wusste sie alles. »Noch nie Ouzo getrunken?«

Evangeline verdrehte die Augen, zog mich jedoch am Arm die Treppen hinunter. *Sie* zog *mich!* Vielleicht brach meine Hartnäckigkeit doch endlich durch die Mauer um ihr Herz. »Was sagst du eigentlich zu dem Fuchs?« Als sie die Brauen fragend so hoch zog, dass sie unter ihrer Mütze verschwanden, hob ich grinsend die Kekstüte. »Dieser hier. Ich habe extra für dich lila Papier verwendet.«

Fassungslos starrte sie auf die Origami-Figur. Füchse waren ihre Lieblingstiere und lila ihre Lieblingsfarbe. Ihre Unterlippe zitterte. Ich wollte ihr Kinn anheben und sie küssen, um das Zittern an meinen Lippen zur Ruhe zu bringen. Dann hob Evangeline den

Blick, versuchte, ihre Überwältigung unter Spott zu begraben. »Ist dir nicht besonders gut gelungen, oder?«

Ich grinste, weil sie den Fuchs – und die Kekstüte – jetzt doch einsteckte. Als wir ins frostige Freie traten, löste ich ihre Hand von meinem Kragen und verflocht unsere Finger miteinander. Sie ließ nicht los, was ich als weiteren Erfolg verbuchte.

Die Abenddämmerung war bereits hereingebrochen, der Schlossgarten des St. Gloria leuchtete im Glanz von tausend Lichterketten. Wir schlenderten über die sorgsam angelegten Pfade zwischen den weiß bestäubten Blumenbeeten bis zum Springbrunnen, wo Alphas und Omegas Holzbuden aufgebaut hatten wie auf einem echten Weihnachtsmarkt, und Selbstgemachtes gegen Bons verkauften. Die Bons wiederum musste man für Tokens erstehen, die vom *Morning Glory* als unparteiischer Instanz verwaltet wurden. Das mit den Tokens war Valentins Idee gewesen, das mit den Bons meine. Zufrieden klapperte ich mit den Steinen in meiner Jackentasche.

»Ich hab übrigens noch was für dich.«

»Noch ein Blatt Papier?«, fragte sie zurück. Der Geruch von gebrannten Mandeln und Punsch wehte zu uns herüber, als wir neben dem Springbrunnen stehen blieben, der jetzt einer opulenten Eisskulptur glich.

»Besser«, versprach ich und zog die geballte Hand aus der Jackentasche. »Siehst du, im Grunde wolltest du nie einen Weihnachtsball veranstalten. Du hasst Weihnachten, Evie. Im Grunde wolltest du nicht einmal, dass ich hierherkomme, und das ist okay.« Sie schluckte sichtbar, wollte etwas erwidern, aber ich sprach schnell weiter: »Was du wirklich brauchst, sind die hier.« Ich öffnete die Faust und offenbarte das halbe Dutzend perlmuttschimmernder Tokens. Delta-Tokens waren am St. Gloria so etwas wie die Ringe der Macht. Jeder wollte sie, jeder *brauchte* sie – um Noten zu verbessern, Kommilitonen zu bestechen, oder in Evangelines Fall als Präsidentin: um am Ende des Jahres den Sieg zu holen.

Evangeline schnappte nach Luft. »Woher hast du die?«

Ich grinste. »Sagen wir einfach, den anderen gefallen meine Origamis deutlich besser als dir.«

Sofort verfinsterte sich ihre Miene. »Du hast anderen Leuten Origami-Füchse gebastelt …?«

»Täusche ich mich oder höre ich da etwa Eifersucht, Sternenmädchen?«, grinste ich. Evie schnaubte und sah zur Seite. Ich schob einen Finger unter ihr Kinn und drehte es zurück zu mir. Wieder schluckte sie, wieder brachen Unsicherheit, Hoffnung und Sehnsucht durch die Härte in ihrem Blick. Ich strich sanft mit dem Daumen über ihre Wange, betrachtete ihr herzförmiges Gesicht. »Ich habe nur einen einzigen Fuchs gebastelt.«

Ein hilfloses Lächeln zuckte in ihren Mundwinkeln. Oder war es Schmerz? In jedem Fall war es ein Durchbruch in der Mauer um ihr Herz. Ich holte tief Luft. Jetzt oder nie.

»Ich weiß, dass du denkst, dass dich niemand auf Dauer lieben kann. Ich weiß, dass du lieber alles kaputt machst, als irgendetwas zu nah an dich heranzulassen, weil es leichter für dich ist, allein zu sein, als verlassen zu werden. Aber ich bin immer noch hier, Evangeline Astor. Und ich gehe nirgendwo hin. Früher nicht, und heute erst recht nicht.«

Evangeline

Alles von mir erstarrte. Mein Körper. Mein Herz hinter seiner meterdicken Wand. Selbst die Welt hielt den Atem an. Mein erster Impuls war, zu widersprechen, aber plötzlich saß ein Kloß von der Größe einer Faust in meiner Kehle. Ich wollte zurückweichen, doch meine Beine bewegten sich nicht. Stattdessen brannte es in meinen Augen verräterisch, als ich in Nicoleys himmelblauen Augen nach einer Lüge suchte, nach einem Angriff, einem Vorwurf. Doch natürlich fand ich nichts.

Denn die Wahrheit war: Nicht Nicoley hatte mein Herz gebrochen. Sondern ich seins.

Ich schluckte. Vergeblich. Ich schnappte nach Luft. Vergeblich. Ich wandte den Blick ab. Vergeblich.

Nicoleys Finger schoben sich unter mein Kinn, hoben es an und zwangen mich mit sanfter Bestimmtheit, ihm in die Augen zu sehen. Lichterketten und Weihnachtskerzen verschwammen zu Streifen, als ich gegen die Tränen anblinzeln musste, die mit der Wucht einer Flutwelle gegen meine Augen drängten. Ich erinnerte mich genau an diese glücklichste Zeit in meinem Leben, die nahtlos zur schlimmsten Zeit meines Lebens geworden war. Damals, als ich siebzehn und im siebten Himmel verliebt gewesen war, so kitschig, dass ich rückwirkend noch an Zuckerschocks sterben müsste. Dann war die jahrelange Affäre meiner Mutter ans Licht gekommen, so langjährig, dass ich eine Zeit lang nicht einmal wusste, ob ich das Kind meines Daddys war oder eines anderen Mannes. Es folgte, was unweigerlich bei reichen Menschen folgt: hässliche Scheidung, öffentliche Schmutzkampagne, Ausnahmezustand. Ich fiel unkontrolliert von höchster Euphorie in tiefste Depressionen und umgekehrt. War in der einen Woche hochmotiviert und in der nächsten bis zur Lethargie antriebslos. Und dann, als wäre das nicht schon genug, meine Diagnose: bipolare Störung. Dass meine manischen und depressiven Phasen jetzt einen Namen hatten, machte es nicht besser. Es machte meine Familie nicht wieder ganz. Und es heilte nicht die Risse, die meine Seele davongetragen hatte.

Ich hatte nichts mehr gewollt, als all das in Nicoleys Armen zu vergessen. Er war mein bester Freund gewesen, meine große Liebe, der große Bruder, den ich nie gehabt hatte. Er war alles gewesen. Aber *ich* war plötzlich nicht mehr dieselbe gewesen. Ich wollte ihn nicht in mein chaotisches Leben zwischen Höhenflug und Depression reinziehen, wollte nicht, dass er wegen mir seine Freunde, seinen Sport und seine vielversprechende Zukunft aufgab. Wenn wir ausnahmsweise bei ihm gewesen waren, wollte ich nicht hören, was sein patriarchischer Vater über meine untreue Mutter sagte, wollte mir nicht vorstellen, wie er möglicherweise über mich herzog, wenn ich wieder weg war. Nicoley hatte nie etwas so sehr gewollt wie die Anerkennung seines Vaters. Ich wollte ihn nicht zwingen, sich zwischen mir und seinen Eltern entscheiden zu müssen. Wollte ihm nicht zur Last fallen. Wollte nicht, dass er mich irgendwann verließ, wenn er meine wankelmütigen Hoch- und Tief-Phasen nicht mehr ertrug oder sein Vater genügend Druck auf ihn ausüben würde. Also hatte lieber ich ihn verlassen.

Das war keine Ausrede und keine Entschuldigung – damals wie heute nicht. Es war meine Entscheidung und ich stand dazu. Aber das hieß nicht, dass ich nicht jeden einzelnen Tag litt. Ich redete mir ein, dass das die Schmerzen waren, die ich verdiente. Für mich. Für meine Krankheit. Für meine untreue Mutter.

Ich wusste, dass ich mich jetzt dafür entschuldigen musste, dass ich ihn verlassen hatte und immer so gemein zu ihm war, obwohl er mich nie aufgegeben hatte. Er hatte für mich seinen ersten Urlaub auf eigene Faust im Indischen Ozean abgebrochen, er hatte Origami-Tiere gefaltet, um für mich Tokens zu sammeln. Er hatte sogar extra für mich einen lila Fuchs gebastelt! Mein Lieblingstier in meiner Lieblingsfarbe. Aber ich brachte die Worte nicht über die Lippen. Mein Verstand weigerte sich. Mein Trotz. Mein Herz. Nur meine Tränen flossen ungehindert, stumme Zeugen meines Seelenzustands.

Nicoley zog mich an sich, hielt mich fest an seine athletische Brust gedrückt, eingehüllt in seinen warmen, frischen Duft, als er sein Kinn auf meinen Scheitel legte. »Es ist okay«, wisperte er, weil er einfach der beste Mensch auf der Welt war. Der sanftmütigste Junge, der liebevollste Mann. »Es war immer okay. Es war okay, dass du mich brauchtest, und es war okay, dass du mich nicht mehr um dich haben wolltest – auch wenn es scheiße schmerzhaft und frustrierend war.«

Ein Lachen brach durch meine Tränen, das klang wie ein Meerschweinchen mit Schluckauf. »Warum hast du nie aufgegeben?«

»Weil du es wert bist, Evie.« Sein Lächeln war so schön. Nicht nur, weil mein Tränenschleier den Winterabend in ein weich leuchtendes Bild für die Ewigkeit verwandelte. Sein Daumen strich sanft über meine Wange. Mein Kinn. Meine Lippen.

»Küss mich, bitte«, hauchte ich, weil ich meinen eingefrorenen Füßen nicht zutraute, mich auf die Zehenspitzen zu heben.

Und Nicoley gehorchte. Sein Griff um mein Kinn verstärkte sich, seine Lippen legten sich auf meine, und er küsste mich, wie ich zuletzt vor vier Jahren geküsst worden war. Es war Ankommen und Neuanfang, Freiheit und Verlangen. Geborgenheit und Glut. Ich drängte mich ihm entgegen, meine Finger schlossen sich um seinen Kragen. Nicoley nahm die zweite Hand an meine Wange, griff in meinen Nacken und zog mich gegen seinen starken Körper. Seine Zunge glitt zwischen meine Lippen, und jetzt war ich diejenige, die seinen Kopf in beide Hände nahm. Er bog meinen Kopf zurück, um unseren Kuss zu vertiefen, und ich wusste, dass ich dem Himmel nie wieder so nah kommen würde wie in diesem perfekten Augenblick.

Bis eine Frauenstimme aus der Hölle den Moment zerriss. »Entschuldigung. Was wird das hier? Falls ihr glaubt, dass ihr den Preis für den besten Filmkuss des Jahres kriegt – sorry, hier gibt es keine versteckte Kamera! Ich kann aber gern eine Bilderstrecke an den *Morning Glory* verkaufen.«

Ich war noch nicht bereit, mich von Nicoley zu lösen, erst recht nicht für meine Omega-Widersacherin Anastasia Bianchi. Doch weil ich ihr auf keinen Fall die Gelegenheit verschaffen würde, irgendwas an den *Morning Glory* zu verkaufen und dafür Tokens einzuheimsen, löste ich mich widerstrebend von Nicoleys Lippen. Er strich sanft mit der Nase über meine und ich schmiegte das Gesicht in seine Halsbeuge. Er duftete genau wie früher, nach

Bergluft und Gletscherwasser und warmer Kuscheldecke. Als ich die Augen öffnete, sah ich nicht nur meine Omega-Widersacherin, die in ihrer silbernen Daunenjacke mit dem auffälligen Kunstfellkragen aussah wie eine Mischung aus *Starlight Express* und Laufstegmodel. Sondern auch ein gutes Dutzend Juniors und Seniors aus beiden Häusern, die Nicoley und mich anstarrten wie das achte Weltwunder.

»Anastasia«, schoss ich statt einer Antwort zurück, mir des neugierigen Pulks um uns herum wohl bewusst, »du könntest auch einfach mitmachen. Wo ist denn dein Fake-Boyfriend Troy Jackson?«

Wie immer, wenn wir uns für die Öffentlichkeit Beleidigungen an den Kopf warfen, verdrehte sie übertrieben genervt die Augen.

»Wie dem auch sei«, wechselte Anastasia gekonnt das Thema. Eines musste man der hochgewachsenen Blondine lassen, die Aufmerksamkeit gezielt lenken konnte sie verdammt gut. »Ihr könnt so viele Plätzchen und Glühweinbecher verkaufen, wie ihr wollt. Am Ende des Jahres werden die Toten gezählt. Fröhliche Weihnachten, ihr Turteltäubchen! Genießt die Ruhe vor dem Sturm, ich hoffe, ihr seid bereit für Runde zwei.«

Und damit ließ uns die Omega-Präsidentin stehen. Ich ahnte, dass das restliche Jahr eine Herausforderung werden würde. Aber dann nahm Nicoley meine Hand in seine, und mit einem Mal war alles egal.

»Ich bin so was von bereit für Runde zwei«, raunte er, und ich musste lächeln, wie ich seit Ewigkeiten nicht mehr gelächelt hatte.

»Ich auch«, flüsterte ich zurück. »Außer, du versuchst mich noch mal mit Anisplätzchen zu vergiften.«

Nicoleys Lachen war Musik in meinen Ohren, als er den Arm um mich legte und einen Kuss gegen meine Schläfe drückte. Wie früher. Wie immer. Als wäre er nie weggewesen. »Wer weiß, vielleicht entdeckst du ja deine Vorliebe dafür? An Weihnachten ist schließlich alles möglich.«

Ja, dachte ich. An Weihnachten ist alles möglich.

»Danke, dass du da bist, Nico.«

Er zog mich lächelnd an sich. »Das war ich immer, Evie. Und das werde ich immer sein.«

17

Winter Wishes

Teil 1

Valentina Fast

Valentina Fast wurde 1989 geboren und lebt heute im schönen Münsterland. Beruflich dreht sich bei ihr alles um Zahlen, weshalb sie sich in ihrer Freizeit zum Ausgleich dem Schreiben widmet. Auf ihrem Instagramaccount @valentina_fast lädt sie gerne zu kleinen Kaffeepausen in ihren Storys ein, und in dem Podcast »The Book Hangover« geht es alle zwei Wochen um Themen rund ums Schreiben und Bücher.

Miller

Nichts fühlt sich so sehr wie Nachhausekommen an, als im Auto seines besten Freundes zu sitzen, der einen gerade vom Flughafen abgeholt hat, während draußen dichter Schnee fällt. Die Scheibenwischer arbeiten volle Pulle und kämpfen gegen den immer stärker werdenden Schneefall an. Es ist mitten in der Nacht, und im Radio läuft ein alter Weihnachtssong von Elvis. »Was für ein beschissenes Wetter!«

Scott schnauft neben mir. »Ach, das bisschen Schnee. Verträgst du etwa nichts mehr, seit du in der großen Stadt wohnst?«

Ich lache, gerade als wir das Schild von Blackwood passieren, dessen Lettern kaum sichtbar sind, weil so viel Schnee daran klebt. »Penner. Als würde dir der Arsch bei dem Wetter nicht auf Grundeis gehen.«

»Das hier sind Peanuts. Ich bin froh, dass wir aus den Bergen raus sind.«

Stimmt. Links vom Highway ging es ganz schön steil runter. Man konnte kaum die Markierungen der Straße erkennen, die nur noch eine einzige weiße Bahn war. Jetzt gerade geht es durch das Industriegebiet Blackwoods, das still und leise daliegt. Dann passieren wir Daisy's Diner, und der Gedanke daran, wie ich hier regelmäßig mein Katerfrühstück zu mir genommen habe, lässt mich lächeln.

»Scheiße, ja. Wenn das Wetter so bleibt, werde ich für den Rückweg definitiv den Umweg über Rosehill nehmen. Selbst wenn ich dafür drei Stunden länger brauche.«

»Du? Bin *ich* nicht derjenige, der gerade deinen millionenschweren Sexiest-Sportstar-des-Jahres-Arsch rettet, nur weil du es nicht geschafft hast, einen Mietwagen zu bekommen?«

Scheiße, hoffentlich wird dieser bescheuerte Titel nicht dauerhaft Thema über die Feiertage werden. Schlimm genug, dass ich bei jedem Interview darauf angesprochen werde. »Ach, halt die Klappe. Ich bin definitiv keine Millionen schwer.«

Scott feixt, hält den Blick zugleich fest auf die Windschutzscheibe gerichtet. »Wurde in dem Artikel aber so dargestellt.«

»Können wir über was anderes sprechen?«

»Eigentlich nicht.« Er lacht genauso laut und dröhnend wie immer. Verdammt, was habe ich den Idioten vermisst!

Ein kurzer Schmerz durchzuckt meine Schulter, und ich lasse sie mit einem unterdrückten Stöhnen kreisen, während ich versuche, mich etwas gemütlicher hinzusetzen.

Scott wechselt das Thema zum gestrigen Spiel. »Mann, da hat Dawson dich aber ganz schön gegen die Bande krachen lassen, was?«

Mir entfährt ein leises Grollen, während mein Blick wie magisch von der Weihnachtsbeleuchtung angezogen wird, die nun, da wir das Stadtzentrum erreichen, immer penetranter wird. In allen Schaufenstern blinkt es, quer über die Straße sind Tannengirlanden gespannt, die im dichten Schneefall hin- und herschwingen. Vor dem Supermarkt steht ein riesiger Schneemann. Außer ihm und uns befindet sich niemand auf den Straßen, weil alle gerade zu Hause Weihnachten feiern. Verdammter Mist! Wäre mein vorheriger Flug nicht gecancelt und mein Mietwagen nicht einfach an jemand anderen gegeben worden, säße ich längst bei meiner Familie. Weil wir mitten in der Eishockeysaison stecken und mein nächstes Spiel bereits in zwei Tagen in Buffalo stattfindet, wollte ich ursprünglich in New York bleiben. Doch gestern, nachdem mich dieser Mistkerl von den Chicago Blackhawks gegen die Bande getackelt hat und Mom mir daraufhin ein halbes Dutzend besorgter Nachrichten auf dem Telefon hinterließ, entschied ich mich für einen spontanen Besuch. »Tsk, war dem Idioten noch was schuldig.«

Scott grinst. »Für deinen Check am Anfang der Saison?«

Überrascht schaue ich zu ihm herüber. »Den hast du gesehen?«

»Sicher. Wir sehen uns all deine Spiele an.« Er deutet auf die Bar, an der wir vorbeifahren, und in der ich früher mit ihm und der Gang gemeinsam alle möglichen Spiele angesehen und von einer glorreichen Zukunft geträumt habe.

Bei dem Gedanken, dass sie immer noch dort sitzen und nun mich anfeuern, wird mir ganz warm ums Herz. »Wow, hätte ich irgendwie nicht gedacht.«

»Klar doch. Wenn es schon einer von uns bis nach ganz oben schafft. Das ist der Hammer.«

»Du hättest es auch schaffen können.«

»Wollte ich aber nie. Ich bin so verdammt glücklich hier. Ernsthaft.«

»Wow. Also ist es so richtig ernst mit Claire und dir?«

Scott richtet sich ein wenig in seinem Sitz auf, während er blinkt und in Richtung Mainstreet abbiegt. »Ja. Ich werde ihr einen Antrag machen. Heute Abend noch.«

Nicht sein Ernst. Und dann holt er mich ab? »Scheiße, sorry, dass du jetzt wegen mir zu spät kommst.«

Doch er winkt ab, genauso entspannt wie immer. »Alles gut. Wir sind gut in der Zeit.«

»Seid ihr heute nicht bei ihren Eltern?«

»Richtig.«

»Ernsthaft. Ich bin verdammt beeindruckt. Du hast nicht nur die Tochter vom Coach rumgekriegt, nein, du hast sogar die Eier, sie unter seinem Dach um ihre Hand zu bitten.«

»Wir sind jetzt *best buddys.*«

»Verarsch mich nicht.«

»Doch.« Scotts Augenbrauen wackeln. »Ich schwöre, beim letzten Familienessen hat er mich zwei Sekunden lang nicht so angestarrt, als würde er mich hassen.«

Wir lachen gleichzeitig los, und ich habe sofort das Bild vom

Coach im Kopf, der einfach chronisch schlechte Laune hatte und einem schon die Eier abriss, wenn man nur schief gegrinst hat. Ich klopfe Scott auf die Schulter. »Trotzdem freue ich mich für euch.«

»Ich bin verdammt aufgeregt.« Er runzelt die Stirn und wird langsamer, als wir beide zeitgleich einen Polizeiwagen mit Blaulicht mitten auf der Straße entdecken. Dahinter steht die Feuerwehr – und ein großer Strommast liegt einmal quer über dem Weg.

Wir halten und ein Polizist tritt an den Wagen. Scott grüßt ihn als Mark. Offenbar kennen die beiden sich. »Was ist hier los?«

»Der Strommast wurde von einem Lastwagen gerammt. Der LKW ist abgeschleppt, aber der Strommast liegt jetzt hier. Wenn ihr die Stadt verlassen wollt, dann nur noch über die Berge.« Er deutet auf den Weg, den wir gekommen sind.

»Verdammt«, stößt Scott aus. »Wie lange werden die Aufräumarbeiten dauern?«

»Sicher ein paar Stunden.«

»Kannst du mich anrufen, wenn es so weit ist?«, fragt Scott und verzieht gequält das Gesicht.

»Klar. Am besten sucht ihr euch was zum Unterkommen. Das Wetter wird nicht besser.« Er deutet in den Himmel, und wie zur Bestätigung nimmt das Schneetreiben noch einmal zu.

»Wir sind vorhin an Daisy's Diner vorbeigekommen«, sage ich. »Ich hatte sowieso schon ewig keinen richtig guten Apple Pie mehr.«

Scott erstarrt kurz, was seltsam ist, doch dann lacht er. »Sag nicht, dass die Großstadt kein vernünftiges Essen zu bieten hat.«

»Ach, es ist einfach anders als zu Hause.«

Scott nickt verstehend und winkt dem Officer einmal zu. »Wir hören uns.«

Als wir wenden und uns auf den Weg die Straße zurück machen, verschwindet Scotts Lächeln und er presst die Lippen aufeinander.

»Sorry, Mann, wenn du mich nicht abgeholt hättest, würdest du die Feier nicht verpassen.«

Aber er schüttelt den Kopf. »Mach dir keine Gedanken. Der

Ring rennt mir nicht davon. Und ein Antrag zu Silvester ist doch mindestens genauso romantisch. Vielleicht ist es eh keine so gute Idee, den vor dem Coach zu machen.«

Ein Lachen poltert aus mir heraus und ich zeige auf Scott. »Ich wusste, dass du ihn noch so nennst!«

Er lacht nur und setzt den Blinker, als wir kurz darauf das Diner erreichen. Der Parkplatz ist zugeschneit und die bunten Lichterketten blinken wie wild im Fenster. Der weiße Putz ist grau geworden, dennoch fühle ich mich schlagartig zu dem letzten Mal zurückversetzt, als ich hier war. Mit Lucy. Meine Kehle wird bei dem Gedanken an sie eng und ich schlucke, während ich aussteige und nicht daran zu denken versuche, was sie wohl gerade macht. Es geht mich nun nichts mehr an.

Wir brauchen nur wenige Schritte bis zum Eingang, doch die reichen, damit wir über und über mit Schnee bedeckt sind. Es bimmelt, als wir eintreten und unsere Schuhe abklopfen. Wir werden von Weihnachtsmusik begrüßt, als wir in das kitschige Diner eintreten, in dem die Zeit noch in den Sechzigern stehen geblieben ist. Wir setzen uns einander gegenüber auf zwei Bänke, zwischen denen ein Tisch steht. Die kleine Plastiktanne darauf ist mit unzähligen roten Schleifen geschmückt. Am Fenster neben uns hängen die bunten Lichterketten und überall sind Tannengirlanden mit großen roten Schleifen angebracht. Es ist verdammt kitschig. Aber irgendwie finde ich es gut. Muss es nicht genau so sein?

Scott zieht sein Handy aus der Hosentasche und steht wieder auf. »Bin schnell mal telefonieren.«

»Klar.« Ich greife nach der Speisekarte, die in Folie eingeschweißt wurde. Einen Moment später tritt jemand neben mich. Im Augenwinkel sehe ich eine Schürze, und ich hebe den Kopf. Die Zeit scheint sich zu verlangsamen, als mein Gehirn zu erfassen versucht, wer da gerade neben mir steht. Blonde Haare. Blaue Augen. Kleine Narbe am Kinn, die von unserem Unfall mit einem Schlitten stammt. »Lucy?«

Flüchtig schimmert Überraschung in ihrem Gesicht, bevor ihre Miene verschlossen und ihr Blick kalt wird.

Mir hämmert das Herz in der Brust, als wäre ich gerannt. Sie steht vor mir. Sie ist wirklich hier. Mit einem Mal spüre ich alles. Diese unfassbare Schuld, kurz nachdem ich die Stadt verlassen habe, obwohl wir gemeinsam gehen wollten. Die Sehnsucht, die mich jedes Mal überwältigt hat, wenn ich auch nur an Blackwood gedacht habe. Der Schmerz darüber, dass ich sie verloren habe.

Lucy schafft es schneller, ihren Schock zu überwinden, und ihr Gesichtsausdruck wird eisig. »Was darf es sein?«

»Lucy«, stoße ich erneut hervor, meine Stimme ist rau.

Ihr Blick flackert, doch ihr Tonfall bleibt hart. »Miller.«

Ein Schauder überkommt mich, auch wenn sie verflucht angepisst klingt. Wütend. Aber nicht gleichgültig.

»Was darf ich dir bringen?«

»Was machst du hier?«

»Arbeiten. Ich gehe davon aus, dass du noch einen Moment brauchst.« Sie fährt herum und verschwindet. Erst hinter den Tresen und dann in die Küche.

Ich starre ihr hinterher, und da kommt Scott. Er betrachtet mich neugierig, während er sich zurück auf die Bank schiebt. Da wird mir klar, warum er vorhin zögerte, als ich das Diner erwähnt habe. »Du wusstest, dass sie da ist, oder?«

»Sie arbeitet hier.« Er lehnt sich auf seinem Platz zurück. »Die Wahrscheinlichkeit lag bei fünfzig-fünfzig, dass sie heute anwesend ist. War es sehr seltsam?«

»Sag nicht, dass du absichtlich abgehauen bist.«

»Nein. Aber ich hätte einen größeren Knall erwartet. Die ganze Stadt hat damals von eurer Trennung gesprochen.«

Ich verdrehe die Augen. »Haben die Leute wirklich nichts Besseres zu tun?«

Scott verzieht den Mund. »Lucy wurde von jedem angesprochen.«

Mein Herz rutscht mir in die Hose. »Ernsthaft?«

»Ja. Aber irgendwann hörte es auf«, versichert er mir, doch irgendwie fühlt es sich so an, als würde er das nur sagen, um mich zu beruhigen. »Wie ist es denn, sie wiederzusehen?«

»Überraschend«, gebe ich zu und starre die geschlossene Küchentür an. »Sie sieht noch genauso schön aus wie damals.«

Als sie kurz darauf aus der Tür tritt, sind ihre Schultern angespannt nach hinten gedrückt. Sie würdigt mich keines Blickes, als sie zuerst die anderen Tische bedient, bevor sie nach langem Zögern an unseren kommt.

»Hey, Lucy«, grüßt Scott sie entspannt und erhält sogar ein Lächeln von ihr. Angespannt und doch wunderschön. Es trifft mich mitten in die Brust, auch wenn sie sichtlich bemüht ist, gar nicht erst in meine Richtung zu sehen.

»Hi. Was kann ich euch bringen?«

»Ich nehme ein Festtagsgericht.« Scott deutet auf die Tafel hinter der Theke, auf dem dieses groß beworben wird.

Lucy runzelt die Stirn. »Isst du gar nicht zu Hause?«

»Die Mainstreet Richtung Norden ist wegen einem umgestürzten Mast gesperrt.«

»Was?«, fragt eine ältere Dame vom Nebentisch, die uns offenbar zugehört hat. »Die Mainstreet ist gesperrt?«

Scott wiederholt seine Worte, dieses Mal nur lauter, sodass alle im Diner ihn hören können.

»Was machen wir denn jetzt?«, wendet sich die alte Dame an ihre Freundin.

Diese zuckt mit den Schultern. »Hier bleiben, schätze ich. Ich will auf keinen Fall durch die Berge fahren. Nicht bei dem Schneefall.«

»Oh nein«, ruft ein Mädchen und beratschlagt sich halblaut mit ihrem Freund.

Und ich kann nur Lucy ansehen, so wunderschön, stolz und stur. In dieser Weihnachtsnacht, in der wir uns niemals hätten treffen sollen. Und plötzlich fühlt es sich an, als wäre das hier ein Zeichen, eine Chance, die ich ergreifen muss, weil es mich sonst umbringen wird. »Ich nehme auch das Festtagsgericht«, höre ich mich sagen und hoffe kurz, dass sie mich doch ansieht.

Aber sie starrt stur ihren Block an, während sie meine Bestellung notiert, und bevor ich noch etwas sagen kann, ruft das Teenagerpaar sie zu sich.

»Oh Mann, es tut ja fast schon körperlich weh, dich so zu sehen.« Scott, dieser Penner, hat sogar den Nerv, mich auszulachen, während er sich auf seinem Platz zurücklehnt und das Handy zwischen seinen Händen dreht. »Was ist denn los mit dir? Du hast sie damals sitzen gelassen. Oder erdrückt dich dein schlechtes Gewissen?«

»Tut es«, gebe ich zu und ziehe die Nase kraus. »Ich hätte nicht gedacht, dass es sich nach all den Jahren so anfühlen würde.«

»Du warst verrückt nach ihr. Haben viele Leute nicht verstanden. Ich auch nicht.«

Das weiß ich. Aber ich habe das Thema immer abgewürgt. Wenn man so viele Meilen entfernt ist, ist das einfach. Jetzt nicht mehr. »Ich hatte meine Gründe.«

»Welche? Komm schon.« Er lacht und deutet nach draußen. »Wir sitzen hier fest. Gib mir ein paar Antworten auf meine Fragen, bevor wir hier elendig in diesem Diner versauern. Weil Weihnachten ist.«

Ich zögere, und beobachte Lucy von Weitem, wie sie zur Theke geht, eine Kaffeekanne und zwei Tassen für uns holt. Als sie uns ihn anbietet, streift mich ihr rebellischer Blick, mit dem sie mich damals schon in den Wahnsinn getrieben hat. »Kaffee?«

»Gerne«, sagen wir gleichzeitig, und sie schenkt uns ein, bevor sie wieder verschwindet.

»Sie wollte nicht mit mir kommen«, beantworte ich Scotts Frage. Sie hat es nie zu mir gesagt, aber ich habe ein Video gesehen, in dem sie das tut. Sie wollte ihre Familie nicht verlassen. Und nachdem ich das gesehen habe, konnte ich sie nicht mehr mitnehmen.

»Wie kommst du darauf? Sie war am Boden zerstört, nachdem du weg warst.«

»Weil ich mich wie ein Arschloch verhalten habe«, gebe ich zu und kann nicht aufhören, sie anzusehen. Weil sie so unfassbar schön ist. Ich hasse es, sie verlassen zu haben. Aber ich hätte es noch mehr gehasst, wenn sie mitgekommen wäre und die Entscheidung am Ende bereut hätte.

Und darum habe ich sie verlassen und gehofft, sie würde ein gutes Leben führen. Stattdessen steht sie am Weihnachtsabend hier in diesem Diner und arbeitet. Wieso? Was tut sie hier?

Sie beginnt, hinter der Theke Gläser zu polieren, und schaut zu uns herüber, nur flüchtig, doch als sich unsere Blicke begegnen, dreht sie sich ruckartig weg. Weil sie mich ansehen wollte.

Mein Herz macht einen kleinen Hüpfer. Weil mir bewusst wird, dass ich sie nicht kalt lasse. Ich war sicher, sobald wir uns das nächste Mal wiedersehen, würde ich nichts mehr für sie sein. Doch so ist es nicht. Mein Auftauchen macht etwas mit ihr. Was bedeutet, dass ich ihr nicht egal bin. Noch bevor ich ordentlich darüber nachdenke, erhebe ich mich. »Bin sofort wieder da.«

Scott lacht leise. »Tu dir keinen Zwang an.«

Ich gehe zu Lucy und schiebe mich auf den Barhocker an der Theke, der sich direkt vor ihr befindet. »Was machst du hier?«

Lucy schaut mich an, als wäre ich nur ein nerviger Gast und nicht der Kerl, der einst davon träumte, sie zu heiraten. »Arbeiten.«

»Aber wieso?«

Sie runzelt die Stirn und stellt das polierte Glas in das Regal hinter sich, bevor sie sich das nächste nimmt. »Wurdest du einmal zu oft gegen die Bande geknallt, oder warum stellst du solche Fragen? Warum arbeiten Menschen?«

Ich merke selbst, dass ich wie ein Idiot klinge, also lasse ich das Thema vorerst fallen und kann nicht anders, als sie anzulächeln. »Sorry. Bin wohl etwas überwältigt davon, dich hier heute zu sehen.«

Sie zögert, presst die Lippen zusammen und poliert das Glas etwas fester. »Und was machst *du* hier? Bist du nicht mitten in der Saison?«

Mein Herz jubelt, weil sie diese Frage stellt und mich nicht ignoriert. Auch wenn ich es verdient hätte. »Überraschungsbesuch. Meine Familie weiß nicht, dass ich herkomme.«

»Sie werden sich bestimmt freuen.« Trotzig starrt sie auf die Theke, auch wenn ich sie dabei erwische, wie ihr Blick hin und wieder zu mir zuckt.

Also drehe ich mich zur Seite und betrachte die Dekoration, als wäre sie das Interessanteste der Welt. »Ich bin nur bis übermorgen hier. Danach habe ich wieder ein Spiel. Aber ich … ich würde … hast du wohl Zeit für einen Kaffee mit mir?«

Einen Augenblick lang ist nur Weihnachtsmusik zu hören. Dann stößt sie ein heiseres, fast bitteres Lachen aus, bevor sie stockt. »Warte – meinst du das etwa ernst?«

Ich wende mich ihr zu, kann einfach nicht anders. »Ja.«

»Nein«, antwortet sie knapp, amüsiert, mit einem Ausdruck im Gesicht, als würde sie an meiner geistigen Gesundheit zweifeln. »Ich werde niemals und unter keinen Umständen mit dir Kaffee trinken.«

Irgendwas muss kaputt in mir sein, denn diese Worte wecken einen Jagdtrieb in mir, den ich nie zuvor verspürt habe. Mein Mundwinkel zuckt und ich lächle. Ihr Blick fällt auf meine Lippen. Sie schluckt. Mein Herz poltert. Ein Klingeln ertönt aus der Küche, und sie wendet sich ruckartig von mir ab. Und ich? Ich kann an nichts anderes denken, als dass ich ihre Geheimnisse lüften will.

Vor Jahren habe ich sie verlassen, weil ich sicher war, sonst ihre Träume zu zerstören. Doch irgendwas muss seitdem passiert sein. Etwas, das sie zwingt, an Weihnachten in diesem Diner zu servieren. Und ich werde herausfinden, was.

Ich rutsche von dem Hocker und gehe zurück zu Scott, der mich erwartungsvoll ansieht. »Dein Kopf ist ja noch dran.«

»Allerdings. Sag mal, weißt du, warum sie hier arbeitet?«

»Weil das ihr Job ist.«

»Aber wieso? Sie wollte aufs College gehen. Sie wollte Malerin werden. Sie hat so viel Talent.«

»Sie ist jetzt Lehrerin und hat eine Stelle hier an der örtlichen Highschool angenommen. Ihre Familie hatte wohl eine schwere Zeit mit Emmas Krankheit. Claire meinte, Lucy ist die Alleinverdienerin, nachdem ihr Dad abgehauen ist.«

Scott knallt mir so viele Informationen auf einmal vor die Füße, dass ich ihn einen Augenblick lang nur entgeistert anstarren kann. »Was?«

Schritte kommen näher, und Lucy stellt uns zwei Teller hin. »Truthahn mit Kartoffelpüree, Gemüse und Preiselbeersoße. Guten Appetit.« Sie wirft mir noch einen letzten irritierten Blick zu, als könne sie noch immer nicht fassen, dass ich mit ihr einen Kaffee trinken will.

Ich lächle sie an. Ihre Augen weiten sich, und beinahe wäre sie gegen einen Barhocker gelaufen.

Ich liebe, dass ich noch immer so eine Reaktion in ihr hervorrufen kann. Und zugleich hasse ich, dass ich keine Ahnung habe, wann ihr Leben derart schiefgelaufen zu sein scheint. Aber das werde ich herausfinden. Noch heute Nacht.

18

Winter Wishes

Teil 2

Valentina Fast

Lucy

Miller ist hier. Und ich fliehe vor ihm und diesem fürchterlichen Lächeln, mit dem er schon immer alles bekommen hat, was er wollte. Und scheinbar will er nun wieder mich.

Ernsthaft? Wir wollten ein neues Leben beginnen. Dann ließ er mich zurück, nur um mit einer beschissenen Textnachricht mit mir Schluss zu machen – und jetzt lädt er mich auf einen Kaffee ein? Er sollte mich kalt lassen. Tut er aber nicht.

Ich schaue, ob die letzten beiden Gäste – zwei ältere Damen – noch etwas benötigen und verschwinde dann hinter die Theke, wo ich mein Telefon aus der Schürze ziehe.

Keine Antwort von meiner Schwester auf die Nachricht, dass die Mainstreet gesperrt ist. Aber vermutlich ist sie gerade zu sehr mit ihrem Freund beschäftigt. Sie wollte die Zeit meiner Schicht bei ihm verbringen, bevor wir heute Nacht nach Hause fahren und mit Mom und unseren drei kleinen Brüdern feiern.

Es ist das erste Weihnachten, seit Emma wieder gesund ist, und ich hasse, dass ich es mit dieser zusätzlichen Schicht versaue, aber wir waren uns alle einig, dass wir den Feiertagszuschlag gut gebrauchen können. Dafür feiern wir ein Mitternachtsweihnachten, und egal wie erschöpft ich sein werde, es wird dennoch das schönste Weihnachtsfest. Einfach nur, weil wir alle einander haben.

Ich öffne den Chat mit Claire, meiner besten und Scotts fester Freundin, und tippe:

Wusstest du, dass Miller in die Stadt kommt?

Sie antwortet sofort:

OMG NEIN!! WAS?!

Er ist mit Scott hier, du Lügnerin.

Sie braucht eine Weile, bis sie wieder schreibt.

Sorry.

Alles gut. Ich wollte ja selbst,
dass du ihn nie wieder erwähnst.

Geht es dir gut? Scott meinte, die Straße ist gesperrt und sie bleiben im Diner. Wollte dich warnen, nur waren sie dann schon da.

Schon okay.
Aber Miller will mit mir Kaffee trinken?

Hat ihn ein Puck am Kopf getroffen?

Ich lache laut auf und presse mir schnell die Hand auf den Mund, bevor ich hinter eine große Plastiktanne rutsche, die mich vor den Gästen verbirgt.

Habe ich auch gedacht!

Und warum?

Ich habe nicht die leiseste Ahnung.

Ich würde ja sagen, du solltest ihn zum Mond schießen. Aber das wäre die perfekte Gelegenheit für Antworten.

Da muss ich ihr leider recht geben. Denn egal wie viel Zeit vergangen ist, Miller hat mir damals das Herz gebrochen, und ich habe bis heute nicht herausgefunden, wieso.

Ich werde definitiv keinen Kaffee mit ihm trinken.

Du kannst ja Antworten im Gegenzug zu einem Date verlangen. Und dann lässt du ihn sitzen.

Böse. Gefällt mir.

Halt mich unbedingt auf dem Laufenden!

Ich schicke ihr einen »Daumen hoch« und schiebe das Handy zurück in meine Schürze. Beim Gläserpolieren erwische ich mich selbst, wie ich immer wieder zu Miller hinüberschiele und ihn ansehen will, herausfinden will, was sich an ihm verändert hat. Er trägt nun einen Bart. Seine Schultern sind breiter. Seine ganze Statur beeindruckender. Er sieht definitiv nicht mehr wie der Junge aus, in den ich mich damals verliebt habe.

Stattdessen sitzt dort ein Mann. Einer, der mit mir Kaffee trinken will.

Mein Herz macht einen Satz, und ich hasse mich dafür ein bisschen.

Wir wollten zusammen aufs College gehen. Während er als Eishockeyspieler ein Stipendium bekam, wollte ich das Geld aus dem Erbe meines Vaters benutzen. Ich stand mit gepackten Koffern vor der Tür und wartete. Wartete. Wartete. Bis er mir schrieb, dass er mich nicht mitnehmen könne.

Ich hätte ihm folgen können. Stattdessen habe ich von meiner Schwester erfahren, dass sie Krebs hat. Also ging ich aufs Community College und nutzte mein gesamtes Geld für ihre Behandlungen. Mein Stiefvater verließ uns kurz darauf, weil ihm der ganze Stress zu viel wurde, und Mom musste sich um die jüngeren Kinder kümmern. Also blieb nur noch ich, die das Geld nach Hause brachte. Ich kann mich kaum an die letzten Jahre erinnern, weil ich ständig nur gelernt und gearbeitet habe. Doch jetzt habe ich einen Job in der Nähe. Mom arbeitet mittlerweile wieder als Krankenschwester, und Emma will sich ebenfalls im neuen Jahr um einen Job bemühen. Danach wird alles anders. Einfacher. Ich weiß nicht, wie lange es nötig ist, dass ich diesen Job mache, aber es ist okay. So läuft das eben in manchen Familien. Alles, was ich für mein Leben geplant habe, meine Träume und Ziele können noch warten. Dennoch krampft mein Magen ein wenig, als ich an all die Träume denke, die in jener Nacht gestorben sind.

»Bist du eigentlich an Silvester dabei?«, fragt Scott, als ich ihre Teller irgendwann abräume.

Miller starrt mich an. Ich kann es fühlen, selbst wenn ich mich auf Scott konzentriere. »Ich weiß noch nicht. Ich habe Schicht an dem Tag, aber ich könnte danach vorbeischauen.«

»Da ist das Feuerwerk doch längst gelaufen.«

Ich ziehe die Augenbrauen hoch und versuche, mir nicht anmerken zu lassen, wie schade ich es finde, dass ich ständig solche Dinge verpasse, und wie froh ich bin, dass sie mich dennoch einladen. »Dann komme ich auf einen After-Feuerwerks-Drink vorbei.«

Scott lacht. Da klingelt sein Handy, und ich kann Claires Foto auf dem Bildschirm sehen, bevor er aus der Bank rutscht, um das Gespräch anzunehmen.

»Wie geht es Emma?«, fragt Miller leise, vorsichtig.

»Gut. Sie ist gesund.«

»Tut mir leid, dass sie krank war. Und wie geht es dir?«

»Gut.« Ich wende mich ab und gehe mit dem Geschirr davon, um es in die Küche zu bringen. Doch als ich wieder rauskomme, sitzt Miller plötzlich an der Theke und hat nun ein Kartenspiel in der Hand.

»Was soll das?«

»Spiel mit mir.«

»Nein.«

»Angst?«

»Nein. Nur viel zu tun.«

Er macht eine ausladende Geste. »Wir sind hier eingesperrt. Keiner der Gäste wird etwas sagen, wenn du eine Runde mit mir spielst.«

»Aber wieso sollte ich?«

»Wenn du eine Runde gewinnst, darfst du mich boxen.«

»Ernsthaft? Das ist kindisch.« Mein Mundwinkel will sich zu einem Lächeln verziehen, doch ich kann mich zusammenreißen.

»Ich weiß, dass du es willst.«

Und wie ich es will! Ich zögere. Dann deute ich ihm an, dass er die Karten austeilen soll.

Miller schmunzelt und stemmt sich auf seine Ellenbogen, wodurch sein Bizeps sich anspannt, was ich natürlich ignoriere.

Wir reden kein einziges Wort während der ersten Runde – die ich gewinne. Obwohl ich fast sicher bin, dass er das absichtlich gemacht hat, boxe ich ihn über die Theke hinweg gegen den Oberarm. Nicht ansatzweise fest genug, aber es reicht, um einen winzig kleinen Teil meines Frustes loszuwerden.

Miller fragt nicht, sondern teilt erneut aus. »Wie geht es den Jungs?«

»Gut«, antworte ich. Und nach ein paar weiteren Spielzügen: »Sie gehen jetzt auf die Highschool.«

»Kleine Racker. Sind sie immer noch so frech?«

»Sie sind Teenager.«

Miller schnaubt mit einem Nicken, als wüsste er, wovon ich spreche. »Und deiner Mom?«

»Gut.«

»Wenn du noch einmal ›gut‹ sagst, klingt es nach einer Lüge.«

»Was willst du denn hören?« Ich sehe ihn über mein Kartendeck hinweg an. »Wir hatten eine beschissene Zeit und bemühen uns noch darum, wieder klarzukommen.«

»Das tut mir leid.«

»Was genau tut dir denn leid?«, frage ich provokant und bereue es sofort. Ich will nicht den Anschein machen, dass ich der Vergangenheit hinterherhänge. Ich will cool und abgeklärt wirken, und zugleich will ich endlich Antworten.

Sein Blick ist kummervoll. »Alles.«

»Warum hast du mir das angetan?« Meine Stimme ist glücklicherweise nicht so klein, wie ich mich fühle.

Miller schweigt und sein Blick bohrt sich in meinen. Unnachgiebig und intensiv. »Weil du nie gehen wolltest.«

Die Karten fallen mir aus der Hand. »Du verarschst mich.«

Miller zuckt nicht einmal mit einer Wimper.

»Ich stand mit gepackten Koffern vor unserer Haustür und hab auf dich gewartet. Wie kommst du auf diesen Unsinn?«

»Emma hat mir ein Video geschickt. Von dir. Auf dem du sinngemäß sagst, dass du lieber zu Hause bleiben, aber mich verlieren würdest, wenn du nicht gehst.« Er weicht meinem Blick aus. »Ich konnte dir das nicht antun.«

Ich starre ihn an. Das muss ein Scherz sein. Aber Miller lacht nicht. Er lächelt nur traurig, als würde er sich wünschen, dass es damals anders gelaufen wäre.

»Emma hat dir so ein Video geschickt? Meine Schwester?«

»Ich lüge nicht. Sie hat es mir kurz vor unserer geplanten Abreise geschickt.«

»Das kann nicht …« Ich will behaupten, dass ich so etwas niemals gesagt habe. Aber das stimmt nicht.

Ich schlage mir die Hand vor den Mund und die Karten fliegen über den Tisch. »Mein Gott.«

Miller verzieht gequält das Gesicht und sammelt die Karten zusammen. »Tut mir leid. Ich wollte keine alten Wunden …«

»Ich hab das nur gesagt, weil meine Geschwister so traurig waren. Emma hat eine Szene gemacht. Dass ich sie im Stich lassen würde. Und da hab ich ihr beteuert, ich würde lieber zu Hause bleiben – um ihre Gefühle nicht zu verletzen.«

»Fuck«, stößt Miller aus, und in diesem Wort steckt so viel Schmerz und Reue, dass es mir beinahe den Boden unter den Füßen wegzieht.

Wir starren uns an und es fühlt sich an, als würden all die Jahre zwischen uns vorbeiziehen. Einen Augenblick lang bekomme ich keine Luft mehr. Dann wird mir bewusst, dass es absolut nichts an unserer derzeitigen Situation ändert, wenn wir der Vergangenheit hinterhertrauern. Also räuspere ich mich. »Wow, das ist offenbar richtig blöd gelaufen.«

Er starrt mich an und braucht einen langen Moment, um zu reagieren. »Das war's?«

»Nichts, was ich jetzt tue oder sage, wird an unserer Situation etwas ändern«, erwidere ich und sammle meine Karten ein.

»Deine Schwester hat unsere Beziehung zerstört.« Er spricht leise, angespannt, voll angestauter Wut, die kurz davor ist, aus ihm herauszuplatzen.

»Sie war ein verzweifelter Teenager, der mich nicht verlieren wollte.«

»Sie hätte dir die Wahrheit sagen können.«

»Du mir auch«, erwidere ich. »Habt ihr aber nicht. Am Ende war es sowieso das Beste für uns alle. Wir hatten eine harte Zeit, und egal, was wir versucht hätten, es hätte deine Karriere beeinflusst.« Ich lächle, und plötzlich empfinde ich Frieden mit ihm, mir und unserer Vergangenheit. »Du wurdest zum Mr. Sexiest Sportler des Jahres gekürt. Das ist ziemlich beeindruckend.«

Miller schweigt, und ich habe das Gefühl, er muss das alles noch mehr verdauen als ich. Deshalb greife ich auch nach seinen Karten und schiebe alle zu einem Stapel zusammen.

»Ich hasse es, dass wir einander so fremd sind«, flüstert er sanft und mit einem Hauch Verzweiflung in der Stimme.

Das Tempo meines Herzschlags verdoppelt sich. »Wieso sagst du so was?«

»Weil es stimmt. Ich war mal der Mensch, mit dem du alles geteilt hast. Jetzt sind wir ...« Er verstummt und deutet zwischen uns hin und her. »Das hier.«

»Bekannte«, vervollständige ich und verbeiße mir ein Lachen, als er mich ansieht, als hätte ich versucht, ihn mit einem Schneemobil anzufahren.

»Ich will kein Bekannter sein.«

Was willst du dann? In letzter Sekunde verkneife ich mir die Frage. Was auch immer es wäre, es würde vermutlich nur alte Wunden aufreißen. »Ich bin jedenfalls froh, dass die Wahrheit raus ist.«

Wieder sieht er mich nur an, so intensiv, dass ich überall Gänsehaut bekomme. »Ich muss eben …« Weiter komme ich nicht, bevor ich vor ihm flüchte, ausgerechnet zu den Toiletten, was gar keinen Sinn ergibt. Ich wasche mir die Hände, kühle mich ab. Als ich in den Flur trete, steht dort Miller und sieht aus, als hätte er auf mich gewartet. »Schon ein bisschen gruselig von dir, hier auf mich zu warten.«

Doch er zuckt nicht zurück, sondern kommt stattdessen näher, und ich bleibe stehen, inhaliere seinen Duft. Die plötzliche Aufregung lässt mein Herz flattern. »Was wird das?«

»Ich hab dich so sehr vermisst«, stößt er hervor, und wir sind einander nun so nahe, dass wir uns beinahe berühren. »All die Jahre. Ich … ich will dich nicht wieder verlieren.«

»Ich gehöre dir nicht«, erwidere ich atemlos, und als seine Hand meinen Ellenbogen streift, werden meine Knie ganz weich. »Wir kennen uns doch kaum mehr.«

»Lass mich dich kennenlernen. Ich will alles über die Lucy wissen, die du jetzt bist.«

»Miller«, flüstere ich und atme zittrig aus. »Ich …«

»Darf ich dich küssen?«

Die Frage ist so verrückt, dass ich lachen sollte. Stattdessen schießt sie direkt durch meine Nerven, bis in meinen Schoß, wo ein kräftiges Ziehen mich beinahe stöhnen lässt. Ich muss völlig wahnsinnig geworden sein, denn plötzlich liegen meine Hände auf seiner Brust, zerren an seinem Pullover und ihn zu mir herunter. Als unsere Lippen aufeinandertreffen, explodiert etwas in mir, lässt alles prickeln, pochen und pulsieren. Miller stöhnt leise, küsst mich, als wäre er ein Ertrinkender, und drückt mich fest an sich.

Wir küssen uns, verschlingen einander, und ich schnappe nach Luft, als wir den Kuss beenden und uns ansehen.

»Komm mit mir. Nach New York.« Miller stößt die Worte aus, als warte er schon ewig darauf, sie aussprechen zu dürfen.

»Nein«, flüstere ich und löse mich von ihm. »Meine Familie braucht mich.«

»Du hast dein halbes Leben lang alles für deine Familie getan. In der Highschool hast du ständig auf deine Geschwister aufgepasst. Du bist nie weggefahren, weil deine Eltern dir immer ein schlechtes Gewissen eingeredet haben. Du bist sogar Lehrerin geworden, statt Kunst zu machen. Malst du überhaupt noch?«

Miller schafft es, direkt in eine Wunde zu stechen, die nie ganz verheilt ist. »Es war ein dummer Traum. Ich war eh nie gut genug.«

»Blödsinn. Du hast Talent und offenbar nur den Weg eingeschlagen, der einfacher für deine Familie ist.«

»Hör auf damit.«

»Warum? Weil es die Wahrheit ist?«

»Weil es meine Entscheidung war. Lehrerin zu sein ist okay.«

»Und du bist in der Nähe deiner Familie. Hat dir eigentlich mal jemand gesagt, dass sie nicht deine Verantwortung sind? Weder deine Geschwister noch deine Mutter?«

Alles in mir zieht sich zusammen. »Familien unterstützen sich.«

»Familien zerstören keine Träume.« Millers Stimme zittert vor Schmerz. »Sie zerstören kein Glück.«

»Hör auf. Bitte.« Ich will all diese Worte nicht hören, denn sie sind nicht wahr. Meine Familie liebt mich. Und ich habe freiwillig alles aufgegeben, um ihnen zu helfen. Ich würde es immer wieder tun.

»Okay, es tut mir leid.« Er fährt sich frustriert durch das Haar.

In dem Moment kommt Scott um die Ecke. »Sorry für die Störung, aber die Straße ist offenbar wieder frei. Und gerade kam eine Warnmeldung rein. Ein Blizzard ist im Anmarsch.«

Erschrocken eile ich zur Theke, wo die beiden Damen warten und bezahlen wollen. »Frohe Weihnachten!«, wünschen sie mir, bevor sie verschwinden. Als ich Scott und Miller abkassiere, kommt Greg aus der Küche. »Daisy hat gerade angerufen. Wir sollen zumachen und nach Hause fahren. Soll ich dich mitnehmen?«

»Nein. Ich rufe meine Schwester an. Aber danke.« Während er die Kasse in den Tresor packt, versuche ich Emma zu erreichen. Doch sie geht nicht ran. »Mist.«

»Ich kann dich mitnehmen«, bietet Greg erneut an.

»Das ist ein riesiger Umweg für dich.« Dennoch zögere ich. Ein Fußmarsch kommt auch nicht in Frage.

Da treten Scott und Miller zu uns. »Wir nehmen dich mit. Dein Haus liegt auf dem Weg.«

Erleichterung lässt meine Schultern nach unten sacken. »Danke, das wäre toll.«

Gemeinsam verlassen wir das Diner, und ich versuche auf Scotts Rückbank weiterhin, Emma zu erreichen, doch sie geht auch nach dem dritten Anruf nicht ran. Allmählich mache ich mir Sorgen.

Aber als wir an unserem Haus ankommen, steht ihr Wagen in der Einfahrt. Erleichterung durchfährt mich. Ich schnalle mich ab. »Frohe Weihnachten und liebe Grüße nach Hause!«

Scott erwidert die Worte, doch Miller besteht darauf, mich zur Tür zu bringen. Genauso wie früher.

Der Schneefall ist noch dichter geworden, als wir aussteigen, und ich schlinge mir fest den Schal um den Hals. Wir treten näher, doch ich erstarre, als ich durch das Fenster in das Esszimmer sehen kann. Dort sitzt meine Familie und isst. Sie sind schon beim Nachtisch. Der Dessertcreme, die ich vor der Arbeit noch in kleine Gläschen geschichtet und mit Früchten garniert habe. Und ich kann die Geschenke sehen, die sie offenbar bereits ausgepackt haben. Ohne mich.

»Ich schätze, das war nicht der Plan?«, fragt Miller neben mir.

Ich nicke. »Wir wollten ein Mitternachtsfest feiern.« Es muss eine Erklärung dafür geben. Dennoch habe ich einen Knoten im Bauch, als ich die Tür aufschließe.

Miller folgt mir, als ich reingehe, geradewegs ins Esszimmer laufe und eine Spur aus Schnee hinterlasse. »Guten Appetit.«

»Lucy. Miller? Was macht ihr denn hier?« Mom bekommt große Augen, aber nur, weil Miller hinter mir steht.

Meine Brüder, Emma und ihr Freund starren ihn ebenfalls an.

»Ihr feiert ohne mich«, stelle ich fest, meine Stimme zittert. Und mit einem Mal wird das hier zu einem allzu bekannten Bild. Meine Familie, die mich ausschließt, weil es einfacher ist, bequemer, schneller.

»Die Jungs wollten ihre Geschenke, und Emma wollte woanders übernachten. Es war einfacher für uns. Das ist doch sicher okay für dich. Wir hätten dir was übrig gelassen«, versichert Mom, doch die leeren Schalen in der Mitte des Tisches strafen ihre Worte Lügen.

Etwas in mir zerbricht, und mir wird klar, dass es schon immer so war. Ich habe alles gegeben. Für diese Familie. Weil ich sie liebe. Aber mit einem Mal weiß ich gar nicht, ob sie diese Liebe erwidern.

Ich sehe Emma an, und plötzlich spüre ich denselben Zorn, den mein Ex vorhin empfunden hat. »Du hast Miller dazu gebracht, ohne mich nach New York zu fahren.«

Sie schluckt, hebt aber trotzig das Kinn. »Wir brauchten das Geld für meine Behandlung.«

Mir ist schlecht, und ich weiche vor den Menschen zurück, für die ich alles getan habe. Sogar meine Träume aufgegeben. »Das kann nicht dein Ernst sein.« Sie hätte alles sagen können. Alles. Doch es war das Geld, das sie dazu brachte, mein Leben zu opfern. »Deshalb wolltest du nicht, dass ich gehe. Du wolltest nur mein Geld. Mein Leben hat dir nichts bedeutet. Aber das ist jetzt vorbei.«

Mom schnappt nach Luft. »Wir brauchen dich. Vor allem wenn Emma ab nächstem Jahr aufs College nach Florida geht.«

»Florida? Ich dachte, du wolltest dir hier einen Job suchen. Die Schulden ...« Ich kann nicht weiterreden, so sehr frisst sich der Verrat durch meine Eingeweide, als mir alles klar wird. »Das war also der Plan. Ich bleibe, zahle alles ab und ersetze euren Dad.«

»Ich hätte sterben können«, erwidert Emma, und Tränen schimmern in ihren Augen.

»Bist du aber nicht.« Miller tritt neben mich, greift nach meiner Hand und bringt mich dazu, ihn anzusehen. »Du kannst mit mir kommen. Egal, was aus uns wird. Ich habe immer einen Platz für dich.«

Als hätte er eine Bombe gezündet, springt meine Familie auf. Chaos bricht aus, als alle durcheinanderreden, mir sagen, dass ich bleiben muss, weil sie sonst ohne mich aufgeschmissen sind. Es ging nie um mich. Nicht für sie.

Ich halte mich an Millers Hand fest und weiß nicht, wohin das führt. Aber ich weiß, dass dies eine Chance ist. Eine, die ich ergreifen muss, wenn ich nicht in diesem Haus und an den Verpflichtungen, die nicht meine sind, ertrinken will. Ich sehe meine Brüder an. »Meldet euch bei mir, wenn etwas sein sollte.« Dann Mom. »Ich habe ein eigenes Leben verdient.« Dann Emma. »Ich bin froh, dass du gesund bist. Aber jetzt werde ich an mich selbst denken.«

Miller und ich gehen, nachdem ich in Windeseile eine Tasche gepackt habe, während das Chaos erneut ausbricht. Ich fühle mich wie in einem Actionfilm, in dem hinter mir ein Feuer explodiert, ich mich jedoch nicht umdrehe, weil ich weiß, dass es vorbei ist.

Scott zieht erstaunt die Augenbrauen hoch, als wir wieder einsteigen. »Alles klar?«

»Ja, kannst du mich mit zu Claire nehmen?« Ich sehe Miller an. »Danke für alles. Aber heute Nacht brauche ich eine Freundin.«

Er nickt verständnisvoll. »Und morgen werden wir bei einem Kaffee alles Weitere besprechen.«

Dieses Mal sage ich Ja. Zu dem Kaffee und zu ihm. Und als wir ihn vor seiner Tür absetzen, küsse ich ihn, lange und innig, und all die Schmetterlinge in meinem Bauch sind schlagartig zurück, als hätten sie die letzten Jahre nur geschlafen. »Bis morgen.«

Ich lächle noch, während Scott aus der Einfahrt fährt.

»Deine Familie hatte dich sowieso nie verdient«, sagt er mir leise, während ein Weihnachtssong aus dem Radio spielt.

»Sie haben von mir bekommen, was sie brauchten. Aber jetzt werde ich mir meine eigenen Träume erfüllen. Und heute fange ich damit an.«

Scott wirft mir von der Seite ein Lächeln zu. »Frohe Weihnachten, Lucy.«

»Frohe Weihnachten«, flüstere ich und blicke auf den dichten Schneefall hinter der Windschutzscheibe. Er hüllt die Welt in Weiß, während es sich anfühlt, als wäre heute der erste Tag vom Rest meines Lebens.

19

London Love, Christmas Chaos

Teil 1

Lea Kaib

Lea Kaib ist 1990 geboren und wohnt in der Nähe von Köln. Die studierte Germanistin arbeitet als Autorin und Content Creatorin. All das zeigt sie auf Social Media unter @lea_kaib und @liberiarium, wo sie sich für queere Themen und mentale Gesundheit einsetzt. Lea liebt Pen & Paper, Musicals und ihre vier Kater.

Roya

Urgh, ich hasse Weihnachten.

Also, nicht die schönen Lichter und auch nicht die leckeren heißen Getränke, die nach Zimt oder Kardamom schmecken. Mir geht es einfach gegen den Strich, wie die Weihnachtszeit romantisiert wird. Es ist eben nicht für alle Leute das Fest der Liebe. Nicht einmal ein Drittel der Menschheit feiert überhaupt die Geburt eines göttlich erwählten Heilands. Was auch immer das bedeutet, ich bin keine Christin.

Es ist der 24. Dezember und die Stadt verwandelt sich im abendlichen Trubel in ein Monster. Auf den letzten Metern vor dem Fest lockt es in die Geschäfte, um noch schnell ein Geschenk für Aunt Edna zu kaufen oder etwas Unpersönliches für den Secret Santa auf der Arbeit zu besorgen. Falls es überhaupt möglich ist, in die Innenstadt zu gelangen: volle Tubes und volle Busse. Warum müssen die Touris ausgerechnet am Christmas Eve durch die Londoner Straßen ziehen? Die Antwort liegt auf der Hand: London wird als Weihnachtsstadt überall romantisiert. Filme, Serien und Bücher bilden immer nur die glanzvollen Facetten ab. Niemand spricht über die Platzangst in den öffentlichen Verkehrsmitteln oder darüber, dass es unmöglich ist, die Shaftesbury Avenue entspannt zu passieren, ohne in Menschentrauben hineinzulaufen, die vor den beleuchteten Theatern Selfies schießen.

Und dieses Jahr hat die Weihnachtszeit natürlich auch kein Erbarmen mit mir. Dabei könnte ich ein Weihnachtswunder gut gebrauchen.

Ich bin spät dran, obwohl ich bewusst mehr Zeit eingeplant hatte, um mich auf die Verzögerung der Tube vorzubereiten. *Guess what?* Sogar der Dreißig-Minuten-Puffer hilft nicht. Selbst wenn keine Feiertage sind, stehen die Touristinnen im Weg, das ist normal, aber jetzt sind so viele Menschen unterwegs, dass ich nur im Schneckentempo einen Fuß vor den anderen setzen kann. Ich weiche seitlich aus, um nicht im Hintergrund eines Familienfotos ein unerwartetes Extra zu sein, und finde in der Menge vor mir eine Lücke, durch die ich schlüpfe.

Die Lichter des Picturemansion, das nur wenige Schritte von mir entfernt ist, leuchten so hell, dass es sich nicht wie ein Willkommen anfühlt, sondern vielmehr wie der Eingang zur Hölle. Meiner ganz persönlichen Hölle: der jährlichen Weihnachtsfeier.

Durch die großen Fensterscheiben sehe ich meine Kolleg:innen bereits mit Getränken und Snacks im Foyer stehen. Fast alle von ihnen tragen alberne Weihnachtsmützen. Sie ähneln damit Wichteln, die immerzu breit grinsen und nie ein Anzeichen von Erschöpfung zeigen, obwohl sie gleich mehrere Tage im Jahr kein Auge zubekommen dürften. Mein eigenes Spiegelbild in der Scheibe zeigt mir genau das Gegenteil von alldem: Unter meinen Augen sind Schatten, so dunkel wie das Loch, in dem ich mich seit Wochen befinde. Tief hole ich Luft, spüre, wie sich meine Brust weitet und sich die Lunge füllt.

Ich schaffe das, ich schaffe das, ich schaffe das.

Als ich ausatme, setze ich ein gespieltes Lächeln auf und trete durch die Tür. Der Geruch von Popcorn und *mulled wine* umgibt mich, aber mir ist viel mehr nach kotzen als nach feiern.

»Roya, da bist du ja!« Allisons helle Stimme zieht meine Aufmerksamkeit auf sich. Leider auch die der Anwesenden, denn plötzlich drehen sich einige Köpfe in meine Richtung. Fehlt nur noch, dass die Musik mit einem kratzenden Geräusch stoppt und der Zoom der imaginären Kamera in mein Gesicht zielt. Um von mir abzulenken, antworte ich schweigend mit zerknirschter Mimik und aufeinandergepressten Lippen, was gut funktioniert, denn die Gespräche um mich herum werden wieder aufgenommen. »Hier, du brauchst noch einen Hut!«, trällert Allison, die ganz offensichtlich schon einen oder zwei *mulled wines* zu viel hatte. Mit zusammengebissenen Zähnen lasse ich es über mich ergehen, dass sie mir völlig übergriffig eine Weihnachtsmütze überstülpt.

»Hey«, begrüße ich sie schließlich und atme schnaubend aus, damit ich sie nicht anbrülle und meine Contenance bewahren kann. »Ich bringe mal meine Jacke ins Büro.« Dann kann ich mir auch gleich die Mütze vom Kopf reißen. Kaum bewege ich mich von meiner Kollegin weg, die mir noch lautstark hinterherruft, dass sie mir schon mal eine Tasse besorgt, tauchen vor mir weitere bekannte Gesichter auf, die mir Hallo sagen. Wie nervige NPCs in einem Videospiel. Doch ich halte mich an meinen Vorsatz: am Riemen reißen, es sind nur ein paar Stunden, die ich aushalten muss. Im Laufen ziehe ich die Mütze ab, die ich auf einem der Stehtische ablege.

Auch wenn ich mit aller Macht versuche, in der Menge nicht nach der *einen* Person Ausschau zu halten, die unter anderem mit meiner miesen Stimmung zu tun hat, mache ich genau das. Im Gewusel erblicke ich allerdings keine Rothaarige, die mehr Flummi als Mensch ist. Anstatt Erleichterung spüre ich einen Anflug aufkeimender Enttäuschung, aber ich lasse nicht zu, dass der Frust gewinnt. Ich sehe es einfach so: Wenn ich sie nicht gleich bemerke, habe ich noch Zeit, mich auf das Wiedersehen mit Miss Santa vorzubereiten.

Nachdem ich zum gefühlt hundertsten Mal Hallo gesagt und frohe Weihnachten gewünscht habe, bin ich endlich an der Hintertür angekommen, die ich mit ein bisschen zu viel Elan aufschwinge und mich bei der unerwarteten Erscheinung erschrecke.

»Du«, entgegnet Summer atemlos, die mindestens genauso überrascht aussieht, wie ich mich fühle. Sie presst sich die Hand auf die Brust, und ich zwinge mich, mir den Anblick nicht länger als notwendig anzutun.

»Du«, antworte ich und merke, wie sich meine Stimme seltsam gepresst anhört. Für einen Moment schauen wir einander an. Grüne Augen, in denen so viele ungesagte Worte liegen. Mein Körper ist elektrisch geladen und ich kann spüren, wie der kleinste Funke alles in die Luft sprengen könnte.

»Wo bleibst du denn?« Allisons Stimme hinter mir holt mich ins Hier und Jetzt zurück.

»Komme«, rufe ich knapp über die Schulter und schenke Summer einen entschuldigenden Blick, weil ich mich an ihr vorbeiquetsche, um meine Jacke weiter hinten im Raum zu verstauen. Wir berühren uns nicht, als würden unsere Körper einander absichtlich ausweichen. Als ich zurück zu den anderen gehen will, steht Summer schon in der Tür. Sie sieht mich an wie ein Reh im Scheinwerferlicht. Wie ein verdammt süßes Reh. Vielleicht kommt mir der Gedanke auch nur auf, weil ich das Rentiermotiv auf ihrem Pullover bemerke.

»Dann sehen wir uns wohl später«, sagt sie schüchterner, als ich es von ihr gewohnt bin. Sie bricht den Blickkontakt ab, und auch wenn ich es nicht will, reißt mein Herz entzwei.

Mein Nicken bekommt sie nicht mehr mit. Wehmütig sehe ich ihr hinterher und registriere, dass Summer die Schultern strafft. Schlagartig hat sich ihre Laune gehoben, anders kann ich mir nicht erklären, wieso sie auf einmal leichtfüßig durchs Foyer hüpft. Will sie mir damit beweisen, dass es ein für alle Mal vorbei ist? Spielt sie ein Theaterstück, für das ich unerwartet Karten in der ersten Reihe gewonnen habe? Nein, eigentlich ist Summer nicht so. Aber sie hätte mir lieber gleich ein Messer in den Rücken rammen können, das wäre weniger qualvoll gewesen als dieser plötzliche Stimmungswechsel.

Ich schlucke meinen Schmerz hinunter und gehe zu Allison, deren Nase mittlerweile ganz rot ist. Sie sieht aus wie Rudolph im gleichnamigen Lied. Dass ich jetzt auch noch an Weihnachtssongs denke, daran ist nur Summer schuld. Summer und ihr ulkiger

Pullover mit dem Rentier. Ich steche aus der Masse heraus, da ich als Einzige komplett in Schwarz gekleidet bin, aber das ist mir egal. Gerade schwirren meine Gedanken nur um Summer. Genau das, was ich vermeiden wollte.

»Uuuh, habt ihr eine Nummer geschoben?«, fragt Allison anzüglich, und wie in einem schlechten RomCom-Film zieht sie die Augenbrauen wackelnd hoch. Es ist kein Geheimnis, was zwischen Summer und mir lief, aber die Botschaft, dass wir nicht mehr miteinander gehen, kam wohl noch nicht bei allen an. »Ich kann von der Theke noch etwas *Popp*corn holen, oder habt ihr schon *Popp*corn gemacht?«

Diese furchtbar schlechte Anspielung verdient nicht einmal eine Reaktion. Gerade helfen mir nur starke Nerven, um den Abend zu überleben.

»Danke, aber nein, danke«, erwidere ich und sehe sie streng an, damit auch die betrunkene Allison mitbekommt, wie wenig mir ihr Verhalten gefällt.

»Sorry, wollte nur einen Scherz machen.« Sie kapituliert, gibt mir eine Tasse und zieht eine Schnute, bevor sie mir den Rücken zudreht und zwischen den Feiernden verschwindet. Das verschafft mir ein bisschen Erleichterung. Ich versuche, das Beste daraus zu machen. Immerhin habe ich *mulled wine.*

Na dann, auf mich!

Er schmeckt nach Orangen und Zimt, aber als ich merke, dass mein Getränk gar nicht wirklich heiß ist, schaue ich zur Theke. Dort stehen bereits ein paar Tassen, und als ich mich auf die Zehenspitzen stelle, begreife ich, dass einige halb gefüllt und manche völlig leer sind. Hat Allison einfach *irgendeinen* Becher von der Theke genommen, den sie gerade fassen konnte, anstatt mir eine frische Tasse zu besorgen?

Würg.

Ich überlasse nichts dem Zufall, mache mich genau dorthin auf den Weg und stelle die Tasse zu den anderen. Auf keinen Fall darf ich daran denken, wer möglicherweise vor mir aus dem Becher getrunken hat, doch in mir zieht sich alles zusammen, als ich nur einen Schritt nach rechts trete und Barry sehe. Sein dicker Schnurrbart schabt über dem Tassenrand, als er einen Schluck nimmt.

Ich hätte vielleicht wirklich gar nicht erst auftauchen sollen … Andererseits hätte ich mir dann in den nächsten Tagen anhören müssen, wo ich gewesen sei, oder hätte im schlimmsten Fall sogar Schuldgefühle entwickelt. Denn ich mag meinen Job im Kino. Ehrlich. Immerzu riecht es nach frischem Popcorn, und ich habe die Möglichkeit, mit anderen Leuten über die Filme zu quatschen, die gerade laufen. Er bietet mir nicht nur die Chance, neben dem Studium etwas zu verdienen, ich treffe auch einen Haufen interessanter Menschen. Manchmal kommen sogar Promis zu uns, die mit Cap und Sonnenbrille ausgestattet, damit sie niemand erkennt, ihre Tickets scannen lassen – aber ich, als absoluter Filmnerd, durchschaue sie alle. Doch vor allem mag ich den Job wegen *ihr*. Oder hatte ihn deshalb gemocht. Keine Ahnung.

Ich lasse den Blick schweifen und er kreuzt sich mit Barrys. Panisch überlege ich, wie ich mich vor einem Gespräch mit meinem Chef drücke, der sich bereits in Bewegung gesetzt hat und mich fixiert, aber bevor ich einen guten Fluchtplan habe, ist Barry schon bei mir. Es ist nicht so, dass ich ihn nicht mag, ich bin nur gerade nicht wirklich auf Konversation aus.

»Schön, dass du hier bist, Roya!« Seine Stimme ist tief und warm, und auch wenn mir nicht danach ist, bringt er mich zum Lächeln.

»Na ja, was soll ich sagen …? Jedenfalls: Frohe Weihnachten«, erwidere ich und ziehe unsicher die Schultern hoch.

»Sag mal, kannst du mir einen Gefallen tun?«

Alles in mir will mit einem Kopfschütteln antworten, doch das bringe ich nicht übers Herz, und so sage ich zu, ohne zu ahnen, dass Barry damit den Rest meines Abends verdammt.

Summer

Ich liebe die Weihnachtszeit!

Überall begegnen mir Menschen mit einem Lächeln auf den Lippen. Wenn ich ihre vollen Einkaufstüten sehe, frage ich mich immer, ob sie gerade ihren Liebsten ein Geschenk gekauft haben. Vor allem wenn die Tüten von Hamleys sind, bekomme ich einen regelrechten Dopaminschub. Bevor ich im Kino angefangen habe, war ich in dem Spielzeugladen angestellt. Täglich durfte ich Kinder bespaßen, ihnen die neuesten Spielsachen zeigen und sogar Erwachsene dazu bringen, große, staunende Augen zu machen – aber seitdem ich immer mehr Kurse in der Uni besuche, um nächstes Jahr meinen Abschluss in Physik zu machen, kollidierten meine Seminare mit den Arbeitszeiten. Darum fing ich im Kino an. Es war die richtige Entscheidung, allein schon, weil ich Roya begegnet bin. Ausgerechnet sie geht mir heute Abend aus dem Weg. Okay, ich kann es ihr nicht verdenken, nach dem Krach, den wir hatten … Doch ich hatte geglaubt, wenigstens mein Rentierpulli bringt sie zum Schmunzeln. Stattdessen betrachtete sie lieber den Boden als mich oder Rudolph.

Ich bin froh, eine Aufgabe zu haben, so sehe ich zumindest nicht alle paar Minuten zu ihr rüber. Barry hat mir einen der Kinosäle aufgeschlossen, in dem das Büfett gelagert wird.

»Danke, ich komme schon zurecht«, rufe ich ihm nach, bevor er zögernd wieder zu den anderen geht. Immerhin muss ich nur die vier Servierwagen aus dem Saal schieben. Vermutlich bin ich damit schneller fertig, als mir lieb ist.

Es ist seltsam, dass es im Raum nicht nach Popcorn, sondern nach herzhaften Speisen riecht. Mein Gehirn kommt damit irgendwie nicht klar. Was mich allerdings am meisten irritiert, ist der penetrante Geruch von Speck. Sollte das Büfett nicht eigentlich vegan sein? Oder zumindest vegetarisch? Und Speck ist so ziemlich das Gegenteil davon. Immerhin hat Barry schon die ganze Woche von dem tollen Service gesprochen, den er angeheuert hat. Vorsichtig hebe ich ein Stück der Alufolie hoch und linse darunter. Tief atme ich durch die Nase ein.

Puh, was ist das denn?

Das ist bestimmt kein veganer Bacon … Ich meine, mir ist es egal, ich ernähre mich flexitarisch, aber unweigerlich denke ich an Roya. Das wird ihre Laune sicherlich nicht heben.

Kaum richte ich mich wieder auf und will gerade den Wagen voranschieben, geschehen zwei Dinge auf einmal: Roya steht nur ein paar Meter vor mir, und die Tür zum Kinosaal knallt laut zu, sodass ich kurz zusammenzucke.

»Was machst du denn hier?«, fragt sie mich weniger in einem harschen, sondern vielmehr in einem verwirrten Ton.

»Ich hole das Büfett für Barry«, gebe ich mindestens genauso irritiert zurück.

»Das hat er mir auch aufgetragen.« Roya senkt den Kopf, seufzt und kommt kurzerhand zu mir herüber, um den Wagen mit dem Essen zu schieben. Kaum berühren ihre Hände die silberne Metallstange, fühlt es sich beinahe so an, als würde sie auch mich berühren. So nah waren sich unsere Hände schon lange nicht mehr. Spürt sie auch das elektrische Knistern? Als ich das Kinn hebe, treffen sich unsere Blicke nur für einen kurzen Moment. Ein Augenaufschlag, der ausreicht, um mir zu wünschen, sie wieder küssen zu können.

»Dann nehme ich halt den anderen Wagen«, verkündet Roya abrupt und tritt einen Schritt weg. So schnell ist der flüchtige Hauch Romantik verflogen.

»Okay« ist alles, was ich hervorbringe.

Ich lasse ihr den Vortritt und warte, bis sie ihren Wagen Richtung Tür geschoben hat, bevor ich nachkomme. Die Räder rollen nur schwerfällig über den dunkelroten Saalteppich.

Natürlich erwische ich mich dabei, wie ich Roya von hinten mustere: wie ihr schwarzes Haar seidig über den Rücken fällt, wie sie elegant einen Schritt nach vorne macht und den Griff der Klinke umfasst. Fest rüttelt sie daran, doch die Tür bewegt sich keinen Millimeter.

»Oh fuck«, murmelt sie, und ich ahne Schlimmes.

»Du hast nicht zufällig einen Schlüssel für den Saal?«, will ich wissen und zupfe nervös am Ärmelsaum meines Pullovers.

»Hast *du* etwa gerade einen dabei?« Roya dreht sich leicht über die Schulter, als sie mich fragend ansieht. Ihre Hände sind noch immer damit beschäftigt, an der Tür zu rütteln.

Ich schüttle den Kopf und presse die Lippen aufeinander. Barry hat den Schlüssel. Er hat die Tür vermutlich absichtlich nicht geschlossen, damit genau das hier *nicht* passiert. Behutsam schiebe ich den Essenswagen zur Seite, um Roya Platz zu machen, doch sie bewegt sich nicht von der Tür weg. Ich hole mein Handy aus der Hosentasche, prüfe das Netz und bin dankbar über das gute WLAN im Gebäude.

»Ich schreibe Barry, er soll uns rausholen«, erkläre ich und tippe eine Nachricht an unseren Chef.

»Das wird ewig dauern.« Roya dreht sich um und lehnt sich mit dem Rücken an die Tür. Ihr Seufzen verrät mir, dass sie überall lieber wäre, als hier mit mir eingesperrt zu sein.

»Vielleicht ist er ja auch gleich wieder zurück.« Meine Worte schenken wenig Mut, denn wir beide wissen, dass Barry nie auf sein Handy guckt. Er wird damit beschäftigt sein, zu feiern und seine Mitarbeiter:innen mit *mulled wine* zu versorgen.

»Irgendwann wird er merken, dass sein schickes Büfett nicht aufgetaucht ist«, sagt Roya und beschließt, ihren Speisewagen ebenfalls von der Tür wegzuschieben. »Wenigstens verhungern wir nicht.«

»Es ist übrigens Fleisch drin«, warne ich sie und versuche mich an einem Lächeln. Roya runzelt die Stirn, als sie den Wagen an mir vorbeibugsiert, und ich kann hören, wie sie Luft durch die Nase einsaugt.

»Urghs, das riecht nach Bratfett.« Sie zieht die Nase dabei kraus, was total niedlich aussieht, aber ich bemühe mich, mir nichts davon anmerken zu lassen.

»Sorry«, gebe ich zurück.

»Kannst du ja nichts dafür«, erwidert Roya schulterzuckend. »Uns bleibt nichts übrig, als abzuwarten.« Ich sehe zu, wie sie sich in die erste Reihe des Saals setzt und tief in den samtüberzogenen Stuhl sinkt.

Wir sollen wirklich jetzt die ganze Zeit hier hocken? Kurz überlege ich, mir einen Happen vom Büfett zu schnappen, aber irgendwie fände ich es seltsam, Roya etwas vorzukauen. Natürlich wird irgendwo auch etwas Vegetarisches dabei sein, doch dafür müssten wir sämtliche Alufolien herunternehmen. Wenn Barry uns vergisst, dann bleibt uns nichts anderes übrig, aber das ist wohl eher ein Fall für eine Notsituation. Moment, *ist* das hier nicht eine Notsituation?

Weil ich nicht weiß, was ich sonst machen soll, setze ich mich ebenfalls hin, allerdings achte ich darauf, zwei Plätze neben Roya frei zu lassen. Ich glaube nicht, dass sie darauf erpicht ist, dass ich mich direkt neben sie hocke.

Einen Augenblick lang herrscht Stille. Durch die gute Isolierung dringen nicht einmal mehr Musik oder Gesprächsfetzen in den Saal. Wenn ein Film läuft, ist das natürlich ideal, aber jetzt wünsche ich mir doch, dass es nicht so leise wäre.

»Hattest du eine gute Woche?«, frage ich, nachdem ich es nicht mehr aushalte.

Roya dreht den Kopf langsam in meine Richtung, und ich will mich schon fast ducken, weil ich fürchte, aus ihren Augen schießen jeden Moment tödliche Laserstrahlen. Doch ihr Blick ist nicht genervt, nicht wütend. Er ist weich. Und das irritiert mich viel mehr, als es sollte.

»Du willst jetzt Smalltalk machen?«, fragt sie und schenkt mir sogar ein schiefes Lächeln.

»Hast du einen anderen Vorschlag?« Ich versuche, ihr Lächeln zu imitieren. Mir würden tausend Dinge einfallen, die ich mit ihr tun könnte. Und dennoch weiß ich, dass all das nur Hirngespinste sind.

Wir schauen einander an, und ich habe das erste Mal an diesem Abend das Gefühl, dass sich zwischen uns etwas ändern kann. Vielleicht sollte das hier genau so passieren. Roya und ich, eingesperrt am Weihnachtsabend in einem Kino. Sie fixiert mich, öffnet die Lippen, doch zunächst dringt kein Ton aus ihrem Mund. Ich frage mich, ob ich weiterreden soll, aber dann ist es Roya, die spricht.

»Ich hatte total Schiss vor diesem Abend«, beginnt sie und kaut auf ihrer Unterlippe, was sie immer tut, wenn sie nervös ist. Es wundert mich, dass sie den Blick senkt. Sie wirkt so verletzlich. Meine starke Kriegerin. Roya, die sich nichts gefallen lässt. Die andere beschützt, wenn sie es selbst nicht können. Die Frau, die auf die Straße geht, um gegen die Ungerechtigkeiten der Welt zu demonstrieren. Auf einmal ist sie so klein und so zerbrechlich.

»Du hasst ja auch die Weihnachtszeit, kein Wunder«, werfe ich ein und ziehe die Schultern hoch. Zumindest ist das meine Erklärung, wieso Roya so miese Laune hat. Sie kann nämlich auch ganz anders, das weiß ich.

»Nicht deswegen. Also … auch deshalb. Aber …« Roya schaut auf und sieht mich an. Wieder ist da dieser Funken, der elektrische Stöße durch meinen ganzen Körper schickt.

»Aber?«, hake ich nach und merke, wie ich instinktiv auf dem Kinosessel vorrutsche. Ich möchte am liebsten aufstehen, sie in die Arme nehmen und nie wieder loslassen. Wir haben einen Schlussstrich gezogen. Das hat sie mir klar und deutlich gesagt.

»Aber vor allem hatte ich Angst, dich wiederzusehen.«

Es sind nur ein paar Worte, doch auf einmal steht die Welt um mich herum still.

»Ich mache ja gar nichts«, antworte ich schon fast flüsternd.

»Hast du geglaubt, ich mache vor all den Leuten eine Szene? Du kennst mich besser.« Es tut weh, diesen letzten Satz auszusprechen.

»Nein«, gibt sie beschwichtigend zurück und schüttelt sanft den Kopf. »Ich hatte vor genau dieser Sache hier Angst. Dich zu sehen und mir zu wünschen, wir hätten nie gestritten.«

Ich brauche für mein Gehirn eine Rückspultaste, damit ich das, was gerade passiert ist, noch einmal erleben kann. Habe ich mich verhört? Perplex blinzle ich, kann den Blick von Roya aber nicht abwenden, und ehe sich die Stille erneut über uns legt, weiß ich, dass ich etwas sagen muss.

»Das wünsche ich mir auch. Ich vermisse dich.«

Roya lächelt aufrichtig, und ich glaube, dass in diesem Moment die Narbe auf meinem Herzen, die unser Streit hinterlassen hat, heilt. Langsam. In winzigen, winzigen Schritten.

»Glaubst du, dass das Schicksal es genau so wollte?«, fragt sie mich. »Dass wir diesen Zoff brauchten, um zu erkennen, wie wichtig wir uns immer noch sind?«

»Oder Barry hat uns absichtlich eingesperrt«, scherze ich und wir lachen. »Ich hoffe … nein, ich weiß, dass es Schicksal ist. Wir beide. Dieser Abend.«

Ohne sie aus den Augen zu verlieren, stehe ich auf, und Roya tut es mir gleich. Wir schauen einander an, suchen in dem Gesicht der anderen das Einverständnis, das wir uns erteilen, bevor wir uns fest umarmen. Ihr Körper drückt sich warm gegen meinen. Ich glaube, ihren Herzschlag unter der Brust spüren zu können. Als wir uns voneinander lösen, greife ich nach ihren Händen, sehe zu, wie sich unsere Finger ineinander verschränken.

»Ist das okay für dich?«, will ich wissen und hebe das Kinn, um erneut in ihre Augen zu schauen. Roya nickt und beugt sich wie in Zeitlupe vor. Gerade noch bringe ich ein Nicken zustande, ehe sich unsere Lippen zart berühren. Verdammt, ich habe sie so schrecklich vermisst. Wir küssen uns liebevoll, sanft und vorsichtig. Wir holen mit dieser Berührung all jene nach, die wir in den letzten Wochen verpasst haben, weil wir beide zu stur waren, Einsicht zu zeigen.

Und dann übernimmt die Sehnsucht.

20

London Love, Christmas Chaos

Teil 2

Lea Kaib

Roya

Wie Magnete ziehen wir einander an. Niemand kann uns auseinanderreißen. Ihre Lippen schmecken süß, nach der Pflege mit Pfirsichgeschmack, ohne die Summer niemals aus dem Haus geht. Als wir uns küssen, fühlt es sich an, als wäre nie etwas zwischen uns gewesen. Sie weiß genau, wie sie mir ein Keuchen entlockt, wenn sie mir sanft in die Unterlippe beißt, und sie erschauert, als ich meine Finger von ihren löse, nur um sie über ihre Hüften gleiten zu lassen.

»Ich will dich so sehr.« Diese Worte aus ihrem Mund, die sie gerade so zwischen zwei Küssen aussprechen kann, sorgen für eine Gänsehaut auf meinem gesamten Körper. Ich kann regelrecht spüren, wie sich jedes einzelne Härchen auf meinen Armen aufstellt.

Ich greife ihre Hüften fester und schiebe Summer auf einen der Sitze zu. Ein wenig unbeholfen stolpern wir, weil wir unsere Lippen nicht voneinander lösen können, und Summer plumpst in den Kinosessel. Gerade so kann ich meinen Fall verhindern, indem ich mich an den Lehnen abstütze. Ihr Lachen erhellt den ganzen Raum und ich muss schmunzeln. Wenn das kein Beweis dafür ist, wie sehr wir einander vermisst haben, weiß ich es auch nicht. Als wären wir Teens, die nicht voneinander lassen können und lieber einen Unfall riskieren, als den Kuss zu unterbrechen.

»Alles okay?«, frage ich sie, und Summer nickt.

»Nicht aufhören«, gibt sie zurück und zieht mich sanft auf ihren Schoß. Rittlings sitze ich auf ihr, nehme die Hitze wahr, die nicht nur mein Körper ausstrahlt, sondern auch ihrer.

»Das hatte ich nicht vor«, sage ich leise, bevor ich sie wieder küsse. Meine Hände umfassen ihr rundes Gesicht, und der Moment spült so viele Erinnerungen hoch. Wie Summer immer von ihrem Pfannkuchengesicht gesprochen hat, wenn wir uns beide am Spiegel schminkten, und wie ich sie deshalb irgendwann im einvernehmlichen Spaß »mein Pfannkuchen« nannte.

Mir ist bewusst, dass wir nicht den kompletten Abend in diesem Kinosaal eingesperrt sein werden, dabei stört mich unsere Situation ganz und gar nicht mehr. Irgendwann wird Barry auffallen, dass wir fehlen oder das Büfett, und das ist es, was mir Sorgen bereitet. Es ist also nur eine Frage der Zeit, wie lang ich Summer in meinen Armen halten kann.

Ihre Hände wandern über meinen Rücken, während wir uns weiter küssen und ich meine Lippen öffne, um ihre Zunge an meiner zu spüren. Wie früher gräbt sie leicht ihre Fingernägel in den Stoff meiner Kleidung. Ich liebe es, wenn sie mich krault, und ich spüre, wie sie die Lippen kurz zu einem Lächeln verzieht, als ich keuche.

Ich rutsche noch ein Stück weiter auf ihren Schoß und mein Unterleib zieht sich dabei zusammen. Die Erregung führt dazu, dass Summer den Kopf in den Nacken legt und ich gar nicht anders kann, als mich vorzubeugen und ihren Hals zu küssen. Ihre Finger wandern weiter, umfassen meinen Hintern und pressen mich auf diese Weise noch enger an sie. Aber das ist nicht genug. Ich will sie, mit Haut und Haaren und ohne diese lästige Kleidung.

Irgendwie schaffe ich es, meine Knie auf den Sitz zu manövrieren, um mich besser abzustützen und mich ein Stück aufzurichten. Summers Hände gleiten von meinem Po zu meinen Oberschenkeln, und ich nutze meine neue Position, um sie für einen Moment zu betrachten. Ihre roten Haare, die sie zu einem wuscheligen Dutt gebunden hat, und ihre grünen Augen, die in meine dunklen sehen. Das Licht im Saal ist gedimmt, doch trotzdem kann ich die Sommersprossen auf ihrem Gesicht ausmachen. Jede einzelne davon will ich küssen.

Mein Blick wandert tiefer, und mir entfährt ein Lachen, als mir wieder bewusst wird, dass sie diesen schrecklichen Pullover trägt.

»Was ist?«, fragt sie, folgt meinem Blick und muss dann ebenfalls grinsen, als sie es begreift. »Du hasst ihn, oder?«

»Ich finde ihn unmöglich«, antworte ich und presse die Lippen aufeinander, weil ich spüre, wie ein Lachanfall aufkommt. »Rudolph sieht mich an, als wüsste er, was wir hier tun.« Dabei will ich nicht über ihren Pulli reden. Ich will Summer spüren.

»Dieser Schlingel.« Summer benutzt manchmal Worte, die mich einfach nur glücklich machen. Wer sagt denn bitte noch *Schlingel?* »Dann solltest du ihn mir vielleicht ausziehen«, entgegnet sie und setzt einen lasziven Blick auf. Ich folge ihrem Wunsch sofort, streife den Pullover über ihren Kopf und werfe ihn, ohne hinzusehen, da ich Summer einfach küssen muss, irgendwo neben uns auf den Sitz.

Sie legt ihre Hände in meinen Nacken, während meine Finger von ihren Schultern hinab zu ihren Oberarmen streifen. Die Spannung zwischen uns wird unerträglich, je inniger unsere Zungen einander umspielen. Als ihre Hände weiterwandern und für den Moment an meiner Taille verweilen, versichern wir uns mit Blicken, dass wir beide noch weiter gehen wollen. Kaum fahren Summers Hände unter mein schwarzes Strickkleid und tanzen über den Stoff meiner Strumpfhose, bin nun ich es, die den Kopf hingebungsvoll in den Nacken legt. Sie zögert nicht. Summer lehnt nicht länger mit dem Rücken gegen den Sitz, sie hat sich aufgerichtet, um meine Strumpfhose mit einer Bewegung über meinen Hintern zu ziehen. Ihr Gesicht kommt meinem Unterleib näher, und mit geschlossenen Augen spüre ich, wie sie mit Stirn und Nase mein Kleid hochschiebt, um einen Kuss auf meinem Slip zu hinterlassen. Ich kann ein kehliges Stöhnen nicht länger unterdrücken.

Als ich die Lider öffne und auf Summer hinabsehe, wird mir ganz schwummrig. In ihrem Blick liegt Begierde. Sie schiebt die

Finger an den Saum meines Slips, und quälend langsam zieht sie ihn ebenfalls hinunter. Voller Erwartung rühre ich mich nicht, sehe ihr nur zu und gebe mich ihr hin. Zunächst ist sie vorsichtig. Ihre Lippen benetzen die Haut an meinem Schambein, ihre Finger drücken sanft, aber bestimmt meine Oberschenkel und krallen sich schließlich erneut in meinen Hintern. Ich lege die Hände auf ihren Schultern ab, als Summer mit der Zunge über meine Mitte fährt. Nur einen Augenaufschlag lang gewährt sie mir die Zeit, um nachzuspüren, ehe ihre rechte Hand dahin wandert, wo eben noch ihre Zunge war. Sie sieht mich an, aber sobald sie mich mit ihrer Berührung bittet, die Beine ein Stück weiter auseinanderzubringen, und ich ein Knie auf das Armpolster bette, kann ich nur genussvoll die Augen schließen. Sacht schiebt sie die Hand zwischen meine Beine, öffnet mich und bewegt ihren Daumen dorthin, wo ich sie haben will. Kaum beginnt sie, meinen intensivsten Punkt zu massieren, sehne ich mich danach, sie noch näher zu spüren.

»Summer«, keuche ich ihren Namen und höre fast auf zu atmen, als sie erst einen, dann zwei Finger in mich schiebt. Unter ihrer Berührung winde ich mich, reite sie, und lasse eine Hand über ihre Brust streifen. Summer trägt ein Top über ihrem BH, den ich ihr am liebsten sofort vom Körper reißen will. Ihre Brustwarzen stellen sich noch mehr auf, als ich mit dem Daumen darüberreibe. Sie versucht sich auf ihre Finger zu konzentrieren, was ihr sichtlich schwerfällt. Ich mache es ihr leichter, bewege mich intensiver mit und schiebe mich ein Stück vor, um den Druck gegen meine Mitte zu erhöhen. Sie weiß genau, was sie machen muss, damit sie mich zum Stöhnen bringt. Und all das will ich ihr am liebsten in dieser Sekunde zurückgeben, doch kaum massiert ihr Daumen spielerisch langsam und dann wieder schneller meinen intensivsten Punkt, rollt die Erregung wie ein Donnerschlag über mich.

»Genau da«, weise ich sie an und muss mich aufs Neue an ihren Schultern festhalten, um nicht vornüberzukippen.

»Ich weiß«, murmelt sie und küsst die Haut direkt neben ihrer Hand an meinem Oberschenkel.

Ob es ihre Worte sind, die mein Innerstes wie eine Kiste mit Feuerwerkskörpern explodieren lassen, oder ihre Finger, kann ich in dem Moment nicht sagen. Ich dränge mich ihr so nah entgegen, dass ihre Hand zwischen meinen Beinen kaum noch Platz hat, und diese unglaubliche Enge bringt mich zum Höhepunkt. Durch meine halb geöffneten Lider sehe ich, wie Summer mich mustert und versucht, meine Lust in einem Bild einzufangen, was mich fertigmacht. Ihre Finger gleiten sanft aus mir, als mein Höhepunkt abklingt, doch sie hört nicht auf, mit kreisenden Bewegungen vorsichtig meine Mitte zu streicheln. Sie will genauso wenig, dass es aufhört, wie ich.

Summer

Nie im Leben hätte ich damit gerechnet, dass ich am heutigen Abend mit meiner Ex in einem Kinosaal eingeschlossen werde und sie bodenlos zum Orgasmus bringe. Es grenzt an ein Weihnachtswunder.

Ich kann nicht einen Herzschlag lang den Blick von ihr wenden, als sie die Lippen öffnet und stöhnend kommt, während meine Finger sich in ihr bewegen. Sie sieht so wunderschön aus. Ihre Schwarze Haut, ihr dunkles Haar – ich liebe einfach alles an Roya.

Auf einmal beugt sie sich zu mir vornüber und lässt mir keine Wahl, als meine Hand zu ihrem Oberschenkel wandern zu lassen. Zwischen uns passt kein Blatt mehr, so fest presst sie sich an mich. Sie küsst meine Lippen, meinen Hals, während sich ihre Hände zwischen uns schieben, um meine Brüste über dem Stoff zu berühren, und wir dadurch kurz wieder zu Atem kommen.

»Das kann ich so nicht stehen lassen«, flüstert sie an meine Lippen, und ich weiß genau, was sie mir damit sagen will. Als Roya sich kurz von meinen Brüsten löst, helfe ich ihr, den Slip und die Strumpfhose über ihren Hintern zu bekommen. Ist ja auch ziemlich unbequem, wenn die Klamotten in den Kniekehlen hängen.

»Nur zu«, antworte ich grinsend und beobachte, wie Roya von meinem Schoß klettert, auf die Knie geht und mich mit einem Ruck näher zu sich zieht. Ich öffne den Knopf meiner Hose, doch dann sind es ihre Finger, die mich davon abhalten. Sie will es machen. Roya schiebt langsam den Reißverschluss auf und schaut mich dabei mit Verlangen in den Augen an. Ich brenne, ich schwöre es! Sie soll verdammt noch mal endlich diese Hose ausziehen!

Als hätte sie meinen Wunsch vernommen, weist sie mich an, den Po zu heben, und befreit mich von der Kleidung. Mein Handy fällt aus der Hosentasche, aber sie hebt es einfach auf und legt es auf den Sitz neben uns. Das ist jetzt nicht wichtig. Sie geht auf dem Boden auf die Knie, zieht den Stoff ganz aus, küsst meine Beine, Knie und die Oberschenkel. Immer weiter hinauf, bis sie bei meinem Slip ankommt. Ich schiebe mich weiter nach vorn, sodass ich mit dem Hintern nur noch auf der Kante des Sitzes hocke, und lasse zu, dass Roya nun auch den Slip über meine Knie streift.

Sie nimmt sich ein Beispiel an mir, benetzt mit ihren Lippen zunächst die Haut dort, wo mein Slip war. Ihre Hände streicheln über meine Knie, weiter hinauf zu meinen Oberschenkeln und gleiten unter das Top, das ich mir am liebsten auch vom Körper reißen würde. Aber ganz so entblößt möchte ich dann doch nicht in diesem Kinosaal sitzen.

Roya schafft es irgendwie, unter meinen BH zu gelangen, und ich bin froh, heute Unterwäsche ohne Bügel zu tragen. Sie küsst sich immer weiter meiner Mitte entgegen, während ihre Fingerkuppen zart über meine Brust fahren. Ich bin nicht der Typ, der beim Sex stöhnt, stattdessen schnaube ich, atme laut und lasse Roya wissen, dass sie weitermachen soll.

Ihr Mund zieht sich zurück, vermutlich weil sie gerade wie ich daran denkt, dass wir keine Lecktücher dabeihaben, doch nur, damit sie sich aufrichten kann und ihre Hände wieder zu meinen Oberschenkeln gelangen. Unsere Blicke treffen sich, als sie meine Beine weiter auseinanderschiebt, und allein dieses Bild von Roya bringt mein Blut zum Kochen. Sie rutscht auf den Knien näher an mich heran, legt eine Hand um mich, um mir Halt zu geben, und die andere wandert tänzelnd meinen Oberschenkel hinauf. Sie gleitet mit ihrem Daumen in mich, und ich kann kaum glauben, das hier wirklich mit ihr erleben zu dürfen. Für den Augenblick kostet sie meine Lust, wartet ab, bevor sie aus mir hinausgleitet, meine Mitte massiert und ich platzen könnte. Ich weiß nicht, wohin mit mir, also grabe ich meine Hände einfach in die Lehnen links und rechts von mir.

Roya hört nicht auf und schiebt den Daumen Millimeter für Millimeter in mich. Mein ganzer Unterleib zieht sich zusammen und ich will sie einfach nur noch spüren. So vorsichtig, wie Roya eben noch war, so einnehmend wird sie jetzt. Ihr Daumen bewegt sich rein und raus, bis sie ihn durch zwei Finger der anderen Hand ersetzt. Das gibt ihr mehr Spielraum, um weiter meine Mitte mit dem Daumen zu liebkosen. Ihre Stirn presst sich an meinen Bauch und gemeinsam ringen wir nach Atem. Es macht Roya an, wie ich mich ihr hingebe, das höre ich. Wenn es nach mir ginge, würde ich gleich wieder loslegen und sie umgarnen, doch Roya gibt mir dazu nicht die Chance. Sie umspielt mich, dringt tief in mich ein und schenkt mir nach einer Weile einen heftigen Orgasmus. Ich komme schnell und hart. Ob es die Umstände sind, die diese Situation so verlockend machen, oder schlicht und einfach Roya, kann ich nicht sagen.

Ihre Bewegungen werden langsamer, genau wie meine Atemzüge. Ich lasse mich in den Sitz sinken, liege einfach nur da, und als ich die Augen öffne, bemerke ich, wie Roya mich wieder ansieht.

»Das war ein frühzeitiges Weihnachtsgeschenk«, sage ich lächelnd.

»Du bist mein Weihnachtsgeschenk«, antwortet sie.

Wir klauben meine Kleidung zusammen, ich ziehe mich an und lasse Roya auf meinem Schoß sitzen. Nie wieder möchte ich sie loslassen.

»Was machen wir jetzt?«, frage ich nach einem Moment der Stille, den wir einfach nur in Zweisamkeit genossen haben. Roya hat den Kopf an meine Brust gelegt und lauscht meinem Herzschlag.

»Abwarten, bis uns Barry holen kommt, schätze ich«, antwortet sie nach einer Weile.

»Das meine ich nicht.«

Ich will wissen, was mit uns ist. Was aus uns werden kann.

Roya hebt den Kopf und ich schaue ihr tief in die Augen.

»Was ist mit uns?«, traue ich mich, ihr die wichtige Frage zu stellen.

»Kein Streit mehr?«, entgegnet sie und hebt die Augenbrauen.

»Mehr reden, kein Streit. Okay?«

»Okay«, gibt Roya zurück und kuschelt sich wieder an meine Brust. Warm spüre ich ihren Atem, der meine Haut kitzelt. Kann sie bitte für immer so liegen bleiben? Wir schweigen, genießen die Stille und die Gegenwart der anderen. Als ich zu Roya sehe, merke ich, dass sie ihre Lider geschlossen hat, und ich beschließe, es ihr gleichzutun. Ich weiß nicht, wie lange wir dort einfach sitzen, bis wir beide einnicken.

Als die schwere Tür zum Kinosaal aufschwingt, wache ich sofort auf. Hektisch schaue ich mich um, begreife, wo ich bin, und vor allem, wer schnarchend auf meinem Schoß sitzt, und lächle.

»Da seid ihr ja«, ruft Barry, und auch Roya wacht auf. Sie blinzelt, muss erst einmal richtig klarkommen. Ihre Hände reiben über ihre Augen, bis sie realisiert, dass sie noch geschminkt ist und nicht in ihrem warmen Bettchen liegt. Roya unterdrückt ein Gähnen. Ich streichle über ihren Oberarm, und Roya versteht den Wink, dass sie aufstehen soll. Kurz nach ihr erhebe ich mich ebenfalls und streiche eine Falte in meinem Pullover glatt. Hoffentlich merkt Barry nicht, was wir hier getan haben. Jedenfalls sieht er nicht wütend aus und hakt zum Glück nicht nach, warum wir kuschelnd auf dem Kinositz saßen. Eigentlich geht ihn das ja eh nichts an.

Barry stellt an der Tür den Mechanismus ein, damit sie offen bleibt, und als sich die Tür nicht mehr bewegt, kommt er auf uns zu. Er sieht nicht verärgert aus, eher verwundert.

»Wir waren eingeschlossen«, ruft Roya und fährt sich etwas zu eilig durch das Haar. Sie ist nervös. Ich greife nach ihrer Hand, drücke sie sacht und gebe ihr damit hoffentlich die Ruhe, die sie braucht.

»Ich habe mich schon gefragt, wo ihr bleibt.« Barrys Blick wandert von uns hinüber zu dem Essen.

Wo wir *bleiben?*

Er wollte wohl vielmehr wissen, wo das Büfett steckt, so wie er die Servierwagen anstiert.

»Die Tür ist zugefallen und wir haben beide keinen Schlüssel dabei. Wir haben dir aber eine Nachricht geschickt«, erkläre ich. Wie um meine Worte zu unterstreichen, lasse ich Royas Hand los und greife in meine Hosentasche, um mein Handy hervorzuholen. Dann bemerke ich, dass es noch auf dem Sitz hinter uns liegt.

»Die habe ich gerade gesehen, darum bin ich schleunigst hochgeeilt.«

Schleunigst? Ich weiß ja nicht …

Wie viel Zeit wohl vergangen ist? Dreißig Minuten oder vierzig? So lange können wir nicht eingeschlossen gewesen sein. Vielleicht waren wir aber auch eine ganze Stunde weg, so genau kann ich das nicht sagen. Ich beschließe, mich kurz umzudrehen und mein Handy zu schnappen, doch anstatt die Uhrzeit zu checken, lasse ich es in meine Hosentasche sinken. Ist doch total egal. Als ich wieder zu Roya schaue, grinsen wir verstohlen.

»Lasst uns das Büfett rüberbringen, die Leute verhungern schon fast.« Barry macht einen Schritt zur Seite und überlegt, welchen Wagen er sich zuerst schnappen soll.

Kaum dreht er uns den Rücken zu, schenkt Roya mir einen vielsagenden Blick, und wir verkneifen uns beide ein Lächeln, als sich Barry von uns abwendet und einen Speisewagen aus dem Raum schiebt.

»Also, von mir aus kann er uns auch gerne hierlassen«, sage ich und fange das Lächeln von Roya auf. »Oder soll ich hinter ihm jetzt einfach die Tür zumachen?« Mein Vorschlag klingt so verlockend, dass wir uns nicht vom Fleck bewegen.

»Gegen eine zweite Runde hätte ich nichts einzuwenden«, antwortet sie.

»Ich auch nicht«, gebe ich zurück. Aber das müssen wir wohl auf ein anderes Mal verschieben. Jetzt sollten wir der Vernunft folgen – und leider schickt sie uns zurück zu der Feier.

»Wie wäre folgender Plan …«, beginne ich und gehe zu einem der Wagen. »Wir essen etwas und verziehen uns dann?« Ich umfasse die Haltestange und schiebe das Essen Richtung Tür, ohne sie aus dem Auge zu lassen.

»Ich kann auf das Essen verzichten, denke ich«, antwortet Roya. Sie rümpft die Nase, als sie ebenfalls zu einem Wagen geht und wir mit dem Büfett den Kinosaal verlassen. Klar, an ihrer Stelle würde ich dem Essen auch nicht trauen. Wer weiß schon, ob sich im Salat nicht Hühnchen versteckt.

»Dann lass uns das hier erledigen« – ich schaue kurz zum Büfettwagen, ehe ich den Kopf in ihre Richtung drehe – »und abhauen.«

»Zu mir oder zu dir?«, fragt Roya.

Die Stimmung im Foyer ist immer noch ausgelassen, doch ich merke, wie hungrig alle sein müssen, als sich plötzlich alle Köpfe in unsere Richtung drehen. Barry weist uns an, wohin wir die Wagen bringen sollen, dann können wir gerade so noch einen Schritt zur Seite machen, ehe sich die Meute auf das Büfett stürzt. Allen voran Allison, deren Partyhut schon halb vom Kopf fällt.

Für das Essen stellt sie sogar ihren *mulled wine* in der Tasse auf einem der Stehtische ab. Gut, dass jetzt alle mit Essen abgelenkt sind.

Das gibt Roya und mir die Gelegenheit, uns von den anderen abzusetzen. Sie zieht mich an der Hand rüber zu einem Pfahl im Raum, der die Decke stützt, und ich lehne mich dagegen.

»Wenn Weihnachten immer so endet, könnte ich meine Meinung darüber vielleicht noch mal ändern«, murmelt sie, und ich kann gar nicht anders, als sie zu küssen. Es ist mir egal, falls unsere Kolleg:innen rüberschauen. Die meisten sind sowieso mit dem Büfett beschäftigt. Sollen sie doch darüber reden, dass Roya und ich wieder zueinandergefunden haben. Unsere Beziehung war nie ein Geheimnis.

»Das macht Weihnachten gleich noch schöner«, antworte ich, nachdem sich unsere Lippen voneinander lösen. Ich mochte Weihnachten schon immer, aber diese schöne Zeit war bis vorhin nicht so besinnlich, wie ich sie sonst kenne. Weil mir Roya fehlte. Jetzt fühlt sich der Weihnachtsabend irgendwie richtig an. Als wäre er komplett.

Ich greife nach ihren Händen und unsere Finger umschließen sich. Royas Daumen streift über meinen Handrücken, und ich fühle mich, als würde ich in eine weiche Wolke fallen.

»Ich kann nicht glauben, dass uns Rudolph beim Sex beobachtet hat«, meint Roya auf einmal und entlockt mir ein Kichern, das sie ansteckt.

»Er ist und bleibt ein Schlingel«, antworte ich, nachdem mein Lachen verklingt.

»Rudolph, du alter Schlingel«, sagt Roya grinsend, beugt sich vor, sodass dem Rentier auf meinem Pullover die Sicht versperrt wird, und küsst mich.

21

Destination You

Teil 1

Nadine Wilmschen

Nadine Wilmschen ist in einer der kleinsten Großstädte Deutschlands geboren und aufgewachsen. Deshalb stand für sie schon früh fest, dass sie eines Tages Bücher schreiben würde. Ihr Herz schlägt für New-Adult-Romane, die sie meist nachts mit dem passenden Soundtrack im Ohr zu Papier bringt. Zwischen Schreibsessions verirrt sie sich gern ins Kino, wo sie davon träumt, dass ihre eigenen Geschichten eines Tages auf der großen Leinwand landen.

Meine Lunge brannte wie Feuer, als ich die endlos erscheinende Steintreppe zum Bahnsteig nach oben sprintete. Dabei stieß mir mein Koffer mit jedem Schritt schmerzhaft gegen die rechte Wade, doch darauf konnte ich keine Rücksicht nehmen. Wenn man die South Station in weniger als drei Minuten durchqueren wollte, um seinen Zug zu erreichen, galt es Opfer zu bringen – in diesem Fall in Form von blauen Flecken.

Endlich am Absatz der Treppe angekommen, musste ich mich mit der linken Hand am Geländer festhalten, um nicht auf einer Mischung aus spiegelglattem Eis und festgetretenem Schnee auszurutschen. Seit dem Morgen fiel die pulverweiße Pracht unaufhörlich auf Boston herab und hatte die Stadt in wenigen Stunden passend zum heutigen Datum in ein Weihnachtswunderland verwandelt.

Ob sich das Wetter in Chicago auch auf die Feiertage eingestellt hatte? In genau zweiundzwanzig Stunden würde ich es herausfinden.

Ich hatte mir last minute ein Ticket für den Nachtzug von Boston nach Chicago gekauft. Das Angebot am virtuellen Schwarzen Brett der Uni war extrem günstig und so etwas wie ein verfrühtes Weihnachtsgeschenk gewesen.

Diese endlosen zweiundzwanzig Stunden jedoch mit einem wildfremden Menschen in einer Schlafkabine auf engstem Raum verbringen zu müssen, war eine Tatsache, die ich bis zu meiner Ankunft auf dem Bahnsteig erfolgreich verdrängt hatte. Doch blieb mir keine andere Wahl, als das Beste aus der Situation zu machen.

Mein vor Wochen gebuchter Platz in einem Kleinbus über eine Mitfahrzentrale war vor zwei Tagen aufgrund von Krankheit ohne

Ersatz gecancelt worden. *Krankheit*, eine nähere Erklärung hatte die App mir nicht gegeben. *Krankheit* und ein rotes Kreuz, das meine Fahrt nach Hause als »entfällt« kennzeichnete.

Zuerst hatte ich überlegt, ob ich mir einen Flug leisten sollte, diesen Gedanken jedoch nach einem Blick auf die aktuellen Preise der Airlines rund um die Feiertage wieder verworfen.

Um meiner Mum nicht das Herz zu brechen, suchte ich verzweifelt nach Möglichkeiten, doch noch irgendwie nach Hause zu kommen, ohne mich dafür finanziell zu ruinieren. Dabei war ich auf die Anzeige am Schwarzen Brett gestoßen.

Ticket für den Nachtzug von Boston nach
Chicago zu verkaufen.
24. Dez, 22:05 Uhr
Doppelkabine mit Schlafgelegenheit.
$45
mobil: 617-555-3450

Ohne lange darüber nachzudenken, was es bedeuten würde, mir mit einer unbekannten Person eine Kabine zu teilen, hatte ich mir mein Handy geschnappt und eine Nachricht geschrieben. Fünfundvierzig Dollar waren ein unschlagbares Angebot. Für diesen Preis bekam ich an den Feiertagen nicht einmal ein Viertel eines Sitzes in einem Flieger.

Nach wenigen Minuten stand fest, dass es sich um meinen Glückstag handeln musste. Das Ticket war noch nicht verkauft. In Windeseile hatte ich es per Venmo bezahlt und mich mit meiner Reisebegleitung darauf verständigt, sie direkt im Zug zu treffen.

Mit meinem Koffer im Schlepptau machte ich mich auf die Suche nach Wagen Nr. 8, Abteil 16c. Nach einem kleinen, ungeplanten Umweg über Wagen Nr. 9, Abteil 16c, erreichte ich schließlich mein Ziel.

Vor der dunkelbraunen Tür zögerte ich kurz. Neue Menschen

kennenzulernen fiel mir als durch und durch introvertierte Person nicht immer leicht, doch hier und heute hatte ich keine andere Wahl. Also gab ich mir einen Ruck, straffte die Schultern und klopfte. Es dauerte nur wenige Augenblicke, bis mir geöffnet wurde – und mir in derselben Sekunde der Atem stockte und mein Puls sich beschleunigte.

Das musste ein schlechter Scherz sein. Oder eine Verwechslung. Vielleicht war ich im falschen Wagen, im falschen Abteil oder im falschen Universum gelandet.

Der Mann mir gegenüber schien genauso überrascht wie ich zu sein. Er stand stocksteif vor mir und blinzelte nicht einmal.

Warren Hearst war der letzte Mensch, dem ich über den Weg laufen wollte. Wenn ich ihm zufällig auf dem Campus begegnete, schlug ich nicht ohne Grund sofort eine andere Richtung ein, um ihn nicht sehen zu müssen – was sich als durchaus schwierig herausstellte, wenn die halbe Uni regelmäßig mit seinem Gesicht auf Wettkampfpostern zugepflastert wurde. Warren war nicht nur der größte Mistkerl, der mir jemals begegnet war, sondern leider auch der beste Mittel- und Langstreckenschwimmer der Northeastern University.

Obwohl ich mir nie etwas aus Schwimmen gemacht hatte, war mir Warrens Name ein Begriff. Was nicht zuletzt an unserer unrühmlichen gemeinsamen Highschool-Zeit lag, die ich jedoch am liebsten genauso aus meinem Hirn radiert hätte wie den Anblick vor mir. Wenn Warren sich in Abteil 16c befand, konnte das nur bedeuten … »*Du* hast mir das Ticket verkauft?«

Er blinzelte immer noch nicht, nickte jedoch.

In einem Sekundenbruchteil verwandelte sich mein vermeintlicher Glücksfall in einen wahren Albtraum. »Warum …? Wieso …? Du bist keine Frau!« Mein Vorwurf klang auch in meinen eigenen Ohren schräg. Natürlich war Warren keine Frau, auch wenn ich aus irgendeinem irrationalen Grund angenommen hatte, dass meine Reisebegleitung weiblich wäre.

Trainierter Körper, breite Schultern, braune Locken, die immer so aussahen, als wäre er gerade erst aufgestanden, ein markantes Kinn und blaue Augen, die von lächerlich vollen Wimpern eingerahmt wurden. Auf der Highschool war ich furchtbar verknallt gewesen in Warren. Doch diese Zeiten waren lange vorbei und ich keine sechzehn mehr. Warren hatte mir wie niemand vor oder nach ihm das Herz gebrochen. Das würde ich ihm niemals verzeihen, egal wie sehr mich seine plötzliche Nähe aus dem Konzept brachte.

Ich musste hier weg. Am besten sofort. Entschlossen schnappte ich mir den Henkel meines Koffers und wollte auf dem Absatz kehrt machen, als Warren ebenfalls nach meinem Gepäck griff und mich somit zurückhielt. »Wo willst du hin?«

Beim Klang seiner Stimme lief mir ein Schauer über den Rücken, den ich so gut es ging zu ignorieren versuchte. Auch nach fünf Jahren hatte Warren noch dieselbe Wirkung auf mich wie früher. Das war damals Teil des Problems gewesen und schien es auch heute noch zu sein. Denn nur so war es erklärbar, dass ich mich tatsächlich von ihm aufhalten ließ. »Ist das hier wieder irgendein abgefuckter Plan?«

Bei meiner Anschuldigung besaß er immerhin den Anstand, zusammenzuzucken. Sehr gut.

»Was ist dieses Mal für dich drin, Hearst? Geht es um mehr als einen Startplatz in der Viererstaffel?« Meine Unterstellungen entbehrten jeglicher Grundlage, denn zum einen schwamm Warren keine Staffelwettkämpfe mehr, zum anderen musste er mit niemandem mehr irgendwelche Wetten eingehen, um sich einen Platz zu sichern. Doch all das war meinem gebrochenen, sechzehnjährigen Herzen vollkommen egal. Ich verabscheute den Kerl vor mir, daran änderten auch sein reumütiger Blick und die hängenden Schultern nichts. Wenn er sich schuldig wegen dem fühlte, was er damals getan hatte, geschah ihm das recht.

»Jo, komm schon. Das hier ist purer Zufall, das weißt du genauso gut wie ich. Wie hätte ich wissen können, wer auf meine Anzeige antwortet?«

Aus einem unerfindlichen Grund machte es mich wütend, dass er mich Jo nannte. Das stand ihm nicht zu. Nicht mehr. »Joanna.«

»Was?« Warren sah mich verwirrt an, hielt den Henkel meines Koffers dabei jedoch weiterhin fest in seiner rechten Hand.

»Mein Name ist Joanna.« Am liebsten hätte ich trotzig die Arme vor der Brust verschränkt. Doch das wäre nicht nur kindisch gewesen, sondern hätte auch bedeutet, dass ich mein Gepäck loslassen musste. Und das kam definitiv nicht in Frage.

»Ich kenne deinen Namen, Jo.« Mein Spitzname aus Warrens Mund war gefährlich. Genauso gefährlich wie damals, als ich sechzehn und irrational verliebt in einen Typen gewesen war, der mich lediglich benutzt hatte.

»Dann nenn mich auch so. Joanna. Nicht Jo.«

Mit einem Mal schien Warren zu verstehen, was ich ihm mehr oder weniger subtil sagen wollte. Das Recht, mich Jo zu nennen, hatte er vor langer Zeit leichtfertig verspielt. Wir waren keine Freunde und es auch früher nie gewesen, auch wenn ich genau das in meiner Naivität einmal angenommen hatte.

Warren zuckte beinahe gleichgültig mit den Schultern, ehe er mich zusammen mit meinem Koffer durch einen sanften Zug am Henkel in das Innere der Kabine beförderte. Wenn ich nicht nachgeben wollte, blieb mir nichts anderes übrig, als meinem Gepäck zu folgen. Verdammt.

»Solltest du darauf bestehen, nenne ich dich selbstverständlich Joanna.« Diesem Satz schloss sich ein genervtes Seufzen an, das völlig unangebracht war. Nicht ich war hier das Problem. Ganz im Gegenteil. Das Problem stand direkt vor mir und hatte seine Klamotten über die halbe Kabine verteilt.

Auf einem der gepolsterten Sitze lag eine geöffnete Reisetasche. Daneben ein paar T-Shirts, Socken, ein Handtuch und ein Tablet. Auf den zweiten Platz waren eine dicke Winterjacke und ein Schal geworfen worden. Insgesamt war die Kabine so winzig, dass man sich kaum drehen konnte. Bei der Vorstellung, unter diesen beengten Umständen zweiundzwanzig Stunden mit Warren zu verbringen, breitete sich ein flaues Gefühl in meinem Magen aus. Obwohl ich ihn immer noch dafür verabscheute, dass er mich zum Objekt einer miesen Wette gemacht hatte, übte er nach wie vor dieselbe Anziehungskraft wie vor fünf Jahren auf mich aus. Egal, wie abweisend und kalt ich mich ihm gegenüber gab, ein klitzekleiner Teil von mir schaffte es nicht, unser erstes und einziges Date zu vergessen. Warren Hearst war mein Kryptonit, und diese Tatsache ließ nur eine logische Schlussfolgerung zu: Ich würde unter gar keinen Umständen mit ihm gemeinsam nach Chicago fahren. »Du kannst die Kabine für dich allein haben, ich suche mir einen anderen Zug.«

»Jo …«

Unter meinem eisigen Blick räusperte er sich leise.

»*Joanna*, das ist die letzte Nachtverbindung von Boston nach Chicago vor den Feiertagen.«

»Dann fahre ich eben tagsüber.«

Warren legte wortlos den Kopf schief. Wenn ich mich nicht täuschte, zuckten seine Mundwinkel dabei verdächtig. Wir wussten beide, dass die etwa tausend Meilen lange Strecke nur nachts befahren wurde. »Mir ist bewusst, dass du mich zu Recht nicht magst, aber es ist nur eine Zugfahrt und wir sind erwachsen.«

Erwachsen? So fühlte ich mich in Warrens Nähe nie. Sobald ich ihn sah, verwandelte ich mich automatisch wieder in eine bis über beide Ohren verknallte Sechzehnjährige – egal wie sehr ich versuchte, gegen dieses Gefühl anzukämpfen.

»Möchtest du Weihnachten wirklich im Wohnheim verbringen?«

Bei dieser Vorstellung gruselte es mich. Natürlich wollte ich das nicht. Außerdem hatte ich meiner Mum versprochen, nach Hause zu kommen, doch gemeinsam mit Warren in diesem winzigen Abteil zu übernachten …

»Ich werde auf dem Boden schlafen, okay?«

Mein Blick glitt automatisch nach unten. Der Gang vor den Sitzen war so schmal, dass man dort niemals bequem liegen konnte. Erst recht nicht, wenn man, wie in Warrens Fall, über eins neunzig groß war.

Als ich ihm nicht antwortete, drehte Warren sich nach rechts und machte sich an den Sitzen zu schaffen. Einen leisen Fluch und ein wenig rohe Gewalt später klappten die Rückenlehnen mit einem unangenehmen Quietschen nach hinten und bildeten mit den Sitzflächen zusammen eine Art … Bett. Wobei der Begriff Bett übertrieben war. Eine Liegefläche, die eventuell für zwei recht kleine Menschen ausgereicht hätte, mehr stand uns nicht zur Verfügung. Mir mit Warren dieses Ding zu teilen würde bedeuten, ihm viel zu nah zu kommen. Im wahrsten Sinne des Wortes. Ich hatte mir einmal die Finger an Warren Hearst verbrannt, das würde mir nicht ein zweites Mal passieren. Zumal er sicher nicht scharf darauf war, sich ausgerechnet mit mir diese unbequem aussehende Liegefläche zu teilen.

»Nein, *ich* schlafe auf dem Boden, du nimmst das Bett.« Das war die einzige Möglichkeit, um die nächsten zweiundzwanzig Stunden irgendwie zu überstehen.

»Auf gar keinen Fall.« Warren verschränkte die Arme vor der Brust, wobei sich sein Shirt über seinem Bizeps spannte. »Ich nehme dir sicher nicht das Bett weg.«

Ich wollte den Blick abwenden, das wollte ich wirklich, doch Oberarme waren schon immer meine Schwäche gewesen.

Erst als Warren sich leise räusperte, sah ich erschrocken auf. Großartig, jetzt hatte er mich auch noch dabei erwischt, wie ich ihn unverhohlen anstarrte. Zum Glück war das Abteil durch die kleine LED-Lampe an der Decke nur schlecht beleuchtet, sodass er im besten Fall nicht die Röte bemerkte, die garantiert in diesem Moment meine Wangen überzog.

Es passierte schon wieder. Ich fiel unter diesen ganz speziellen

Warren-Hearst-Bann, der mich vor fünf Jahren bereits heimgesucht hatte. Mein Kopf verabscheute Warren dafür, nur mit mir gespielt zu haben, doch mein Herz schien selbst nach all der Zeit das entsprechende Memo noch nicht erhalten zu haben.

Ich trat einen Schritt von ihm zurück, nahm meinen Koffer und platzierte ihn auf einem der beiden Sitze, die nun ein Bett bildeten. Indem ich Warren den Rücken zuwandte, konnte ich mir immerhin einreden, so etwas wie Abstand zwischen uns geschaffen zu haben.

Um meine Hände zu beschäftigen, suchte ich in meinem Gepäck nach Dingen, die mir die Reisezeit leichter machen würden. Kopfhörer, um Warren auszublenden. Ein Buch, um ihm keinerlei Aufmerksamkeit schenken zu müssen. Eine Jogginghose und ein Hoodie, die in Kombination schrecklich unsexy waren. Nicht, dass es diese Klamotten gebraucht hätte. Die Anziehungskraft zwischen Warren und mir war stets einseitig gewesen – eine Lektion, die ich auf schmerzhafte Art gelernt hatte.

»Gibt es hier Decken?« Ohne ihn eines Blickes zu würdigen, sah ich mich suchend um. Direkt neben der Eingangsschiebetür gab es eine Art Schrank, wenn ich den Griff in der Holzvertäfelung richtig interpretierte. Als ich daran zog, öffnete sich der Zugang zu dem winzigsten Badezimmer, das ich jemals gesehen hatte. Ein Schritt, und ich stand mittendrin. Vor mir befand sich ein Miniwaschbecken mit einem Spiegel darüber. Rechts davon hing ein Papiertuchspender. Alles erschien etwas abgenutzt, aber funktionstüchtig.

»Bettzeug muss man sich selbst mitbringen. Wusstest du das nicht? Aber …«, er streckte bei seinen Worten den Kopf durch die Tür des Minibads, »wir können teilen.«

»Du hast zwei Decken dabei?« Das erschien mir recht unwahrscheinlich.

»Nein, aber wenn ich das Kissen bekomme, bin ich zufrieden und du kannst meine Decke haben. Deal?«

Im unbarmherzigen Neonlicht der Badezimmerbeleuchtung wurden mir zwei Dinge mit absoluter Sicherheit klar: Warren war immer noch der attraktivste Kerl, der mir jemals begegnet war, und ich war nicht klug genug, um mir meine Sachen zu schnappen, diesen Zug zu verlassen und das einzig Richtige zu tun. Dass es dafür längst zu spät war und wir uns bereits vor einigen Minuten in Bewegung gesetzt hatten, blendete ich in meinen Überlegungen gekonnt aus.

»Ist das okay?« Warren sah mich weiterhin fragend an, bis ich zaghaft nickte.

»Danke.« Ich zwang mich zu einem Lächeln, das sich einerseits falsch und andererseits vollkommen natürlich anfühlte. In der Vergangenheit hatte ich oft in seiner Nähe gelächelt.

Warrens Blick fiel auf meine Hände, mit denen ich mich am Waschbecken festhielt, als könnte es mich davor bewahren, erneut in Warrens Gravitationsfeld zu geraten und mich darin zu verlieren. Falls ihm mein Verhalten seltsam vorkam, ignorierte er es. Stattdessen zog er seine Geldbörse aus der Tasche und legte die Hand an die Schiebetür, die zum Gang führte. »Im nächsten Waggon habe ich einen Snackautomaten gesehen. Möchtest du auch etwas?« Bevor ich überhaupt eine Chance bekam zu antworten, hatte er die Tür bereits geöffnet und war hindurchgetreten. »Du sagst sowieso Nein, selbst dann, wenn du verhungern solltest. Also bringe ich dir einfach etwas mit.«

Damit lag er vollkommen richtig. Natürlich hätte ich abgelehnt, obwohl ich seit dem Frühstück nichts gegessen hatte.

Ich versuchte, Warrens nette Geste nicht überzubewerten, schnappte mir meinen Hoodie und die Jogginghose und zog mich in Lichtgeschwindigkeit im Bad um. Meine blonden Locken, die dank des Schneefalls eher an ein Vogelnest erinnerten, band ich zu einem Knoten in meinem Nacken zusammen. Ich war gerade damit fertig, als es an der Schiebetür klopfte.

»Kann ich reinkommen?«

Irritiert von seiner Frage öffnete ich ihm. »Natürlich, das ist deine Kabine.« Wenn man es ganz genau nahm, war ich der Eindringling. Immerhin hatte ich nur einen Bruchteil des ursprünglichen Ticketpreises bezahlt.

»Unsere Kabine.« Mit den Armen voller Snacks trat er an mir vorbei, ehe er seine Beute auf unserem Bett ausbreitete. »Alles ohne Nüsse, darauf habe ich geachtet.«

»Das weißt du noch?«

»Jap.« Mehr als diese knappe, einsilbige Antwort auf meine Frage bekam ich nicht. Er hielt mir stattdessen ein in Plastik eingeschweißtes Sandwich entgegen. »Thunfisch und Käse ist okay?«

Ich nickte, immer noch davon verblüfft, dass er sich tatsächlich an meine Nussallergie erinnerte. In der Vergangenheit hatte ich sie nur irgendwann einmal beiläufig erwähnt. »Danke.«

»Nichts zu danken.« Warren schnappte sich selbst auch eins der zahlreichen Sandwiches vor uns, setzte sich und begann zu essen.

Fasziniert beobachtete ich, wie viel Essen er in kürzester Zeit vernichten konnte. Drei Sandwiches, zwei Energieriegel, einen Apfel und eine kleine Tüte mit Gummibärchen. Dafür brauchte er geschätzt nicht mehr als fünf Minuten. Genauso wie damals bei unserem Date, als wir uns eine Pizza geteilt hatten. Er hatte sich mehrmals entschuldigt, drei Viertel davon allein gegessen zu haben. Dabei war ich sowieso viel zu nervös und aufgeregt gewesen, um mehr als ein paar Bissen herunterzubekommen.

»Das Training.«

Bei Warrens Worten sah ich fragend von meinem eigenen Sandwich auf.

»Wenn ich für Wettkämpfe trainiere, brauche ich viel Energie.« Er nickte in Richtung unseres immer noch beachtlichen Vorrats an Snacks. »Aber keine Angst, ich esse dir nicht wieder alles weg.« Ein angedeutetes Lächeln umspielte einen Herzschlag lang seine Lippen. So kurz, dass ich es mir vermutlich nur eingebildet hatte. »Ich ziehe mich auch eben um, und dann könnten wir auf meinem

Laptop irgendeinen Film ansehen. Willst du? Angeblich ist das WLAN hier ganz gut.«

Für eine Millisekunde wollte ich einfach Ja sagen.

Vergessen, dass Warren mich hintergangen hatte.

Vergessen, dass er mit Evan Scott um meinen ersten Kuss gewettet hatte.

Vergessen, dass er sich am Ende nicht dazu überwinden konnte, mich zu küssen, obwohl ich ihm diesen Kuss bereitwillig geschenkt hätte.

Für eine Millisekunde war ich schwach, ehe mich die Erinnerung an Warrens Betrug mit aller Wucht traf. Egal, wie nett er sich hier und jetzt gab, ich durfte nicht vergessen, wie gefühllos er vor fünf Jahren gewesen war. »Ich werde lesen.« Um meine Worte zu untermauern, schnappte ich mir mein Tablet, schaltete es ein und steckte mir gleichzeitig die Kopfhörer – das ultimative Zeichen für *Ich will nicht mit dir reden* – in die Ohren.

Warren sagte nichts weiter, nahm seinen Rucksack und verschwand in unserem Minibad. Ich bezweifelte, dass er sich in diesem klaustrophobisch kleinen Ding bei seiner Größe überhaupt umdrehen konnte, doch das war nicht mein Problem.

Anstatt mich weiter gedanklich mit Warren zu beschäftigen, versuchte ich mich auf meinen Roman über eine junge Eishockeyspielerin zu konzentrieren, die sich in ihren neuen Trainer verliebte. Doch nach wenigen Seiten gab ich genervt auf und sah mir stattdessen die Mitschriften aus den gestrigen Vorlesungen an. Über die Anziehungskraft von Sportlern konnte ich nicht lesen, ohne unwillkürlich meine Gedanken um den Mann im angrenzenden Raum kreisen zu lassen.

Als Warren nach einigen Minuten aus dem Bad trat, trug er genau wie ich eine Jogginghose, dazu jedoch keinen Hoodie, sondern nur ein dünnes schwarzes T-Shirt.

»Jo? Hörst du mich?« Da ich meine Kopfhörer nicht eingeschaltet hatte, verstand ich Warren hervorragend. Kurz überlegte ich, einfach so zu tun als ob, doch das wäre kindisch. Wir hatten noch mehr als zwanzig Stunden vor uns, in denen wir irgendwie miteinander auskommen mussten.

Erst wollte ich ihn daran erinnern, mich Joanna zu nennen, doch auch das erschien mir plötzlich albern. Ich mochte diesen Namen ja nicht einmal besonders. Als Zeichen des guten Willens nahm ich die Kopfhörer ab und sah zu Warren auf, der immer noch vor unserem provisorischen Bett stand und auf eine Reaktion von mir wartete.

»Sollen wir die Sache mit den Schlafplätzen jetzt klären oder willst du weiterhin störrisch sein?«

»Ich bin nicht –«

»Doch, du bist störrisch, Jo. Du kannst nicht ernsthaft glauben, dass ich dich auf dem Boden schlafen lasse.« Warren wirkte entschlossen und so, als würde er in dieser Sache nicht nachgeben wollen. »Du nimmst das Bett.«

»Warum? Weil ich eine Frau bin?«

»Weil ich nicht zulasse, dass du auf dem Boden liegst.«

»Das ist keine Begründung, sondern maximal sexistischer Bullshit.«

»Es ist sexistisch, wenn ich *nett* zu dir sein will?« Das Funkeln in Warrens Augen war kaum zu übersehen. Er war wütend, genauso wie ich selbst. »Warum hast du damit so ein riesiges Problem?«

»Ist das eine ernst gemeinte Frage?« Selbst Warren konnte nicht so naiv sein zu glauben, dass ich seine Freundlichkeit einfach so annehmen würde, ohne ihm Hintergedanken zu unterstellen. Das war mir einmal passiert, so leichtsinnig wäre ich nie wieder.

»Jo …« Seine Stimme klang sanfter als noch vor wenigen Augenblicken. »Es tut mir leid.«

Genau diese vier Worte hatte ich auch damals von ihm gehört. Oft. Geglaubt hatte ich sie ihm jedoch nie.

»Lass es mich erklären. Bitte.«

Oh Gott. Alles, nur das nicht. Allein bei dem Gedanken an irgendwelche halbherzigen Entschuldigungen wollte ich am liebsten flüchten. »Das ist alles ewig her.« Mit einem aufgesetzten Lächeln versuchte ich ihn von der falschen Ehrlichkeit meiner Worte zu überzeugen. »Ich kann mich kaum noch daran erinnern.« Ob einen bei so einer infamen Lüge ein Blitz traf? Meine Großtante hatte genau das behauptet, als ich noch klein gewesen war. Falls sie recht behielt, stand ich unmittelbar davor, mich erneut an Warren zu verbrennen. »Lass uns einfach schlafen gehen.« Ich erkannte in Warrens Gesicht, dass er umgehend protestieren wollte. Also tat ich das Einzige, was mir in dieser Situation einfiel. Ich versuchte es mit einem Kompromiss, der ihn hoffentlich zum Schweigen bringen und mir die Peinlichkeit ersparen würde, mit ihm über unser erstes und einziges Date zu sprechen. Wie naiv ich gewesen war und wie wenig Warren das alles bedeutet hatte, wusste ich. Daran musste er mich nicht durch eine unnötige Diskussion erinnern, die lediglich die alten Wunden erneut aufreißen und zu nichts führen würde. »Keiner von uns beiden schläft auf dem Boden. Wir teilen uns dieses Bett.«

Kaum waren diese Sätze ausgesprochen, hoffte ich unweigerlich doch noch auf einen Blitz. Bei der Wahl zwischen himmlischem Zorn und Warrens Körper eine ganze Nacht lang unmittelbar neben meinem würde ich mich stets für die kürzere und hoffentlich schmerzfreiere Variante entscheiden.

22

Destination You

Teil 2

Nadine Wilmschen

Ich hatte vor Ewigkeiten irgendwo mal gelesen, dass einen das Ruckeln eines Zuges und die gleichmäßigen Geräusche der Schienen angeblich besonders schnell einschlafen ließen. Leider entpuppte sich diese Theorie als eine dreiste Lüge.

Nachdem Warren das LED-Licht gelöscht und mir seine Decke überlassen hatte, hatte er sich neben mich gelegt. Man musste ihm anrechnen, dass er immerhin sehr offensichtlich versuchte, mich dabei nicht zu berühren. Doch aufgrund des begrenzten Platzes und seiner Körpergröße war dies ein hoffnungsloses Unterfangen. Ich hatte mich von ihm weggedreht und mich so klein gemacht, wie es mir möglich war. Unsere Rücken berührten sich dennoch, und auch unsere Beine stießen bei der kleinsten Bewegung aneinander.

»Sorry.« Warren hatte sich umgedreht und dabei mit seinem Oberschenkel meinen gestreift. »Das war keine Absicht.«

»Ich weiß.« Dass er mich nicht berühren wollte, war kein Geheimnis. Das hatte ich bereits vor Ewigkeiten auf die harte Tour gelernt. »Schon okay.«

Es vergingen lange Augenblicke, in denen ich versuchte, Warren einfach auszublenden und einzuschlafen. Leider gelang mir weder das eine noch das andere. Mein Rücken lag mehr oder weniger an seiner Brust, und ich spürte seinen Atem in einem regelmäßigen, mich wahnsinnig machenden Rhythmus in meinem Nacken.

»Wie hast du das gemeint?« Warren sprach leise, beinahe hätte ich ihn über das Quietschen und Rattern des Zuges nicht gehört.

»Wie habe ich *was* gemeint?«

»Du hast gesagt, dass du es weißt.«

Der Mann sprach in Rätseln. Ich hatte keine Ahnung, was er hören wollte. »Dass ich es weiß?«

»Ja. Du hast gesagt, du wüsstest, dass ich dich nicht mit Absicht berühre. Wie hast du das gemeint?«

Damit öffnete er eine Tür, durch die ich ihm definitiv nicht folgen würde. Diese ganze Situation war schon unangenehm genug. »Das war nur so dahingesagt.«

»Klang aber nicht so.«

»War es aber.«

»Ich glaube dir nicht.«

Jap, es war offiziell: Er wollte mich zur Verzweiflung bringen. »Ich würde gerne schlafen.«

»Du weichst mir aus.« Bei jeder Silbe kitzelte sein warmer Atem meine Haut und sandte einen sanften Schauer über meinen Rücken. Warren musste aufhören zu reden. Oder zu atmen. Wobei Ersteres die humanere Lösung wäre. »Das ist das erste Mal seit fünf Jahren, dass du nicht so tust, als hätte ich die Pest.«

»Du weißt, warum.«

»Jo.« Im nächsten Moment spürte ich Warrens Hand an meiner Schulter, mit der er mich behutsam nach hinten dirigierte, bis ich auf dem Rücken lag. Ich hätte ihn jederzeit mit Leichtigkeit stoppen können, doch aus einem unerfindlichen Grund tat ich genau das nicht. »Sag mir, was du damit gemeint hast.«

In unserem Abteil war es so dunkel, dass ich Warrens Gesicht nur schemenhaft erkennen konnte. Ich wusste nicht, ob er unzufrieden, genervt oder angespannt auf mich heruntersah. Vermutlich war es eine Mischung aus all dem. »Es ist wirklich nicht so wichtig.«

»Für mich schon.«

Er war mir so nah, dass ich den Arm nur ein wenig hätte anheben müssen, um seine Wange zu berühren. Einmal hatte ich genau das getan. Vor meiner Haustür, nach dem besten Date meines Lebens. In dem Moment, als ich angenommen hatte, Warren würde mich zum Abschluss des Abends küssen. Doch stattdessen hatte er auf meine Berührung komplett gegensätzlich reagiert. Er hatte sich hastig verabschiedet und war in die Nacht verschwunden. Erst am nächsten Tag hatte ich erfahren, warum. Nicht einmal um eine Wette zu gewinnen, hatte er sich dazu überwinden können, mich zu küssen. »Wieso ausgerechnet ich?«

Warren tat nicht so, als würde er nicht wissen, worauf ich anspielte. Er ersparte mir damit eine Erklärung, mit der ich den letzten Rest meiner Selbstachtung verlieren würde. Überhaupt diese Frage zu stellen, fiel mir so unendlich schwer. Doch vielleicht half mir dieses Gespräch dabei, endlich mit der Vergangenheit abzuschließen.

Er antwortete mir nicht direkt. Stattdessen stützte er sich mit dem rechten Arm neben mir ab, hob den linken und fuhr sich mit der Hand durchs Haar. Wenn ich es nicht besser wüsste, hätte ich angenommen, Warren wäre nervös.

»Evan hat dich ausgesucht, weil du ihn kurz vorher hast abblitzen lassen. Er dachte, wenn er nicht bei dir landen kann … schafft es niemand.«

Ich brauchte einige holprige Herzschläge, um Warrens Worte zu verdauen. Mir ihrer Bedeutung klarzuwerden. »Und deswegen hat er dir diese Wette vorgeschlagen? Wenn du mich rumkriegst, überlässt er dir den Startplatz in der Staffel?«

»So ungefähr, ja.« Warren klang reumütig, auch wenn das die ganze Sache kaum besser machte. Er hatte mich benutzt, genauso wie Evan. Mit dem kleinen Unterschied, dass mir Evan schon immer vollkommen egal gewesen war. Im Gegensatz zu Warren.

Ich nahm all meinen Mut zusammen, um die eine Frage zu stellen, auf die ich niemals eine Antwort bekommen hatte. Die groben Details der Wette kannte ich seit Jahren, doch eine Sache ließ mich nicht los. »Warum hast du es nicht durchgezogen?« Meine Stimme war nur mehr ein Flüstern. »Du warst so kurz davor, die Wette zu gewinnen.« Mein Herz musste hören, was mein Verstand schon lange kapiert hatte.

Warren hatte mich so wenig anziehend gefunden, dass er mich

nicht einmal hatte küssen wollen, um die Wette zu gewinnen. Wenn er genau das aussprach, wären er, die Highschool, seine Wette und meine Gefühle für ihn nur noch Geschichte. Dann würde ich dieses Kapitel endlich hinter mir lassen können. An diesen Gedanken klammerte ich mich, während ich zum monotonen Rattern des Zuges darauf wartete, dass Warren mir ein letztes Mal das Herz brach.

Unendlich lange Sekunden sagte er nichts. Er blieb mir eine Antwort schuldig und sah stattdessen auf mich herunter, soweit das in der Dunkelheit möglich war. Ich bildete mir ein, erkennen zu können, wie er die Stirn runzelte, ehe er kurz die Augen schloss. Je mehr Zeit verstrich, desto mehr bereute ich, überhaupt gefragt zu haben. »Ist schon okay, du musst nichts dazu sagen. Es war keine gute Idee, den alten Kram wieder hervorzuholen.« Demonstrativ zog ich die Decke ein Stück höher, bis nur noch mein Gesicht hervorschaute. »Wir sollten wirklich schlafen.«

»Ich wollte nicht, dass es *so* passiert. Nicht nach diesem Date und nicht wegen Evan.« Plötzlich sprudelte es aus Warren heraus, und mir blieb nur, ihm sprachlos zuzuhören. »Mich überhaupt auf diese dämliche Wette einzulassen war bescheuert genug. Aber spätestens nach unserem Date hätte ich dir die Wahrheit sagen müssen. Es nicht zu tun …« Er hielt für einen Moment inne, schüttelte den Kopf und atmete hörbar ein und wieder aus. »Jo, ich wollte dir das schon hundert Mal erklären und mich entschuldigen, aber du bist mir ständig aus dem Weg gegangen. Versteh mich nicht falsch, mir ist klar, warum du dich so verhalten hast, nur war mir dadurch nicht möglich, dir endlich das zu sagen, wozu mir vor fünf Jahren der Mut gefehlt hat.«

»Ich bin dir nicht mehr böse.« So unmöglich, wie es mir vor ein paar Stunden noch erschienen war, Warren jemals zu verzeihen, so wahr fühlte sich diese Aussage mit einem Mal an. »Lass es uns einfach vergessen.«

»Aber genau das will ich nicht.« Warren stützte sich nun auch mit dem zweiten Arm neben mir ab und kam mir damit noch näher. »Jo, ich würde gern etwas nachholen, das mein sechzehnjähriges Ich ziemlich in den Sand gesetzt hat.«

»Und was ist das?« Ich war mir sicher, nicht einmal mehr zu atmen. »Was möchtest du nachholen?«

»Das weißt du ganz genau.« Das Lächeln in Warrens Stimme war in jeder Silbe hörbar.

»Weiß ich *nicht*.«

»Doch, tust du.«

»Nope.«

»Doch.«

»Keine Ahnung, wovon du sprichst.«

Warren streckte die Hand aus, um mir mit den Fingerspitzen eine Locke aus der Stirn zu streichen. Bei dieser unschuldigen, sanften Berührung schlug mein Herz augenblicklich schneller. »Darf ich dich mit fünf Jahren Verspätung endlich küssen, Jo?«

»Das willst du nicht.« Was tat ich da? Ich versuchte, dem einzigen Typen, in den ich jemals Hals über Kopf verliebt gewesen war, auszureden, mich zu küssen. Nervosität, Angst und nackte Panik kämpften in mir um die Vorherrschaft. »Wenn das Teil deiner Entschuldigung ist, musst du nicht … also … ich meine, ich habe dir verziehen. Auch ohne dass du …«

»Jo? Das hier hat überhaupt nichts mit meinem schlechten Gewissen zu tun. Das verschwindet zwar nicht über Nacht, aber küssen will ich dich nur aus einem einzigen Grund.«

»Aus welchem?«

Warren beugte sich zu mir herunter, bis sich unsere Nasenspitzen beinahe berührten. »Weil ich seit fünf Jahren bereue, so ein riesiger Idiot gewesen zu sein. Darf ich dich also endlich küssen, wie ich es schon damals tun wollte?«

»Aber –«

Ich hatte kaum zu einer Erwiderung angesetzt, als er mir prompt ins Wort fiel. »Ja oder nein, Jo?«

Durch seinen Bekanntheitsgrad als einer der erfolgreichsten Sportler der Northeastern University wusste ich mehr über Warrens vergangene Affären, One-Night-Stands – oder wie auch immer man es bezeichnen wollte –, als mir lieb war. Das redete ich mir jedenfalls ein. In Wahrheit hatte ich seinen Beziehungsstatus immer recht genau verfolgt. Selten war er mit einem Mädchen mehr als einmal ausgegangen.

Da ich das einzige weibliche Wesen in diesem Zugabteil war, versuchte er also sein Glück nun bei mir. Aber solange ich nicht so töricht war, zu glauben, dass zwischen uns mehr sein könnte als eine einmalige Episode, würde es mir gelingen, die alten Gefühle nicht wieder aufkeimen zu lassen.

Ich bekam die Chance, den Kuss nachzuholen, der mich seit fünf Jahren verfolgte. Im besten Fall war der Kuss schlecht und ich dadurch für immer von Warren geheilt. Ein genialer Plan, an den ich nicht einmal selbst glaubte. Dennoch nickte ich. Biss mir gestresst und aufgeregt zugleich auf die Unterlippe und wartete.

»War das ein Nicken oder ein Kopfschütteln? Es ist so dunkel, ich habe es nicht erkannt.«

Anstatt Warren zu antworten, nahm ich all meinen Mut zusammen, hob den Kopf und berührte mit meinen Lippen seine. Der Kuss war unschuldig, zart und dauerte nicht länger als zwei Sekunden. Dann verließ mich meine neu gefundene Furchtlosigkeit und ich zog mich wieder zurück.

»Guter Anfang.« Warren stupste mit seiner Nase gegen meine, was mich trotz meiner Angespanntheit lächeln ließ. »Aber jetzt bin ich dran.«

Ehe ich fragen konnte, was er damit meinte, küsste er mich. Gleichzeitig legte er die Hand an meine Wange und streichelte die erhitzte Haut mit seinem Daumen. Tausend verschiedene Gefühle prasselten unvermittelt auf mich ein. Warrens Lippen auf meinen lösten einen Wirbelsturm in mir aus, in dem nur er mein Anker sein konnte. Als ich seine Zungenspitze spürte, seufzte ich leise in unseren Kuss hinein und legte meine Hände in seinen Nacken. Berührte seine dunklen Locken, die sich so weich anfühlten, wie ich es mir immer ausgemalt hatte.

Mit jeder Sekunde wurde der Kuss intensiver, drängender, und ich entschlossener. Nein, Warren tat das hier nicht nur, um sich zu entschuldigen. Seine schwere Atmung war der Beweis dafür, dass er mich genauso sehr wollte, wie ich ihn.

Er küsste sich von meinem Mundwinkel über meine Wange bis zu der empfindlichen Stelle direkt unter meinem Ohr und löste damit eine Gänsehaut aus, die sich rasend schnell über meinen ganzen Körper ausbreitete.

Ich drehte den Kopf leicht nach rechts, um ihm besseren Zugang zu gewähren, und schob meine Hände im selben Moment unter sein dünnes T-Shirt. Meine Finger waren eiskalt und Warrens Haut so erhitzt, dass er bei diesem Kontrast überrascht zurückzuckte. »Sorry.«

»Kein Grund, sich zu entschuldigen.« Es folgte ein Kuss, den ich bis in meine Zehenspitzen spürte. Mein Puls raste, das Blut rauschte in meinen Ohren, und ich vergaß alles um uns herum.

Es war mir egal, dass wir uns in einem Zug befanden.

Es war mir egal, dass ich nur eine Nacht mit Warren hatte.

Es war mir egal, dass ich ihm ab morgen bis an mein Lebensende aus dem Weg gehen musste.

Es war mir egal, dass ich mich mit jeder Sekunde ein bisschen mehr in ihn verliebte.

Als uns beiden der Atem ausging und Warren sich kurz von mir löste, nutzte ich die Gelegenheit, mich halb aufzurichten und mir meinen Hoodie über den Kopf zu ziehen. Aufgrund des begrenzten Platzes war das gar nicht so einfach, aber letztendlich schaffte ich es doch. Das Kleidungsstück warf ich achtlos zur Seite, ehe ich Warren wieder an mich zog – jetzt nur noch mit einer Jogginghose und einem dünnen Tanktop bekleidet.

Während Warren mich erneut küsste, schob ich den Saum seines Shirts langsam nach oben. Er verstand sofort, was ich ihm damit sagen wollte, löste sich für einen winzigen Augenblick von mir und entledigte sich seines lästigen T-Shirts.

»Es ist viel zu dunkel hier drin.« Meine Worte wurden halb von seinen Lippen verschluckt, die auf meinen lagen und mich um den Verstand küssten.

»Ist mir egal.« Ohne von meinem Mund abzulassen, schob Warren seine Finger unter mein Top. Von meinem Bauch immer höher, bis er den Ansatz meines BHs erreichte.

»Aber wenn sich schon ein Schwimmer vor mir auszieht, will ich seinen Oberkörper ganz genau sehen können.«

Diese Bemerkung entlockte Warren ein heiseres Lachen. »Ich mache dir morgen eins von diesen lächerlichen Spiegel-Selfies. Deal?«

»Das ist nicht dasselbe.«

»Zwei Spiegel-Selfies?« Kaum hatte er die Frage ausgesprochen, spürte ich seine Hand unter meinem BH.

Bei der plötzlichen Berührung sog ich scharf die Luft ein. »Du arbeitest mit unfairen Mitteln.«

»Ich weiß nicht, wovon du sprichst.«

Mein Protest blieb mir im Hals stecken, als er meine Brustwarze zwischen Daumen und Zeigefinger nahm und damit begann, sie behutsam zu massieren. Oh verdammt, er war gut in dem, was er tat. Seufzend bog ich ihm den Rücken entgegen, fuhr dabei mit den Fingerspitzen die Muskeln an seinen Oberarmen nach und verlor mich in diesem Moment, der nur noch aus den Empfindungen bestand, die Warren in mir auslöste.

»Ist es okay, wenn ich dir …«

Ich kam ihm zuvor, indem ich meinen BH öffnete und ihn mitsamt meinem Tanktop abstreifte.

Warren verlor keine Zeit. Kaum hatte ich die Klamotten zur Seite gelegt, beugte er sich erneut nach vorn und ließ seine Lippen über mein Schlüsselbein gleiten. Quälend langsam küsste er eine

Spur bis zu meinen Brüsten. Als er meine linke Brustwarze in den Mund nahm und daran saugte, entwich mir ein leises Stöhnen, das ihn nur noch mehr anzuspornen schien. Er widmete sich der rechten Brust mit derselben Hingabe, bis ich das Gefühl hatte, jeden Moment explodieren zu müssen.

Warren veränderte ein wenig die Position, um seinen Mund an meinem Hals entlangfahren zu lassen. Durch diese Bewegung drückte sich der sehr deutliche Beweis für seine eigene Erregung gegen meinen Oberschenkel und löste die Sehnsucht nach so viel mehr in mir aus.

Ich schob meine Hand zwischen unsere Körper, bis ich Warrens Erektion durch seine Jogginghose umfassen konnte. Er keuchte angestrengt und verlagerte das Gewicht auf seine linke Seite. So hatte meine Hand mehr Spielraum, den ich nur zu gern ausnutzte. Nie hätte ich mir träumen lassen, dass ich einmal mit Warren gemeinsam halb nackt in einem Bett – oder besser: in einem Zug – liegen würde.

Meine Bewegungen wurden mutiger, Warrens Atmung schwerer und die Erektion in meiner Hand härter. Doch als ich unter den Bund seiner Hose fassen wollte, hielt er mich zurück.

»Ich habe keine Kondome dabei.«

Sein Geständnis wirkte wie ein Eimer kaltes Wasser. Ohne ihn loszulassen, schloss ich für einige Sekunden frustriert die Augen. »Ich habe auch keine.«

»Das ist okay.« Warren stützte sich mit den Unterarmen rechts und links neben meinem Oberkörper ab, damit nicht sein komplettes Gewicht auf mir lastete. »Bevor wir einen Schritt weitergehen, haben wir ein Date. Ein richtiges.«

Ich hatte mit allem gerechnet, aber nicht damit. »Du willst mit mir ausgehen?«

»Ja?« Warrens Antwort klang verwundert und mehr wie eine Frage. »Was dachtest du denn, was ich vorhabe?«

Meine Gedanken rasten, ohne dass sie einen Sinn ergaben.

Warren wollte mich daten? »Ich dachte, dass es eine einmalige Sache zwischen uns ist.«

»Das ist es nur, wenn du das willst.« Zärtlich und bestimmt zugleich küsste er mich, ehe er sich aufrichtete. »Ich will die Jo von heute kennenlernen. Mehr von dir wissen. Die letzten fünf Jahre aufholen und gleichzeitig da weitermachen, wo wir damals aufgehört haben. Wie klingt das für dich?«

Die sechzehnjährige Jo konnte nicht fassen, was Warren da sagte. Sie hatte zwei Schuljahre lang den größten Crush gehabt, nur um am Ende übel auf die Nase zu fallen. »Du hast nie … ich meine, ich weiß, mit wie vielen Frauen du … Nicht, dass es etwas Schlechtes wäre. Wenn beide damit einverstanden sind … spricht nichts gegen einen One-Night-Stand, aber …« Ich machte es mit jedem Wort schlimmer. Mit. Jedem. Einzelnen. Wort. »Meinst du das wirklich ernst?«

»So ernst, wie Michael Phelps sein Comeback 2015 genommen hat.«

»Das ist was Gutes?« Auch wenn ich wusste, dass es sich bei Michael Phelps um einen Schwimmer handelte, hatte ich seine Karriere nie wirklich verfolgt. Ich war immer nur an einem ganz bestimmten Sportler interessiert gewesen.

»Ja, das ist was Gutes. Aber das lernst du alles noch, wenn du selbst einen Schwimmer datest.«

»Du bist dir deiner Sache ziemlich sicher.«

»Ganz im Gegenteil.« Warrens Stimme war so ernst wie den gesamten Abend noch nicht. »Ich könnte es verstehen, wenn du nie wieder etwas mit mir zu tun haben willst. Dass du gerade in meinen Armen liegst, grenzt an ein Wunder. Wenn du dich wirklich noch einmal auf mich einlässt, verspreche ich dir, dich nicht ein zweites Mal zu enttäuschen. Ich war ein Idiot, Jo. Ein riesengroßer Idiot. Diesen Fehler mache ich nicht noch einmal.« Wenn das überhaupt möglich war, klang seine Stimme bei den folgenden Worten noch ernster. »Außerdem solltest du wirklich nicht alles glauben, was so erzählt wird. Ich war in der Vergangenheit kein Mönch, aber ich habe nicht einmal einen Bruchteil der Frauen gedatet, die mir nachgesagt werden.«

Meine Skepsis kämpfte nur sehr kurz gegen mein Herz, ehe sie eine klägliche Niederlage einstecken musste. Ich mochte Warren, das hatte ich immer getan. Egal, wie sehr ich mir auch etwas anderes hatte einreden wollen. »Zwischen Weihnachten und Neujahr habe ich Zeit. Und da wir über die Feiertage beide zufällig in Chicago sind …«

»Du wirst es nicht bereuen.« Ohne dass ich die Chance bekam, etwas zu erwidern, küsste Warren mich. So stürmisch, dass ich nichts tun konnte, außer zu fühlen und mich in diesen neuen Empfindungen zu verlieren, die vor ihm noch kein anderer in mir ausgelöst hatte.

Als er seine Hand unter den Bund meiner Hose schob, wollte ich ihn daran erinnern, dass wir keine Kondome hatten, doch er kam mir auch dabei zuvor. »Ist das okay, auch wenn wir nicht weiter gehen können?«

»Ja.« Selbst wenn ich gewollt hätte, wäre ich zu schwach gewesen, um ihn aufzuhalten. Ich wollte alles von ihm, was ich bekommen konnte. Damals. Heute. Und morgen.

Warrens Lippen streiften mein Ohr, als er im selben Moment mit den Fingerspitzen über den Stoff meines Slips glitt, ehe er ihn zur Seite schob. Sein Daumen fand zielsicher meine empfindlichste Stelle, was mich laut aufkeuchen ließ. Er massierte mich in einem gleichmäßigen Rhythmus, schien alle Zeit der Welt zu haben, während ich das Gefühl hatte, immer mehr in Flammen zu stehen.

»Mache ich das richtig?« Seine Worte, gemischt mit seinem warmen Atem an meinem Ohr, ließen mich erschauern. »Ist es gut so, Jo?«

»Mhm.«

Warren verstärkte seine Liebkosungen, bewegte seinen Daumen schneller, fester, und sorgte damit dafür, dass ich mich Halt suchend an ihm festklammerte. Wenn ich fiel, dann nur, wenn er ganz nah bei mir war.

Ohne seine Bewegungen zu stoppen, drang er mit zwei Fingern in mich ein.

Oh Gott. Dieser doppelten Überflutung meiner Sinne würde ich nicht lange standhalten.

»Kannst du so kommen?«

Anstelle einer Antwort zog ich seinen Kopf zu mir herunter und presste meine Lippen in dem Moment auf seine, als mich mein Orgasmus wie ein Tornado mit sich riss.

Mein Körper zitterte unkontrolliert, meine Arme fielen schlaff zur Seite, und Warren streichelte mich liebevoll durch meine Höhen, bis ich ganz langsam wieder im Hier und Jetzt ankam.

»Das war heiß.« Ich spürte sein Grinsen an meinem Mund und hätte wetten können, dass es verdammt selbstzufrieden war. »Wir sollten das bei Gelegenheit wiederholen.«

»Meinst du?«

»Ich denke schon, aber erst gehen wir auf mindestens drei Dates.«

»Wieso ausgerechnet drei?«

»Cathy, meine Schwester, sagt, dass Frauen erst beim dritten Date mit einem Mann ins Bett gehen, wenn sie es ernst mit ihm meinen.«

»Wer sagt, dass ich es ernst mit dir meine?« Das tat ich. Mehr als das. Aber es machte mir Spaß, ihn ein wenig aufzuziehen. »Vielleicht habe ich nach zwei Dates ja genug von dir.«

»Möglich, doch ich werde mich bemühen, dass das nicht passiert. Du bist immerhin mein verfrühtes Weihnachtsgeschenk.«

»Wieso das?«

Warren drehte sich zur Seite und zog mich mit sich, bis ich in seinen Armen und mein Kopf auf seiner Brust lag. So könnte ich es länger als die fünfzehn Stunden aushalten, die unsere Fahrt noch andauerte. »Wie standen die Chancen, dass ausgerechnet *du* mir das zweite Ticket abkaufst? Das ist so etwas wie ein Weihnachtswunder.«

»Wenn wir davon ausgehen, dass du am Schwarzen Brett der Uni inseriert hast und nicht allzu viele Menschen in Boston studieren, obwohl sie ursprünglich aus Chicago stammen ... Die Chance lag, grob überschlagen, bei zwei Komma fünf Prozent.«

Warren lachte laut auf. »Ich werde mich daran gewöhnen müssen, dass meine Freundin Mathematik studiert.«

»Freundin?«

»Jap. Von mir aus nenne ich dich erst nach unserem dritten Date meine Freundin, wenn dir das lieber ist.«

Lächelnd kuschelte ich mich enger an ihn. »Ich denke darüber nach.«

23

Tree for Two

Teil 1

Josi Wismar

Josi Wismar studiert Buchwissenschaft in Mainz, und fast ihr gesamtes Leben ist mit der Buchbranche verknüpft. Auf ihren Social-Media-Kanälen tauscht sie sich gerne mit ihren Leser*innen aus, schreibt in Livestreams gemeinsam mit der Community an ihrem neuesten Buch und verbringt einen gefährlich großen Teil ihrer Bildschirmzeit auf BookTok. Wenn sie nicht gerade versucht, für ihren Buch-Podcast #Ausgelesen mehr zu lesen als ihre Podcast-Partnerin Sarah, steht sie auf dem Fußballplatz oder vermisst die Berge, in die sie ganz dringend mal wieder fahren muss.

Ja klar, ich schließe gleich die Haustür hinter mir, um mein eigenes kleines Weihnachtswunder zu erleben.« Ich ließ mich in den Kissenberg auf meinem Bett sinken und quetschte dabei ein Bein meines alten Plüschelefanten gefährlich ein. Großartig. Jetzt war ich schon jemand, der Plüschtiere misshandelte, nur weil es draußen schneite und drinnen nichts nach Weihnachten roch – mal abgesehen von dem billigen Zimtkerzenrest von der Vormieterin.

»Du versuchst ja nicht mal, mich anzulügen.« Meine kleine Schwester stöhnte genervt – das konnte sie gut –, und wenn ich ebenfalls in ihrer Studenten-WG in Westwood gesessen hätte, hätte sie sich sicher theatralisch eine Hand an die Stirn geklatscht. Aber ich saß nicht bei ihr in L.A., wo die Sonne gerade aufging, sondern im verschneiten Bergen. Im Dunkeln. Im Dezember. Hier ging die Sonne seit Mitte November gar nicht mehr richtig auf. Nur so ein müdes Dämmerlicht gab es, die Sonne kam knapp über den Horizont, aber schaffte es nicht weiter, als hätte auch sie jegliche Motivation verloren.

»Du stehst jetzt auf und kaufst dir so einen gottverdammten Baum, Amber!« In Juliets Stimme lag dieses Lächeln, das ich zusammen mit ihren warmen Umarmungen jedes Mal vermisste, wenn ich meine Finger nicht mehr aufgewärmt bekam. Vielleicht auch weil es auf der anderen Seite der Fensterscheibe über meinem Bett etwa minus fünfzehn Grad hatte. Ich drückte meine Nase an die kühle Scheibe, blickte auf die Straße dahinter, wo unscharfe Lichter in Rot und Gold versuchten, mir Discounter-Weihnachtsstimmung zu verkaufen. Dabei war in diesem Dezember rein gar nichts im Sonderangebot. Außer vielleicht Heimweh und das Gefühl, dass es ein Fehler gewesen war hierherzuziehen.

Statt wie ein glitzerndes Rentier auf Zuckerschock durch die Straßen zu hüpfen, erholte ich mich von der dritten Erkältung in vier Wochen – ein Geschenk meiner Kindergartenkinder, die das Konzept *Wir husten unserer Erzieherin nicht ins Gesicht* eher für ein Märchen hielten, dass ich ihnen zur Mittagsruhe vorlas. Wie aufs Stichwort hustete ich in den Hörer und griff nach meiner überdimensionalen Tasse Blaubeertee, die mittlerweile mehr Trostspender als warmes Getränk war.

»Ich riskiere doch nicht den nächsten Infekt, nur um mir einen nadelnden Staubsauger-Albtraum in die Wohnung zu stellen.«

»Wow, du klingst wirklich wie Mom …«

»Auf gar keinen Fall!« Ich setzte mich kerzengerade hin, verhedderte mich dabei in der Decke und schnitt mir damit selbst fast die Blutzufuhr im Bein ab. Aber der Widerspruch kam mir nicht so recht über die Lippen. Ich klang wirklich wie unsere Mutter. Unsere Mutter, die lieber drei Liter Desinfektionsmittel pro Woche verbrauchte, als einen winzigen Krümel im Haus zu dulden. Die uns am liebsten präventiv mit Antibiotika vollgestopft hätte, nur weil wir einmal gehustet hatten.

Und hier war ich jetzt – in Norwegen.

Eigentlich wollte ich weiße Weihnacht. Nordlichter. Kakao mit Marshmallows. Aber stattdessen saß ich hier, sah aus wie der letzte Schlumpf in Fleece und versuchte, meine beginnende Nasenspraysucht wegzuatmen.

»Jetzt, wo wir das auch geklärt haben, hoffe ich, dass du gerade schon deinen zweiten Stiefel schnürst und ein bisschen Lipgloss aufträgst, damit deine trockenen Lippen nach künstlicher Erdbeere schmecken, wenn du zufällig deinen Traumprinzen anrempelst.«

»Ich remple meinen Traumprinzen an, wenn du Mom endlich beichtest, dass du dein Studium schmeißt«, sagte ich, während ich tatsächlich dabei war, den Reißverschluss meiner gefütterten Docs zu schließen.

»Kein Grund, persönlich zu werden.« Meine kleine Schwester schwieg, während ich mich Schicht für Schicht weiter einpackte. Als jemand, der in L.A. geboren und aufgewachsen war, war mir das Konzept einer isolierten Daunenjacke, unter die man zwei Thermoshirts layerte, gänzlich neu. Aber jetzt war ich absoluter Profi und sicher nur noch zwei Einkäufe davon entfernt, den perfekt ausgestatteten Kleiderschrank für eine Arktisexpedition zu haben.

Der Neuschnee knirschte unter meinen dicken Sohlen, die der Verkäufer mir als *sicher ausrutschfest* angedreht hatte.

»Also … bist du gleich da?« Julis Stimme drang an mein Ohr und ich verfluchte die Winter-Anfängerin in mir, da ich die Handschuhe vergessen hatte. Schon wieder.

»Ja«, murmelte ich nur und wusste genau, dass meine Schwester spürte, wie ich die Augen verdrehte. »Und wenn ich dann einen Baum kaufe, lässt du mich dann wieder in Ruhe?«

»Erst wenn ich ein Beweisbild bekomme, dass du ihn Pinterest-glitzer-leuchtend-mäßig dekoriert hast.« Der genervte Spruch lag mir auf der Zunge. Ich wollte auf den Boden stampfen, wie eines meiner Kinder, wenn der Mittagsschlaf anstand. *Gefühle muss man fühlen*, äffte ich mich selbst im Kopf nach und wusste doch, dass ich Juli dankbar war. Ich wollte meine eigene weihnachtliche Rom-Com erleben und erwartete, dass sie mir jemand durch mein geschlossenes Fenster in die kleine WG warf. Während ich durch den Schnee stapfte, klebte die Stadt förmlich vor Weihnachtsstimmung – überall Lichterketten, Glühwein und Menschen, die so taten, als wäre Dezember kein seelischer Belastungstest.

»Ich leg jetzt auf, ja?«

»Ist das ein Versprechen?« Ich lachte leise, während die unscharfen Lichter des Weihnachtsbaumstands immer näher kamen.

»Eher eine Drohung – du vermisst mich nämlich schrecklich.« Ich grinste, obwohl mein Hals plötzlich ganz eng wurde. Wenn ich gekonnt hätte, hätte ich sie durch mein Handy gezogen und festgehalten. Stattdessen zog ich nur meinen Schal höher und stapfte weiter – Richtung Baum, Richtung fremde Stadt, Richtung irgendwas, das sich hoffentlich bald ein bisschen mehr nach zu Hause anfühlte.

»Das wird schon.« Juli verstand mein Schweigen, so wie eine kleine Schwester eben immer verstand. »Und jetzt Brust raus, Schultern zurück und erst wieder umdrehen, wenn du einen schweren Baum hinter dir herschleppst.«

»Wird gemacht, Muschu«, flüsterte ich, weil ich mir sicher war, dass die Leute um mich herum die Mulan-Anspielung sicher nicht verstanden.

»Hab dich lieb«, sagten wir gleichzeitig, und trotzdem überraschte es mich, als die Leitung wenige Sekunden später wirklich still war. Ich wollte in Norwegen sein. Also, schon so richtig.

Mit heißem Kakao, Marshmallows, die genau drei Sekunden vorm Zerfallen standen, Nordlichtern am Himmel und einem Michael-Bublé-Soundtrack, der mein Leben wie einen Weihnachtsfilm klingen ließ.

Was ich nicht wollte?

Den ganzen Kram, der davor kam.

Die Auswanderungsbürokratie, bei der selbst mein Drucker irgendwann Burnout hatte.

Die Schnupfnasen-Kindergartencrew, die meine persönliche Komfortzone zuverlässig mit Körperflüssigkeiten sabotierte.

Und die abendlichen Küchentischrunden – also, die theoretischen –, bei denen alle Stühle besetzt sind. Mit echten Menschen. Mit Freunden. Mit Gesprächen, bei denen man lacht, statt sich durch TikTok zu scrollen, um das Gefühl von Anschluss wenigstens zu simulieren.

Ich hatte das Set-Design eines Netflix-Weihnachtsfilms. Nur leider ohne Cast.

»Hey, kann ich dir helfen?« Ich blinzelte gegen das Licht – und direkt in ein Gesicht, das wahrscheinlich schon mehrere Pinterest-Boards gecrasht hatte.

»Das darf jetzt nicht wahr sein.« Ich starrte den jungen Mann vor mir an, seine braunen Locken, die unter der dicken Wollmütze hervorquollen und die ihm fast gleichgültig in die Stirn fielen. Sie schufen einen perfekten Rahmen für seine hellen Augen, betonten die süßen Grübchen, die sich hielten, während er mich die ganze Zeit weiter anlächelte. »Ich habe das gerade laut gesagt, oder?« Der Fremde hob erst eine Braue, dann nickte er. Der Fremde, der aussah wie die Bookboyfriends aller Rom-Coms, die ich dieses Jahr gelesen hatte, und mich immer noch einfach nur freundlich anlächelte. Mit diesen Grübchen.

»Alles okay?« Sein Lächeln verrutschte leicht. Klar. Bestimmt sah ich auch aus, als würde ich gerade einen Schlaganfall erleiden. Ich nickte wortlos, weil mich das dumpfe Gefühl beschlich, *Möchtest du mich heiraten?* hätte seine Schlaganfall-Theorie nur unterstützt.

»Ich würde gerne einen Baum kaufen.« Ich zwang mich zu einem Lächeln und erinnerte mich an den Fakt, dass bei Schlaganfällen oft eine Gesichtshälfte gelähmt und das Lächeln deshalb komisch schief war. Wie ferngesteuert hob ich meinen Zeigefinger und tastete nach meinem Mundwinkel. *Alles in bester Ordnung.* »Er darf aber nicht zu groß sein, weil der erst mal nur in mein Schlafzimmer kommt. Und das ist klein. Also … wirklich klein. Und meine Mitbewohnerin weiß noch nichts davon. Vom Baum. Nicht vom Zimmer. Das weiß sie. Logisch«, plapperte ich los, um nicht wieder in peinliches Schweigen zu verfallen. »Und ich mag sie echt, vor allem weil das Zimmer wirklich bezahlbar ist und ich nicht schon wieder umziehen möchte. Das war letztes Mal nämlich wirklich anstrengend. Wobei es dieses Mal vielleicht nur über die Straße und nicht gleich über den Atlantik …« Ich biss mir auf die Lippe. Ich hätte einfach den Mund halten können. Das wäre zwar auch unangenehm gewesen, aber wenigstens halbwegs würdevoll – stattdessen hatte ich drauflosgequasselt wie ein Radiomoderator auf doppeltem Espresso. Als würde ich versuchen, mein eigenes Schweigen mit Worten zu erschlagen.

»Wie groß ist denn dein Schlafzimmer, das zum Glück gut bezahlbar ist?« Er schob sich eine Locke aus dem Gesicht und musterte mich neugierig. »Nur damit ich einschätzen kann, in welcher Größenordnung wir suchen. Baumtechnisch.« Ich nickte starr, weil mein Hirn offiziell den Dienst quittiert hatte. Ich war eindeutig nicht dafür gemacht, mit attraktiven Fremden über weihnachtlichen Pflanzenbedarf zu sprechen. Wobei das hier schon längst kein reiner Baumkauf mehr war. Weihnachtslichter, Neuschnee, ein Fremder mit Locken und Grübchen – das hier war mein persönliches Hallmark-Bingo.

»Klein«, sagte ich. Und dann sprach ich weiter, weil mein Mund offenbar ein Eigenleben führte. Gesteuert von einer kitschverliebten Regisseurin, die aus dieser Situation einen schlechten Netflix-Film machen wollte. »Also wirklich klein. Wenn ich nachts die Arme ausstrecke, schlage ich entweder gegen die Wand oder mein Bücherregal. Manchmal beides.«

»Klingt gemütlich«, sagte er mit einem Grinsen, das irgendwo zwischen Mitgefühl und Belustigung pendelte.

Und dann streckte er mir plötzlich die Hand entgegen.

»Ich bin übrigens Fynn.« Fynn. So hieß der Mann mit den dunklen Locken, die immer noch so perfekt unperfekt aus der Mütze ragten.

»Amber«, stotterte ich nur und nahm seine Hand, die er dann einmal kurz schüttelte.

»Okay, Amber, dann lass uns doch mal deinen perfekten Weihnachtsbaum finden.« Er stapfte zielsicher davon, während ich schnell mein Handy aus der Daunenjacke kramte. Diese Jacke hatte wirklich viel zu viele Taschen. »Kleine Bäume stehen da hinten. Für kleine Schlafzimmer. Oder diskrete Tannenträume.«

OMG, du glaubst nicht, was hier gerade passiert.

Ich tippte die Worte so schnell, dass kaum ein Wort ohne Tippfehler in unserem Chat landete, während ich Juli Wort für Wort alles schilderte.

Du kannst ja auch einfach ihn mit nach Hause nehmen. Wie ich höre, ist er ja ein Modell ganz nach deinem Geschmack.

Ich unterdrückte ein Husten.

»Amber?«

»Hmm?« Ich sah vom Bildschirm auf und blickte zu Fynn, der fragend eine Augenbraue gehoben hatte.

»Hast du auch vor, ihn zu schmücken? Mit Lametta oder so?«

»Ich … vielleicht?« Ich zuckte mit den Schultern und atmete erleichtert auf, als Fynn sich zu ein paar Bäumen drehte, die er eingehend inspizierte.

Ich würde gern dich mit Lametta schmücken.

Was? Das war eindeutig Julis Stimme, die sich in meinem Kopf breitgemacht hatte. Ich atmete einige Male tief durch und spürte, wie der kalte Sauerstoff die viel zu heißen Gedanken vertrieb. Ich war hier für einen kleinen süßen Weihnachtsbaum. Nicht für den großen süßen Weihnachtsbaumverkäufer. Shit.

»Was ist hiermit?« Fynn stellte sich neben einen Baum, der ihm fast bis zur Brust ragte.

»Kleiner …« Ich presste die Lippen aufeinander und dachte an die wenigen Quadratmeter Fußboden in meinem Zimmer.

»Okay, kein Problem.« Fynn klatschte in die Hände und ließ seinen Blick über die Bäume gleiten. »Und du bist neu in Bergen?« Er griff vereinzelt nach den dicken Stämmen der Bäume, drehte sie, um einzuschätzen, was er mir vorschlug.

»Ähm, ja … Woher …«

»Der Atlantik.« Fynn zwinkerte mir zu. Mein Gott, er *zwinkerte.* »Wie ist es mit dem hier?«

»Kleiner …« Langsam fragte ich mich, ob sie hier überhaupt Bäume in der Größe meines Selbstwertgefühls verkauften oder ob ich so was eher über Amazon bestellen musste.

»Verstehe.« Fynn kratzte sich verlegen am Hinterkopf.

»Und du … bist gelernter Weihnachtsbaumverkäufer?«

»Nein«, sagte Fynn lachend und ich mochte den tiefen, unangestrengten Klang in seiner Stimme.

Weihnachtsbaumverkäufer. Klar. Warum nicht gleich Liebe auf den ersten Blick, drei Kinder und ein Haus mit Kamin im Paket dazulegen?

Welche Emily-Henry-Rom-Com hatte mir bitte das Hirn vernebelt?

»Ich schreibe hier an der Uni gerade meine Doktorarbeit«, fügte er hinzu und steckte die Hände lässig in die Taschen seiner Jeans.

Ich konnte nur hoffen, dass die von innen gefüttert waren. Sonst würde ihm gleich die Hand abfrieren – und das wäre schade. Für … wissenschaftliche Zwecke natürlich.

»Oh, du bist also *klug*-klug.«

Fynn lachte wieder und die Emily-Henry-Protagonistin in meinem Kopf sagte mir, dass ich mich an diesen Klang gewöhnen konnte.

Zehn Minuten später war der Baum gekauft, ich halb erfroren, innerlich völlig überfordert und stand trotzdem immer noch da, als müsste ich auf einen Abspann warten. Dabei fehlte nur noch eins: der Abschied. Leider fühlte der sich plötzlich komplizierter an, als einen Baum zu kaufen, den ich mit zu viel Lametta bewerfen konnte.

»Also … danke noch mal. Für den Baum. Und das Gespräch. Und … überhaupt.« Ich zeigte auf meine kleine Tannenbaumspitze, die ich gleich zurück in die WG tragen würde, nur um sie meiner kleinen Schwester zu präsentieren.

»Klar, gerne.« Fynn lächelte wieder dieses ehrliche, unkomplizierte Lächeln und ich verfluchte mich selbst, dass ich so offensichtlich auf seine Grübchen starrte. »Ich fand's auch nett. Wirklich.«

Sollte ich ihn nach einem Kaffee fragen? War das hier die Geschichte, die ich meinen Enkelkindern eines Tages erzählen würde, wenn sie mich fragen würden, wie ich ihren Opa kennengelernt hatte?

»Ich …« Warum war das so schwer? Andere Frauen fragten charmant und souverän nach Dates … und ich? Ich verwandelte mich in ein menschliches Funkloch.

Klar, wenn ich nichts sagte, konnte ich auch nicht abgelehnt werden. Clever. Feige, aber clever.

Julis Stimme ploppte in meinem Kopf auf. Mit genervtem Seufzen und erhobener Augenbraue.

Wenn du ihn nicht nach einem Date fragst, halte ich dir das noch vor, wenn du 83 bist und mich fragst, warum du immer noch Single bist.

Fynn zögerte kurz, dann zog er einen Stift aus seiner Jackentasche, griff nach dem Kassenbon, der an meine Tannenspitze getackert war, und schrieb eine Reihe Nummern darauf.

»Kein Druck«, sagte er schnell und ließ den Stift wieder in seiner Jacke verschwinden. »Aber falls du mal Lust auf einen Kaffee hast. Oder Tee. Oder … Baumdekorationstipps?« Ich drehte die Tanne so, dass ich den Zettel zwischen meine eiskalten Finger nehmen konnte.

»Okay«, flüsterte ich mit kratziger Stimme und nickte steif. Vielleicht musste ich anfangen, mir morgens Affirmationen über Mut auf den Spiegel zu schreiben, damit so was hier nicht noch mal passierte.

»Dann … bis bald vielleicht?«

»Ja, bis … vielleicht«, murmelte ich, während ich einen synaptischen Kurzschluss erlitt, meine Füße sich wie ferngesteuert in Bewegung setzten und ich erst auf halber Strecke nach Hause merkte, dass nur sinnfreies Kauderwelsch meinen Mund verlassen hatte.

Na klasse.

»Deine Schwester hat mir erzählt, du hattest gerade dein Meet-Cute.« Ich war noch nicht mal ganz im Flur, als Livs Stimme mir entgegenschallte.

»Ich wusste, ich würde noch den Tag bereuen, an dem ich euch beide einander vorgestellt habe«, murmelte ich und kickte mir die Schuhe von den Füßen. Natürlich hatte Juli ihr geschrieben. Wer sonst sollte ihr in Echtzeit mitteilen, dass ich emotional halb kollabiert neben einem Baumverkäufer gestanden hatte? Liv lehnte lässig im Türrahmen zur Küche, schob sich eine Haarsträhne unter ihr Stirnband und betrachtete meinen Kauf.

»Ist das ein Baum?«

Ich nickte.

»Der ist ja … süß. So ein bisschen: Ich wollte mal ein Baum sein, aber meine Eltern wollten was Sicheres – wie Tischdeko.«

»Danke«, erwiderte ich trocken.

»Nein, ich mein's ernst. Aus dem wäre bestimmt was geworden, bevor er auf Kniehöhe gestutzt wurde. Jetzt ist es halt eher die abgesägte Version eines Zweigs mit Karriereplänen.«

Ich seufzte und zog die Mütze vom Kopf, nur um sie in die Kiste direkt zu meinen Handschuhen zu schmeißen, die die letzte Stunde hier zu Hause geblieben waren.

»Er hat Charakter«, sagte ich und schob die Unterlippe schmollend nach vorn.

»Das ist Biomüll.« Liv lachte und ich konnte das Schmunzeln auch nicht länger unterdrücken.

»Ich kann das einfach nicht.« Mit einem Ächzen ließ ich mich auf den Küchenstuhl sinken und war Liv dankbar, dass sie direkt

Tee aufsetzte. »Ich weiß nicht mal, warum das so schwer ist. Aber ich bin einfach nicht so jemand, der fremde Typen anruft und sagt: Hey, danke noch mal für den halben Baum, hättest du Lust auf ein Date?« Allein diesen Satz jetzt so auszusprechen, ließ mein Herz so unruhig trappeln wie eine Herde Zebras und mein Brustkorb wurde eng, als würde die ganze Herde versuchen, darin Platz zu finden. Liv musterte mich skeptisch und goss den Tee aus.

»Doch, eigentlich schon. Nur dass du dir vorher immer zu viel Kopfkino machst.« Da konnte ich ihr nicht widersprechen, ich war eine klassische Overthinkerin. Das wusste ich, seit ich mit zwölf den Selbsttest in einer Zeitschrift gemacht hatte.

»Aber … was, wenn es schiefgeht?«

»Was, wenn nicht?«, fragte sie noch in derselben Sekunde und zuckte nur mit den Schultern. Das war nicht fair.

»Du bist nicht nach Norwegen gezogen, um in hypothetischen Katastrophenszenarien zu leben, Amber. Und ganz ehrlich, das heute war dein Meet-Cute, das weißt du. Du liest *Happy Place*, als wäre es deine persönliche Bibel, also komm schon. Gib dir einen Ruck. Entweder ist er dein Seelenverwandter oder eine witzige Anekdote, die du nach drei Aperol Spritz erzählst. So oder so, das ist es wert.«

Ich starrte auf mein Handy.

Meine Finger waren kalt, mein Herz warm und mein Kopf endlich still.

»Gut«, sagte ich, während mein Kopf nur nach weiteren Szenarien suchte, wie das Ganze ausgehen konnte. Und als er endlich eins kreiert hatte, das nicht in absolutem Chaos endete, atmete ich erleichtert aus. »Ich ruf ihn an. Was soll schon schiefgehen?«

24

Tree for Two

Teil 2

Josi Wismar

Shit, Shit, Shit!« Ich stapfte über die dicke Schicht Neuschnee, die den ganzen Tag über gefallen war, und hielt an.

»Wirst du jemals mit geladenem Akku das Haus verlassen?« Liv sah mich an und reichte mir wortlos die Powerbank.

»Danke«, flüsterte ich kleinlaut. »Ich glaube, ab hier schaffe ich es auch allein …« Schon seit der Haustür hatte ich versucht, meine Mitbewohnerin abzuschütteln, und jetzt hatte es sich als hilfreich erwiesen, dass ich bislang erfolglos gewesen war.

»Ich will nur einfach, dass ihm direkt klar ist, dass es auffallen würde, wenn du nicht nach Hause kommst. Ich habe die Vermisstenstelle auf Kurzwahl und würde ihm die Polizei auf den Hals hetzen, sollte er sich als Serienkiller entpuppen.«

»Du guckst zu viele True-Crime-Dokus.« Genervt verdrehte ich die Augen und folgte dem kleinen blauen Punkt auf meinem Navi um die Ecke. Wenn Liv nicht langsam verschwand, tauchten wir in zweihundertfünfzig Metern wirklich gleich zu zweit bei meinem Date auf.

Date.

»Was du eigentlich sagen wolltest, war: Danke.«

»Mhm, danke«, murmelte ich nur und sah der Zahl auf meinem Handybildschirm dabei zu, wie sie rückwärtslief. »Ich wäre dir jetzt auch wirklich dankbar, wenn du umdrehst. Ich teile meinen Live-Standort dauerhaft mit dir und verspreche, später jedes kleinste Detail mir dir und Juli durchzuexerzieren. Ihr werdet euch fühlen, als wäre es euer Date gewesen.« Einen kurzen Moment musterte Liv mich, dann nickte sie zufrieden und stapfte tatsächlich in die andere Richtung davon.

»Amber!«, rief sie plötzlich, als sie schon gut zwanzig Meter entfernt war, und mit mir drehten sich vier weitere Menschen um.

»Ich hab dir vorhin noch ein Kondom in die Handtasche geworfen. Linke Reißverschlusstasche!« Sie winkte von Weitem und drehte sich um, während ich so rot anlief, dass ich alleine eine Sauna befeuern könnte.

»Hey.« Ich drehte mich rum und mein Gesicht leuchtete vermutlich immer noch in der Farbe einer rot glänzenden Weihnachtsbaumkugel, als ich Fynn gegenüberstand.

»Hey«, gab ich verlegen zurück und verzog die Mundwinkel zu einem schmalen Lächeln. »Ich nehme an, du stehst da schon lange genug, um alles gehört zu haben.«

»Jedes Wort.« Fynn lachte laut und ließ seinen Blick für einen winzigen Augenblick zu meiner Handtasche gleiten.

Na klasse.

»Wollen wir?« Fynn erlöste mich aus meinem peinlichen Schweigen. Ich nickte und lief neben ihm die Straße runter. »Ich habe da hinten geparkt.«

»Willst du jetzt, dass ich in dein Auto steige und wir an irgendeinen abgelegenen Ort fahren, wo niemand mich hört, wenn ich schreie?« Ich lachte, hatte aber doch Livs True-Crime-Podcasts im Ohr.

»Nicht unbedingt mein Auto, aber ich mag die Art, wie du denkst.« Fynn blieb stehen, hinter ihm ein Schneemobil, auf dem zwei Helme lagen. Zwei.

Das Motorengeräusch verklang unter unseren Füßen, als wir oben ankamen. Ich hatte mir seit meinem Umzug fest vorgenommen, auf den Ulriken zu fahren – oder sogar hier hochzuwandern. Die Bilder von der Aussicht, die ich mir auf meiner Pinterest-Pinnwand abgespeichert hatte, waren mit ein Grund, warum ich hierhergezogen war.

Fynn stellte das Schneemobil ab, zog sich den Helm vom Kopf

und schüttelte sich kurz die Haare. Mein Gott, er war doch sicher direkt von einem Dreh für einen Weihnachtswerbespot gekommen oder warum saßen seine Haare so perfekt?

Vielleicht lag es aber auch daran, dass ich seit Jahren chronisch untervögelt war und meine Hormone jetzt schon verrückt spielten, wenn ein Mann dazu in der Lage war, sich die Haare zu kämmen.

Ich stieg ab, hatte aber nicht mit dem rutschigen Eis unter der dünnen Schneeschicht gerechnet und saß zwei Sekunden später auf meinem Hintern.

»Ich hätte dich auffangen müssen, oder?« Fynn legte den Helm auf das Schneemobil und reichte mir eine Hand, die ich dankbar ergriff.

»Ich fürchte ja – so wollen es die schnulzigen Weihnachtsfilme. Das war es dann wohl mit unserem Date.« Ich lachte und klopfte mir den Schnee von der Hose, die mich hoffentlich den ganzen Abend warm halten würde. Wenn nicht, blieb mir wohl nichts anderes übrig, als mich in Fynns Arme zu schmeißen.

»Das wäre zu schade«, raunte er. »Dabei hast du doch noch gar nicht die schöne Aussicht genossen.« Er trat zur Seite und ich sah an ihm vorbei.

»Wow.« Für mehr als die etwaige Wortgewandtheit einer Dreijährigen mit Wortfindungsstörung reichte es nicht aus. Vor uns breitete sich ganz Bergen aus. Ich blickte auf eine flimmernde Mischung aus Lichtern, dünnem Schornsteinrauch und schneebedeckten Dächern. Die Stadt schmiegte sich perfekt in den Fjord, lag wie ein buntes Labyrinth unter uns und ich versuchte zu erkennen, in welchem Haus Liv und ich wohnten.

»Schau mal.« Fynn hob die Hand und ich folgte seinem Finger, der nach oben zeigte. Der schwarze Nachthimmel war ein gewohnter Anblick, das flirrende grüne Licht nicht.

»Ist das …«, flüsterte ich und bildete mir ein, dass es stärker wurde. Nordlichter.

Es war nicht viel, ich musste mich auf das Grün konzentrieren, aber mit jeder Minute wurde es stärker, und als sich plötzlich rote Schlieren unter das Grün mischten, stand mir der Mund offen.

Ich hatte schon viele Bilder und Videos von Polarlichtern gesehen. Gehört, dass es magisch sein sollte.

Aber das hier …

Ich grinste leicht, als ich mir vorstellte, dass irgendwo da oben eine kleine Fee mit ihrem Zauberstab saß und nach Lust und Laune Funken sprühte. Nichts Besonderes für sie. Ein unvergesslicher Moment für mich.

»Das ist jetzt schon besser als alles, was ich erwartet habe.«

»Finde ich auch.« Seine geflüsterten Worte drangen an mein Ohr. »Also das … und das … mit dir. Und diesem Abend.« Ich drehte mich zu ihm und sah, wie er verlegen auf seine Schuhe starrte.

»Warum finde ich es unfassbar sexy, dass du so verlegen bist?« Und warum zur Hölle hatte ich das laut gesagt? Meine Gedanken mussten sich dringend an die Geschwindigkeitsbegrenzung halten, sonst würde weiter so viel ungefiltertes Chaos über meine Lippen kommen.

»Wie wirst du dann erst reagieren, wenn ich dir sage, dass ich heißen Tee mitgebracht habe?« Er zog eine Thermoskanne aus seinem Rucksack und passend dazu zwei metallene Becher. Oh ja. Ich würde definitiv meine dicken Handschuhe ausziehen, einfach nur um dieses Gefühl von einem Becher mit heißem Tee in den Händen nicht zu verpassen.

»Ich fürchte, ich muss dir auf der Stelle einen Heiratsantrag machen.« Ich lachte auf, aber meine innere Stimme fragte sich, ob das hier wirklich die Geschichte war, die ich eines Tages meinen Enkeln erzählen würde.

Fynn setzte sich auf das Schneemobil und klopfte zweimal auf das freie Polster neben sich.

Für einen kurzen Moment sagte keiner von uns etwas. Die

Polarlichter wurden stärker, während ich in meinen Tee pustete und immer wieder einen Schluck davon nahm, der mir fast die Zunge verbrannte.

Der ganze Himmel wurde grün, durchzogen von roten Schlieren, und ich zückte mein Handy.

»Das muss ich meiner Schwester schicken.« Erstaunt stellte ich fest, dass es auf der Handykamera sogar noch beeindruckender aussah, aber nichts konnte das Gefühl ersetzen, wirklich hier zu sitzen. »Die glaubt mir sonst nicht, dass ich wirklich das Haus verlassen habe.«

»Gehst du nicht so oft raus?« Fynn nahm beiläufig einen Schluck Tee und sah mich neugierig unter gesenkten Lidern an.

»Raus schon. Nur nicht so oft … auf Dates.« Ich verzog entschuldigend den Mund und starrte zurück auf die Häuser, in denen in immer weniger Fenstern Lichter brannten.

»Wieso?«

Zögerlich drehte ich meinen Kopf und sah zu Fynn, der mich mit ehrlichem Interesse ansah und auf meine Antwort wartete. Und auch wenn es unter drei Schichten Merinowolle eingepackt war, sagte mein Bauchgefühl mir, dass er sich nicht über mich lustig machen wollte.

»Puhh, lass mich überlegen.« Ich schob meinen Zeigefinger unter die Mütze in meinem Nacken, um mir kurz den Kopf zu kratzen. »Das letzte Mal habe ich dem Typen nach zwei Dates gesagt, dass ich ihn liebe. Aus Versehen. Ich wollte sagen, ich liebe es. So alles eben – das Date, das Restaurant, die Gespräche über die wirklich hervorragende Lasagne.« Ich hatte immer zurück in das Restaurant gehen wollen, nur um noch mal diese Lasagne zu essen. Aber ich hatte mich nie getraut. Aus Angst, Liam noch einmal über den Weg zu laufen. »Na ja, er hat's nicht geglaubt. Hat gedacht, ich wäre besessen von ihm, und ich konnte es nicht mehr richtigstellen. Wir haben uns nach diesem Abend nie wiedergesehen.« Kurz keimte die Enttäuschung neu auf, die mich damals eine ganze Woche lang beschäftigt hatte. Ich hatte ihm noch am selben Abend geschrieben, aber er hatte mir nie wieder geantwortet.

»Falls es dir hilft, ich habe mal eine Rede auf einer Hochzeit gehalten und das Mikro danach vor mir auf den Tisch gelegt. Nur dass es eben noch eingeschaltet war. Es kam nicht so gut an, als ich meinen Sitznachbarn gefragt habe, ob er auch findet, dass das Gesicht des Bräutigams ein bisschen wie ein Karpfen aussieht.«

Es half tatsächlich. Fynn grinste mich an, und auch wenn diese Geschichte bestimmt lustig war, flackerten in meinem Kopf nur Bilder von ihm im Anzug.

Mein Gott, wahrscheinlich konnte man mich auch einfach in eine Sekte locken, wenn man mir versprach, dort würden Männer in Anzügen auf mich warten.

»Ich hätte heute Abend fast abgesagt.« Mein Geständnis fühlte sich gut an, genauso wie es sich gut anfühlte, neben Fynn zu sitzen. Auch wenn diese zwei Winterjacken, die uns trennten, mir plötzlich überflüssig vorkamen. »Nicht weil ich nicht wollte. Ich meine, wer kann schon behaupten, sein Date beim Weihnachtsbaum-Shopping kennengelernt zu haben?« Wenn das hier wirklich etwas werden sollte, mussten wir uns dringend bei Netflix melden. Irgendein Produzent, der zu viel für Kitsch übrighatte, würde auf diesen Pitch sicher anspringen.

How to fall for a tree guy

A Pine to be mine

The man who sold me Christmas

»Jedenfalls …« Ich räusperte mich, weil ich schon wieder viel zu lange in meinen eigenen Gedanken aufgehalten hatte. »Es ist eben leichter, nicht enttäuscht zu werden, wenn man es gar nicht erst versucht.« Ich klang wie ein Spruch aus einem Antiglückskeks. Banal, schon hundertmal gehört und trotzdem nicht weniger wahr.

»Ich bin froh, dass du es trotzdem gemacht hast.« Fynn legte seine Hand auf meinen Oberschenkel. Oder eher seinen Handschuh auf meine Skihose, aber ich bildete mir ein, die Wärme seiner Finger trotzdem zu spüren.

»Vielleicht brauchen wir mehr Dinge im Leben, die wir *trotzdem* tun.« Okay, den Spruch musste ich mir später irgendwo notieren. Falls ich doch mal in die Glückskeksherstellung gehen sollte.

Fynn nickte, legte den Kopf in den Nacken und ich tat es ihm gleich. Die Stille war laut. Überall kreisten die unausgesprochenen Fragen über uns, wie unsere eigenen kleinen Polarlichter.

Was war das hier? Wie konnte es sein, dass ich diesen Mann keine drei Tage kannte und schon darüber nachdachte, was ich eines Tages unseren Enkeln erzählen würde? Ich sah Fynn an, der immer noch zu den Polarlichtern schaute. Das leichte Lächeln auf seinen Lippen ließ mein Herz ein bisschen schneller schlagen. Jede einzelne dieser Fragen hätte ausgereicht, um mich davon abzuhalten, heute Abend herzukommen.

Und trotzdem saß ich hier. Neben einem Fremden, der nach diesem Abend nicht mehr ganz so fremd sein würde.

Trotzdem. Trotzdem. Trotzdem.

»Was würdest du dir wünschen, wenn du wüsstest, heute Nacht geht alles in Erfüllung?« Ich kannte Fynn kaum, aber alles, was er nach und nach über sich verriet, führte nur dazu, dass ich ihn noch mehr mochte. Ich dachte an die vielen Male, die ich Briefe für den Weihnachtsmann auf meine Fensterbank gelegt hatte.

Eine Barbie-Prinzessinenburg.

Ein Pony.

Ein ferngesteuertes Auto mit blinkenden Lichtern.

Aber irgendetwas verriet mir, dass ich in diesem Jahr etwas anderes auf den Zettel schreiben würde.

»Dass Dinge funktionieren, auch wenn sie zu schön sind, um wahr zu sein.« Fynn wandte den Blick von den Polarlichtern und sah mich an. Kurz leuchtete etwas in seinen Augen auf. Hatte er das hier gerade wirklich gesagt?

Fynn war der Prinz für die Barbie-Prinzessinnenburg, die ich nie geschenkt bekommen hatte.

Aber die Burg brauchte ich gar nicht mehr.

»Kannst du mich vielleicht kurz kneifen?« Ich starrte ihn mit offenem Mund an, er verzog nur die Augenbrauen. »Ich glaube, ich bin in so ein Hallmark-Movie gefallen. Mitten in den Kitsch, wo man rein zufällig mit dem Traumprinzen zusammenstößt, sich in vierundzwanzig Stunden verliebt, in sechsundzwanzig heiratet und nach zweiundsiebzig Stunden gibt's die ersten Kinder. Irgendwo dazwischen kommen noch ein Labrador-Welpe und ein eigenes Haus mit Vorgarten in einer Kleinstadt.« Mit jedem Wort, das ich sprach, wurde das Grinsen auf Fynns Gesicht breiter. Es reichte von einem leicht geröteten Grübchen bis zum anderen.

»Was?«

»Hast du gerade Traumprinz gesagt?«

Ja. Ja, ich fürchte, das hatte ich.

Ich sah ihn an. Er sah zurück.

Und plötzlich war da wieder diese Stille. Dieses Mal war sie aber nicht laut, nicht voller Gedanken und Fragezeichen.

Einfach nur wir beide. In unserer eigenen Realität in der Barbie-Prinzessinenburg.

»Ich habe Angst, dass ich das jetzt vermassle.« Fynns Stimme war kaum mehr als ein Flüstern, während seine Augen langsam zu meinen Lippen wanderten.

»Ich auch.« Ich senkte den Blick, spürte, wie mein Herz kurz aus dem Tritt kam. »Aber wir machen's trotzdem, oder?«

Und dann beugte er sich vor.

Oder ich mich.

Wir beide im exakt gleichen Moment.

Meine Lippen trafen auf seine. Sie waren kalt, brauchten einen Moment, bis sie wieder warm wurden. Ich schmeckte den Blaubeertee, den wir uns eben noch geteilt hatten, der mich von innen raus wärmte, während meine Wangen jetzt aus einem ganz anderen Grund glühten.

Fynns Kuss war kein Feuerwerk. In meinem Magen explodierte nichts. Aber das war auch gut so. Mir wurde leicht schlecht, selbst beim Autofahren, und ich hasste dieses Gefühl.

Das hier war kein Autofahren. Kein Blitzschlag, der durch meinen gesamten Körper fuhr.

Es war echt.

Warm. Leise. Genug.

Irgendwann hatten wir uns voneinander gelöst. Nachdem wir uns noch mal geküsst hatte. Einfach nur um sicherzugehen, dass wir uns das erste Mal nicht eingebildet hatten.

Jetzt war ich mir sicher.

Es war mitten in der Nacht, als wir unsere Sachen zusammenpackten und uns auf den Rückweg machten. Meine Nasenspitze fror. Alles andere kochte vor Hitze.

Ich stieg auf den Sitz hinter Fynn, hielt mich an seiner Brust fest und lehnte dieses Mal den Kopf gegen seinen Rücken. Mein ganzer Körper lag an seinem und ich stellte fest, wie verdammt perfekt das passte.

Wie verdammt perfekt wir passten.

Wir fuhren den Berg hinunter, mein Körper an seinem, die leere Thermoskanne und lauter neue Erinnerungen im Gepäck, mein Herz noch nicht wieder ganz im Takt.

Zum ersten Mal seit Langem dachte ich nicht daran, was alles schiefgehen konnte. Zumindest nicht nur.

Diese Fragen würden immer bleiben.

Ich wusste nicht, was das hier war.

Wusste nicht, ob dieser Mann, an dessen Rücken ich mich schmiegte, mehr für mich werden würde.

Der Fahrtwind zog leicht unter meinen Helm und eine dünne Strähne löste sich aus meinem Zopf.

Es könnte schiefgehen.

Ich könnte enttäuscht werden. Verletzt.

Das alles könnte ein riesengroßer Fehler sein.

Aber ich würde es dennoch machen.

Nein.

Nicht dennoch.

Trotzdem.